Resta con me

BROOKE MONTGOMERY

Playlist

Ascolta su Spotify

Beautiful Things | Benson Boone
See You Again | Wiz Khalifa, Charlie Puth
Pretty Little Posion | Warren Zeiders
Before You | David J
I'll Be There | Jess Glynne
My Person | Spencer Crandall
Take My Name | Parmalee
Let Em Go | Matt Hansen
Wild as Her | Corey Kent
Love's A Leavin' | Warren Zeiders
Treat You Better | Shawn Mendes
Sin So Sweet | Warren Zeiders
Growing Old With You | Restless Road
Dirtier Thoughts | Nation Haven
Die First | Nessa Barrett
Tennessee Twister | Wesley Green
Glad You're Settling | Jessica Baio

Welcome to
SUGARLAND CREEK
RANCH AND EQUINE RETREAT
SUGARLAND CREEK, TN

~Benvenuti al Ranch e Agriturismo con maneggio
Sugarland Creek~

La cittadina di Sugarland Creek ospita oltre duemila residenti ed è circondata dagli spettacolari monti Appalachi. Ci troviamo a soltanto quindici minuti dal centro, dove potete fare shopping nei graziosi negozietti, gustare un buon caffè, guardare un film o semplicemente godervi il panorama.

Il nostro è un ranch all-inclusive. Per quanto rustici, tutti i nostri bungalow sono accessibili agli ospiti con mobilità ridotta grazie alle rampe e ai sentieri con superfici stabili e lisce. In caso di necessità e in qualunque momento, il personale può offrire assistenza per il trasporto da un'attività all'altra con uno dei nostri mezzi accessibili. Non esitate a contattare la reception; altrimenti digitate il tasto "0" sul telefono della vostra stanza. Siamo a vostra completa disposizione.

Per rendere il soggiorno ancora più speciale, vi consigliamo di incontrare tutta la famiglia, per scoprire come il nostro ranch potrà offrirvi la vacanza più memorabile della vostra vita!

Ecco la famiglia Hollis:

Garrett e Dena Hollis

Il signore e la signora Hollis sono sposati da più di trent'anni e hanno cinque figli. Il Ranch Sugarland Creek ha ospitato più di tre generazioni Hollis. Oltre vent'anni fa, quando la famiglia ha acquistato la proprietà, ha deciso di aggiungere un agriturismo con maneggio per condividere con il pubblico il suo amore per i cavalli e la natura.

Wilder e Waylon
Fratelli gemelli, i maggiori

Landen
Il terzo figlio

Tripp
Il più giovane dei fratelli

Noah
L'unica figlia e la piccola della famiglia

Sia che abbiate scelto questo posto per rilassarvi e godervi il panorama, sia che siate pronti a sporcarvi le mani, svariate sono le attività che potete svolgere nel ranch:

Escursione a cavallo e tour
(10:00 e 16:00)
Trekking, mountain bike e pesca
(mappe disponibili alla reception)
Serata giochi di gruppo
(domenica e mercoledì)
Karaoke e square dance
(venerdì e sabato sera)
Miniclub
(aperto 24/24 7/7)
Piscina
(aperta dalle 9:00 alle 21:00 7/7)
Falò e marshmallow
(venerdì)
...e molto altro, a seconda della stagione!

L'agriturismo resta aperto 24 ore al giorno. Troverete la reception per gli ospiti, il ristorante e saloon "Sugarland" e una zona dedicata alla registrazione alle nostre attività.

Rimani sempre aggiornato su
sugarlandcreekranch.com

Siamo orgogliosi di offrire ai nostri clienti l'autentica cucina del Sud; quindi vi preghiamo di comunicarci in anticipo se avete eventuali restrizioni dietetiche o preferenze, così da potervi servire al meglio. Dalle 8:00 alle 13:00 offriamo il brunch. Il ristorante è aperto per la cena dalle 17:00 alle 19:00. Se gradite recarvi fuori dal ranch per un pasto o svolgere altre attività, distiamo a meno di un'ora da Gatlinburg e saremmo lieti di fornirvi mappe e suggerimenti.

Vi ringraziamo per la visita.
Speriamo di regalarvi un soggiorno magico!

-La famiglia Hollis e il team Sugarland

Vedi la mappa nella pagina successiva!

A	The Lodge/ Guest Services	D	Pool House & Swimming Area
B	Ranch Hand Quarters	E	Trail Horse Barn & Pasture
C	Guest Cabins	F	Riding Horse Corral

G	Hollis Fishing Pond & Hut
H	Bonfire Area
I	Family Game Nights Area
J	Gift Shop

SUGARLAND CREEK

RANCH AND EQUINE RETREAT

SUGARLAND CREEK, TN

Avvertenze sui contenuti

Questo libro tratta i seguenti temi, che potrebbero turbare alcuni lettori; quindi siete pregati di prestare cautela:

perdita di una persona cara / dolore causato dal lutto
menzione di droga / essere drogati
attacchi d'ansia / disturbo d'ansia
animali malati (descrizione)
animali morti (menzione)
guida in stato di ebrezza che causa morte (grafico)
morte (descrizione)
gravidanza imprevista

Resta con me è un romanzo a sé stante della serie Sugarland Creek, consigliato ad un pubblico adulto per il suo contenuto esplicito. I seguenti temi sensibili vengono menzionati e descritti nel prologo: guida in stato di ebrezza, morte causata da guida in stato di ebrezza e presenza durante una morte. Se anche solo uno di essi dovesse metterti a disagio, salta pure al primo capitolo. Non è necessario leggere il prologo per comprendere il resto della storia, poiché i fatti verranno menzionati brevemente in altre sezioni del libro.

Prologo
Tripp

"*Che c'è?*" Acchiappo il telefono, poi rotolo sull'altro lato e accendo l'abat-jour. Spero sia importante.

"*Bellooooooo*", urla Billy per sovrastare la forte musica che suona in sottofondo. "Perché non sei qui? È pieno di figa, amico".

Strofinandomi gli occhi, mi schiarisco la gola. "Mi stai davvero chiamando alle tre del mattino, ubriaco fradicio?"

Devo svegliarmi fra tre ore e ho risposto al telefono soltanto perché avevo dimenticato di impostare il silenzioso.

"Vengo a prenderti!" grida più forte.

Tendo il braccio per evitare che mi spacchi il timpano. "Billy, no. Non puoi guidare. E io devo lavorare". In un ranch, si comincia a sgobbare prima dell'alba.

"È l'ultima festa prima del diploma! Vivi un po' e vieni da Miller! Ci sono tipo tre fusti di birra e una dozzina di bottiglie di liquore". Il modo in cui biascica le parole peggiora mentre mi metto seduto e sbatto le palpebre finché i miei occhi non si abituano alla luce. "Devi comunque superare quella tua stupida cotta".

"Non sono interessato", dico bruscamente. Non mi riferisco alla parte della cotta, ma al bere e festeggiare. Però non lo specifico. "Resta lì, Billy. Buttati sul divano o trovati un letto".

"Prima devo trovarmi una donna…" Scoppia a ridere alle sue stesse parole. "Ci sono una marea di opzioni, bello. Te ne lascio una: vuoi una bionda o una bruna? La rossa l'ho già prenotata io. Sembra bella vivace. *Grr*".

Cristo santo! Mi pizzico la radice del naso e butto fuori un respiro, cercando di non perdere la pazienza con quello scemo ubriaco.

Billy Hendersen è il mio migliore amico sin dall'asilo ed è sempre stato un tipo a posto, ma dopo la separazione dei suoi genitori, avvenuta l'anno scorso, si è scatenato ed è diventato un tipo spericolato. Dopo essere arrivato più volte tardi all'allenamento di football, alla fine è stato messo in panchina. Poi non si è presentato per tre giorni al lavoro part-time, ed è stato licenziato. Adesso il suo diploma è appeso a un filo.

"No, grazie. Me ne torno a letto". Sbuffando, mi lascio cadere sul materasso.

"Fai *peeeeena*". Urla qualcosa ai presenti, e tutti rispondono a gran voce. "D'accordo. Vengo a prenderti. Sono stufo di questo tuo atteggiamento da *sono depresso, me tapino*. Trascinerò il tuo culo fuori dal letto, se proprio devo".

Quando sento il tintinnio delle chiavi, mi siedo in preda al panico. *Maledetto!*

"No! D'accordo, vengo. Però tu *non* guidare". Prendo dei vestiti dall'armadio e li lancio sul letto. "E non mi sto comportando così; quindi tappati la bocca".

"No, no… Lo dici tanto per dire. Non verrai se non sarò io a trascinarti qui. Cosa che farò, perché sono grosso il doppio di te". Ridacchia da solo, e poi sento il rombo di un motore.

"Billy! Maledizione, sto arrivando!" esclamo, quasi urlando. In casa stanno dormendo tutti, e l'ultima cosa di cui ho bisogno è svegliare i miei genitori mentre esco di nascosto. "Scendi dalla macchina! *Subito!*"

"Allora ti conviene sbrigarti…" Il suo tono provocatorio è preoccupante, e mi esorta a vestirmi e infilare gli stivali in tutta fretta.

"Sto arrivando. Sul serio. Resta lì". Dopo aver preso il

portafoglio e le chiavi, scendo di sotto e mi precipito al mio pick-up. Devo tenerlo al telefono per assicurarmi che non faccia niente di stupido.

Sgasa come se fosse un gioco. "Facciamo una gara? Se raggiungo casa tua prima che tu arrivi qui, mi devi cento bigliettoni".

Porca puttana! "Bello, te ne do duecento se stai fermo lì".

"Dov'è il divertimento?" Lo sento cambiare marcia, e il mio cuore batte all'impazzata al pensiero che si metta a guidare non soltanto ubriaco, ma anche nel buio più totale. Non ci sono lampioni su queste strade di campagna, e Miller vive in un piccolo ranch di prodotti caseari poco illuminato. Sono stato alle sue feste diverse volte, ma tutti restano sempre a dormire nel loft del vecchio fienile. Nessuno può andarsene, se ha bevuto.

"Dov'è Miller?" chiedo.

"Con Sabrina".

"Trovalo per me", gli ordino, sperando di riuscire a distrarlo un altro po' mentre io guido a tutta velocità.

"Non voglio beccarli mentre scopano. Noooo, grazie".

"Billy, resta lì. Ti prego. Sono già per strada", dico a denti stretti.

"Stronzo! Stai barando!"

Poi sento lo stridio delle ruote, come se stesse guidando sull'asfalto, e mi si blocca il cuore in gola.

"Prova a battermi!" Mi provoca con un sonoro *yi-a*.

So che a questo punto non c'è più nulla che possa dirgli per farlo tornare indietro, e l'unica cosa che posso fare è provare a raggiungerlo prima che abbia un incidente.

"Billy, non correre! Sono già per strada. Torna indietro! *Ti prego, amico*". Non mi faccio più problemi a supplicarlo.

"Non credo proprio, amico. Preparati a perdere i tuoi soldini!" esclama con una risata.

Prima che possa tentare ancora di farlo ragionare, chiude la chiamata.

Maledizione!

Premo il piede sull'acceleratore, sperando di riuscire a trovarlo prima che si allontani troppo. Casa di Miller si trova a dieci minuti, ma in qualche modo devo arrivarci in cinque.

Mentre tengo gli occhi aperti in cerca del suo pick-up, lo chiamo al telefono, ma parte subito la segreteria.

Ci riprovo, e succede la stessa cosa.

Tutto il sangue mi va alla testa. Mi dico che gli si è semplicemente scaricato il telefono, che probabilmente lo ha usato tutta la notte. Troppo angosciato per aspettare, chiamo Miller e mi sento sollevato quando risponde.

"Che si dice, Hollis?"

"Billy si è messo al volante, e io sto arrivando adesso a casa tua. Voglio che tieni gli occhi aperti, nel caso ritorni. Bisogna sequestrargli le chiavi".

"Argh, ma che cazzo? È ubriaco marcio".

"Ma va', Sherlock! È per questo che sono nel panico".

"Esco adesso a cercarlo". Sento un fruscio in sottofondo, come se si stesse infilando le scarpe.

"Grandioso! Ti faccio sapere se lo trovo".

Dopo aver riattaccato, continuo a guidare, confuso da morire quando non incrocio nessun veicolo prima di raggiungere casa di Miller. Mi avvicino e lo trovo sulla sua veranda insieme a qualche altra persona.

"È tornato?" Faccio due passi alla volta.

"No. Non l'hai visto mentre venivi qui?"

Sollevo il berretto e mi passo una mano tra i capelli, preoccupato perché non so dove diamine sia finito. "O si è perso o ha preso la strada sbagliata. Continuo a cercarlo". Gli volto le spalle e mi fiondo giù per gli gradini.

"Vengo con te", dice, e saliamo entrambi sul mio pick-up. Considerando quanto è ubriaco Billy, è possibile che non sia andato nemmeno nella direzione giusta.

Restiamo in silenzio mentre guido, dirigendomi dalla parte opposta rispetto a casa mia. Miller prova a chiamarlo qualche altra volta, ma senza ottenere risposta.

"Magari ha accostato e sta dormendo…" suggerisce, ma le sue

parole non aiutano a placare l'inquietudine che mi sta montando dentro.

Flash di me e Billy nel corso degli anni riaffiorano in superfice. Ricordi di noi due che causiamo guai e ce la spassiamo nel ranch mi serrano il petto per la paura. Il pensiero che possa essergli successo qualcosa mi fa sudare i palmi sul volante.

"Laggiù…" Miller indica più avanti, dove dei fari brillano sull'altro lato della strada, e abbasso il finestrino.

"Merda! È finito nel fosso?" Assottiglio gli occhi per riuscire a vedere qualcosa nella totale oscurità, ma c'è un leggero odore di fumo nell'aria.

"Porca troia, il suo pick-up si è ribaltato!" La voce roca di Miller è colma di panico.

Non appena fermo la macchina, balziamo fuori e corriamo da lui.

"Billy!" urlo, abbassandomi davanti al finestrino dell'autista. È frantumato, ma non riesco a vedere all'interno.

"Accendi la torcia", dico a Miller.

"È lì dentro?" chiede, puntando il telefono verso di me.

"Billy?" Infilo la testa dentro il più possibile. "Qui non c'è".

"Che cazzo? Non è che è stato scagliato fuori o è riuscito a uscire?"

Prendo il telefono e accendo la torcia per poter controllare il lato del passeggero.

"Anche quel finestrino è rotto. Potrebbe essere scivolato fuori da entrambi. Cazzo!"

"Quello è sangue?" Il tono tremolante di Miller attira la mia attenzione. La luce è ferma sul punto a cui si sta riferendo: una pozza di liquido rosso.

"Merda! Probabilmente ha sbattuto la testa o si è tagliato. Dobbiamo trovarlo. Chiamo lo sceriffo".

"Aspetta, perché?" Agito la mano come se non fosse ovvio. "Bello, non abbiamo l'età per bere. Multerà tutti quelli che sono a casa mia".

"Io non ho bevuto, e tu non stavi guidando. Non penserà a quello, quando c'è un adolescente scomparso".

Sospira, ma non si mette a discutere. Non appena vengo messo in contatto con la centralinista e le spiego quello che sta succedendo, Wendy mi informa che manderà qualcuno. Potrebbero volerci dieci minuti o due ore. Sugarland Creek è un paesino talmente piccolo che ci sono davvero pochi agenti in servizio.

Prendo un paio di torce più grandi dal mio sedile posteriore e ne lancio una a Miller.

"Cominciamo a fare un giro e vediamo se è svenuto da qualche parte. Non può essersi allontanato troppo, se è ferito. Maledizione, forse sta morendo dissanguato! Dobbiamo trovarlo, e in fretta". Più forte batte il mio cuore, e più è difficile far uscire le parole.

"Billy! Billy! Dove sei?" urlo.

Provo di nuovo a chiamarlo al telefono per vedere se riesco a sentirlo squillare, ma subito parte di nuovo la segreteria.

"Controlla dall'altro lato della strada, nel caso l'abbia attraversata", dico a Miller. "Non può essere andato troppo lontano".

Gridiamo il suo nome, mentre sposto la luce tra gli alberi e su e giù per il fosso.

"Non è che qualcuno l'ha caricato in macchina?"

"O magari stiamo andando dalla parte sbagliata", sbotto, arrabbiato al pensiero. Se stesse tornando da Miller, allora ci stiamo muovendo nella direzione giusta, ma, se invece stesse andando da me, allora siamo andando in quella opposta.

"Torniamo al mio pick-up e aspettiamo lo sceriffo. Magari lui…"

Mi blocco di colpo quando vedo qualcosa più avanti, al centro della strada. È troppo grande per essere un animale di piccole dimensioni, però potrebbe essere un cervo. Il mio istinto mi dice che non lo è.

"Billy!" urlo, indicando verso il basso quando Miller mi guarda. "È lui quello?"

Correndo a tutta velocità con il fiato bloccato nei polmoni, espiro quando mi rendo conto che è proprio lui.

"Cristo, Billy, svegliati!" Mi inginocchio accanto a lui e Miller si mette sull'altro lato. Billy è steso a pancia in giù, come se fosse caduto di faccia sull'asfalto.

"Tieni in alto la torcia", chiedo a Miller per poter girare Billy; poi gli poso due dita sul collo. Ha la fronte e le guance ricoperte di sangue. "Non sento il battito". Poi mi abbasso e avvicino l'orecchio alla sua bocca. "Non respira".

"Oh, mio Dio!" La voce sussurrata di Miller è colma di disperazione.

"Gli faccio la rianimazione. Torna indietro e tieni la luce puntata su di lui". Metto le mani nella giusta posizione e inizio il massaggio cardiaco.

Dopo un minuto buono e dopo aver respirato due volte nella sua bocca, Miller interrompe il mio conteggio. "Lascia continuare me, bello. Ti stai stancando".

"Fallo veloce e con forza", gli dico; poi prendo la torcia dalle sue mani. "Dai, Billy! Respira, respira!"

Miller gli fa la respirazione bocca a bocca prima di ricominciare il massaggio. Dopo altri trenta secondi, ci scambiamo di nuovo.

"Sento il battito", conferma Miller. "È debole, ma giuro che c'è".

Controllo anche io, e ha ragione. È lento e flebile, ma il suo cuore sta pompando, ed è tutto ciò che conta.

Quando gli avvicino l'orecchio alla bocca, affermo: "Respira".

A malapena, ma perlomeno è qualcosa.

"Billy, mi senti? Stringimi la mano", gli dico, mettendo le dita nel suo palmo. Ma non lo fa.

"Dici che dovremmo spostarlo dalla strada?" chiede Miller mentre portiamo avanti i tentativi di ottenere una qualche reazione.

"Non credo che dovremmo farlo, nel caso abbia subito danni al collo o alla testa. Billy? Riesci a muoverti?"

Nessuna risposta.

Prendo il telefono e chiamo di nuovo lo sceriffo per dare aggiornamenti alla centralinista.

"Glielo faccio sapere. È quasi arrivato", dice dopo avermi messo in attesa, e un'ondata di sollievo mi travolge. "Ho avvisato anche i paramedici. Avete fatto la cosa giusta. Tenete duro, ragazzi".

"Resta con me, d'accordo? Stanno arrivando i soccorsi". Prendo la mano di Billy nella mia, in attesa di vedere se la stringerà o farà alcun movimento.

"Ehm… Tripp?" La voce tremante di Miller mi rende nervoso.

"Che c'è?"

"Ha, ehm… Le sue labbra stanno diventando blu".

Appoggio di nuovo le dita sul collo di Billy e cerco il battito. "È debole, ma c'è ancora".

Con le mani sulle spalle di Billy, gli do una leggera scrollata. "Continua a respirare, amico".

Miller ha la faccia di uno che ha appena visto un fantasma. "E se avesse perso troppo sangue? O se è rimasto troppo tempo senza ossigeno? Potrebbe essere…"

"Tappati quella cazzo di bocca, ok? Sta *bene*. Starà bene. Quando l'ambulanza sarà qui, gli daranno ossigeno e fluidi. Sopravviverà".

Deve farlo.

È il mio migliore amico. Sarà anche un cazzo di idiota, ma rimane comunque il mio migliore amico.

Finalmente sentiamo le sirene, e delle luci si avvicinano, seguite dai paramedici.

Ci leviamo di mezzo quando gli mettono una maschera di ossigeno sul viso e lo caricano su una barella. Lo sceriffo mi chiede di restare per raccogliere la mia testimonianza, però gli dico che dovrà seguirmi all'ospedale perché non ho intenzione di aspettare.

Mentre mi dirigo in paese, chiamo mio fratello Landen e poi i miei genitori. Miller torna a casa a piedi, dato che ha la casa piena di adolescenti ubriachi e vuole assicurarsi che nessun altro guidi.

Dopo aver passato dieci minuti seduto nella sala d'attesa, arrivano i miei. Spiego meglio cos'è successo, e poi la madre e il padre di Billy piombano nella stanza.

L'infermiera al bancone non ha voluto dirmi niente, però

avevano promesso di chiamare i suoi genitori per poter dare loro almeno un aggiornamento.

"Marissa", dice mia mamma, arrivando con cautela alle spalle della madre di Billy.

"Dena, oh, mio Dio!" Marissa piange contro il suo petto mentre le passa un braccio attorno al corpo.

"Andrà tutto bene". Le accarezza la schiena. "È un guerriero".

Aspettiamo per quelle che sembrano ore prima che un dottore venga a parlare con noi. William e Marissa si avvicinano, sperando disperatamente che porti buone notizie.

Mi alzo e mi avvicino per poter origliare la conversazione.

"Sta bene?" chiede Marissa.

"Purtroppo, ha perso molto sangue. Non sappiamo per quanto tempo sia rimasto senza ossigeno; dunque abbiamo fatto una tomografia dopo la TAC e i risultati sono allarmanti. È attaccato a un respiratore, e temo che non potrebbe sopravvivere senza".

"*Cosa*?" strilla Marissa, e le mie ginocchia minacciano di cedere.

"È cerebralmente morto?" domanda William balbettando. "È questo che ci sta dicendo?"

Il dottore abbassa lo sguardo per un momento, prima di guardarlo negli occhi. "Mi dispiace tanto".

Mi brucia la gola mentre mando giù il groppo che mi impedisce di inspirare. Tutto si ferma attorno a me non appena elaboro quelle parole. La diagnosi.

È sbagliata. Si *sbaglia*.

"Si sveglierà", dico in tono di sfida. "Billy si sveglierà, e starà bene. Vedrete".

"È possibile?" chiede Marissa al dottore. "C'è qualche chance che si svegli e stia bene? Magari il suo cervello ha soltanto bisogno di tempo per guarire. È ancora presto. Giusto?" La sua voce ansiosa riecheggia nella stanza.

I miei genitori arrivano alle mie spalle mentre il pavimento minaccia di capovolgermi. Le vertigini e la vista sfocata travolgono i miei sensi, alimentando il panico.

"C'è sempre una chance. Ovviamente, i miracoli succedono. Ma nel caso di Billy..."

"*Non lo dica*", sbotto. Billy non è una statistica. Aprirà gli occhi e dimostrerà al dottore che si sbagliava. Lo so.

"Mi dispiace tanto", mormora il dottore.

"Possiamo vederlo?" chiede William.

"Certo. Vi accompagna una delle infermiere". Annuisce prima di uscire dalla stessa direzione da cui è entrato.

Qualche minuto dopo, una donna si avvicina e ci conduce attraverso le porte di sicurezza. Ci spiega che Billy si trova nel reparto di terapia intensiva e che dobbiamo prepararci. Prima che possa chiederle cosa significhi, guardo attraverso la porta di vetro e lo vedo con i miei occhi.

Billy è collegato a dei macchinari e alcune bende gli coprono la testa dove il vetro lo ha tagliato. Ci mettiamo attorno al suo letto in silenzio.

"Gli abbiamo somministrato una dose di antidolorifici perché non senta niente. Lo terremo sedato finché non verrà presa una decisione". La voce rassicurante dell'infermiera non aiuta minimamente ad attenuare il dolore che mi sta penetrando nel petto.

La decisione è che aspetteremo che si svegli.

"Grazie", dice William, prima che lei se ne vada.

Marissa prende la mano di Billy e piange, tenendo lo sguardo sul suo viso. I miei genitori mi restano accanto mentre fisso il mio migliore amico, che non ha mai avuto un'aria così tranquilla e calma. È pallido ma, quando lo tocco, la sua pelle è calda... Il contrario rispetto a giusto poche ore fa, in mezzo alla strada.

"Come faccio a lasciarti andare?" Marissa inizia a singhiozzare e mia madre la raggiunge per consolarla. William rimane immobile e impassibile, come se non riuscisse a concepire quello che sta succedendo.

Nemmeno io, se proprio devo essere onesto.

Dopo mezz'ora, l'infermiera ritorna e offre delle coperte a chiunque desideri restare. Ci sono un divano e una poltrona reclinabile sull'altro lato della stanza, ma non riuscirò a dormire.

Resta con me

Come potrei, quando il mio migliore amico sta morendo?

Una settimana dopo, centinaia di persone si presentano al funerale di Billy.

I suoi amici e familiari pronunciano i loro discorsi, lodandolo per il suo buon cuore e la disponibilità ad aiutare chiunque avesse bisogno.

Parlano di lui come se fosse scomparso anni fa.

Ma sono passati soltanto dieci giorni da quando gli ho parlato.

Sei giorni da quando i dottori hanno confermato con una seconda tomografia che non c'era alcun segno di attività celebrale.

Cinque giorni da quando i suoi genitori hanno dovuto prendere la decisione più ardua della loro vita.

Quattro giorni da quando ci siamo radunati attorno al suo letto e gli abbiamo detto addio.

Tre giorni da quando gli ho tenuto la mano durante il suo percorso d'onore, prima che donassero i suoi organi.

Due giorni da quando il mio primo attacco d'ansia mi ha messo in ginocchio.

Ma soltanto un giorno da quando ho rivissuto quella notte, rimpiangendo di non aver accettato subito di andare alla festa, così da evitare che lui si mettesse al volante.

E questo mi condanna a una vita intera di sensi di colpa.

Capitolo Uno

Tripp

DUE ANNI DOPO

"Tieni lontano quel pesciolino duro da me".

Porca puttana!

"Forza, Margherita. Andiamo". Le afferro le spalle nel tentativo di allontanarla dall'idiota di turno che è stato talmente stupido da strusciarsi su di lei. Se non sapessi che è in grado di difendersi da sola, mi sarei occupato di quello stronzo di persona.

Ovviamente, come potevo aspettarmi da Magnolia, si libera dalla mia presa con un gesto brusco.

"Non chiamarmi così", sibila, girandosi di scatto e assottigliando gli occhi.

Le mie labbra si sollevano verso l'alto in un sorrisetto divertito perché, a prescindere dal numero di volte in cui mi rimprovera, non smetterò mai di stuzzicarla in quel modo. La chiamo con il nome di qualunque altro fiore, tranne il suo. Afferma di odiare la cosa, però il rossore sulle sue guance mi dice altrimenti. Adora ricevere le mie attenzioni.

"*Girasole*, è ora di andare", metto enfasi sul nome di fiore con cui preferisco chiamarla. Di solito lo abbrevio in *Sole*.

"*Ma-gno-lia*", trascina la parola con respiri lenti da ubriaca, pungolandomi il petto tre volte poco sotto il pettorale sinistro, là dove il nome di Billy è tatuato sulla pelle.

"Inizio a chiamarti *rompicoglioni*, se non ti dai una mossa". Allontano il suo dito dal mio corpo. "Il mio pick-up è qui fuori".

"Dov'è Noah?" chiede, guardandosi intorno per cercare la sua migliore amica, nonché mia sorella minore, mentre altre persone ci finiscono addosso. Hanno due anni in meno di me e mi danno sui nervi regolarmente.

"Landen l'ha già portata fuori. Stiamo aspettando soltanto te, quindi…" Le faccio cenno di darsi una mossa, ma poi un tizio barcolla verso di noi con un bicchiere rosso in mano e del tabacco da masticare sul labbro.

"Oggi sembri più troia del solito, bambola. Vuoi salire?"

Stringo gli occhi con forza per trattenermi dallo spappolargli il cervello a suon di pugni. Però in realtà, tra i due, è Magnolia quella che dovrei tenere ferma.

"*Come, scusa*? Mi hai appena dato della *troia*?" Raddrizza la schiena, sui tacchi, assumendo una posizione che accentua ulteriormente il seno, già in bella mostra.

Il tizio fa scorrere lo sguardo sul corpo mezzo nudo di lei, e si lecca le labbra con un gemito gutturale. "Ti sei fatta una reputazione per qualche motivo, piccola. Fammi vedere quanto sei brava a succhiare il cazzo, così posso sperimentarlo di persona".

Magnolia serra la mascella mentre il suo metro e sessanta di pura sfacciataggine si prepara ad affrontare il metro e ottanta di muscoli. "L'unica cosa che ti faccio vedere è…"

"Ok, ce ne andiamo…" Piego le ginocchia, la sollevo, poi me la carico su una spalla. La sua bocca è senza filtri nei giorni buoni, ma, quando beve, non si può mai sapere cosa ne verrà fuori. L'ultima cosa di cui ha bisogno è farsi arrestare ed espellere prima del diploma.

"Mettimi giù, Tripp Hollis!" Mi sbatte i pugni sul fondoschiena. Landen nota che ci stiamo avvicinando e apre velocemente lo sportello posteriore. Mio fratello ha due anni in più di me, ed è l'unico tra noi quattro che può bere legalmente.

Magnolia strilla quando la lancio accanto a Noah; poi sbatto la portiera prima che possa imprecarmi contro.

Porca troia! Non cercavo questo tipo di grane, ma, quando mia sorella mi ha chiamato perché le serviva un passaggio, non ho potuto dirle di no. Quindi ho trascinato Landen con me per farmi aiutare, sapendo che Magnolia mi avrebbe dato del filo da torcere.

"Non puoi buttarmi da una parte all'altra come una bambola", biascica quando balzo sul sedile del passeggero.

Landen fa retromarcia sul vialetto mentre Magnolia continua a dare fiato alla bocca. Mio fratello mi scocca un sorrisetto storto e le lancia un'occhiata furtiva come un cucciolo innamorato.

"Mi stai ascoltando?" Magnolia si sporge in avanti e mi dà un colpetto all'orecchio, dato che la sto ignorando. Quando si arrende, appoggia le braccia sul retro del sedile mentre Landen percorre la buia stradina di campagna.

Inclino la testa verso di lei e sento l'odore del suo shampoo al cocco. Perfino ubriaca marcia, Magnolia Sutherland profuma ancora come il paradiso, cazzo!

È una cosa che odio.

"Cerco di non ascoltarti", mormoro.

Dopo cinque minuti di viaggio, Magnolia si copre la bocca. "Oh, merda!"

"Oh, merda, *cosa*?" chiede Landen, in preda al panico.

"Accosta!" urla Noah.

Quando Landen sterza bruscamente per portare il mio pick-up sul bordo della strada, balziamo fuori. Noah aiuta Magnolia a scendere e lei, non appena si piega in avanti, svuota lo stomaco.

Scuoto la testa. "Cazzo! Quanto avete bevuto?"

Noah regge i capelli di Magnolia, raccolti in una coda, e le massaggia la schiena. "Io giusto qualcosa, però lei stava buttando giù degli shot mentre giocava a birra pong".

"Sto benissimo". Magnolia si alza un momento dopo, asciugandosi la bocca e il mento.

La sua capacità di comportarsi normalmente due secondi dopo aver vomitato mi strappa una risata nasale.

I suoi capelli castani sono un groviglio selvaggio, il trucco è sbavato e il top bianco è coperto di macchie di birra.

Eppure, rimane la donna più splendida che abbia mai visto.

E altrettanto off limit.

Cerco di mantenere le distanze, però lei frequenta la nostra famiglia da quando ne ho memoria; quindi è complicato. Ovunque sia Noah, Magnolia è vicina.

"Non vomitare l'anima nel pick-up", la avverte Landen. "Nessuno vuole sentirne la puzza. Stai bene?"

"Assolutamente!" Si porta un dito al naso, poi cambia mano e lo fa di nuovo. "Adesso sono praticamente sobria. Se sapessi guidare con il cambio manuale, potrei portarvi tutti a casa io stessa. Ma nessuno me lo vuole insegnare". Tira fuori il labbro inferiore nel broncio più adorabile di sempre.

Landen ride, tenendo aperta la portiera e facendole cenno di tornare dentro. "Anche se sapessi farlo, Tripp non permette alle tipe di guidare il suo pick-up. È una bellezza rara".

"Wow, ma quanto è sessista?" dice lei in tono di rimprovero.

"È un Ford F250 Highboy Crew Cab del 1974! Ci lavoro sopra dal mio primo anno di superiori", mi difendo. "L'unica ragione per cui a Landen è permesso guidarlo è perché mi ha aiutato a restaurarlo e sa che lo prendo a calci, se lo tratta male".

"Proprio così, bella!" Landen agita le dita verso di lei. "Queste qui non sono brave soltanto a stringersi attorno a un bel collo".

"Mi fai vomitare di nuovo". Magnolia finge un conato mentre lui la aiuta a salire sul sedile posteriore. Barcolla un poco, e Landen trattiene una risata nel vedere quant'è chiaramente ubriaca.

"Mamma ti ammazza", dice mio fratello a Noah come provocazione, quando Magnolia si sdraia sul sedile anatomico.

Noah gli scocca un'occhiata omicida. "Non se non lo scopre".

"È impossibile che non senta noi quattro camminare di sopra, soprattutto con voi due talmente ubriache che inciamperete sui vostri piedi", dico; poi allaccio di nuovo la cintura.

Magnolia si mette seduta e si sporge in avanti finché il suo viso non rimane tra me e Landen. "Mi sa che dovrete portarmi oltre la soglia in braccio, come una sposa".

Landen ride, inserendo la marcia, e poi le scocca un'occhiata. "Potrei caricarti su una spalla con una mano sola, tesoro". Flette il braccio, poi si dà una pacca al bicipite con l'altra mano.

Alzo gli occhi al cielo, poi trattengo un brontolio quando lei gli stringe i muscoli. Sono io quello che l'ha appena trasportata fuori da quella festa senza versare una goccia di sudore, e lei si comporta come se Landen fosse un dio.

Portatemi via da qui.

"Però non rischio che mamma mi becchi mentre vi porto dentro di nascosto. L'ultima volta sono finito nei guai. Per poco non mi ha spedito in Canada", aggiunge Landen prima di tornare sulla strada.

"Beh, non possiamo permettere che accada, vero? Quindi dovremo elaborare un *piano*…" Magnolia mette enfasi sull'ultima parola. "Io e Noah sgattaioliamo di sopra in camera sua e ci assicuriamo che nessuno si svegli. Dopo qualche minuto, vi mandiamo un messaggio quando è sicuro".

Mi giro verso Landen, sorpreso che stia davvero prendendo in considerazione l'idea, e alla fine lui annuisce. "D'accordo. Ma dopo dieci minuti, io entro".

Dieci? Io ne aspetto massimo tre.

Quando ci avviciniamo a casa, Landen spegne i fari. Non mi prendo la briga di muovermi, ma guardo indietro per assicurarmi che le ragazze stiano uscendo.

"Dieci minuti", ricorda Landen alle due.

"Non ti preoccupare". Noah ridacchia.

Usano le torce dei telefoni e salgono lentamente gli scalini della veranda, per poi aprire il portone. Papà dorme sempre come un sasso, lavorando per più di dodici ore al giorno, mentre mamma ha sempre avuto il sonno leggero. Avere cinque figli in casa l'ha resa sensibile al minimo rumore.

"Beh, che stava facendo Magnolia quando l'hai trovata?" chiede Landen quando il silenzio diventa assordante.

"Era sul punto di fare il culo a un tipo che la stava toccando", dico piattamente. "Due secondi dopo, un altro tizio è arrivato e le ha dato della troia. È stato lì che me la sono caricata su una spalla e l'ho portata fuori. Sapevo che, se gli avesse tirato un calcio alle palle, sarebbe scoppiata una rissa, e in un attimo sarebbe arrivata la polizia".

Landen ridacchia. "È proprio una peperina".

"Ricordamelo: perché ti piace?" La mia voce è soprattutto provocatoria, visto che io non posso permettermi di parlare.

"A parte il fatto che è bellissima?" Inarca un sopracciglio. "È uno spasso, ha un buon senso dell'umorismo, un carattere giocoso e, come sai, sa badare a se stessa. È grintosa e sexy. Come può non piacere?"

Annuisco in segno di assenso, ma tengo la bocca chiusa.

Una cosa è sapere chi piace a tuo fratello, un'altra è ammettere che è la stessa ragazza che piace a te da anni.

Quando ho scoperto che provava qualcosa per lei, ho messo da parte i miei sentimenti come meglio ho potuto e mi sono tirato indietro. Io e Landen siamo sempre stati legati. Non so cosa direbbe, se gli rivelassi che piace anche a me; però non voglio scoprirlo e permettere a una ragazza di mettersi tra di noi. Landen è un fantastico fratello maggiore, un bravo ragazzo, e, dopo le delusioni d'amore alle superiori, merita una brava donna nella sua vita.

"Sono passati cinque minuti. Andiamo". Afferro la maniglia prima che possa fermarmi.

Un attimo dopo, mi sta seguendo su per i gradini, però ci blocchiamo entrambi quando il pomello non gira.

"Quelle stronzette", mormora Landen, tirando fuori la chiave.

Ma la porta non si apre quando la gira.

"Che cavolo succede?" chiedo, spostando il pomello da una parte all'altra. "Hanno chiuso la serratura di sicurezza".

Landen prende il telefono e clicca sul contatto di Noah. Dopo uno squillo, parte la segreteria.

Dopodiché la chiamo io, ma il risultato è lo stesso.

"Maledizione! Andiamo a salvarle, e loro ci ripagano chiudendoci fuori di casa. Se mamma si sveglia, penserà che siamo stati noi a violare il coprifuoco". Scuoto la testa, stringendo i pugni. Anche se io e Landen siamo adulti, viviamo ancora a casa e rispettiamo le regole come forma di rispetto per tutti coloro che si svegliano presto per lavorare al ranch e al Lodge.

Dopo aver trovato il numero di Magnolia, la chiamo lei e, con mia sorpresa, risponde.

"Ehi, belloccio. Stai cercando una cowgirl scalmanata per stanotte?" Il suo tono seducente da ubriaca mi fa quasi scappare una risata strozzata, ma sono troppo arrabbiato per cedere.

"Apri. La. Porta".

"Mi sembri arrabbiato, cowboy. Hai bisogno di trovare un po' di *sollievo*? Quello sì che ti farebbe sorridere, vero?"

"Oh, mio Dio! Smettila di usare la tua voce da porno con mio fratello!" la rimprovera Noah in sottofondo.

Stringendomi la radice del naso prima di perdere la pazienza, butto fuori un lento respiro. "Apri la serratura di sicurezza e facci entrare".

"E cosa farai per convincermi?"

Mi giro verso la sua auto parcheggiata vicino al mio pick-up.

"Ti dico cosa *farò*, se non lo fai…" la minaccio.

"Mmh… dimmi di più".

"La tua Beetle rossa si ritroverà a galleggiare nel laghetto, se non ci fai entrare".

"Non ti azzarderesti!" Adesso la sua voce è severa, come se le mie parole l'avessero riportata di colpo alla realtà.

Ci vogliono meno di tre minuti per raggiungere il laghetto sul lato dell'agriturismo del ranch.

"Credi che non sappia far partire una macchina senza la chiave? Dovrai ricrederti, *Calendula*. Ce la spingerò dentro e la guarderò affondare".

"Sei malvagio", sibila.

"Ti sei già arresa, Mags!" Noah ridacchia.

"Ha minacciato Super Rossa! Che cosa dovrei fare?"

"Lo sai che sta mentendo. Ma lascia pure che vinca lui. Però vedi di non inciampare mentre scendi", la avverte Noah.

"Pensavi davvero che questo fosse il modo migliore per non svegliare i miei genitori?"

"Speravo di stringere un qualche patto, ma visto che non sei per niente divertente…"

Pochi secondi dopo, la porta si spalanca e Magnolia è di fronte a me con indosso soltanto una maglietta larga.

Una mia maglietta.

Imito la sua espressione divertita. "Che genere di accordo?"

Landen mi passa accanto mormorando un *finalmente* e supera Magnolia. Considerando che iniziamo a lavorare tra qualche ora, non lo biasimo, però io resto piantato all'ingresso perché sono troppo curioso.

"Uno in cui io dico un segreto a te, poi tu ne dici uno a me".

Mi avvicino, chiudendomi la porta alle spalle senza mai toglierle gli occhi di dosso. Il petto di Magnolia si gonfia e sgonfia rapidamente quando torreggio su di lei.

"Quella dove l'hai presa?" Indico con il mento il suo corpo.

"Nel tuo armadio". La sua voce è poco più di un sussurro.

Afferro l'orlo, poi faccio scorrere il tessuto tra il pollice e l'indice. Le altre dita sfiorano la sua pelle morbida e abbronzata, e le si blocca il fiato in gola.

"Perché te la sei messa?"

Un angolo della sua bocca si solleva. "Ha il tuo odore".

Leccandomi le labbra, mi si serra la gola mentre combatto contro le parole che vorrei disperatamente dire, ma non posso.

Toglitela. Fatti toccare. Concediti a me proprio come io voglio concedermi a te.

Però non dico nessuna di quelle parole.

Quando Billy è venuto a mancare, è morta anche una parte di me. Non mi sembra giusto divertirmi quando lui non può. Ha preso una decisione sbagliata, che ha colpito tutti noi che gli volevano bene per il resto delle nostre vite. Voglio odiarlo per essere stato così stupido, però stava soffrendo e si comportava nell'unico modo che conosceva.

E quello gli è costato la vita.

Quindi, invece di spassarmela alle feste e commettere gli stessi errori, mi concentro sulla mia famiglia e il lavoro, e per me è sufficiente. Mi aiuta a tenere lontani gli attacchi d'ansia… *di solito*.

Però Magnolia mi tenta. Mi dà speranza, e quello è un sentimento pericoloso.

È già abbastanza uno schifo che Landen voglia uscire con lei, ma, se c'è una cosa che so per certo di Magnolia, è che ritorna da quel coglione del suo ex ogni volta che lui decide di darsi una cazzo di svegliata. Travis ha un anno in meno di me e, quando giocavamo insieme a football durante il mio ultimo anno, siamo diventati pure amici. Hanno avuto una relazione a intermittenza per tutte le superiori, motivo per cui non ho mai preso a cuore i suoi commentini provocanti, ma è anche la ragione per cui non li ho mai ricambiati. Il codice che regola i rapporti di amicizia maschili non consente di frequentare le ex di un amico, tanto meno la tipa che piace a tuo fratello.

Facendo un passo indietro, mi ficco le mani in tasca e abbasso lo sguardo sulle sue gambe nude. "Rimettila in camera mia, quando hai finito".

Senza aspettare una sua risposta, me ne vado.

Capitolo Due

Magnolia

TRE ANNI DOPO

"È il mio compleanno, stronze!" urlo, e getto in alto le braccia.

Tutti esultano e sollevano un bicchierino da shot. Finalmente compio ventun anni, e voglio godermi al massimo la serata. Ho invitato alcune amiche a casa del mio ragazzo per iniziare a bere, e poi andremo al Twisted Bull per la vera festa. Ha una grande pista da ballo e un toro meccanico, però io sono interessata soltanto all'alcool e alla musica.

"Tieni, piccola. Ti ho preparato un cocktail". Travis mi fa l'occhiolino, porgendomi un bicchiere rosso.

"Ooh, che cos'è?" Lo annuso, e delle note fruttate mi arrivano al naso.

"Un cocktail speciale da compleanno per assicurarmi che stanotte ti divertirai come non mai". Mi avvolge un braccio attorno alla vita, attirandomi contro il suo petto prima di baciarmi le labbra. "Voglio che ti lasci andare e ti scateni".

Rivolgo un largo sorriso al mio ragazzo, poi mi scolo metà del drink. Abbiamo avuto i nostri alti e bassi negli ultimi anni, però finalmente lui sta iniziando a maturare. Prima litigavamo per stronzate insulse e stupide, mentre adesso è più attento ai miei sentimenti e a ciò che mi rende felice.

"È delizioso!" Urlo per sovrastare la musica, poi bevo un altro lungo sorso. "Vuoi ballare con me?"

"Tra poco. Sto facendo il barista finché non usciamo".

Lo faccio abbassare per un bacio mozzafiato e sorrido per quanto è dolce. "Grazie per tutto questo".

Cala il palmo della mano sul mio sedere con uno schiocco, e io lancio un gridolino. "Qualunque cosa, per la mia donna".

"Noah!" grido quando vedo la mia migliore amica entrare con due dei suoi fratelli. "Siete venuti!"

Mi lancio tra le sue braccia e, per fortuna, lei mi prende al volo. L'alcool sta già facendo effetto.

"Ma certo!" Ride e mi abbraccia.

"Ti sei portata dietro la coppia noiosa?" Inarco un sopracciglio guardando Landen e Tripp.

Noah mi scocca un'occhiata severa. "Sono i nostri autisti. Sii gentile".

Tripp limita il consumo di alcolici e non si ubriaca mai, a meno che non si trovi a casa. Anche se ha ventitré anni, non è mai stato un grande bevitore. Sospetto che c'entri qualcosa il fatto che, cinque anni fa, alle superiori, il suo migliore amico è morto dopo aver guidato in stato di ebbrezza.

So già che a Travis non farà piacere averli qui. Prima che ci rimettessimo insieme, l'anno scorso, io e Landen siamo usciti per un appuntamento. Mi aveva sorpresa sapere che gli piacevo in quel modo, però avevo pensato di non avere niente da perdere, dato che Tripp era cieco a tutti i miei segnali. Quando Landen mi ha chiesto se poteva baciarmi, a fine serata, abbiamo scoperto che tra di noi non era scattata la scintilla e abbiamo optato per restare soltanto amici.

Ma, nonostante questo, Travis lo odia semplicemente per quella ragione.

"Beh, perfetto! Perché stasera ce la spassiamo di brutto! Vieni, Travis sta preparando i drink!" Prendo Noah per mano e la trascino dietro di me verso la cucina.

Tripp e Landen rimangono alle nostre spalle mentre Travis mixa un cocktail per Noah.

"Voi due volete una birra?" chiede Travis, dopo averle dato il drink.

"No, dobbiamo guidare", spiega Tripp.

"Oh, eddai! Una non vi uccide mica. Prendetela". Travis porge loro una bottiglia, ma nessuno dei due la accetta.

"Ho detto di *no*". Il tono brusco di Tripp mi provoca un brivido lungo la schiena. "Non bevo, prima di guidare".

Si fissano negli occhi, poi Travis fa spallucce e la tiene per sé. "Andiamo, bambola. Balliamo".

Quando mi giro, trovo lo sguardo gelido di Tripp su di me mentre prendo la mano di Travis. Il suo atteggiamento altalenante mi manda fuori di testa, perché un attimo prima sembra mandarmi segnali che gli piaccio e quello dopo si comporta come se non vedesse l'ora di allontanarsi da me.

È per questo che ci ho rinunciato e ho dato a Travis un'altra chance. Sono un bel bocconcino. Non dovrei mettermi a convincere un uomo a stare con me.

Io e Travis balliamo al centro della pista da ballo improvvisata e, a metà della seconda canzone, sento come se qualcuno stesse scavando un buco dietro la mia testa. Noah è accanto a noi, che balla con le nostre amiche delle superiori; quindi mi giro tra le braccia di Travis per vedere cos'altro sta succedendo nella stanza.

Tripp sta bevendo da una bottiglietta d'acqua e Landen gli sta sussurrando qualcosa. Il primo ha le sopracciglia aggrottate, gli occhi puntati su me e Noah. Sorseggio ancora il mio cocktail alla frutta e mi perdo nella musica mentre tengo lo sguardo su di lui.

Inarcando la schiena, strofino il sedere contro l'inguine di Travis, e lui stringe la presa che ha su di me. "Se continui così, stasera ti scopo".

Gli do una leggera gomitata, però lui mi stringe il braccio.

"Sono serio, Maggie. Fidati, ti piacerà". Mi fa girare per potermi guardare in volto, e io mi acciglio.

Lo sa che odio essere chiamata *Maggie*, e ancora di più quando non rispetta i miei limiti.

"Pensavo avessimo già fatto questa discussione". Una discussione in cui gli avevo detto *ma anche no.*

"Ti preparo tutta per bene, bambolina. Quando ti avrò portata al limite, mi supplicherai per avere il mio cazzo *grosso* nel culo". Mi fa l'occhiolino, facendomi accapponare la pelle.

Grosso? Se una matita HB fosse grossa, *allora sì, ce l'ha grosso.* Però ho una bassa tolleranza al dolore, e non mi viene in mente nulla di peggio che dargli il permesso di toccarmi lì dietro.

Sarebbe diverso se parlassimo di sesso duro o perfino di giochi sessuali di ruolo. Abbiamo sperimentato molte varianti in passato, ed è stato eccitante da morire, ma questa è una cosa su cui rimarrò irremovibile. Mi mette a disagio, ed è come se lui pensasse che il mio *no* faccia solo parte dei preliminari e che lui possa prendersi ciò che vuole.

Sapendo che ha bevuto e non volendo avere questa conversazione proprio ora, lo ignoro. Non vale la pena litigare per una cosa simile, quando questa serata dev'essere passata a festeggiare e divertirci.

"Sono pronta ad andare al Twisted Bull. Noah?" La guardo, e lei annuisce con entusiasmo.

"Ci andiamo con i suoi fratelli, visto che tu sei ubriaco", dico a Travis.

"Non penso proprio. Ti accompagno io". Mi stringe di nuovo il braccio, ma stavolta abbastanza forte da lasciare il segno.

"Hai bevuto", gli ricordo, tenendo la voce ferma per non farlo andare su tutte le furie davanti agli altri. "Tripp e Landen possono accompagnarci fin lì, e poi torniamo a casa con un Uber".

Stringe le labbra e rivolge un cipiglio verso i fratelli di Noah, prima di guardare me. "D'accordo. Però voglio che mi resti vicina tutta la notte".

Normalmente, avrei trovato sexy la sua possessività, però si sta comportando più da stronzo che da fidanzato amorevole e protettivo.

"Lo farò, promesso". Gli passo le braccia attorno al collo per calmarlo.

Finisco di bere il drink prima di salire con gli altri sul pick-up di Tripp. Non ci stiamo tutti sui sedili; quindi il resto delle mie amiche si ammucchia nel cassone e canta a squarciagola seguendo la musica per tutto il tragitto, fino al locale.

Noah mi dà una spintarella, attirando la mia attenzione; poi indica con il mento il telefono che ho in mano. Quando sblocco lo schermo, trovo un messaggio.

NOAH

Tutto bene tra te e Travis?

Nel modo più discreto possibile, visto che Travis è seduto sull'altro mio lato, scrivo la risposta.

MAGNOLIA

Sì, è solo che non voleva andare in macchina con i tuoi fratelli, però gli ho detto che aveva bevuto e che era meglio se non guidava.

NOAH

Continua a lanciare occhiatacce a Tripp. Pensavo fossero amici, no?

MAGNOLIA

Pure io. Non so cosa gli sia preso stasera. Ma io ho intenzione di divertirmi e non permetterò al suo cattivo umore di rovinare la serata.

NOAH

Ti conviene! Ventun anni si compiono una volta sola, e poi è tutto in discesa!

Ride quando mi guarda leggere il suo messaggio.

"Stronza". Ridacchio.

Non appena infilo il telefono in tasca, arriviamo al parcheggio.

"Stasera sei qui per divertirti, ok?" mi ricorda Noah mentre ci prendiamo a braccetto e camminiamo verso l'entrata. "Tu goditela e *shake it off*, come dice Taylor Swift".

Scoppio a ridere al riferimento. È una Swiftie non dichiarata.

Travis mi posa una mano sulla base della schiena mentre entriamo e avvicina la bocca al mio orecchio.

"Scusami per prima. È solo che odio condividerti".

La sincerità nella sua voce mi fa sorridere. Travis non è bravo a elaborare le sue emozioni o a mostrarle; quindi so che per lui non è facile esprimerle, quando qualcosa lo turba.

"È solo per qualche ora, e poi sarò tutta tua quando torniamo da te", lo rassicuro, lasciando andare Noah per passargli le braccia attorno alla vita. "Devi ancora darmi il mio regalo di compleanno, comunque".

Mi solleva il mento con un sorrisetto malizioso. "E ho intenzione di fartelo scartare quando siamo soli". Fa calare l'altra mano sul mio sedere con uno schiocco. "Mi prendo pure questo".

Alzo gli occhi al cielo perché non mi va di litigare di nuovo.

"Vuoi qualcosa da bere?"

"Sì, per favore! Qualcosa all'ananas. Oh, e prendi un Margarita alla fragola per Noah".

Ridacchia, poi mi sfiora le labbra con le sue. "D'accordo, bambola".

"Sembra d'umore migliore, eh?" Noah arriva al mio fianco.

"Già, starà bene. Sempre che i suoi sbalzi d'umore non mi costringano a ucciderlo prima". Rido, però, quando mi giro verso di lei, noto che mi sta guardando di traverso, come suo solito. "Che c'è?"

Scuote la testa, restando in silenzio, ma non c'è bisogno che dica niente. So già cosa sta pensando.

Però dovrò soltanto dimostrarle che stavolta si sbaglia su Travis. Abbiamo avuto i nostri problemi, ma ora sembra che sia davvero cambiato e che voglia far funzionare il nostro rapporto.

"Dove sono finiti i tuoi fratelli?" chiedo per cambiare argomento.

"Sono andati a giocare a biliardo e freccette. Sono sicura che torneranno a breve per farmi da babysitter. Oh, adoro questa canzone. Balliamo!"

Noah mi prende per mano, mi trascina fino alla pista da ballo ed entrambe ci scateniamo con le nostre amiche. Travis ci raggiunge e ci porge i nostri cocktail. Poi si assicura un tavolo e si scola una birra mentre mi guarda.

"Fammi provare la tua Piña Colada", urla Noah per sovrastare la musica quando vede che il mio bicchiere è quasi mezzo vuoto. "Non l'ho mai bevuta".

"Sì, e io posso assaggiare il tuo?"

Ci scambiamo i bicchieri, e gemo sentendo il sapore dolce della purea di fragola. Invece di riprenderci i nostri drink, continuiamo a bere l'una quello dell'altra. Oh, beh, ne prenderò un altro più tardi.

Dopo aver ballato per cinque o sette canzoni, con un litro di sudore sulla fronte, barcolliamo verso Travis. I nostri bicchieri sono praticamente vuoti, però voglio farmi qualche shot prima di prenderne un altro alla frutta.

"Dobbiamo farci qualche shot Pompino! E il Sex on the Beach!" urlo. "Oh, e mi serve una Piña Colada, visto che Noah ha rubato la mia".

Travis abbassa lo sguardo sui nostri bicchieri e serra la mascella. "Noah ha bevuto la tua?"

"Sì, voleva provarla, e poi ci siamo dimenticate di scambiarci di nuovo i bicchieri". Faccio spallucce perché, tanto, che importa? Condividiamo sempre le nostre cose.

"Merda!" mormora lui, passandosi le dita tra i capelli biondi pettinati all'indietro. "Ehm, ok. Tu resta qui. Torno subito".

Travis va al bancone, e poi il mio sguardo trova Tripp con una rossa al braccio.

"Forse avrei dovuto tingermi i capelli, così gli sarei piaciuta", sussurro verso Noah.

"Eh? Che stai…?" Poi capisce chi sto guardando. "Oh, sta' zitta. Tripp ha i suoi problemi. Non c'entra niente il tuo colore di capelli".

"Sei sicura?" Sbatto gli occhi un paio di volte quando mi si sfoca la vista. "La sta guardando come se fosse pronto a divorare un filetto di manzo al sangue ricoperto di funghi".

Noah si fa una risata nasale, standomi vicina mentre studiamo suo fratello. "Ovvio che conosci il suo piatto preferito, stalker psicopatica. Ma, se può consolarti, direi che la sta guardando come se fosse una ciotola di zuppa di piselli fredda".

L'immagine mi fa aggrottare le sopracciglia. "Che vuol dire?"

"Odia le zuppe. E quella ai piselli è la peggiore di tutte".

Siamo in preda a un attacco di ridarella quando Travis ritorna con un vassoio di shot. Noah ne prende uno, poi lo solleva in alto. Faccio cenno alle nostre amiche di avvicinarsi e dico loro di prendere un bicchierino, però ne tengo uno di ciascuno per me.

"Alla cazzo di festeggiata e mia migliore amica!" urla Noah, e tutte gridano di rimando. Visto quanto sta alzando la voce questa sera, domani non ce l'avrà.

Li scoliamo in un batter d'occhio prima di sbattere i bicchierini sul tavolo. Poi sollevo il mio secondo shot. "Chi vuole un Pompino?"

Travis mi scocca uno sguardo torvo di disapprovazione, ma io lo ignoro. Se non vuole divertirsi con me, allora troverò qualcun altro che voglia farlo.

Il trambusto del nostro gruppetto attira l'attenzione di Tripp e Landen, che si avvicinano.

"Tripp, vuoi un Pompino?" chiedo soprattutto per punzecchiarlo, ma anche per vedere se lo farà davvero.

"Dovrei sapere cosa significa?" Sposta lo sguardo da me a Travis, che gli sta indubbiamente scoccando un'occhiata omicida.

"Inginocchiati di fronte a me e fai come ti dico", ordino.

Quando Tripp fa malvolentieri quello che gli ho chiesto, mi metto in piedi di fronte a lui. "Adesso apri la bocca".

Solleva un sopracciglio, però annuisco con decisione. Appena lo fa, porto indietro la testa e bevo lo shot, ma non ingoio. Tenendolo nelle guance, mi sporgo verso Tripp, poi gli sputo il liquido in bocca. Prima che possa mandarlo giù, premo con forza le mie labbra sulle sue.

Spalanca gli occhi, e la sua gola si muove.

"Sì, così, festeggiata!" esclama una delle mie amiche, però sono troppo concentrata sul fatto che le mie labbra stanno toccando quelle di Tripp per esultare.

Dopo tutto questo maledettissimo tempo, sta succedendo così.

Di fronte al mio ragazzo. Ops.

Nessuno dei due si muove, con le labbra che restano incollate; eppure abbiamo entrambi troppa paura per avere un assaggio.

"Basta così!" ringhia Travis, trascinandomi indietro con uno strattone.

Barcollo sui tacchi e sbatto le palpebre per abituarmi alle luci forti.

"È così che funziona un Pompino?" mi chiede Landen, aiutando Tripp ad alzarsi.

Con una scrollata di spalle, mi asciugo il labbro inferiore. "Io lo faccio così".

Bugia. Mi sono inventata tutto per vedere se Tripp avrebbe abboccato, e l'ha fatto.

"Porca miseria, adesso mi serve un cowboy a cui dare uno shot Pompino! Qualcuno si offre volontario?" Noah saltella da una parte all'altra, alla ricerca di una vittima. Non ha più frequentato nessuno da quando si è lasciata con Jase, l'anno scorso; quindi mi piacerebbe proprio tanto vederla rimettersi finalmente in gioco. Tra il lavoro al ranch della sua famiglia e un'agenda piena di addestramenti di cavalli, non ha ancora trovato il tempo per farlo.

"Vi conviene portare vostra sorella a casa presto, prima che l'ecstasy faccia effetto", dice Travis ai suoi fratelli con voce sommessa, però sento ogni parola.

Ha detto *ecstasy*? Quando l'avrebbe presa Noah?

"Come, scusa?" La voce tonante di Tripp può essere sentita a un chilometro di distanza.

Oh, porca troia!

"Hai drogato nostra sorella?" sbotta Landen.

"Aspetta, che cosa mi hai fatto?" La voce di Noah vacilla quando si ferma di colpo.

"Merda! No, n-non volevo. Era per Magnolia, però non si è tenuta il suo cazzo di drink; quindi non è colpa mia", sibila Travis, fulminandomi con lo sguardo.

"*Cosa?*" strillo. "Mi hai drogata? E per qualche motivo è colpa *mia*?"

"Beh, se la smettessi di scambiare sputi con tutti, non sarebbe chissà quale problema". Si mette di fronte a me, come per nascondermi da tutti gli altri. "Faceva parte del tuo regalo. Volevo che ti divertissi e ti lasciassi andare per… *dopo*".

Indietreggio da lui, cercando di comprendere la sua logica.

"Non puoi mica drogarmi senza il mio consenso, e poi arrabbiarti se non l'ho presa. Come hai potuto?"

Chiude la distanza tra di noi, abbassando la voce per parlare: "Volevi provare il sesso anale; quindi pensavo che questo ti avrebbe aiutata a calmare i nervi. Così, non avresti nemmeno sentito il dolore".

"Quando diavolo ho detto di volerlo? Ti sto dicendo di *no* da settimane!"

"Già, perché pensavi che ti avrebbe fatto male. È per questo che ho comprato la Molly per te".

"Oh, mio Dio! Non può essere davvero la tua giustificazione". Mi ondeggia la testa, e il pavimento comincia ad aprirsi di fronte ai miei occhi.

"Stai… Quanto hai bevuto prima di dare il tuo drink a Noah?" chiede, reggendomi per le spalle.

"Tipo un terzo, probabilmente. Meno della metà". Cerco di ricordare, però sento il sangue affluirmi alle orecchie, ed è stranissimo.

"Merda, allora forse ne hai bevuta un po'!"

"Ragazzi. La sento. Porca troia! Ti voglio un mondo di bene, Magnolia. Sei la mia migliore amica". Il sorriso di Noah è talmente largo e buffo che non posso fare a meno di ridere.

"Idiota, guarda cosa le hai fatto. È strafatta". Gli do una sberla sulla spalla, ma lui non batte ciglio.

"Presto lo sarai anche tu. Dovremmo tornare a casa. Chiamo un Uber". Sblocca lo schermo del telefono e clicca sull'applicazione, però non voglio ancora andarmene. E, in questo momento, non voglio seguire Travis da nessuna parte, dopo quello che ha fatto.

Tripp si frappone tra di noi, prendendomi alla sprovvista e rischiando quasi di farmi cadere col culo per terra. Per fortuna, Landen è abbastanza vicino da afferrarmi il braccio e tenermi in piedi.

"Non la porti da nessuna parte, stronzo. Le hai drogate, e hanno bevuto. Prenditi il tuo cazzo di Uber e tornatene a casa *da solo*". Tripp si avvicina a Travis con i pugni stretti lungo i fianchi.

Oh, merda, si mette male!

"Vaffanculo, Tripp! È la mia ragazza, non la tua. Quindi fatti da parte". Travis gli dà una spinta sul petto, poi si sporge oltre Tripp per cercarmi. "Magnolia, andiamo. Aspettiamo la macchina fuori".

Sono troppo stordita per arrabbiarmi; mi sento soltanto rilassata e felice. Scoccando un'occhiata verso Noah, noto il suo sorriso a trentadue denti, e il modo in cui si sta aggrappando a Landen mi fa capire che è super allucinata.

"Landen, portale al mio pick-up. Adesso", dice Tripp senza distogliere lo sguardo da Travis.

"No, bello. Non puoi averla. È *mia*!" Travis sembra pronto ad ammazzarlo.

"Perché state facendo tutto questo casino? È una festa! Balliamo!" Alzo le mani e mi metto in punta di piedi. "Oh, mio dio, amo questa canzone! Noah, andiamo a…"

"No!" Tripp mi prende per mano e mi trascina via dalla pista da ballo. Landen ci segue reggendo Noah, e io metto il broncio.

"È il mio compleanno! Non voglio andarmene!"

"Nemmeno io!" esclama Noah in tono lamentoso. "Possiamo ballare a casa mia!"

"Sì!" urlo nello stesso momento in cui Tripp e Landen dicono con rabbia: "No!"

"Ma che cazzo? *Magnolia*!" Travis ci raggiunge, libera il mio braccio dalla presa di Tripp, poi solleva un pugno. Prima che possa avvisare Tripp, lo colpisce dritto al naso.

"Oh, mio Dio!" strillo, cadendo all'indietro contro un altro corpo.

Landen spinge Travis, poi si inginocchia per controllare le condizioni di Tripp.

Merda, vedo del sangue!

"Andiamo!" Travis mi trascina verso la porta con uno strattone, facendomi perdere l'equilibrio e i tacchi.

"Rallenta!" Mi piego per raccogliere le scarpe, ma, prima che possa farlo, Travis mi trascina via tra le sue braccia.

"Sono le mie preferite!" mi lamento.

"Te ne compro un paio nuovo. Dobbiamo andarcene da qui prima che..."

Prima che arrivi la polizia.

"Magnolia!" urla Noah alle nostre spalle, con Landen al seguito. "Non abbiamo cavalcato il toro!"

"Oh, mio Dio! Dobbiamo farlo!" grido in risposta; poi mi giro verso Travis e inizio a scalciare. "Mettimi giù!"

"Detesti il toro, Maggie. È colpa della Molly. Passerà".

Storco il naso. "Chi è Molly?"

"Ne hai senz'altro una parte in circolo. Perché hai condiviso il tuo drink?"

"Chiedilo alla persona che ha messo la droga *nel* mio drink", ribatto ironica mentre cerchiamo il nostro passaggio nel parcheggio. Il vantaggio di vivere in un paesino è che non bisogna aspettare molto per un Uber, però una parte di me non vuole andare a casa sua. Non mi fido di lui, anche se sento una botta di adrenalina.

"Forse dovrei stare con Noah e tornare con lei per assicurarmi che stia bene", dico quando mi mette giù.

Travis apre la portiera sul retro e mi spinge dentro. "Sta' zitta e mettiti la cintura". Mi sbatte lo sportello in faccia prima che possa rispondergli.

Oh, è più delirante di quanto pensassi, se crede che farò sesso anale con lui, dopo questa storia!

Capitolo Tre

Tripp

L*o uccido, cazzo.*

Ho perso di vista Magnolia dopo che quello sfigato del suo ragazzo mi ha colpito in faccia. Quello stronzo non ha avuto nemmeno il coraggio di restare e risolvere la questione a suon di pugni. Se l'è data a gambe come la mezza sega che è.

Dato che Landen sta tenendo d'occhio Noah, io mi concentro sulla ricerca di Travis. Devo fermarlo prima che si approfitti di Magnolia, adesso che è sballata.

Correndo fuori, tra le macchine parcheggiate, lo trovo mentre la spinge sul retro di un SUV nero. Le urla addosso qualcosa e, quando per poco non le chiude con forza la portiera sul piede nudo, vedo rosso.

Mentre fa il giro dal retro del veicolo, spalanco lo sportello e le tolgo la cintura. "Esci! Subito. *Svelta*".

I suoi occhi schizzano nei miei proprio quando Travis ci nota dall'altro lato.

"Che cazzo?" brontola, allungando la mano verso di lei.

Spingo Magnolia contro il sedile, poi mi allungo sopra il suo corpo e sbatto violentemente il pugno sul viso di Travis. Impreca, indietreggiando mentre si copre il naso.

Quando sento il motore del mio pick-up prendere vita dietro di me, prendo la mano di Magnolia e me la carico su una spalla.

"Ehi!" strilla.

Non appena Landen balza giù dal posto di guida e apre il retro, la metto giù e le faccio cenno di spostarsi per farmi sedere, visto che Noah è seduta davanti. Comunque sia, non darò a Travis un'altra occasione per portarla via.

Mentre sto per chiudere la portiera, lo stronzo la afferra e cerca di riaprirla. Mi piego all'indietro per proteggere Magnolia da lui, e con tutte le mie forze lo colpisco al petto con lo stivale. Quando lui vacilla, afferro la maniglia e tiro con decisione.

"Vai, vai, vai!" urlo a Landen.

Le gomme stridono sull'asfalto, e quando finalmente arriviamo sulla strada principale, butto fuori un respiro. "Cristo santo! È come Ghostface di *Scream*, che non muore mai".

"Veramente, c'erano diversi Ghostface", mi dice Noah, e la ringrazio alzando gli occhi al cielo.

"Stai bene, Sole?" chiedo a Magnolia, e noto che ha un tic alla palpebra. "Vieni qui".

Gli eventi della serata, mescolati alla botta di serotonina entrata in circolo nel suo sangue, la stanno confondendo su come dovrebbe sentirsi in questo momento.

"Sono super eccitata", dice all'improvviso con una risata. "Ti va di fare sesso anale?"

Sbatto con forza gli occhi. "Che cazzo hai detto?"

"Che c'è? È per questo che Travis me l'ha data: perché non facesse male. Sarebbe un peccato sprecarla così".

Quel disgustoso figlio di puttana! Lo ammazzo.

Avrei dovuto dargli un calcio all'uccello, così non avrebbe più potuto usarlo.

"Non importa quanto sono fatta o eccitata, mai e poi mai un cazzo mi toccherà il buchetto del culo", dichiara Noah, poi si gira e aggiunge: "Da lì faccio la cacca".

Allargo le narici e prendo un lungo respiro di frustrazione. *Caro Dio, ti prego, cancella dalla mia mente quella frase uscita dalla bocca di mia sorella, subito.*

"Ok, quindi niente sesso anale", Magnolia annuisce, come se fosse stata davvero un'opzione. "Potremmo fare il sessantanove, doggy style, reverse cowgirl, oppure, cavolo, mangiare della panna montata l'una dal corpo dell'altro. A me stanno bene tutte queste cose".

Porca troia! Non avrei dovuto permetterle di baciarmi o assecondare il suo giochetto con lo shot, perché sentirla elencare una serie di posizioni sessuali me lo sta facendo venire duro, adesso che so com'è avere le sue labbra sulle mie. Quando mi ha detto di inginocchiarmi e di aprire la bocca avrei dovuto capirlo. Però ho visto il modo in cui Travis la stava trattando stasera e volevo che si divertisse per il suo compleanno.

"*Tulipano*, nessuno farà sesso stasera". *Purtroppo.*

Magnolia aggrotta la fronte e allarga le narici, in un'espressione dannatamente adorabile, però non cederò, a prescindere da quanto il mio cazzo lo desideri.

"Tu, invece, Landen? Abbiamo avuto quell'appuntamento. Ti va di continuare in camera da letto? Adesso sono molto più flessibile".

Lo sguardo di mio fratello trova il mio dallo specchietto, e vorrei togliergli con una sberla quel sorrisetto dalla faccia compiaciuta. Non gli ho mai confessato che mi piace Magnolia, nemmeno dopo che hanno deciso di rimanere amici, però una parte di me si chiede se non lo sospetti.

Sarebbe stato comunque inutile menzionarlo, dopo quel fatto, visto che lei si era messa ancora una volta con Travis, come faceva sempre.

Detesto che, perfino dopo quello che le ha fatto stasera, lei andrà di nuovo da lui strisciando e si prenderà la colpa per le azioni di Travis. Anche se le dichiarassi i miei sentimenti in questo momento e le dicessi che dovremmo stare insieme, avrei sempre paura che un giorno potesse lasciarmi e tornare da lui.

Anche se non capisco perché lo faccia, dato che lui è uno stronzo maniaco del controllo che la tratta di merda. È come se le avesse lanciato addosso un incantesimo che le impedisce di vedere il proprio valore e quanto lui in realtà sia terribile.

Io e Travis eravamo in buoni rapporti finché non ho scoperto che l'aveva tradita, per poi manipolarla fino a farle credere che fosse stata colpa sua, perché aveva invaso la *sua* privacy quando gli aveva controllato il telefono. E, in qualche modo, Magnolia aveva finito per chiedergli scusa.

Poi ha perso tutto il mio rispetto non appena ha cominciato ad approfittarsi di lei, quando altri ragazzi ucciderebbero qualcuno per l'opportunità di averla.

Ma, dopo stasera, non la darà più per scontata.

Devo soltanto convincerla che merita di meglio.

"Non puoi andare a letto con Landen!" Noah si fa una risatina, scoccandomi un'occhiata prima di guardare Magnolia. "Tripp sarebbe geloso".

Maledetta!

"Di *Landen*?" Magnolia ridacchia, incredula.

"Di qualunque ragazzo con cui stai, *ovvio*!" Noah alza gli occhi al cielo. "Era pronto ad ammazzare Travis stasera. Ha abbandonato sua sorella per recuperarti".

"Sapevo che con te c'era Landen!" mi difendo. "E poi, non permetterei a nessun tipo di approfittarsi di una ragazza che è stata drogata. Specialmente una tua amica. Quindi tappati la bocca".

Magnolia mi sorride, e detesto il fatto che riesca a calmare il mio cuore martellante. "Quindi mi hai salvata soltanto perché sono la migliore amica di Noah? Per nessun altro motivo?"

Invece di cadere nella sua trappola, stringo le labbra per trattenermi dal vuotare il sacco.

"Prima mi hai baciata…" mi ricorda, come se potessi mai dimenticarlo.

"Contro il mio volere", dico scherzando. Non che mi sia *minimamente* dispiaciuto. Ma, quando fa stronzate del genere, mi fotte il cervello.

Se voleva baciarmi così disperatamente, allora perché sta con quello sfigato?

"Hai ragione: dovremmo pareggiare i conti".

"Che significa?" chiedo, sapendo che non dovrei farlo.

È senza dubbio un'altra trappola.

"Puoi baciarmi adesso. Oppure, beh, farmi *tutto* quello che vuoi. Questo sballo mi fa sentire arrapata e super, *super* eccitata. E poi, mi merito del sesso per il mio compleanno".

Mi copro il pacco perché non noti il rigonfiamento che si sta formando nei jeans. Deve smetterla di parlare e confondere il mio cazzo.

Girandomi dall'altra parte, rispondo con un grugnito: "No".

"Cosa…"

"Perché, a differenza di quel coglione del tuo *ragazzo*…" – incrocio i suoi occhi imploranti – "…io non mi approfitto delle donne drogate e ubriache, né me la spasso con quelle impegnate".

Trasalisce come se le mie parole fossero una sberla, però ha bisogno di sentirselo dire. Flirtare in modo innocente con i ragazzi è una cosa, ma il tradimento non è un casino in cui voglio farmi coinvolgere. Anche se dovessero lasciarsi dopo questa storia, io sarei soltanto un ripiego.

"Non resterai insieme a lui dopo questo, vero?" le chiede Noah.

"La Statua della Libertà inizierà a camminare, prima che io decida di riprendermelo. E poi, non voleva mai fare quello che volevo fare io. Nemmeno andare a vedere un film! Che razza di psicopatico odia il cinema? Quindi sì, non ci rimetteremo mai e poi mai insieme". Magnolia scuote la testa come se facesse sul serio, però so bene che non devo sperare che questa volta si ravvedrà. "A un certo punto dovrò recuperare le mie cose da casa sua. Sarà divertente".

"Non ci vai da sola. Ti accompagniamo io e Landen. Pure Waylon e Wilder, se necessario". I nostri fratelli gemelli maggiori sono più squilibrati di noi due messi insieme.

Magnolia allunga la mano verso la mia coscia, ma, prima che possa fermarla, la ritrae. "Mi consideri proprio come una sorellina, vero?"

La verità è sulla punta della mia lingua, però non voglio nemmeno mentire e fingere che abbia ragione.

"Ti considero un'amica, *Orchidea*". Uso un tono di voce più leggero, così che non se la prenda per il nomignolo che ho usato.

"Bleah. *Amici*? Ne ho a sufficienza".

"Meriti meglio di lui. Spero che tu lo capisca", le dico, ignorando il suo commento. "Le relazioni non dovrebbero essere così complicate. *L'amore* non dovrebbe essere così tossico".

"Da quand'è che tu sei diventato l'esperto?" si intromette Noah con una risatina. "Non hai mai avuto una storia seria".

"Perché non voglio una semplice avventura, e questo è tutto ciò a cui sono interessate le ragazze della mia età". E non è nemmeno una menzogna. A ventitré anni, sono pronto a trovare la mia metà e sistemarmi. Lavoro sodo al ranch tutti i giorni. Sarebbe bello tornare a casa, dopo una lunga giornata, da qualcuno che amo.

"Che mi dici di quella rossa al bar? Sembrava interessata", mi chiede Magnolia con un tocco di gelosia nel tono di voce, però non so nemmeno di chi stia parlando. I miei occhi sono rimasti incollati a lei per gran parte della serata.

Mentre Landen procede sul nostro lungo viale, io mi chiedo perché gran parte delle luci di casa siano accese, data l'ora. Anche se Noah vive nel cottage poco distante, non mi fido a lasciarle da sole stanotte. Quando nostra cugina Mallory si è trasferita da noi l'anno scorso, dopo la morte dei genitori, Noah ha traslocato perché ci fosse abbastanza spazio per lasciarle una camera tutta sua.

Dopo che Landen ha parcheggiato, aiuto Magnolia a scender; poi la porto in braccio su per i gradini della veranda, dato che non indossa le scarpe. La porta si spalanca e Wilder e Waylon appaiono sulla soglia, con l'aria da cazzoni arroganti.

"Che state facendo?" chiede Landen mentre lascio Magnolia sul pavimento tiepido.

"Lo sceriffo Wagner ha chiamato papà. Siete nei *guai*", dice Wilder in tono cantilenante, accompagnandoci all'interno.

"Per cosa?" sbotto, guardando Noah e Magnolia che si precipitano in cucina. Qualche momento dopo, sento che stanno frugando nella dispensa, alla ricerca di snack.

"Landen, Tripp, venite subito qui!" urla nostro padre dal soggiorno.

"Buona fortuna! Io vado a letto". Waylon taglia la corda, ma non lo biasimo. Le cinque arrivano presto, quando manca poco alla mezzanotte.

"Oh, no, io resto".

Guardo Wilder in cagnesco, tentato di dargli un pugno per la maniera bastarda in cui mi sta provocando, però ho ancora le nocche indolenzite per aver colpito Travis.

Io e Landen entriamo nella stanza, trascinando i piedi come cani con la coda tra le zampe. Non ho idea di cosa gli abbia detto lo sceriffo, ma farò la parte dell'innocente finché non verrà dimostrato il contrario.

"Vi dispiace spiegarmi perché lo sceriffo Wagner ha chiamato dieci minuti fa per chiedermi dove vi trovavate?" ci domanda nostra madre, con una mano sul fianco.

Il cipiglio minaccioso di papà significa che, se dovessimo mentire, non ci penserebbe due volte a farci lavorare come muli per un mese.

"Non saprei". Faccio spallucce, infilando le mani in tasca, mentre Landen rimane in silenzio accanto a me.

"Basta stronzate! Che cos'avete fatto? È meglio se lo sappiamo prima che venga ad arrestarvi", afferma lui.

"Arrestarci per cosa?" chiede Landen.

"Aggressione aggravata". Papà incrocia le braccia sul largo petto. "Quindi, ricominciamo. Che cos'avete fatto?"

"Non è colpa loro". Magnolia entra nella stanza con la bocca piena. "Il mio ragazzo, beh, ex, ha drogato il mio drink e poi, quando mi ha trascinata fuori dal bar, Tripp gli ha tirato un pugno prima che l'Uber potesse partire".

"E gli ha tirato un calcio al petto la seconda volta che quello ha provato a prenderla", continua Noah.

Sbuffando, chiudo con forza gli occhi e porto indietro la testa, maledicendo tacitamente mia sorella per aver aggiunto altro alle mie accuse.

"È vero", afferma Landen. "Stava soltanto proteggendo Magnolia".

"Vero o no, qualcuno ha chiamato la polizia, e Travis sta raccontando una storia diversa", dice mamma.

"Che sta dicendo? Ci sono comunque dei testimoni che possono provare che lui mi ha colpito per primo". Raddrizzo la schiena, pianto per bene i piedi per terra e mantengo la mia posizione. Non ho intenzione di finire in prigione per colpa di quella testa di cazzo.

"Che lo hai aggredito e hai rapito la sua ragazza", spiega papà.

"Non sono più la sua ragazza!" interviene Magnolia.

Scuoto la testa al sentirlo ripetere per l'ennesima volta. "Ed è chiaro che non ti ho *rapita…*"

"Beh, ovvio". Dà un morso a uno dei brownie che mamma e nonna Grace hanno preparato ieri. "Non possiamo semplicemente chiamare lo sceriffo e spiegargli cos'è successo davvero? Gli rilasciamo le nostre dichiarazioni, e Tripp sarà fuori dai guai".

"Non è così semplice". Papà scuote la testa. "È meglio se Tripp si costituisce e dà la sua completa testimonianza. Poi loro confermeranno la sua storia con i testimoni e, se lo sceriffo accetta la tua versione degli eventi, verrai rilasciato".

"Non puoi essere serio".

"Meglio portarsi avanti. Il nostro avvocato si presenterà domattina e, se lo sceriffo è di buon umore, prenderai qualche punto per non averlo costretto a trascinarti dentro".

"È una grandissima stronzata". Sto per perdere le staffe, e l'unica cosa a fermarmi è che Magnolia è talmente vicina che riesco a sentire il suo profumo.

Prenderei a pugni e calci Travis un migliaio di volte, pur di impedire che le metta le sue mani viscide addosso.

Affronterei lo sceriffo, rilascerei la mia dichiarazione della *verità* e poi dimostrerei che era mio diritto difendere me stesso e Magnolia.

"D'accordo", sputo fuori prima che mia madre possa rimproverarmi per il mio sfogo. "Però le ragazze devono passare la notte qui. Quello stronzo ha messo dell'ecstasy nel drink di Magnolia, e lo ha bevuto anche Noah. Quando l'effetto finirà, potrebbero sentirsi depresse. Probabilmente passeranno un altro paio di ore, prima che la droga esca dal loro organismo".

"Resto io sveglio con loro", dice Wilder, avvicinandosi dopo aver osservato lo spettacolino. "Tanto non riuscirei comunque a dormire, adesso".

"Ooh… ci *adori*", lo stuzzica Noah.

Magnolia ridacchia. "No, adora il dramma".

"Andiamo, figliolo. Ti accompagno io". Papà fa per superarmi, ma poi si ferma con una mano sulla mia spalla. "Sono fiero di te per esserti preso cura di Magnolia".

Abbassando lo sguardo, annuisco, poi lo seguo.

"Non perdere la pazienza con lo sceriffo, Tripp. L'arancione non ti dona", mi stuzzica Wilder.

Gli faccio il dito medio, e lui sogghigna.

"E non preoccuparti per le tue faccende; saranno qui ad aspettarti quando tornerai dalla prigione". Ridacchia, e sono tentato di tirare un ultimo pugno, prima di andarmene.

"Tripp, aspetta". Magnolia arriva alle mie spalle e mi avvolge le braccia attorno alla vita, premendo la guancia contro la mia schiena. "Grazie per aver rischiato la tua vita per salvare la mia. Sei un buon amico".

Amico.

Mi sa che chiederò allo sceriffo di spararmi, invece di mettermi le manette ai polsi. Perlomeno porrebbe fine alle mie sofferenze.

Però sono stato io a chiamarla "amica" per primo; quindi non posso nemmeno prendermela con lei.

Le do una pacca sulla mano prima di allontanare il suo corpo dal mio. Senza girarmi verso di lei, dico: "Vai a letto, Rosa. Fatti una bella dormita e non andare a prendere le tue cose da lui da sola".

Mi tira il braccio, attirando subito la mia attenzione, e incrocio il suo sguardo oltre la spalla.

"Se insisti a chiamarmi con nomi di fiori che non siano il mio,

Sole è il mio preferito. I girasoli rappresentano positività, felicità e speranza".

Un angolo delle mie labbra si solleva leggermente perché, per una volta, non mi sta rompendo le palle per questa storia. "Me lo ricorderò".

Poi mi allontano, prima di fare qualcosa di cui potrei pentirmi… come baciarla per davvero, stavolta.

Capitolo Quattro
Magnolia

PRESENTE
DUE ANNI E MEZZO DOPO

"Le auguro una *magn-ifica* giornata!" Metto enfasi sulla prima parte della parola, che è uguale alla prima parte del mio nome, poi rivolgo un largo sorriso alla signora Hollis mentre prende il suo caffelatte e lascia una banconota da cinque nel barattolo delle mance.

"Grazie, Magnolia. Anche a te". Mi fa l'occhiolino, poi mi scocca quello stesso sorriso caloroso che conosco da tutta la vita, dato che è la madre della mia migliore amica.

Tutti i martedì e venerdì, parcheggio la mia caffetteria mobile, il Mocaccino Mattutino di Magnolia, al Ranch e Agriturismo con maneggio Sugarland Creek per vendere drink frou frou agli impiegati e agli ospiti. Durante il resto della settimana, opero in centro al paese, in base a quali altri eventi sono in corso. Resto sempre nelle aree turistiche e poi, il sabato, mi sposto al mercato agricolo e lavoro durante l'ora di punta mattutina, quando gli acquirenti cercano verdure e fiori freschi. Adorano farsi un'iniezione di caffeina prima di andarsene, e io adoro essere il capo di me stessa, invece di sgobbare nel vecchio bar dove la signora Blanche mi sottopagava e sottovalutava le mie idee.

Adesso, posso scrivere simpatiche lavagnette, tipo *Paga in contanti ed è gratis #GirlMath,* e preparare caffelatte sofisticati. È il lavoro migliore del mondo.

Il drink più popolare è il numero tredici: il *Swiftie Latte,* con caffè moca e sciroppo alla nocciola. Poi lo guarnisco con panna montata e cioccolato fuso. È il preferito di Mallory, motivo per cui mi ha implorata di chiamarlo come la sua pop star preferita. È la nipotina tredicenne della signora Hollis, che si è trasferita da loro dopo la morte dei genitori, avvenuta qualche anno fa. Dato che Noah è la mia migliore amica, la piccoletta è diventata una sorellina anche per me.

"Buongiorno, splendore". La forte parlata strascicata di Landen mi scuote dai miei pensieri, e mi rianimo immediatamente.

Tripp è accanto a lui con le braccia conserte, e alza gli occhi al cielo per il complimento eccessivo di Landen. Alla fine ho confessato a Landen di avere una cotta per Tripp e, dato che mi tratta come una sorellina fastidiosa, si diverte a mettere su uno spettacolino ogni volta che Tripp è nei paraggi, per puro divertimento.

Cavolo, è quello che si merita per inviarmi tutti quei segnali contrastanti. Sono anni che spero che finalmente mi veda come qualcosa in più della migliore amica di sua sorella.

Non che lo biasimi al cento percento. Sono stata così stupida da riprendermi il mio ex poco dopo il mio appuntamento con Landen, ma alla fine ho rotto definitivamente con Travis due anni fa, dopo che aveva drogato me e Noah alla mia festa di compleanno. Abbiamo avuto una relazione a intermittenza durante le superiori e dopo il diploma, però mai più. Adesso mi sento rinata e sto vivendo una vita incredibile con la mia attività, pronta a concentrarmi sul mio futuro.

"Buongiorno, signori". Faccio un sorrisetto, spostando lo sguardo tra i due. Indossano jeans Wrangler, stivali e berretti da baseball rovinati. Io preferisco i cappelli da cowboy, però loro li portano soltanto quando vanno a cavallo nelle giornate più calde.

Aiutano a proteggere il collo e il viso dal sole, ma alimentano anche la mia fantasia di avere un Rip Wheeler in carne ed ossa. Ora che siamo a ottobre, i giorni caldi sono pochi e distanti fra loro.

"Beh, adesso lo è". Landen fa l'occhiolino.

So che sta soltanto scherzando, visto che è una cosa che facciamo spesso, però l'irritazione di Tripp non passa mai inosservata. Se per lui è un problema che gli uomini flirtino con me, allora dovrebbe fare qualcosa al riguardo, invece di volere che restiamo *solo amici*.

"Cosa vi preparo?" Appoggio i gomiti sul bancone. Non è molto grande, visto che il chioschetto è stato costruito per una persona sola, però fa il suo dovere. Doveva esserci spazio per una macchina del caffè decente, un frigorifero, gli sciroppi e tutte le forniture necessarie per servire da bere.

"Io prendo un sessantanove con panna montata extra", risponde Landen, tirando fuori il portafoglio.

Incrociando le braccia, scuoto la testa. "Questa battuta funziona mai?"

"Ti piacerebbe saperlo, eh?" ribatte pensieroso, e gli scocco un'occhiata pungente per farmi dire quello che vuole davvero. "Prendo un caffè normale con due spruzzi di panna e una bustina di zucchero".

"E per te?" Sposto l'attenzione su Tripp, che, con lo sguardo, sta scavando un buco nel lato della testa di Landen.

"Lo stesso", borbotta.

Prendo due bicchieri grandi e ci verso dentro il caffè. Poi aggiungo la panna, una bustina di zucchero in ciascuno e una spolverata di cannella in cima: il mio ingrediente esclusivo per le festività imminenti.

"Sono dieci dollari", dico, lasciando i bicchieri sul bancone.

"Per *due* caffè?" chiede Landen.

"Sì, ma il caratteraccio ve lo do in omaggio". Sogghigno.

Lo sanno che ho gonfiato il prezzo, però non mi dicono niente. Dato che sono la migliore amica della loro sorellina e una Hollis onoraria, posso tranquillamente raddoppiarlo. Ho chiesto un prestito aziendale per comprare il rimorchio e l'attrezzatura; quindi devo pur ripagarlo in qualche modo, e direi che quello migliore è spremere *loro due*.

"Spero che sia il caffè migliore che abbia mai assaggiato". Landen sbatte una banconota da venti sul bancone e Tripp prende uno dei bicchieri.

"Non ho mai ricevuto lamentele". Raccolgo i soldi e li metto nella cassa senza porgergli il resto. "Grazie per la mancia".

"Spero proprio che la prossima volta mi offrirai il caffè". Landen mi punta un dito minaccioso contro.

Ricambio il gesto. "È per il commento sul sessantanove".

Alza gli occhi al cielo, assaggiando la bevanda.

"Perché sa di Natale?" chiede Tripp dopo aver preso un sorso.

"Potrei aver aggiunto un qualcosina in più".

Landen è il prossimo. "Mmh. Mi piace".

"Lo sapevo che vi sarebbe piaciuta la cannella. È la mia preferi…"

"*Cannella*? Sono allergico!" Landen inizia a tossire, e un'ondata di panico mi monta nella gola.

Corro fuori dal chioschetto e lo raggiungo, in preda all'ansia perché fatica a respirare.

"Perché… Perché stai provando a uccidermi?" Landen boccheggia come se non riuscisse a inspirare abbastanza aria nei polmoni.

"Non lo sapevo!"

Landen passa il suo bicchiere a Tripp, che se ne rimane lì impalato, impassibile. Perché non sta facendo qualcosa?

"Che cosa faccio?" grido quando Landen diventa tutto rosso in volto. "Oh, mio Dio!"

Landen si punta un dito verso le labbra. "Respirazione bocca a bocca…" riesce a sputare fuori.

Tripp si fa una risata nasale, attirando la mia attenzione, ed è così che mi rendo conto che Landen è un bugiardo di merda.

Ci credo che Tripp non stava reagendo.

Lo spingo sul petto con tutta la forza che ho, però indietreggia soltanto di un centimetro. "Bocca a bocca, eh? Che ne dici di *ginocchio alle palle*?"

Landen si allontana da me e si copre il pacco. "Maledizione! Ok. Non minacciare i miei gioielli. Voglio dei figli, un giorno".

Dopo essermi avvicinata a passo pesante, gli do una sberla sul braccio. "Mi hai fatto credere che ti avevo ammazzato!"

Mi afferra i polsi, stringendomi forte contro il suo corpo, e si china finché la sua bocca non arriva vicino al mio orecchio. "Stavo provando ad aiutarti. Pensavo che Tripp avrebbe dato di matto, se ti avesse vista baciarmi".

Mi ritraggo un poco e noto il suo sorrisetto malizioso.

Sin da quando gli ho detto che mi piace Tripp, continua a cercare di farlo ingelosire provandoci apertamente con me. Però, a quanto pare, ha pensato che dovessimo alzare l'asticella.

"Di questo passo, non credo che succederà", dico piano, così che Tripp non possa sentirmi.

"Succederà, quando si sarà dato una cazzo di svegliata". Mi scocca un'occhiata che suggerisce ciò a cui si sta riferendo. Tra l'aver perso il suo migliore amico sette anni fa e il senso di colpa che prova, la priorità di Tripp è sempre stata il lavoro. Ha frequentato delle ragazze nei periodi in cui io stavo con Travis, però non ha mai avuto una relazione a lungo termine. È come se si rifiutasse di permettere a se stesso di essere felice, a prescindere da quanto se lo merita.

"Potete pomiciare più tardi, così possiamo tornare al lavoro?" Il tono infastidito di Tripp mi spinge a fare un passo indietro.

Inarco un sopracciglio guardando Landen. "Lo vedi?"

Scuote leggermente la testa, poi prende il suo bicchiere dalla mano di Tripp.

"Ci si vede, *Mags*", mi saluta Landen mentre si dirigono verso il suo pick-up.

Tripp resta in silenzio, ma qualche istante dopo lo sorprendo a lanciarmi un'occhiata da sopra la spalla.

Resta con me

Nulla mi ricorda il fatto che sono single quanto guardare la mia migliore amica organizzare il matrimonio dei suoi sogni.

Sono strafelice per lei e Fisher, ma, porca miseria, anche noialtri siamo pronti ad essere i prescelti di Dio, una volta tanto!

Buon Signore, ti costerebbe davvero così tanto mandarmi un cowboy di un metro e novanta con i capelli scuri, gli occhi tenebrosi e un kink per il free use? Non chiedo molto, qui...

"Puoi accompagnare i miei fratelli per la loro prova dell'abito? Mio padre ha una riunione quel giorno, e mi serve qualcuno che li tenga in riga". Noah mi rivolge un'occhiata implorante dallo specchio, mentre pettina i lunghi capelli dorati bagnati.

"E tu dove sarai?" chiedo per punzecchiarla, sdraiata sul suo letto a sfogliare riviste da sposa.

Mi lancia la sua agenda e, non appena leggo gli impegni, mi pento di averglielo chiesto. Il calendario del mese è ricoperto di inchiostro. Non che mi sorprenda, visto che Noah è un'addestratrice di cavalli professionista e non è capace di prendersi manco una giornata di pausa... tranne quando si è fratturata la caviglia e rotta qualche costola e si è ritrovata costretta a farlo. Però ne ha odiato ogni minuto. Diamine, non mi sorprenderebbe se lavorasse la mattina del giorno delle nozze, giusto per portarsi un po' avanti prima della cerimonia!

"D'accordo, ci vado. Dimmi solo quando e dove". Faccio scorrere lo sguardo su qualche altra pagina di abiti e fotografie con paesaggi di mete per la luna di miele, prima di fermarmi ad ammirare uno splendido vestito ricoperto di pizzo.

Sono venuta da lei dopo il lavoro dato che aveva un buco tra gli impegni e Fisher sta ancora lavorando. È raro poterla avere tutta per me, dato che i due piccioncini sono sempre appiccicati; quindi ne ho approfittato subito quando mi ha scritto, chiedendomi di passare.

"Venerdì, alle quattordici al Murphy's".

Mi fermo. *È fra tre giorni.*

Però è la mia migliore amica e, in veste di damigella d'onore, non posso dirle di no.

"Ricevuto". Lo inserisco sul calendario del cellulare, poi chiedo: "Ci sarà qualcos'altro? Voglio assicurarmi di non perdermelo".

Sta organizzando il matrimonio da quando si sono fidanzati ufficialmente, quattro mesi fa. Adesso ne manca soltanto uno, e abbiamo pochissimo tempo per completare gli ultimi dettagli.

"L'ultima prova abito è fra due settimane; quindi, se vuoi perdere o prendere peso, fallo adesso o preparati a tenere in dentro la pancia".

Mi faccio una risata nasale al ricordo dell'ultima prova. "Ho detto alla sarta di farlo super stretto. Le *signore* saranno in bella mostra". Mettendomi seduta, agito una mano sul petto e inarco la schiena.

Noah mi scocca un'occhiata, però solleva un angolo delle labbra; quindi so che non è arrabbiata.

"Che c'è?" Faccio spallucce. "Non scopo da più di un anno. Denunciami".

"*Più di un anno*? Accidenti!"

"Non dirlo a me. Sono disperata".

"No, non lo sei. Sei bellissima, intelligente, divertente e una donna d'affari di successo. Qualunque uomo sarebbe terribilmente fortunato ad averti. Non azzardarti ad accontentarti di nulla che non sia la perfezione".

"Non *qualunque* uomo…" mormoro.

"Tripp sta affrontando i suoi problemi e un giorno, quando sarai tu a organizzare il tuo matrimonio da sogno, si renderà conto di tutto quello che si è perso. Sarà troppo tardi, e dovrà sguazzare nelle conseguenze".

Non è che non ci abbia provato con Tripp. Gli ho lanciato così tanti segnali durante gli anni per fargli capire quanto sono interessata a lui. Però ora ho finalmente compreso che devo

proteggere la mia dignità e smetterla di dare la caccia a un uomo
che non vuole essere catturato.

Ormai, è soltanto imbarazzante.

Ho provato ad accettarlo e voltare pagina, però il mio cuore
batte ancora all'impazzata come quello di una ragazzina delle
medie che ha una cotta per un coetaneo. Se la smettesse di
lanciarmi occhiate furtive e di fissare le mie labbra come se volesse
gustarle, allora crederei che lui non mi desidera.

Per qualche ragione, non vuole permettere a se stesso di
cedere a ciò che vogliamo entrambi.

"Hai cominciato a scrivere il tuo discorso?" mi chiede Noah.

"Devo fare un discorso?" Le mie sopracciglia schizzano in
aria.

"Sei la mia damigella d'onore; quindi sì. Damien ne farà uno
come testimone di Fisher, e poi toccherà a te".

Prendo il telefono e clicco sull'applicazione delle note, piena di
altri momenti spiritosi; poi inizio a scrivere qualcosa con una
risatina. "Sarà una meraviglia. Ti pentirai di avermelo chiesto".

"Magnolia…"

Il suo tono minaccioso non mi spaventa.

"Parliamo di ventun anni di amicizia. Tutte le stronzate che
abbiamo fatto insieme. Sarà il discorso più epico di sempre".

"Dovrebbe essere su me e Fisher", mi ricorda, ma liquido il
commento con un gesto della mano.

"Sì, sì. Ci butto dentro anche un po' di quelle cagate sdolcinate
sulle anime gemelle. Ma la parte davvero divertente saranno tutte
le stronzate imbarazzanti che hai fatto prima di conoscerlo".

Si allontana sbuffando. "Sei licenziata".

"Ti piacerebbe poterlo fare…" la provoco. "Dunque, dovrei
partire dalla storia dei piercing ai capezzoli o dalla volta in cui eri
ubriaca e hai supplicato un tizio a caso per strada di tatuarti il culo?"

"MAGNOLIA!" strilla dal bagno.

"Quello è il tuo urlo da *orgasmo*? Accidenti, l'ho sentito fino
alle parti basse. Adesso capisco perché Fisher era ossessionato da
te sin dalla vostra prima notte insieme".

Una spazzola mi sfiora la testa e va a sbattere contro la parete alle mie spalle.

"Mancata", la sfotto, imperturbata dal suo lanciarmi addosso le cose.

"Il mio stivale non mancherà il tuo culo, se parlerai di qualcosa che non avrò approvato in anticipo".

"Posso almeno menzionare la prima volta che hai cavalcato il toro meccanico e poi sei finita con la faccia sul tappetino?" Inarco un sopracciglio, e mi fulmina con lo sguardo dalla porta. "Ehi, o metto questo oppure la volta in cui sei andata a comprare dei preservativi per la prima volta, quando sei inciampata ed è caduto tutto l'espositore. Scegli di che morte morire".

Sbuffa, venendomi incontro con un cipiglio. "Detesto che conosci tutte le mie storie imbarazzanti".

"È il privilegio di essere la tua migliore amica!"

Apre l'armadio e fruga tra le opzioni. "Ricorda soltanto questo: qualunque cosa dirai sul mio conto, io mi vendicherò il doppio quando sarà il tuo turno".

"Fai pure. Avremo ottant'anni quando succederà, e comunque soffriremo di perdita di memoria".

"Ricordi quando avevamo tredici anni e abbiamo promesso che saremmo rimaste incinte nello stesso momento perché i nostri figli potessero crescere insieme?"

Rido per la domanda poco pertinente. "Sì, ma sono piuttosto sicura che dovevamo anche sposare dei fratelli per diventare sorelle. Hai rovinato i nostri piani".

"Se ricordo bene, sei stata tu a dirmi di andare a parlare con Fisher al rodeo. Quindi la colpa è soltanto tua".

"Come facevo a sapere che non aveva un fratello bono più giovane per me?" Sbuffo. "E, visto che non posso sposare uno dei tuoi fratelli, adesso non diventeremo mai sorelle".

"Ne ho quattro; perciò mai dire mai".

"Tripp non mi vuole, e sono già uscita con Landen; quindi mi rimangono i gemelli casinisti? Non credo proprio". Faccio una pausa, sollevando un angolo delle labbra. "Anche se…"

"No", dice con fermezza. "Non sono decisamente pronti a sistemarsi".

"Potrei convincerli a cambiare idea…"

Noah scoppia in una risata nasale, tirando finalmente fuori i vestiti che vuole indossare. "Lo dice ogni donna con cui fanno sesso".

Mi lascio cadere sul letto, sbuffando. "Beh, allora non aspettarmi per la gravidanza. Fatti mettere incinta, e io sarò semplicemente la zia simpatica che dà soldi e caramelle".

Mi lancia una coperta, e non vedo più niente.

"Quanto sei drammatica! Hai una marea di tempo".

"Se devo morire triste e sola, tanto vale che cominci a prendere le misure per la bara adesso". Allungo braccia e gambe. "Però falla comoda e non badare a spese per un cuscino con la fodera di alta qualità".

"Se non la pianti di piangerti addosso, ti trascino al Twisted Bull". Strappa via la coperta dal mio corpo, torreggiando su di me. "E costringo *te* a cavalcare il toro meccanico".

"Dovrei bermi un fusto e mezzo prima di salire su quel coso".

"Non tentarmi". Mi prende per mano e mi tira su con uno strattone. "Adesso andiamo! Ti porto fuori a mangiare qualcosa. Magari ti aiuterà a sentirti meglio".

Capitolo Cinque
Tripp

"*Accidenti*, sono proprio sexy!" Wilder è di fronte allo specchio, con l'espressione di chi è fin troppo pieno di sé mentre fa scivolare le mani lungo la giacca dello smoking.

Magnolia è in piedi, accanto a lui con le braccia incrociate, e alza gli occhi al cielo, però noto l'ombra di un sorriso per le insopportabili stronzate di Wilder.

Landen si fa una risata nasale mentre quell'idiota di nostro fratello si pavoneggia in giro per il negozio, come se fosse un figo da paura. Nel frattempo, io sono terrorizzato all'idea che poi sarà il mio turno.

Sono felice per mia sorella e Fisher, però guardarli organizzare il loro matrimonio riporta a galla ricordi indesiderati di Billy delle superiori. Scherzavamo sull'invecchiare insieme come migliori amici e sul farci da testimone a vicenda quando finalmente avremmo deciso di sistemarci. Non riesco nemmeno a immaginare di raggiungere un'altra tappa importante senza di lui. Mi sono già dovuto diplomare senza averlo al mio fianco, e festeggiare è stato come un coltello conficcato nello stomaco.

Sapere che non sarà mai possibile condividere quel tipo di momenti speciali con lui man mano che invecchio mi stringe il petto come quando mi sta per arrivare un attacco d'ansia. Mi concentro sulla respirazione per far rallentare il mio cuore.

"Tripp, ci sei?" Landen dà un calcio al mio stivale con il suo. "Tocca a te".

Lo guardo confuso perché non avevo realizzato che mi stava chiamando, e vedo che Magnolia mi sta studiando, preoccupata.

"Tutto ok?" chiede lei.

Scuoto la testa, poi premo le mani sulle ginocchia e mi alzo. "Benone. Dove devo andare?"

"Shannon ti aspetta sul retro. Ti prenderà le misure e ti presenterà qualche opzione", mi spiega Magnolia.

"Ed è un vero schianto". Wilder si avvicina e mi dà una spintarella con la spalla. "Però ho già il suo numero; quindi non pensarci neanche di chiederglielo".

I miei occhi schizzano verso Magnolia, che trasalisce alle sue parole. E per incasinarmi ancora di più la vita, oggi è perfino più splendida del solito.

I suoi lunghi capelli castani sono raccolti in una treccia che le ricade sulla spalla, mentre alcune ciocche libere le incorniciano il viso. È terribilmente adorabile. Una tentazione proibita da cui mi tengo alla larga da anni.

"Grazie per l'avvertimento", mormoro a Wilder, poi seguo Magnolia sul retro.

"Ehi, stai bene?" mi chiede quando camminiamo vicini.

"Sì, perché?"

"È solo che sembra che ci sia qualcosa che ti turba. Eri sulle nuvole, poco fa".

Faccio spallucce in modo sprezzante. "Sto bene. Stavo solo pensando a tutto il lavoro che dovrò fare dopo".

"Oh, davvero? Landen ha detto che per oggi avete finito".

Mi si irrigidiscono le spalle mentre maledico tacitamente il fatto che parla così tanto con Landen. Sono diventati buoni amici negli ultimi due anni, e giuro che spettegolano più di quanto lei non faccia con Noah.

Però non voglio mentirle; quindi devo liberarmi da questa conversazione il prima possibile.

"Ho promesso a mio padre che lo avrei aiutato con alcuni lavori di manutenzione ai bungalow dell'agriturismo".

Tecnicamente, non è una bugia, però non è nemmeno la verità. Mio padre mi ha chiesto di passare dopo cena per discutere di alcune mansioni su cui dobbiamo concentrarci questo weekend, e so che una di quelle c'entra con i bungalow.

"Noah mi ha detto che oggi non è potuto venire perché ha una riunione, questo pomeriggio".

La punta di sospetto nella sua voce mi fa seccare la gola. Se non fosse stata così perspicace da notare che mi sto comportando in modo diverso, non mi avrebbe mai chiesto se sto bene e io non avrei dovuto annaspare per pararmi il culo.

Emetto un colpo di tosse forzato. "Sì, è vero. Abbiamo parlato prima delle mansioni che vuole assegnarmi".

"Oh, ok. Beh, non dovremmo metterci ancora molto".

Quando i nostri occhi si trovano, un angolo delle sue labbra si solleva in un dolce sorriso riservato solo a me.

Per poco non gliene offro uno a mia volta.

Shannon mi accoglie in una delle stanze sul retro e mi spiega cosa fare. Mi dissocio dalla realtà mentre mi prende le misure; poi se ne va per recuperare uno smoking e delle scarpe della mia taglia. I minuti passano, e il mio cuore batte più forte. Il sangue mi sale alle orecchie. Mentre mi siedo, contraggo le dita e poi inizio a muovere una gamba su e giù, desiderando disperatamente che questa storia finisca.

"D'accordo, eccoci qui". Shannon ritorna nel camerino con una manciata di grucce. Espone almeno dieci capi a caso e poi spiega quello che Noah e Fisher hanno scelto per noi. "Se ti serve una mano con qualcosa, chiamami pure. Ti faccio fare il test dello squat e dei piegamenti quando torno".

"Il che?"

"Dobbiamo assicurarci che i pantaloni non siano troppo stretti quando ti siedi o ti pieghi. Gli abiti su misura possono essere un tantino aderenti, e voglio essere certa che nulla si strappi o venga... *schiacciato*".

"Come, scusa?"

Fa una risatina per la mia espressione inorridita. "Porterò anche una selezione di biancheria intima. I boxer in seta di solito sono i prediletti, ma se tu preferisci degli slip…"

"Noah ha scelto la nostra biancheria?"

È già abbastanza terribile che i colori del suo matrimonio siano verde oliva, rame e pesca. Sembreremo un bouquet floreale del Ringraziamento.

"No, però è una cosa a cui gli uomini non pensano, e poi finiscono per sentirsi a disagio. Quindi ne parlo durante la prova. Wilder ha optato per non indossare niente". Si fa una risatina, e un rossore le copre le guance. "Gli ho detto che non è raccomandabile, però…"

Scuoto la testa. "Già, non mi sorprende. Io scelgo quelli in seta, se me li suggerisci".

"Ottimo. Allora esci, quando hai finito".

Appena la porta si chiude, osservo tutti i capi sparpagliati. Bretelle? E un *papillon*?

Cristo!

Però voglio bene alla mia sorellina insopportabile; quindi spingo via l'ansia e mi vesto. Non appena indosso i pantaloni neri e la camicia bianca, inizio a sudare e il mio corpo si surriscalda. L'ultima volta che ho indossato un qualcosa di così elegante è stato per il ballo scolastico dell'ultimo anno. Io e Billy pensavamo che saremmo stati super fighi con gli abiti abbinati, degli stivali neri da cowboy e dei cappelli Stetson. Eravamo andati fino al parcheggio della scuola nel mio pick-up con la musica a palla, una cassa di birra nascosta sul retro, rubata dai gemelli per il dopo-festa, ed eravamo entrati come due cretini cazzuti.

Avevamo scattato un milione di fotografie, quella sera. Riso senza sosta. Ballato come idioti sulle note di tutte le canzoni scatenate. E creato abbastanza ricordi per una vita intera.

Beh… una vita che è stata spezzata troppo presto.

Questa camicia mi prude ed è fin troppo stretta, al punto da togliermi quasi il respiro. Tirando il colletto, cerco di allentarlo, ma le mie mani tremanti rendono impossibile afferrare bene il bottone e slacciarlo.

"Camicia di merda!" mormoro, fissando lo specchio e sollevando il mento. Il materiale scava nella mia pelle, e i miei respiri escono corti e rapidi.

"Tripp? Tutto bene lì dentro?" chiede Shannon da fuori.

No, non sto bene. Devo levarmi questa maledetta camicia.

Finalmente, riesco a slacciare il primo bottone, ma sono troppo impaziente per pensare agli altri. Con entrambe le mani, afferro la camicia al centro e con uno strattone deciso li faccio saltare via. Volano per lo stanzino, sbattendo contro il muro e il pavimento con un rumore secco. Però questo non aiuta minimamente ad alleviare l'ansia che mi sta consumando nella stanza bianca e spoglia.

"Tripp?" Il bussare di Shannon attira la mia attenzione, ma quando apro la bocca non esce niente.

Cazzo! Era da un po' che non ne avevo uno così intenso.

Mi inginocchio contro la parete e porto indietro la testa; poi chiudo gli occhi e conto.

Uno, due, tre, quattro, cinque… Billy, respira!

Sei, sette, otto, nove, dieci… Espira.

Immagino le mie mani sul petto di Billy mentre gli facevo il massaggio cardiaco, implorando il suo cuore di ricominciare a battere. Implorando lui di respirare. Se fossi arrivato lì più in fretta e non mi fossi fermato da Miller, lo avrei trovato prima. Non avrebbe dovuto passare tutto quel tempo senza ossigeno e avrebbe avuto qualche speranza. Quei minuti persi avrebbero potuto salvare la vita del mio amico. Oh, maledizione! Forse, se gli avessi semplicemente detto che stavo arrivando, invece di litigare, non si sarebbe mai messo al volante.

Ho così tanti rimpianti!

Altri colpi alla porta riecheggiano nella stanza, però non riesco a muovermi o parlare.

Dovrei concentrarmi su qualcos'altro che mi aiuti a superare l'ansia, invece che su quello che la sta causando, ma è un qualcosa che non posso impedire.

"Sto entrando".

Questa volta ha parlato Magnolia.

La sua voce dolce e sensuale mi mette sempre di buon umore.

Deglutendo con forza, apro gli occhi e la vedo strisciare sotto la porta.

"Tripp, cos'è successo?" Si inginocchia di fronte a me e mi prende la mano, mentre la preoccupazione le disegna delle rughe profonde sulla fronte. "Stai tremando".

"Passerà", dico con voce roca. ""Mi serve solo… un minuto".

Il suo palmo si posa sulla mia camicia semiaperta. "Hai il cuore a mille. Fai dei respiri profondi e concentrati sulla mia voce".

Annuisco, riempendo lentamente i polmoni.

"Sei sudaticcio". Sposta la mano sulla mia guancia prima di avvolgere le dita attorno alle mie. "Di cos'hai bisogno? Acqua? Aria fresca?"

Di una macchina del tempo.

Che la sua mano non lasci mai la mia.

Di un mondo in cui mi sia permesso toccarla.

"Raccontami una battuta stupida o una storia", mormoro.

"Sul serio?"

"Distraimi. Di' qualunque cosa".

"Ok. Ehm… Il vecchio Terry è passato stamattina per un caffè e, mentre si allontanava, ha fatto cadere qualcosa; così, quando si è chinato per raccoglierlo, gli ho visto tutto il culo. Peggio dell'inizio delle chiappe che fanno vedere gli idraulici. Sembrava Sasquatch. Per poco non ho vomitato la colazione".

Tossisco mentre rido. "Ormai chi è che non gli ha visto il culo? Giuro, quell'uomo non possiede manco una cintura".

"Né mutande".

Affondo le unghie nel palmo mentre mi concentro sui suoi occhi castani. È così vicina, eppure non vicina abbastanza. "Cos'altro mi racconti?"

"Aspetta, fammici pensare".

Sposto lo sguardo sul suo labbro inferiore quando se lo morde.

"Com'era da prevedere, Wilder è là fuori a rendersi ridicolo con Shannon. Ci sta provando con lei come un matto, ed è completamente cieco di fronte al fatto che Shannon non solo *non* è interessata, ma frequenta una donna".

Questo sì che mi fa ridere, perché questa *inconsapevolezza* è tipica di mio fratello.

"Lei sta cercando di essere professionale ed educata, però so che sta per dirgli la verità e spezzare il suo povero cuoricino".

"*Povero cuoricino?*" Sbuffo, provando un senso di sollievo nel petto, adesso che il peso dell'ansia sta diminuendo. "Dimenticherà il suo nome ancora prima di lasciare il parcheggio".

"Probabilmente è vero". Ridacchia e mi studia. "Hai già un aspetto migliore".

Porto indietro la testa con gli occhi chiusi, colmo di imbarazzo perché Magnolia mi sta vedendo in queste condizioni. "Grazie per avermi distratto durante la parte peggiore".

"Mi fa piacere averti aiutato. Succede spesso?" chiede dolcemente.

Lei non lo sa, però mi ha calmato numerose volte nel corso degli anni. Quando sentivo un attacco imminente durante un evento di famiglia o un'uscita al bar, nel momento stesso in cui la vedevo un'ondata di calma saliva in superficie.

"Era da un po' che non accadeva. Subito dopo quello che è successo a Billy… sì. Ma tenermi occupato mi ha aiutato. È un po' una seccatura che continui a farmi effetto dopo tutti questi anni".

Quando mi prende la mano e intreccia le sue dita alle mie, spalanco gli occhi.

"Il dolore di una perdita non ha un tempo limite, Tripp. Certi giorni può sembrare che sia successo un'eternità fa, e allo stesso tempo soltanto ieri. Per caso stare qui dentro ha innescato qualcosa?"

"Sì". Invece di spiegarmi, mi ritraggo bruscamente e mi alzo in piedi. Mi sono già umiliato e adesso devo chiedere a Shannon di portarmi un'altra camicia. L'ultima cosa che dovrei fare è permettere a Magnolia di avvicinarsi troppo.

Si tira su, aggiustando i jeans e il top mentre evita il mio sguardo. Non posso biasimarla. Per così tanto tempo l'ho tenuta a distanza di sicurezza, ma sono sempre stato tentato di fare quel balzo. Perdere Billy ha causato in me un'atroce sofferenza, che mi consuma da molto tempo. So che non potrei mai sopravvivere un'altra volta a quel tipo di dolore. Una relazione con Magnolia comporterebbe il rischio di un fallimento che si ripercuoterebbe su tutti. Non soltanto sul mio cuore, ma anche su mia sorella e sul modo in cui la vita di Magnolia è intrecciata alle nostre. Se rovinassi tutto o lei a un certo punto tornasse da Travis, non sarei mai in grado di sfuggirle.

Sarebbe peggio che perdere il mio migliore amico, perché lei sarebbe ancora presente, a tormentare il mio cuore infranto e a ricordarmi di quel senso di colpa che già ora mi porto dentro.

Però c'è una parte di me che crede che varrebbe la pena correre quel rischio...

Se solo fossi abbastanza coraggioso da buttarmi.

Capitolo Sei
Magnolia

"Come sta il mio maniscalco preferito?" Faccio un largo sorriso a Fisher quando si avvicina al bancone. Non lo vedevo dalla prova del vestito di due settimane fa. È passato dopo il turno di Tripp per firmare alcuni documenti e controllare come stanno andando le cose.

Fa un sorrisetto, sfilando il portafoglio dalla tasca posteriore. "Sono l'unico maniscalco che conosci".

"Forse, ma lo sei comunque". Faccio spallucce. "Che ci fai in paese?"

Il venerdì parcheggio in centro e agguanto la folla del mattino presto; poi rimango fino al pomeriggio per chi esce dal lavoro.

"Sono passato a prendere alcune cose per la luna di miele. Però shh, è una sorpresa. Noah pensa che sia uscito a pranzo con Jase".

Fingo un sussulto scioccato e mi stringo il petto. "Vuoi che *menta* alla mia migliore amica? Mmh. Potrebbe costarti qualcosa in più…" Indico il barattolo delle mance con un cenno del capo.

Scuote la testa, prende una banconota da venti e ce la ficca dentro. "Questi bastano per il tuo *silenzio*?"

"Vanno bene. Dunque, cosa ti preparo?"

"Un caffè normale con caramello e due porzioni di panna".

"Lo sai cosa starebbe benissimo con questo?" Prendo un bicchiere. "Un muffin ciocco-mirtilloso".

È un nuovo esperimento. Mi sono messa a preparare dolci. I clienti mi hanno chiesto spesso delle opzioni di cibo; quindi sto partendo con poco. Con le temperature che si fanno sempre più basse, sto passando più tempo in casa e ho pensato di fare un tentativo.

E poi, mi aiuta a tenere occupato il cervello e a non pensare troppo al fatto che rimarrò una gattara single per il resto della vita. Beh, prima devo prendere dei gatti. Per Taylor Swift ha funzionato.

Ma probabilmente mi dimenticherei di nutrirli.

O magari mi prendo un criceto. Sono sicura al novanta percento che riuscirei a tenerlo in vita.

"Un *ciocco-mirtilloso* che?"

"Ho mescolato mirtilli e gocce di cioccolato, con un pizzico di cannella", gli spiego, mentre preparo il suo drink. "È un'esplosione orgasmica per le papille gustative".

Solleva le sopracciglia, divertito, però non mi dice di no. Fisher è troppo dolce per prendersi gioco del mio bizzarro intruglio.

Peccato che non abbia un fratello! Possibilmente uno della mia età, ricco e single.

"Quanti te ne rimangono?"

Dopo aver messo il coperchio sul bicchiere e averglielo passato, controllo il vassoio. "Tre. Ne ho venduti cinque stamattina".

"Ok, prendo il resto". Fa un largo sorriso, tirando fuori altri soldi.

"Tutti e tre? Ti conviene non farti vedere dai fratelli Hollis con questi. Ti sfideranno per averne uno".

"Pfft. Hanno troppa paura dell'ira della sorella per darmi fastidio".

Rido perché è vero. Noah è la più piccola, però è lei a tenere le redini dei fratelli. Adesso che Fisher sta per entrare a far parte della loro famiglia, ottiene la sua protezione automatica.

Quando finisco di mettere i muffin in un sacchetto, mi passa una banconota da cinquanta e mi dice di tenere il resto.

Rimango a bocca aperta. "Sei sicuro? È tipo una mancia del trenta percento".

"Consideralo un regalo per tutto l'aiuto che stai dando a Noah. Specialmente con i suoi fratelli". Mi fa l'occhiolino.

Metto il resto nel barattolo e lo ringrazio. "Già, quattro cowboy sexy e scalmanati. È proprio una faticaccia".

Fa un sorrisetto, poi beve un sorso di caffè. "È buono, Magnolia".

"Dubitavi di me?"

"Mai. Ti stavo solo facendo un complimento. Sono sicuro che i muffin sono altrettanto deliziosi".

Mi metto le mani sui fianchi e lo fisso. "Come mai ho il presentimento che mi stai lusingando perché vuoi qualcosa?"

Scoppia in una risata. "Mi hai beccato: mi serve un favore".

Sospiro. "Che cosa?"

"È un'altra di quelle cose che non puoi dire a Noah".

Alzando gli occhi al cielo, incrocio le braccia. "Ma certo".

"Ho fatto mettere da parte alcuni articoli per Noah, però voglio assicurarmi che le staranno bene". La sua voce è esitante, addirittura nervosa, e mi fa assottigliare gli occhi. Prendo il mio caffè freddo e lo bevo mentre lui continua: "Pensavo che potresti andare a controllarli e vedere se secondo te le staranno. O se credi che li odierà. Sono da Lacey's".

Prima che possa fermarmi, sputo il liquido ghiacciato e lo spargo sul bancone. Mi copro la bocca e butto giù il resto, tra un colpo di tosse e l'altro.

"Merda! Stai bene?" Mi passa subito un tovagliolo.

"Hai detto Lacey's? Ovvero il… negozio di *lingerie*?"

"Sì. Scusami, non avrei dovuto chiedertelo. Probabilmente è strano, giusto?"

"Beh…" Mi tampono il mento per pulire il macello che ho fatto. "Non più strano del fatto che so dove Noah nasconde il vibratore. Ha detto di volere della lingerie?"

"Sì, ne abbiamo parlato. Pensava sarebbe stato più sexy se

l'avessi scelta io, invece di farsela regalare da qualcuno per l'addio al nubilato. Ho trovato dei set, però voglio che le piacciano e che le stiano bene addosso. Ci sono così tante opzioni. E pezzi. E gancetti. È per questo che ti ho trascinata in questa storia molto imbarazzante".

Ha le guance rosse mentre si passa una mano tra i capelli, lunghi fino alle spalle. Sono piuttosto certa che abbia del sudore sulla fronte. È proprio adorabile.

Noah è un po' più formosa di me, però abbiamo la stessa taglia di reggiseno. Quindi non vedo che male ci sia se vado almeno a dare un'occhiata a quello che ha trovato Fisher. Magari sarà divertente provare della lingerie, anche se nessun altro la vedrà oltre a me.

"D'accordo. Lo faccio. Qual è il tuo budget?"

Fa una risata nasale. "Ehm… Cento dollari?"

"Tutto qui? Con quelli ci prendi un perizoma e un bell'elastico per i capelli". Il Lacey's è noto per i suoi articoli di lingerie di lusso. Sono costosi, ma una qualità migliore di quella non la trovi nel raggio di centocinquanta chilometri.

"A pezzo, Magnolia. Non sono *così* tirchio".

Ridacchio sollevata e scuoto la testa per l'ironia della cosa. "Pensare che sono *io* quella che le ha detto di andare a parlarti, e adesso voi fate sesso da urlo mentre io…" Agito una mano per indicare il mio chioschetto. "Faccio caffè e preparo muffin. Da sola".

Risucchia in bocca le labbra, come per trattenersi dal ridere alla mia drammaticità. "Ti ho mai ringraziata per quello, comunque?"

"Lo farai quando avrò scelto per me un set tanto carino da aggiungere al tuo conto. Sai, per rimediare ai danni psicologici".

Fa scorrere la carta di credito sul bancone. "Tieni. Prendi i pezzi che pensi possano piacere a Noah tra quelli che ho fatto mettere da parte. E non superare i cento dollari per i tuoi… extra. Non sono tirchio, ma nemmeno pieno di soldi".

Giocherello con la carta tra le dita. "Pfft, stai sposando una Hollis".

"Magnolia…" Mi scocca un'occhiata di avvertimento.

"Va bene, va bene. Vuoi che ti mandi le foto?"

"Di cosa?"

"Mie. Per farti un'idea di come stanno addosso".

"Cristo santo, no! Stai cercando di farmi divorziare ancora prima che arrivi all'altare?"

Non riesco a trattenere una risata mentre infilo in tasca la carta. "Calmati, cowboy! Ti sto solo prendendo in giro".

Noah non crederebbe comunque che tra di noi ci sia qualcosa. È più furba di così.

"Quella devi restituirmela quando hai finito". Indica i miei pantaloncini.

"Te la porto con il bottino segreto". Faccio l'occhiolino come se stessimo spacciando droga pesante. "Il tuo segreto è al sicuro con me".

Butta fuori un respiro. "Me ne sto già pentendo".

Non avevo mai messo della lingerie, però non è stato difficile capire cosa mi piace. Dopo aver indossato e approvato i set e i pezzi scelti da Fisher, ho cercato qualcosa per me. Lui ha un ottimo gusto; quindi prendo degli articoli simili da provare. Se lui ha scelto bianco e nero per Noah, io opto per nero e rosso. I colori sono sexy, abbinati alla mia pelle abbronzata e ai capelli scuri, se posso vantarmi.

Ma la verità è che non ho nessuno per cui indossare il set. Quindi lo farò per me stessa.

Faccio un selfie allo specchio ogni volta che mi cambio per ricordarmi di quanto mi stiano bene addosso, visto che non posso comprarli tutti. Non voglio mandare in bancarotta Fisher, dato che mi piace veramente come persona; quindi voglio attenermi alla regola dei cento dollari a pezzo.

Resta con me

Il corsetto nero con il reggicalze abbinato a un reggiseno push-up e mutandine di pizzo trasparenti è il mio preferito. Dato che non posso chiedere l'opinione di Noah senza che si insospettisca, devo rivolgermi all'unico altro amico che mi dirà onestamente cosa ne pensa.

MAGNOLIA

Mi serve la tua opinione su una cosa. Sei libero?

LANDEN

Sto giusto facendo un giro a cavallo con Tripp per controllare le recinzioni. Che succede?

MAGNOLIA

Sto provando della lingerie e voglio che tu mi dica quale dovrei prendere. Posso farti vedere le foto?

LANDEN

Di te in intimo? Non devi mai chiedere il permesso per queste cose. Fai vedere al tuo paparino.

MAGNOLIA

ODDIO, pervertito! Avrei scritto a Noah, se avessi potuto, però sto aiutando Fisher con una cosa. Quindi mi resti solo tu. Forse è una cattiva idea…

LANDEN

Non ti prenderò per il culo, però tu fammi vedere.

Mi manda un diavoletto, e me ne sto già pentendo.

Però voglio davvero sapere quale pensa che sia il più seducente per un ragazzo. Chi lo sa se l'unica persona a cui voglio mostrarlo lo vedrà mai, ma è meglio essere preparata.

MAGNOLIA

Non fare commenti inappropriati!

LANDEN

Non posso prometterti che non farò commenti… o pensieri inappropriati.

Ogni volta che mi cambio, scatto una manciata di selfie con specchio intero sia da davanti che da dietro. Allego i migliori alla nostra chat e premo invio.

Mi batte forte il cuore mentre aspetto che risponda. Due, tre, cinque minuti passano senza che dica una parola.

Merda! Probabilmente sembro un'idiota.

Non ce la faccio più ad aspettare.

MAGNOLIA

Spero che non ti stai segando con le mie foto.

LANDEN

Ce l'ho senz'altro duro. Grazie mille. Fa un male cane dentro questi jeans mentre sono a cavallo, comunque. Sydney rimarrà incinta prima della fine del mio turno.

Alzo gli occhi al cielo. E l'immagine mi fa rabbrividire.

Io e Landen siamo buoni amici; quindi mi sentivo piuttosto a mio agio a inviargli le fotografie, però non è lui quello su cui voglio fare colpo.

MAGNOLIA

Secondo te, quale potrebbe piacere di più a Thor?

Ridacchio per il finto soprannome che abbiamo dato a Tripp. Sin da quando ho raccontato a Landen della mia cotta, ho inventato un nome da usare nei nostri messaggi. L'ultima cosa che voglio è che Tripp li veda, facendomi sentire un'idiota. Dato che volevo che il nome cominciasse con la stessa lettera del suo, ho scelto il personaggio più bono interpretato dall'uomo più bono di Hollywood: Chris Hemsworth.

Landen mi stuzzica per un po', però mi sento meglio sapendo che posso parlare di Tripp in segreto.

LANDEN

Ehm... letteralmente tutti. Non esiste uomo etero al mondo che non cederebbe uno dei suoi cinque sensi per avere un'occasione con te.

Resta con me

Un'ondata di rimorso mi travolge, e inizio a preoccuparmi che la cotta che Landen aveva per me non sia scomparsa come dice. Cerca sempre dei modi per far finire insieme me e Tripp o per ingelosirlo; dunque, se anche fosse così, non l'ha mai reso evidente.

MAGNOLIA

Posso comprarne solo uno. Quindi qual è il tuo preferito?

LANDEN

Il terzo. È sexy senza mettere a nudo tutto. Mi fa usare l'immaginazione e allo stesso tempo mi provoca.

Sorrido, perché è anche quello che sceglierei io.

MAGNOLIA

Grazie. Apprezzo il consiglio. Adesso cancella quelle foto!

LANDEN

Perché cazzo dovrei? Non era una condizione per aiutarti.

MAGNOLIA

Perché non voglio che qualcun altro le veda!

LANDEN

Non preoccuparti, si trovano nella mia cartella privata chiamata BANCA DELLE FANTASIE.

MAGNOLIA

Oddio, sei disgustoso! Cancellale! Adesso.

LANDEN

Dovresti mettertelo sotto il vestito domani, alla mia festa di compleanno. Così puoi farmelo vedere di persona ;-)

Sbuffo, sapendo che lo stronzo mi tormenterà con queste fotografie finché non lo minaccerò di danni fisici.

MAGNOLIA

Allora le cose sono due: o mi mandi una foto del cazzo oppure ti tiro un calcio alle palle per il fatto che ti sei comportato da maniaco.

LANDEN

Non penso proprio.

MAGNOLIA

Quello che è giusto è giusto. Tu hai foto delle mie tette e del culo. Quindi… mandami una foto del cazzo come garanzia che non le mostrerai mai a nessuno.

LANDEN

Non lo farei mai, Mags.

MAGNOLIA

Ce l'hai piccolo, eh?

LANDEN

Sei proprio una mocciosa. Chiedi a Thor una foto del suo, invece. Oh, aspetta… Ti caghi troppo addosso per farlo.

MAGNOLIA

Stronzo.

Porto l'ultimo completo alla cassa e chiedo alla commessa di aggiungerlo agli articoli per Noah. Dopo aver pagato con la carta di Fisher e aver preso il sacchetto, esco per raggiungere la mia Honda CR-V. Purtroppo, ho dovuto sostituire Super Rossa quando ho comprato il chioschetto, per poterlo trainare da un posto all'altro. Il rimorchio non è molto grande, però mi serviva qualcosa di affidabile, dopo l'investimento che avevo fatto per allestirlo.

Allaccio la cintura, poi prendo il telefono e mando un messaggio a Fisher.

MAGNOLIA

Ho la merce. Fammi sapere dove vuoi che la lasci.

FISHER

Passo al chiosco martedì. Portala con te.

MAGNOLIA

Sì, signor capitano. Vuoi vedere delle foto dove indosso il pagliaccetto bianco?

Lo sto assolutamente prendendo per il culo, visto che non ho fatto nessuna fotografia con quelli per Noah. Ma metterlo a disagio e infastidirlo fa parte del mio dovere di migliore amica.

FISHER

No, ti prego. Mandale a Thor, invece.

Mi escono gli occhi dalle orbite e rimango a bocca aperta.

MAGNOLIA

Come fai a conoscere quel nome?

FISHER

La tua migliore amica sta per diventare mia moglie.

Quella spiona.

MAGNOLIA

Era un segreto!

FISHER

Ed è al sicuro con me.

Poi manda un'emoji con un sorrisetto sfacciato.
Così non aiuti.

MAGNOLIA

Se avessi saputo che vi scambiate più di uno sputo, mi sarei comprata due set.

FISHER

Grazie per l'aiuto. Lo apprezzo davvero.

Sospiro, senza riuscire a rimanere arrabbiata con l'uomo che sta rendendo Noah più felice di quanto non l'abbia mai vista.

MAGNOLIA

Sei sicuro di non avere un fratello?

FISHER

Mi dispiace.

E così prendo una decisione: la festa di compleanno di Landen si terrà al Twisted Bull, e io mi farò qualche shot per prendere coraggio, ballerò come se ne andasse della mia vita e attirerò l'attenzione di Tripp una volta per tutte.

Capitolo Sette

Tripp

Oggi il sole è brutale, anche se il caldo non è eccessivo come negli altri giorni, ma giusto quel tanto da richiedere un cappello da cowboy Resistol, invece del mio berretto da baseball preferito. Di solito, vedere un "vero cowboy" fa emozionare gli ospiti di altri stati; perciò direi che non è uno spreco totale.

Tra il lavoro al Lodge il pomeriggio e gli addestramenti con Noah la mattina, io e Landen ci occupiamo di diverse mansioni al ranch, come cavalcare lungo il perimetro della proprietà per controllare se le recinzioni, o qualunque altra cosa, sono a posto. Dato che domani sera si terrà la sua festa di compleanno, dobbiamo portare a termine gran parte dei nostri incarichi oggi stesso, visto che passerà la domenica in cui compie gli anni con i postumi della sbornia.

"Indovina chi viene al Twisted Bull?" Landen sfodera un sorrisetto del cazzo, e posso solo immaginare la risposta che sto per ricevere. "Le gemelle Marrow! Puoi ringraziarmi dopo. Lydia ha già l'acquolina in bocca, nell'attesa di gustarti".

Che schifo! Mi viene l'orticaria solo al pensiero.

Lydia è uno scarafaggio che ha provato a intrappolare il suo ex con un bambino quando lui non era pronto. Ha bucato i preservativi e smesso di prendere la pillola senza dirglielo.

Ma poi si è lamentata con chiunque le abbia prestato ascolto che lui l'aveva scaricata "senza motivo". Ricordi quello che ha fatto ad Ashton, vero?"

Fa spallucce. "Beh, mettiti due preservativi, per sicurezza".

Sbuffo. "No, grazie. Non sono così disperato".

"Puoi comunque essere gentile e ballare con lei. Dille giusto di tenere sempre le mani sopra la cintura". Gira la testa con un sorrisetto, e vorrei levargli quell'aria compiaciuta con un ceffone.

"Perché dovrei essere *gentile*? Non mi piace neanche. Sei tu quello che ha una cotta per la sorella".

"Esattamente. Quinn non mi darà attenzioni, se sarà preoccupata per Lydia. Quindi devi farlo per me. Tienila giusto occupata, così che io possa tenere Quinn... *occupata*".

Agita le sopracciglia, e per poco non vomito.

"Eddai, bello! Non chiedermi di farlo".

"È il mio *compleanno*..." La sua voce insistente mi dice che non si arrenderà finché non avrò accettato questo piano ridicolo. Però non significa che mi ci debba attenere. Sta per compiere ventisette anni e, se non riesce a conquistare le donne senza l'aiuto di una spalla, è un problema suo.

"Vabbè", brontolo.

"Sì! Te ne devo una".

"Lo dici sempre. Mi sa che ormai sei arrivato a trecentoventidue volte".

Scoppia a ridere. "Stai tenendo il conto?"

"La mia è un'ipotesi sensata: tutte le volte che ti ho accompagnato a casa quando eri ubriaco; tutti i turni che ho coperto per te quando avevi i postumi; tutte le tipe che evito in paese quando mi chiedono perché non le hai richiamate". Aggrotto la fronte nel vedere il suo sorrisetto fiero. "Oh, e comunque... non sono il tuo cazzo di segretario. Mollale come una persona normale".

"Non ho niente da dire. Non ho mai relazioni esclusive. Non è colpa mia se vogliono sempre più di quello che posso dare. Immagino sia colpa del mio spirito e del mio fascino naturali".

Faccio una risata nasale, poi affondo i talloni nei fianchi di

Franklin perché raggiunga Landen, così possiamo smetterla di urlare. È il mio appaloosa di quattro anni, e lo cavalco dappertutto nel ranch. È un cavallo mansueto e tranquillo, quando non è vicino alla quarter di Landen.

Non appena arriviamo fianco a fianco, Franklin emette un forte nitrito.

"Va tutto bene". Gli accarezzo il collo. "Calmati".

"È proprio uno stronzetto difficile". Landen ride.

"Sydney è una provocatrice", gli ricordo. Quando li abbiamo lasciati al pascolo per pulire i loro box, li abbiamo beccati molte volte mentre provavano a mordersi. Non ho idea del perché, però non si sopportano.

"Non ascoltarlo, piccola", dice Landen con una disgustosa vocina dolce. "È solo che non ti fai mettere i piedi in testa da un uomo, vero?"

Alzando gli occhi per l'ironia, do un altro colpetto a Franklin per velocizzare le cose. Quando raggiungiamo la cima di una delle colline, io vado a destra, mentre Landen va a sinistra per poter coprire velocemente un'area maggiore.

Controlliamo le recinzioni ogni quadrimestre, di solito al cambio di stagione o dopo forti piogge o vento. Il terreno si muove, e questo influenza la linea di recinzione.

Quando mi ricongiungo a Landen, sta sorridendo come un idiota guardando il telefono.

"Con chi parli?" chiedo.

"Mags".

Avverto una fitta di gelosia pensando a quanto sono legati. E soltanto Dio sa di cosa parlano.

Ho la testa da un'altra parte mentre lo raggiungo e arrivo troppo vicino a Sydney. Il nitrito acuto di Franklin la spaventa, e sgroppa.

"Oh, merda! Smettila, Syd!" Landen stringe la presa sulle redini, e il telefono gli vola via dalle mani. Riesco a prenderlo al volo prima che cada per terra, e appare la schermata con i messaggi.

La conversazione con Magnolia.

Non dovrei guardare, ma poi abbasso brevemente lo sguardo e noto un nome che non riconosco: Thor. *Thor*? Chi cazzo è?

Quando scrollo in alto per cercare una spiegazione per quel "dio del tuono", rimango a bocca aperta non appena vedo diverse foto di Magnolia mezza nuda con indosso della lingerie quasi inesistente.

E, porca troia, è assolutamente splendida!

Sbatto le palpebre per cancellare le immagini, sentendomi un maniaco per aver sbirciato. Poi leggo rapidamente il resto dei loro messaggi. Il modo in cui le parla Landen mi fa sorgere il dubbio che abbia ancora una cotta per lei.

"Ehi, bella presa!" dice Landen quando Sydney si è calmata.

"Sì, tieni". Allungo il braccio finché lui non prende il telefono. "Chi cazzo è Thor?"

Si fa una risata nasale talmente forte, che quasi mi chiedo se non sia stata Sydney.

"L'hai visto, vero?" Si infila il telefono in tasca.

"Me lo dici o no?"

Continuiamo a cavalcare verso la scuderia di famiglia, e lui fa spallucce. "È… nessuno".

Alzo gli occhi al cielo perché non vuole rispondermi.

"Ti piace ancora, vero?"

"Soltanto come amica".

"Ne sei sicuro? Ho letto i messaggi".

Scoppia in una risata mentre cavalchiamo fianco a fianco, stavolta con una maggiore distanza tra di noi. "Ficcanaso del cazzo".

"Allora perché ti manda foto sexy?"

"Cristo santo, Tripp! Cosa sei, il suo ragazzo? Perché mi fai il terzo grado?"

"Perché ti conosco".

Fa scattare la testa verso di me, offeso. "Cosa vorrebbe dire?"

"Non stai cercando niente di serio. Hai detto che non vuoi nulla di esclusivo", gli ricordo. Landen non ha una relazione seria dai tempi delle superiori.

"E Magnolia sì, invece?"

Di questo non ne sono sicuro, però so che lui la farebbe soffrire. E poi dovrei spaccare il culo a mio fratello.

"Quand'è che ti decidi a chiederle di uscire, bello?"

"Di che stai parlando?" Mi si serra lo stomaco all'idea che sappia la verità. Non ho rivelato ad anima viva quello che provo per Magnolia. Come fa a saperlo?

"Sto parlando del fatto che devi tirare fuori i coglioni, ammettere che ti piace e chiederle di uscire, invece di…" Agita le mani con movimenti circolari nella mia direzione. "Invece di fingere che non esista".

"Non lo faccio".

La sua risata divertita mi fa incazzare, però non ho una scusa pronta per difendermi. Quindi chiudo la bocca, prima che possa continuare a tormentarmi.

Nessuno dei due parla per il resto della strada fino alla nuova scuderia di famiglia, dove teniamo tutti i nostri cavalli personali. L'altra è bruciata quest'estate, però abbiamo ingaggiato una squadra che rimuovesse i detriti e cominciasse a ricostruirla il prima possibile. Per fortuna, tutti i cavalli sono stati tratti in salvo da Fisher, che ha rischiato la vita per farli uscire, prima di perdere quasi conoscenza.

La scuderia si trova vicino alla casa dei nostri genitori, nonché abitazione principale del ranch. Io e Landen ci siamo trasferiti all'inizio dell'anno in uno dei bungalow del personale. Lui ha preso il piano superiore, io quello inferiore. Abbiamo entrambi due camere da letto e un bagno, ed è davvero bello, dopo aver condiviso una casa con i miei fratelli, nonna Grace e mia cugina Mallory. A volte, però, mi manca il caos e vivere per conto mio mi fa sentire solo, ma perlomeno ci incontriamo ogni domenica sera per la cena di famiglia.

"Ti va di uscire stasera?" mi chiede Landen dopo che i cavalli sono stati spazzolati e riportati nei loro box.

"No. Devo prepararmi psicologicamente al delirio di domani sera".

Mi dà una pacca sulla spalla. "Volevi dire 'la festa più epica di sempre'".

"Giusto. Alcuni di noi dovranno lavorare comunque questo fine settimana".

"Devi coordinare le escursioni. Sai che roba".

Sai che roba? Dice lui.

Tutti i pomeriggi, lavoro al Lodge insieme alla receptionist quando gli ospiti fanno il check-in. Chi soggiorna negli alloggi del maneggio e vuole andare a fare un'escursione deve usare lo stesso cavallo per tutto il periodo di permanenza. I miei genitori volevano garantire un'esperienza di qualità a ciascun ospite, cui viene assegnato un cavallo in base alla propria conoscenza dell'equitazione e all'età. È compito mio scegliere il cavallo giusto per ognuno, e poi chiamo Waylon, così che possa prepararlo per la cavalcata.

"E al mattino mi occupo anche degli addestramenti", gli ricordo, nonostante lo faccia pure lui durante la stagione non riproduttiva.

"Vieni a lamentarti con me solo quando passerai tutta l'estate a segare cavalli".

Landen adora sbattere in faccia a tutti che si occupa della gestione degli accoppiamenti, attività che lo tiene impegnato per tutta l'estate. Durante gli altri mesi, si prende cura degli stalloni ed è incaricato di prenotare le giumente per l'anno successivo.

"Sei stato tu a offrirti volontario per quella posizione", gli ricordo.

"Beh, sì. Chi altro può dire che si guadagna da vivere vendendo sperma?" Agita le sopracciglia e fa scorrere la lingua tra le labbra.

"Sei troppo strano, cazzo!" Scuoto la testa mentre vado verso il mio pick-up.

"Non dimenticare che domani sei il mio schiavetto autista. Puoi accompagnare me e Quinn e poi portarti Lydia a casa per il bicchiere della staffa".

"Pfft. Sono sempre il tuo schiavetto. E non mi porto Lydia a casa; quindi le conviene trovarsi un altro passaggio".

"Ehi, non fare così. Tienila giusto occupata per qualche ora e poi lei e Quinn possono tornare a casa con un Uber".

"No".

"È il mio *compleanno*…" Il modo provocatorio con qui canticchia quelle parole mi fa venire voglia di prendere a pugni il suo bel faccino.

"Mi ubriacherò giusto per non dover accompagnare a casa te o le gemelle. Preferisco svenire nel vicolo, piuttosto che portarmela a casa".

Landen mi spinge verso la portiera del posto del conducente prima di fare il giro dall'altra parte. "Non oseresti".

Ha ragione, e odio che ce l'abbia.

Se non mi trovo nella sicurezza e nella comodità di casa mia o dei miei genitori, non bevo.

Il solo pensiero minaccia di scatenare un attacco d'ansia.

"Sei un coglione". Salgo a bordo, poi metto la cintura.

Sono all'inferno.

No, questo è molto peggio.

Lydia non la smette di toccarmi, e Landen è talmente ossessionato da Quinn che non si prende nemmeno la briga di venirmi a salvare.

Ho passato la giornata a portare a termine alcune mansioni e poi mi sono preparato per uscire. Waylon e Wilder erano carichi e pronti a fare baldoria ore fa. Io e i miei fratelli ci siamo radunati da Landen per cominciare a bere – io acqua – e poi ho accompagnato tutti in paese. Prima siamo passati da un ristorante messicano per mettere qualcosa nello stomaco e poi abbiamo raggiunto a piedi il Twisted Bull, dove attualmente sto bruciando tra le fiamme infernali.

Wilder ha messo tutti in lista per cavalcare il toro meccanico, incluso Fisher, che non ha nemmeno bisogno di aggrapparsi al pomello della sella. Noah è insieme a Magnolia, ma, quando noto che arriva quello stronzo del suo ex, stringo i pugni, pronto a stenderlo.

Non lo vedo spesso in giro da quando mi ha denunciato allo sceriffo, due anni fa, e sono finito a scontare cento ore di servizio alla comunità. Dato che c'erano dei testimoni a confermare i fatti realmente accaduti, sono riuscito a trovare un accordo che non mi ha fatto finire in prigione. Mi sono tenuto alla larga da Travis e ho lavorato al rifugio per senzatetto e al banco alimentare per tutta l'estate.

Magnolia si è offerta volontaria per scontare la pena insieme a me, arrivando quasi a implorare lo sceriffo di accettare, dato che si sentiva responsabile, però ho rifiutato categoricamente. Sono stato io a prendere a pugni e calci Travis e, accidenti a lui, lo rifarei di nuovo per assicurarmi che la lasci in pace.

Però, per qualche ragione, l'universo mi sta punendo. Lui è qui questa sera, quando non posso scappare via da Lydia e dalle sue dita appiccicose per tenere bene d'occhio Magnolia.

"Vuoi un drink?" mi sussurra lei all'orecchio con voce fin troppo alta mentre siamo seduti a un tavolino alto.

"Bevo solo acqua. Ma tu sentiti libera di prenderne un altro".

Guardo in cagnesco Landen dall'altro lato del tavolo, che sta frugando con la lingua nella bocca di Quinn. *Stronzo di merda.*

"Ti va di venire con me?" chiede dolcemente Lydia.

Girandomi verso di lei, mi sento in colpa per esserle così ostile. Non è colpa sua se mi è stato affidato il compito di farle da babysitter, però detesto anche illuderla.

"D'accordo", rispondo.

Quando ci avviciniamo al bar, ci sono anche Noah e Magnolia, che si scolano degli shot.

"Ehi, Tripp. Ti va di ricreare il Pompino della mia festa di compleanno?" Magnolia è già mezza andata; il che mi fa preoccupare ancora di più, visto che Travis è qui.

"Stasera non bevo", le dico, poi guardo Noah. "Vi accompagna Fisher?"

"Sì, guida lui".

Annuisco, apprezzando il fatto che ci sia lui a prendersi cura di Magnolia.

Sentirla menzionare quella sera mi fa vibrare il petto. È stata la prima e unica volta in cui le nostre labbra si sono toccate, ed ero tentato di farlo di nuovo non appena si è allontanata da me. Travis mi ha guardato come se volesse uccidermi e, se non ci fosse stato lui, forse l'avrei baciata per davvero.

Al diavolo le conseguenze!

"Oh, eddai!" insiste Magnolia, rimbalzando sulla punta dei piedi mentre mi viene incontro. "È solo uno shot".

Quando si avvicina, Lydia scivola accanto a me, avvolgendomi una mano attorno al braccio. *Stringendolo*, piuttosto. Guarda Magnolia in cagnesco. "E tu chi saresti?"

"Dipende. Chi sei *tu*?" Il fatto che Magnolia finga di non saperlo rende tutto ancora più esilarante. Sugarland Creek è un paesino di soli duemila abitanti, dove tutti conoscono tutti; quindi, anche se le Marrow hanno l'età di Landen, vale a dire quattro anni in più di Magnolia, è poco probabile che non abbiano mai sentito parlare l'una delle altre.

"Lydia Marrow… La ragazza con cui esce".

Delle fiamme ardono negli occhi di Magnolia quando mi guarda accigliata. "Tripp non esce con nessuna".

"A quanto pare, lo fa, dato che io sono qui". La voce morbida come velluto di Lydia fa digrignare i denti a Magnolia.

Il suo sguardo trova il mio, e un sorriso sinistro si forma sul suo volto. "Stai attento, altrimenti diventi un paparino… e non intendo di quei *paparini* sexy".

Oh, cazzo! Anche lei ha sentito quelle voci.

Sono troppo concentrato su Magnolia per reagire quando Lydia si fa avanti e si ritrovano faccia a faccia.

"Come, scusa? Che cos'hai detto, ragazzina?" Lydia è più alta di pochi centimetri, però nessuno è mai riuscito a spaventare Magnolia. "Parli proprio tu… *troia*".

Senza dire una parola, Magnolia solleva la mano e afferra Lydia per i capelli.

"RISSA FRA DONNE!" urla Wilder, alle loro spalle.

Ricordatemi di ucciderlo, dopo.

Per fortuna, Noah mi batte sul tempo e gli dà una manata sulla testa.

Afferrato in tutta fretta il braccio di Lydia, la trascino indietro prima che si scateni davvero una rissa tra donne nel bel mezzo del bar. Non lo faccio per proteggere Lydia, ma per tenere Magnolia fuori dai guai.

"Non parlarle in quel modo!" avverto Lydia.

Rimane a bocca aperta e la indica. "Mi ha appena tirato i capelli! Non hai sentito quello che ha detto di me?"

"Non me ne frega un cazzo. Non puoi dare della troia a nessuno, tantomeno a *lei,* davanti a me". Serro la mascella, assottigliando lo sguardo perché capisca che non lo ripeterò un'altra volta.

Prima che possa essere pronunciata un'altra parola, Travis arriva dietro Magnolia, e mi si annebbia la vista.

Questo figlio di puttana!

"C'è qualche problema, Hollis?" L'arroganza nel suo tono mi fa venire voglia di prenderlo a pugni in faccia per cancellare quel ghigno arrogante.

"Ce ne saranno, se non ti fai i maledettissimi affari tuoi". I miei occhi si concentrano su quanto è vicino a Magnolia.

"Stai cercando di aggiungere un secondo periodo di servizio alla comunità nel curriculum?" Avvolge un braccio attorno alle spalle di Magnolia con familiarità, e le mie mani fremono per strapparglielo di dosso.

"Vaffanculo, Travis! Tu non c'entri… per una volta", sputo fuori.

"Certo che sì. La tua fidanzatina sta dando fastidio alla mia Maggie. Quindi, o la fermi tu… oppure lo faccio io".

"Sta' zitto, Travis!", lo rimprovera Magnolia, dandogli una gomitata allo stomaco.

Brava.

"Bambola, ti sto soltanto proteggendo".

"Beh, non ne ho bisogno", sibila lei, superandolo e spingendo via le altre persone per potersi allontanare.

Scocco un sorrisetto presuntuoso a Travis, giusto per farlo incazzare facendogli capire che nemmeno questa sera conquisterà l'attenzione di Magnolia.

Capitolo Otto
Magnolia

Porca puttana, che coo ho fatto?

Le pareti beige coperte di poster di donne nude mi sono fin troppo familiari e mi fanno venire un conato, mentre i ricordi di ieri sera si ripetono all'infinito. Con tutti gli uomini che ci sono al mondo, dovevo proprio finire a casa di Travis?

Mi stavo disintossicando! Due anni senza Travis. Due anni che non tornavo da lui.

Due anni buttati nel cesso.

Tutto finito… in un istante.

Una flebo di alcool dritta nel braccio e, da cretina che sono, rieccomi qui.

Cristo, sono patetica!

Nel momento stesso in cui ho visto Lydia Marrow volevo, a parte vomitarle sulle scarpe, strappare via i suoi lunghi artigli dal braccio di Tripp. Se le voci sono vere, ha provato a intrappolare il suo ex con un bambino e, non appena lui l'ha scoperto, l'ha scaricata. Che Lydia l'abbia fatto davvero o meno, non mi fido di lei. Specialmente con Tripp.

E per quello mi sono presa una sbronza epocale.

Io e Noah abbiamo ballato senza sosta e continuato a bere. Ho buttato giù uno shot dopo l'altro, cercando di cancellare dalla testa l'immagine di Lydia che si scopava Tripp. E ho fatto del mio meglio per non prestare loro alcuna attenzione; cosa alquanto semplice, visto che i miei fratelli sono rimasti sul retro a giocare a biliardo e freccette. Quando Noah e Fisher erano pronti ad andarsene, io me la stavo ancora spassando con un paio di nostre amiche; quindi ho detto loro che sarei tornata a casa con un Uber, dato che vivo a giusto pochi isolati di distanza dal locale. Non avrei mai pensato di mettermi a guidare, ma, in qualche modo, mentre stavo uscendo dopo aver prenotato la corsa, Travis mi ha convinta ad andare a casa con lui.

"Maggie…" Fa un gemito gutturale, stringendo la presa sul mio ventre. "Cavalcami prima che sparisca l'erezione mattutina". La strofina contro il mio sedere, e mi viene la nausea.

Non potrei avercela più asciutta di così.

Rabbrividendo al pensiero che lui mi tocchi di nuovo, scivolo fuori da sotto il lenzuolo e cerco i miei vestiti.

"Mi chiamo *Magnolia*", gli ripeto per l'ennesima volta. "E questo è stato un errore".

"Non dici sul serio. Dai, possiamo farci la doccia insieme, e tu puoi succhiarmelo".

"Ero ubriaca, imbecille", gli ricordo, prendendo il mio vestito e le mutandine, per poi infilarmeli.

"Siamo una bella coppia, bambola. Sono cambiato, e prometto che questa volta…"

"Non c'è nessun *questa volta*. Non ci sarà mai più un noi".

Un sorrisetto presuntuoso passa sul suo volto sconcertato mentre incrocia le braccia dietro la testa. "L'hai detto anche l'ultima volta".

Quando finalmente trovo le scarpe, le raccolgo dal pavimento e lo guardo con un cipiglio. "Cancella il mio numero".

Dopo aver preso il telefono e la borsa, mi dirigo verso la porta e mi sento sollevata quando vedo il preservativo usato sul pavimento. Perlomeno è riuscito a mettersene uno.

"Tornerai! Lo fai sempre…"

Se non avessi così tanta fretta di lavare via il rimorso di questa sera dal corpo, marcerei di nuovo in camera sua e lo pugnalerei con il tacco alto della mia scarpa.

È domenica mattina; il che significa che in centro regna la quiete, rotta soltanto dalle campane della chiesa. Tutti i negozi sono chiusi e gli Uber sono limitati.

Decido di farmi la camminata della vergogna per attraversare i cinque isolati fino al mio appartamento. Vivere in un piccolo paese significa che nulla è mai troppo distante, ma anche che Travis è troppo vicino.

Argh. Lo odio.

Ma, soprattutto, odio me stessa.

Dopo aver fatto una doccia ustionante ed essermi lavata i denti, controllo i messaggi per assicurarmi di aver scritto a Noah che ero sana e salva.

NOAH

Scrivimi quando arrivi a casa!

MAGNOLIA

pollice sollevato

Due ore dopo…

NOAH

Spero tu non sia finita in un fosso. Sei a casa?

MAGNOLIA

Sto brnr manna

Rabbrividisco per come scrivo da ubriaca. Pensavo di essere migliorata.

NOAH

> Sei ubriaca marcia. Torna a casa sana e salva,
> per favore.

Poi le ho mandato un selfie dove ho un sorriso imbarazzantissimo e un occhio socchiuso.

Cristo, sono un disastro!

Il suo messaggio più recente risale a un'ora fa.

NOAH

> Buongiorno, spugnetta. Stai male?

Invece di scrivere una risposta, le mando un selfie con il dito medio alzato.

Grazie a Dio che la domenica ho il giorno libero, perché berrei più caffè di quanto riuscirei a servirne.

Dopo aver premuto invio, controllo gli altri messaggi e trovo il nome di Tripp. Ci scriviamo raramente, perché tanto non risponde mai. E, a quanto pare, gli ho mandato un messaggio stanotte alle due.

MAGNOLIA

> Tripp Clark Hollis! Anzi… non credo di conoscere il tuo secondo nome. Però inizia con la C, vero? Chad? Chuck? Chattanooga? Beh, qualunque sia… odio quella tipa. LYDIA?! Tra tutte le donne single in paese, tu esci con lei? Ti prego, dimmi che non te la stai portando a casa. Le tue palle si raggrinziranno e moriranno, se le tocca. RIP palle di Tripp Chattanooga Hollis.

Oh. Mio. Dio. Mi do una sberla sulla fronte e invoco una morte rapida.

Non è la prima volta che gli scrivo da ubriaca, ma questa è in cima alle cose più imbarazzanti che gli abbia mai detto. Adesso che sono consapevole di quanto la sua ansia continui a farlo soffrire, mi sento ancora peggio per aver agito così fuori luogo.

Come se non bastasse, Tripp ha risposto alle sette di

stamattina, quando probabilmente si stava alzando per andare al lavoro.

TRIPP

È Cameron.

Tripp Cameron! Merda, lo sapevo!

Ma che cazzo di risposta è? Ha ignorato completamente i commenti su Lydia e le sue palle, o il fatto che ero ubriaca da far schifo. Tripp è già abbastanza indecifrabile di persona, ma per messaggio sembra un robot.

Quindi, se non ha intenzione di affrontare l'argomento, allora non lo farò nemmeno io.

Sono passate ore, e probabilmente sta ancora lavorando, però non posso non desiderare una risposta da parte sua.

MAGNOLIA

Mmh… Chattanooga suona meglio.

Con mia assoluta sorpresa, i puntini appaiono subito sullo schermo.

TRIPP

Vado subito a modificare il mio certificato di nascita.

E, come al solito, non capisco se si sta comportando da stronzo sarcastico o se sta provando a flirtare.

MAGNOLIA

Dovresti. Poi possiamo chiamare Chattanooga il nostro primogenito e scegliere Tennessee come secondo nome.

TRIPP

Chattanooga Tennessee, eh? È proprio al limite dell'abuso su minore.

Il mio sorriso si allarga quando vedo che ha tralasciato il fatto che ho menzionato un figlio, per concentrarsi solo sulla questione della scelta del nome.

Resta con me

Lo chiameremo Chatty per abbreviare.

Chatty... Chat... Beh, se prendesse anche poco dalla sua mamma, parlerebbe senza sosta; quindi direi che è perfetto.

Un attimo… Ha appena… Mi serve giusto un minuto per raccogliere la mascella dal pavimento.

Sono felice che approvi. Direi che è arrivato il momento di mettermi incinta, cowboy.

Premo invio prima di vomitare fuori un'altra frase perché, *oddio*, gliel'ho davvero scritto?

Sono i postumi della sbornia che mi fanno sentire coraggiosa, oppure il filtro che va dal cervello alla bocca si è rotto.

Con grande sorpresa di nessuno, Tripp non risponde, e passo il resto della giornata a *non* controllare in modo ossessivo il cellulare.

Questo è il lunedì più lunedì che abbia avuto da un sacco di tempo. La macchinetta del caffè sta facendo i capricci e la consegna delle forniture è stata rimandata a venerdì; il che significa che finirò bicchieri e coperchi prima che ne arrivino altri. Dato che mi sono svegliata tardi, quando raggiungo il mio chioschetto parcheggiato in centro c'è già la fila ad aspettarmi.

Vorrei soltanto mangiare quattro tacos giganteschi e fare un riposino di sei ore.

Dopo aver finito di servire il mio ultimo cliente della giornata alle tre, chiudo tutto e vado a piedi al ristorante messicano sulla Main Street. Landen mi ha scritto prima per dirmi che sarebbe venuto in paese; quindi l'ho invitato qui per cenare presto. Se anche non avesse potuto, io non mi sarei fatta alcun problema a sedermi da sola col malumore per colpa delle mie pessime decisioni e della sberla che il karma mi ha tirato in faccia.

Non appena bevo un lungo sorso, Landen mi raggiunge e si china vicino al mio orecchio.

"Mettimi incinta, cowboy?"

Ridacchia e mi sbatto la mano sulla bocca per non sputare il mio drink su tutto il tavolo. Quando si siede davanti a me, ingoio e lo guardo in cagnesco.

"Ti odio".

"Ti pare il modo di rivolgerti allo zio del tuo futuro figlio?"

Gli do un calcio allo stinco sotto il tavolo.

"Non è divertente, Landen!" dico a denti stretti. "Non mi parlerà mai più".

Apre il menù ed esamina le opzioni. "Io non direi…"

"Aspetta… Mi sorprende che te l'abbia detto".

"Si è comportato in modo strano tutta la mattina, finché non gli ho chiesto cosa stava succedendo, visto che continuava a distrarsi ogni volta che dicevo qualcosa". Prende una *chip* e la immerge nella salsa, per poi addentarla rumorosamente.

"Adesso quanto pensa che sia disperata?"

"Al contrario. È rimasto talmente scioccato dal tuo messaggio che ha riflettuto per tre ore su come rispondere. Continuava a scrivere qualcosa per essere spiritoso o provocante, ma era come se non riuscisse a togliere la testa dalla sabbia abbastanza a lungo per farsi venire in mente qualcosa; quindi ci ha rinunciato. Adesso è ossessionato dal trovare un modo per avviare un'altra conversazione. Personalmente, avrei scelto qualcosa come *Porta qui il tuo culetto sexy* e *allarga quelle gambe sforna bambini*, però lui voleva essere più disinvolto".

Allungo la mano e gli do una manata sul bicipite. "È per questo che sei single".

"Single per scelta, molte grazie".

Alzo gli occhi al cielo, sapendo che sono solo stronzate.

Quando la donna giusta arriverà, è impossibile che riuscirà a resisterle e non diventare ossessionato da lei.

"Quindi non crede che sia una svitata?" Il mio cuore martella talmente forte che lo sento battere nelle orecchie.

"No. Però, secondo me, è in guerra con se stesso perché non sa se cedere ai suoi sentimenti. Per qualche motivo". Ruba altre due *chip* prima di mandarle giù con l'acqua che ho ordinato per lui. Dopo deve tornare al lavoro, e so che non può bere prima di usare macchinari pesanti. È per questo che io lo sto facendo, visto che può lasciarmi a casa sulla strada per il ranch.

"Lo sapevi che soffre di attacchi d'ansia? L'ho trovato seduto per terra durante la prova dello smoking. Stava cercando di superare una crisi".

"Davvero? Sapevo che li ha avuti in passato, ma non che succedesse ancora. Un po' mi sorprende che non me l'abbia detto". Aggrotta le sopracciglia, ma io, conoscendo Tripp, so che cerca sempre evitare di disturbare gli altri con i suoi problemi e che non chiederebbe mai aiuto né condividerebbe quello che sta passando. Mi rattrista pensare al numero di volte che ha sofferto da solo.

"Lui e Billy parlavano di fare da testimone alle nozze l'uno dell'altro; quindi trovarsi lì ha scatenato quei sentimenti".

"Merda! Avrei dovuto aspettarmelo. Non smetterà mai di sentirsi in colpa per quello che è successo, per quanto tempo possa passare. So che gli manca e che è stato traumatico vedere il suo migliore amico morire, però avevo sperato che le cose stessero migliorando. Detesto sapere che non c'è niente che possa fare per aiutarlo".

Anche io.

"Credi sia per questo che non esce spesso con le ragazze? Beh, a parte questo fine settimana". Alzo gli occhi al cielo, bevendo un lungo sorso del mio Margarita.

Si fa una risata nasale, ma, prima che possa rispondermi, arriva la signora Maria. È la proprietaria del Maria's Kitchen da quando ne ho memoria e serve il cibo più buono del nostro paesino. Landen ordina come se fosse rimasto in ibernazione per un mese, mentre io prendo il piatto di tacos assortiti con riso e fagioli.

Potrei anche averle chiesto di portarmi il bis con il cibo.

"Lo sai che non la frequenta davvero, sì? Mi stava facendo da spalla", spiega Landen.

"Di cosa stai parlando? Perché *tu* dovresti averne bisogno?"

"Volevo farmi Quinn, però sapevo che non ne avremmo avuto l'occasione, se lei fosse stata troppo concentrata a preoccuparsi per Lydia tutta la notte; quindi ho chiesto a Tripp di tenerla *occupata*, così che io potessi avere tutta l'attenzione di Quinn".

"E sono sicura che per Tripp sia stato davvero terribile tenerla *occupata* tutta la notte".

"Mi pari un tantino gelosa, Maggiolina".

"Bleah, non chiamarmi così!" Gli lancio una *chip* in faccia. "E non sono gelosa. Ma proprio Lydia?"

"Per quanto possa valere, l'ho convinto facendolo sentire in colpa, dato che era il mio compleanno. Però non ha funzionato comunque perché, dopo che avete bisticciato, le ragazze se ne sono andate".

Raddrizzo la schiena. "Quindi non si è portato a casa Lydia?"

"No. Sapevo che non se la sarebbe portata a letto perché è praticamente un monaco, però non immaginavo che si sarebbe messa a litigare. Ma adesso le ho cancellate entrambe dall'agenda".

"Che intendi? Come mai?"

"Perché Quinn si è schierata con Lydia, e tu sei mia amica". Fa spallucce come se non fosse nulla di che. "E la mia futura cognata".

Mi allungo sul tavolo e gli do uno schiaffo sul braccio. "Smettila di dire stronzate del genere! Mi fanno sperare in un qualcosa che non accadrà mai".

"Mai dire mai, Maggie Mae. Sii solo paziente. Credo che Tripp stia cominciando a rendersi conto che merita di essere felice e che ora deve provare a ottenere ciò che realmente vuole".

"Perché nessuno usa mai il mio nome? Siete allergici, per caso?"

"Sì, è la stagione dei pollini".

"Bello". Prendo una *chip* e la affogo nella salsa prima di darle un morso.

"Gli permetti di chiamarti Girasole o Sole", ribatte.

"Non glielo *permetto*. È solo che lo fa da sempre. Non ha senso rimproverarlo ogni volta".

"Sai… ha un soprannome soltanto per te. Deve pur voler dire qualcosa".

"Pensavo che fosse perché sono la migliore amica di Noah e mi vede come una fastidiosa sorellina onoraria".

Fa spallucce mentre la signora Maria torna con i nostri piatti. La ringraziamo e, quando se ne va, ci gettiamo sul cibo.

"Magari alle medie, però credo che, quando siete cresciuti e avete cominciato a frequentarvi di più, sia cambiato qualcosa. Non sei stata molto discreta sul fatto che avessi una cotta per lui, però continuavi a tornare da Travis; quindi probabilmente ha pensato che non avrebbe mai avuto una chance".

Quando menziona il mio ex, mi si irrigidiscono le spalle.

E odio che Landen abbia ragione. Nel corso degli anni, ho avuto la brutta abitudine di dargli numerose seconde opportunità. E adesso convivo con il rimorso di esserci andata a letto un paio di giorni fa perché pensavo che Tripp stesse uscendo con Lydia.

Scoprire che non è nemmeno vero mi fa venir voglia di vomitare il cibo ancora prima di averlo digerito.

Capitolo Nove
Tripp

Dato che non riesco a dormire molto da alcune notti, mi sveglio prima del necessario e decido di passare al Lodge per la colazione. Di solito, mi limito a una bevanda proteica e una barretta ai cereali, poi faccio il pieno a pranzo. Però oggi mi serve una distrazione.

Sono trascorsi due giorni dall'ultimo messaggio di Magnolia, e più tempo passa senza che le risponda, più sarà imbarazzante la prossima volta che la vedrò. Ha spesso flirtato con me in un modo leggero che ho sempre attribuito semplicemente al suo modo di essere, ma, quando ha visto Lydia aggrappata al mio braccio, nei suoi occhi è balenato un lampo di gelosia che non avevo mai colto prima.

Sono stato più che felice di staccarmi Lydia da dosso quando lei e Quinn hanno annunciato che se ne stavano andando. Nonostante fossi pronto a tornare a casa, ho dovuto aspettare il festeggiato e i nostri fratelli, tutti ubriachi, per poterli accompagnare.

Il giorno dopo, quando mi sono alzato per lavorare, mi ha scioccato da morire trovare un messaggio di Magnolia. Era chiaro che l'avesse scritto da ubriaca, però ho deciso comunque di risponderle. Non mi aspettavo che avrebbe continuato la conversazione ore dopo, però l'ha fatto, come se il tempo non fosse passato.

È stato tutto buffo e divertente finché non mi ha colpito con quell'ultimo messaggio: *direi che è arrivato il momento di mettermi incinta, cowboy.*

Come cavolo rispondo a una cosa simile?

Ho provato tipo venti volte a farmi venire in mente qualcosa di spiritoso e disinvolto, però non è mai stato nel mio stile. Ha fatto sorgere in me un tipo diverso di agitazione rispetto a quello a cui sono abituato, e mi ha fatto venire l'ansia di provare ansia. Mi sono ritrovato in un circolo vizioso mentre cercavo di mantenere la mente lucida.

Dopo averne parlato con Landen, mio fratello ha trovato una serie di risposte inappropriate e patetiche.

Doggy style o cowgirl?

Non minacciarmi con del sano divertimento. Quando e dove?

Da me o da te?

Se ti tieni addosso quei tacchi alti mentre ti piego sul mio letto, ti metto incinta due volte.

Insieme a tante altre ancora più squallide.

Già, non avevo intenzione di inviare una di quelle e rischiare che Noah si presentasse alla mia porta e mi tirasse una ginocchiata alle palle per aver mandato messaggi inappropriati alla sua migliore amica.

Dopo mangiato, raggiungo in macchina la scuderia di famiglia per cominciare a sbrigare le faccende mattutine. Oggi abbiamo quattro nuove famiglie in arrivo; quindi coordinare le escursioni nel pomeriggio sarà un delirio.

Noah lavora con i cavalli da gara, mentre noi ci occupiamo di quelli che si trovano in pensione e hanno bisogno di cure di base e di fare esercizio. L'anno scorso, si è quasi ammazzata facendo equitazione acrobatica. Un serpente nell'arena ha terrorizzato il cavallo, che l'ha trascinata da una parte all'altra, calpestandole le costole e spezzandogliene alcune. Si è fratturata il piede e ha dovuto fermarsi per sei settimane. Nel frattempo, io e Landen ci siamo occupati dei suoi clienti, ma dato che lei è più qualificata – o meglio, ha un *dono* – alcuni di quei cavalli davano retta soltanto a lei, anche se le abbiamo provate tutte.

È proprio per consentire eventuali sostituzioni necessarie che la maggior parte di noi è in grado di svolgere numerosi compiti al ranch e all'agriturismo.

Porto fuori Sydney e Franklin per primi, ma li lascio in pascoli diversi per non dovermi preoccupare che si mordano a vicenda. Dato che puliamo i loro box tutti i giorni, potrei facilmente spalare il letame con loro all'interno, però uscire all'aria aperta fa bene a entrambi.

Dopo aver preso la carriola e la pala, metto della musica a palla che possa sovrastare i miei pensieri.

A un certo punto entra Landen, fin troppo allegro, sbagliando le parole della canzone che sto ascoltando adesso.

Solleva un sopracciglio incuriosito. "Sei arrivato presto".

"Tu sei arrivato tardi".

"Non penso. Non sono nemmeno riuscito a fermarmi per un caffè. Dovresti andare a comprarne due da Magnolia, dato che è martedì".

Mi si irrigidiscono le spalle quando menziona il suo nome, però so cosa sta facendo. Non è bravo a nascondere il proprio divertimento.

"Vuoi soltanto che mi renda ridicolo".

Sussulta in modo drammatico. "Non lo vorrei mai".

Lo ignoro e continuo a lavorare. Prende della paglia nuova e la distribuisce in ciascun box mentre io finisco. Lui riempie le mangiatoie e io aggiungo altra acqua. Lavoriamo come una macchina ben oliata per un'ora, finché non abbiamo finito con tutti.

"Fai da bravo, Franklin". Lo accarezzo per salutarlo prima di salire sul mio pick-up.

Landen è incollato al cellulare con un sorrisetto sul volto; il che significa che sta parlando con una tipa.

"Beh, adesso che Quinn non è più tra i tuoi contatti, chi è che ti sta facendo ridacchiare come un ragazzino delle medie?" gli chiedo mentre ci dirigiamo verso le scuderie.

Si fa una risata nasale. "Magnolia".

Mi si chiude lo stomaco all'idea che stanno messaggiando. So che sono *solo amici*, però detesto che tra loro ci sia più confidenza che tra me e lei. Anche se, a detta di Landen, la colpa è soltanto mia.

E odio ancora di più il fatto che ha ragione.

Quando raggiungiamo il fienile, Landen balza giù e chiama qualcuno al telefono. Poi mormora qualcosa, allontanandosi.

Strano, ma non fuori dalla norma per lui.

Noah sta parlando con una bracciante del ranch, Ruby, e noto una grande scatola rosa sul tavolo alle loro spalle: ciambelle gourmet.

Evvai.

Scivolo tra le due, ne prendo una con Oreo sbriciolati e glassa e me la ficco in bocca.

"Oh. Mio. Dio".

Noah e Ruby si zittiscono mentre mi guardano.

"Non è che puoi tenerti i tuoi gemiti per te?" Noah fa una smorfia, aggrottando le sopracciglia con disgusto.

"Era sexy. Fallo di nuovo". Ruby sfodera un sorrisetto.

Noah le dà una spintarella e storce il naso. "Che schifo!"

"Qualcuno ha detto 'ciambelle'?" urla Landen, rubandone una con dentro dei pezzetti di cereali Cap'n Crunch.

"E sono anche quelle buone", confermo.

"Che festeggiamo?" chiedo con la bocca piena.

"Il mio compleanno, molte grazie". Ruby sorride.

Landen le canta in modo terribile buon compleanno, mentre prendiamo tutti la seconda ciambella.

"Ragazzi… attenti agli zuccheri!" Noah ci colpisce l'addome con il dorso della mano. "Dovete entrare nei vostri smoking tra un paio di settimane".

"Ho addominali duri come la roccia, *baby*! Duri. Come. La roccia". Landen si solleva la maglietta e balla come se fosse a cavallo.

"È per questo che mi presento al lavoro tutti i giorni…" Ruby si sventola giocosamente con la mano, fissando Landen.

"Dovrei dire a Nash della tua cottarella?" la stuzzico, riferendomi al suo fidanzato storico.

Agita la mano sinistra. "Finché non ho un anello a questo dito, resto aperta a tutte le opzioni".

"Non sapresti come gestirmi, Ruby". Landen le passa un braccio sulle spalle. "Me la sto ancora spassando alla grande".

"Non credo che tu possa più permettertelo, alla tua età", ribatte Ruby.

"Sono indomabile, *baby*!" Landen finge di roteare un lazzo sopra la testa e saltella lungo il corridoio centrale.

Il cretino è talmente insopportabile che non si rende nemmeno conto che gli cade il telefono dalla tasca posteriore. Sta ancora gridando e strillando quando lo raccolgo dal pavimento, e vedo subito i suoi messaggi con Magnolia sullo schermo.

Non dovrei guardare. *Non guardo.*

MAGNOLIA

Grazie ancora per aver pranzato con me ieri e per aver parlato con me di Thor. Stavo pensando di scrivergli più tardi, però ho paura che mi prenda per una psicopatica ossessionata.

LANDEN

Ma no, non più del normale. E non c'è di che, Maggie Maggiolino.

MAGNOLIA

A volte mi chiedo davvero perché sono tua amica.

LANDEN

Perché sono il fratello che non hai mai avuto e l'unico che ti tollera.

MAGNOLIA

Noah mi tollera benissimo.

LANDEN

Allora perché non stai disturbando lei con questa storia?

MAGNOLIA

Perché lei è in piena modalità matrimonio.
L'ultima cosa di cui ha bisogno è che la distragga
con i miei problemi con gli uomini. E poi, è troppo
felice e potrebbe alleviare il disprezzo verso me
stessa in cui mi sto crogiolando.

LANDEN

Wow, sono contento di poter essere la tua
seconda scelta!

MAGNOLIA

Tecnicamente, lo sarebbe Thor, se fosse
un'opzione…

LANDEN

Quindi io sarei la TERZA? Ma che cazzo? Se è
così, allora racconto tutto a Thor…

MAGNOLIA

Landen Michael, non ti azzardare!

LANDEN

LaLaLa… Non ti sento.

MAGNOLIA

Molto maturo.

LANDEN

Perché sono molto maturo. Hai visto la mia
tartaruga?

MAGNOLIA

Oh, guarda, sta arrivando Ellie a prendere un
caffè. Spero di non lasciarmi sfuggire per sbaglio
qualche tuo segreto…

LANDEN

Donna, ti scongiuro…

Maledizione, chi è Thor?

Dev'essere perché ha menzionato Ellie che Landen l'ha
chiamata subito quando lei ha smesso di rispondergli.

Ma cos'è che sa su mio fratello che io ignoro? Avevo l'impressione che ci dicessimo tutto.

Ma, in fondo, c'è molto che io non gli ho raccontato, di recente.

Ellie è una cavallerizza che pratica *barrel racing* a livello professionale, e viene allenata da nostra sorella da un paio d'anni. È perfino più giovane di Noah; quindi questa è proprio una scoperta *interessante*.

Però non riesco ancora a togliermi dalla testa chi cazzo possa essere questo Thor e perché Landen non abbia voluto dirmelo quando gliel'ho chiesto la prima volta.

"Ehi, Salterino!" urlo, attirando la sua attenzione mentre sollevo il suo telefono e lo agito.

Si tocca i pantaloni, realizzando che gli è caduto. "Merda! Grazie".

"Te lo chiedo un'altra volta… Chi è Thor?"

Sul suo viso compare un sorrisetto di merda che mi fa incazzare. "Ripeto: non è nessuno".

Quando fa per prendere il cellulare dal mio palmo, lo stringo più forte e ritraggo la mano. "Allora perché non mi parli di Ellie? Oppure dovrei chiederlo a lei?"

"Ma che cazzo? Che cosa ti ho fatto?" Me lo strappa velocemente di mano, e questa volta glielo lascio.

"Voglio saperlo. Magnolia parla di lui con te; quindi dev'essere una persona importante".

Landen mi scocca un'occhiata che sembra colma di pietà, e lo odio.

"Sì, per lei è importante", specifica.

Mi si ferma il cuore. "Oh".

"Perché non le dici finalmente che provi dei sentimenti per lei, invece di comportarti da coglioncello?" Landen incrocia le braccia, fissandomi con un'espressione che non mi piace.

"Mi sa che sono arrivato troppo tardi".

"Porca puttana!" Alza gli occhi al cielo, poi mi spinge all'indietro. "Vai a chiederle di uscire. Resta all'agriturismo fino alle tre. Dille che questo fine settimana ti occupi del servizio clienti e della festa di Halloween. E non dimenticare di indossare un costume".

In realtà tocca a Landen; quindi immagino voglia dire che ci stiamo scambiando i turni. Tutti noi fratelli e alcuni dei garzoni, a rotazione, gestiamo le serate karaoke e di *square dance* per gli ospiti al Lodge, ma, dato che Halloween capita di venerdì, abbiamo organizzato un ballo a tema speciale per i bambini, con una marea di sorprese dolci. All'inizio, ero sollevato che non toccasse a me, però ora sono pronto a cogliere qualunque occasione, pur di trascorrere del tempo con Magnolia.

"E se scoppiasse a ridere e mi rifiutasse? O se tornasse da Travis? Mi ha già visto dare di matto al negozio di vestiti. Perché dovrebbe voler frequentare una persona del genere?"

E se non fossi bravo a ballare? Accidenti, non l'ho mai fatto per davvero.

O, peggio, se facessi un casino e rovinassi tutto?

Landen mi attira a sé per un abbraccio, un qualcosa che non avevo anticipato, e irrigidisco le spalle prima di rilassarle contro di lui. "Avere un attacco d'ansia non significa dare di matto, Tripp. Non ti giudicherebbe mai male per questo. Non puoi non saperlo. Le piaci da un casino di tempo. Me l'ha detto dopo il nostro appuntamento. È per questo che abbiamo deciso di rimanere amici".

"Davvero?" Il loro appuntamento è stato più di tre anni fa.

"Sei stato tu ad allontanarla e a mandarle segnali contrastanti. Non il contrario".

Butto fuori un respiro e annuisco perché sì, ha ragione anche su questo.

"Quindi non provi davvero più niente per lei?"

"No. Non appena mi ha detto che voleva cavalcare il tuo cazzo fino allo sfinimento, i miei sentimenti sono scomparsi all'istante".

"Ehi". Scoppio in una sonora risata e mi separo da lui. "Quindi, aspetta… Allora chi è Thor? Non è Travis, vero?"

Scuote la testa come se non vedessi l'ovvio. "Sei tu, coglione! È il nostro nome in codice per te. Nel caso avessi visto i nostri messaggi…" Mi fulmina con lo sguardo. "…o avessi sentito una nostra conversazione, così non avresti capito che stavamo parlando di te. Ma, ehi, adesso che la verità è venuta a galla, puoi finalmente chiederle di uscire, *Thor*".

Per poco non mi strozzo quando ripenso a ciò che c'era scritto in quei messaggi.

"Quindi quei messaggi sulla lingerie in cui la prendevi per il culo perché era troppo fifona per parlare con Thor si riferivano a me?"

"Già". Mi dà una pacca sulla spalla e la stringe. "Direi che sono sempre stato *io* la tua spalla".

"E la sua".

"È vero". Si strofina le mani prima di cominciare a camminare verso la selleria. "Mi dovete un favore. Landen Michael sarebbe un ottimo nome per il vostro primogenito, visto che state già parlando di avere un figlio!"

"*Cosa*?" strilla Noah, da qualche parte alle mie spalle.

"Grazie, stronzo". Agito il dito medio nella direzione di mio fratello.

"Cos'è questa storia?" Noah si avvicina e mi spinge con il gomito.

"Niente. Landen è insopportabile come al solito".

Non le dirò un fico secco. Ha la bocca larga tanto quanto lui.

"Riesci a far esercitare alcuni dei cavalli, oggi? Mi sto occupando di un nuovo arrivato che è una vera peste. Un po' come te". Mi dà una pacca sul braccio con un sorrisetto.

"Adorabile".

"Lo so. Poi di' a Landen che può occuparsi della nuova giumenta. È una peperina".

"Oh, un po' come *te*?" Le sbatto in faccia le sue stesse parole, e ride.

Tira un pugno all'aria. "La sola e unica!"

Ruby, Ayden e Trey sono i garzoni che lavorano nelle scuderie; dunque è compito loro pulire i box e nutrire gli animali. Per fortuna, io e Landen possiamo fare sostituzioni e ruotare quando qualcuno ha bisogno di noi da un'altra parte.

Per l'ora successiva, faccio esercitare June con gli affondi nel paddock; poi facciamo avanti e indietro dal centro di addestramento. Nel frattempo, sto cercando di sciogliere quel nodo di nervosismo che mi sta serrando lo stomaco.

Dopo averla spazzolata e riportata nella scuderia, decido che, se voglio andare da Magnolia, è adesso o mai più. La ressa del pranzo la terrà troppo occupata e, più aspetto, più tempo avranno la mia ansia e la mia insicurezza per convincermi a non farlo.

Mi do una rinfrescata in bagno per non puzzare troppo di stalla, ma perlomeno ci è abituata. Dopo essere salito sul pick-up, provo a pensare a un ricordo che mi renda felice. Uno dei meccanismi di difesa che ho trovato online per quando mi sento ansioso è ripensare a un momento in cui non lo ero. Molti di quei ricordi ruotano intorno alla mia famiglia e agli amici; quindi di solito non mi viene difficile concentrarmi su uno di essi, però in questo momento riesco soltanto a pensare che sto per fare una cosa che voglio fare da anni.

Però ho sempre trovato una scusa.

Piace a Landen.

Travis entra ed esce dalla sua vita.

Soffro d'ansia e ho paura di non essere abbastanza per lei.

Ma non oggi.

Oggi, butterò giù quelle barriere e sfonderò il muro dell'insicurezza.

Capitolo Dieci
Magnolia

Adoro lavorare all'agriturismo perché c'è un costante flusso di clienti che lasciano mance pazzesche per caffè e muffin. Gli ospiti vanno matti per il mio bel chioschetto, e il personale viene da me per concedersi uno sfizio molto speciale per spezzare la settimana.

Quando mi è stato approvato un prestito per una piccola attività, ho comprato un vecchio rimorchio per cavalli e assunto un'impresa perché mi aiutasse a trasformarlo. Dopo mesi di ricerche, mi sono fatta un'idea ben chiara su ciò che volevo: qualcosa di bianco e luminoso, con tocchi di blu e un'atmosfera molto *green*. Ho aggiunto dei tocchi finali, come lucine intrecciate alle piante rampicanti; sopra i mozzi delle ruote e sulla porta del rimorchio ho creato una parete di erba sintetica su cui è appesa l'insegna al neon con il nome dell'attività.

Come ragazza di campagna single che prepara drink frou frou, rappresento appieno l'estetica del romanticismo rurale, ed è proprio questo l'effetto che volevo ottenere.

In estate, potevo indossare abitini graziosi o tutine tutti i giorni e tenere dei fiori freschi sul bancone. Adesso che le temperature si stanno abbassando, porto leggings con stivali e maglioni lunghi per stare al caldo.

Proprio quando mi sto ficcando la metà di un muffin in bocca, sento qualcuno che si avvicina, e mi giro per accoglierlo. Per poco non mi strozzo quando vedo Tripp... e *solo* lui. Non si presenta mai per conto suo.

"Tripp, ciao". Con un colpo di tosse, cerco di mandare giù il cibo senza gustarlo. "Oggi sei venuto da solo, eh?" Sfrego le mani sul grembiule, per pulirle dalle briciole.

"Già, Landen è bloccato alle scuderie a prenderle da Summer; quindi pensavo di passare per vederti e farmi un'iniezione di caffeina".

Sposto lo sguardo sul suo corpo, ed è il solito bocconcino del sud di sempre: jeans stretti, stivali da lavoro consumati e una maglietta bianca sotto una camicia di flanella a quadri, con un cartello metaforico con su scritto "Non mangiare". Oggi non porta il cappello, però ha i capelli spettinati, come se avesse passato le dita tra le ciocche.

"È un problema?" L'esitazione nella sua voce mi distoglie dal modo poco discreto in cui lo sto fissando.

"No. Perfetto. Il solito?" chiedo balbettando, prendendo due tazze.

"In realtà... Cosa mi consigli? Devo ancora provare qualunque cosa che non sia caffè".

"Oh". Questa è nuova. "Di cos'hai voglia?"

Fa spallucce, e sono sul punto di indicargli il menù, però mi piace avere tutta la sua attenzione addosso.

"Qual è il tuo drink preferito?" mi domanda.

Fingo di sussultare in modo esagerato. "Quanto sei crudele! È come se mi stessi chiedendo di scegliere il figlio che preferisco".

Si infila le mani in tasca. "Beh, è ovvio che sarebbe Chattanooga Tennessee".

La mia faccia si surriscalda in modo assurdo, mentre il cuore batte più rapido.

È così che vuole tirare fuori l'argomento, dopo che non ha risposto ai miei messaggi?

"Certo. Come potrei dimenticare il nostro adorato primogenito, Chatty?" Faccio un sorrisetto, ingoiando il groppo di nervosismo causato dal suo atteggiamento così provocante di oggi. Ma poi domani si chiuderà in se stesso e mi ignorerà. È il suo modus operandi da quando frequentavo le superiori. "Ma, se insisti che sia io a scegliere, allora credo che potrebbe piacerti il Caffelatte Bel Pasticcio".

Inclina la testa di lato, inarcando un sopracciglio. "Che nome interessante!"

"Potrei essermi ispirata alla mia vita".

Ride. "Cosa c'è dentro?"

"Cioccolato bianco e sciroppo al tiramisù con caffè in grani macinati sopra la panna montata".

"Sembra proprio delizioso, sai. Per me prendo quello, mentre per Landen il solito".

"Vuoi pure un muffin? Lo speciale di oggi è il Delizia Lampona".

"*Lampona*?"

"Lampone e mora. Volevo dargli un nome più simpatico, invece di mescolare semplicemente quelli delle due bacche", gli spiego.

"D'accordo, ne prendo due, così Landen non ruba il mio".

Sorrido, sapendo che lo farebbe davvero. "Ricevuto".

Dopo aver versato gli sciroppi nel suo bicchiere, prendo gli shot di espresso e poi monto il latte. Gli sto dando la schiena, però riesco a sentire il suo sguardo ardente addosso. Normalmente, chiacchiero con i miei clienti mentre preparo le loro bevande, però la nostra conversazione non si è fatta imbarazzante come di solito accade; quindi vorrei che le cose restassero così il più a lungo possibile.

"Hai piani per il weekend di Halloween?" Tripp spezza il silenzio e, se non lo conoscessi, direi quasi che c'è una nota di nervosismo nella sua voce.

Mi giro verso di lui e vedo che si sta asciugando una gocciolina di sudore dalla fronte.

"Soltanto l'addio al nubilato di Noah, sabato. Tu invece?"

"Mi occupo della festa di Halloween al Lodge, venerdì".

Avrei giurato che Landen mi avesse detto che se ne sarebbe occupato lui.

Lo aveva menzionato un paio di settimane fa, quando stava dando un'occhiata ai costumi.

"Sarà divertente, con tutti i bambini", affermo, asciugando la macchinetta prima di mettere gli shot di espresso nel suo bicchiere e versarci sopra il latte. "Da cosa ti vestirai?"

"Non lo so…"

L'esitazione nella sua voce mi spinge a voltare la testa per incrociare il suo sguardo prima di aggiungere i tocchi finali al drink.

Poi aggiunge: "Magari un personaggio della Marvel. Che ne pensi?"

Quando lo sento parlare della Marvel, il mio cuore minaccia di esplodere mentre martella rapido contro la cassa toracica.

È soltanto una coincidenza. Calmati, Magnolia!

"Sì, ti ci vedo proprio con la tutina stretta di Spiderman".

Ride tra un colpo di tosse e l'altro, mentre io metto il coperchio sul suo bicchiere e verso il caffè di Landen prima di aggiungere la panna e lo zucchero.

"Dovresti venirci con me". Pronuncia quelle parole con talmente tanta disinvoltura che non permetto a me stessa di leggere tra le righe, però Tripp non mi ha mai invitata da nessuna parte.

"Perché? Ti serve una Mary Jane?" chiedo, riferendomi all'interesse romantico di Spiderman. "Non credo che i capelli rossi mi stiano bene".

"E quelli biondi, invece?"

"Mmh… forse?" Faccio spallucce, mettendo due muffin in un sacchetto prima di lasciare tutto di fronte a lui. "Chi ha i capelli biondi?"

"Jane".

Rimango paralizzata di fronte alla cassa quando sento il nome familiare. "E con chi è che starebbe, scusa?"

Se ricordo bene, so che la sua risposta non mi piacerà.

Deglutisce con forza, penetrandomi con lo sguardo. "Con Thor".

Digrigno i denti mentre rifletto sulla mia prossima mossa.

Non è una coincidenza.

"Stai bene?" chiede quando non dico niente.

"Lo ammazzo". Prendo le chiavi dal bancone, poi esco con rabbia dal chioschetto per raggiungere il SUV.

"Girasole, aspetta!" Mi afferra il braccio, e il suo tocco delicato mi paralizza. L'urgenza nella sua voce incendia i miei nervi. Poi mi tira indietro finché non mi fermo di fronte a lui.

Butto fuori un respiro nervoso. "Che cosa sai?"

Il suo sguardo si addolcisce e cade sulla mia bocca. "Abbastanza da sapere che hai un nome in codice per me".

"Non avresti dovuto scoprirlo".

"Non è colpa sua. Ho visto i messaggi e l'ho ricattato perché me lo dicesse. La prima volta che l'ho letto, mi ha ignorato completamente. Soltanto quando ho pensato che questo *Thor* potesse essere una vera minaccia ho dato di matto".

Faccio schizzare fuori la lingua e mi lecco le labbra. "Una minaccia per cosa?"

Mi posa una mano sulla guancia e un largo sorriso gli compare sul volto. "Una minaccia che poteva portarti via da me".

Mi si secca la gola e, quando apro la bocca, non esce niente. Il che per me non è normale.

Alla fine, riesco a parlare: "Ho bisogno di un po' di contesto".

È come se avessi saltato qualche capitolo.

Com'è che siamo passati da lui che praticamente ignorava la mia presenza a questo invito per andare alla festa insieme? Oddio, fino a dove ha letto i miei messaggi con Landen?

Poi col pollice calloso mi toglie delle briciole di muffin dalla guancia mentre aggiunge: "Mi *piaci*, Magnolia. E voglio che passiamo questo venerdì sera insieme".

Magnolia?

Scuoto la testa, domandandomi se non sto sognando. Per caso ho battuto la testa contro qualcosa e mi sono risvegliata di colpo nelle mie fantasie?

Se così fosse, lasciatemi morire, così che non debba mai lasciare questo posto.

"Davvero?" chiedo con un'imbarazzante vocina stridula.

Annuisce, sorridente. "Da tempo".

E non avrebbe potuto dirmelo tipo, che so... *qualche anno fa*? O, come minimo, prima di questo weekend, quando il mio stupido io ha preso la decisione peggiore della mia vita?

"Quindi, per tutto questo tempo..." Sbatto le palpebre, cercando ancora di metabolizzare la notizia, perché aspettavo questo momento da sempre e, adesso che sta succedendo, mi ha preso alla sprovvista.

Tutto perché pensava che mi piacesse un altro uomo e che rischiasse di perdere l'occasione per dichiararsi?

La sua lingua spunta un poco e scivola sul suo labbro inferiore mentre si sporge in avanti fino al mio orecchio. "Riesco a sentire il tuo cervello che corre all'impazzata. Dimmi che verrai alla festa di Halloween, Sole".

Non ha idea – o forse ce l'ha, maledizione – che sussurrarmi nell'orecchio con quel tono seducente mi convincerebbe a fare praticamente tutto quello che potrebbe chiedermi.

"Ok", riesco a rispondere alla fine. "Però devo davvero venire vestita da Jane?"

Ridacchia, facendo scivolare la mano lungo il mio braccio fino a catturarmi le dita. "Puoi vestirti da quello che ti pare".

Magari Noah mi presterà i suoi vestiti in stile rodeo e ci andrò da cowgirl. Non è un'idea originale, ma è comunque il meglio che possa fare con così poco preavviso. Però dovrò essere discreta, altrimenti mi farà un centinaio di domande, e non sono pronta a caricarmi sulle spalle così tanta pressione. È già abbastanza terribile che Landen lo sappia, ma, non appena la notizia verrà fuori, tutti quanti diranno la loro e mi faranno impazzire.

"È un appuntamento?" chiedo, perché sono stanca di mettere in dubbio tutto, quando si tratta di Tripp. Se gli piaccio, allora dovrebbe volere un appuntamento con me.

"Vorrei dirti di sì, però non voglio neanche che il nostro primo appuntamento sia al Lodge, circondati da bambini che cantano canzoni della Disney".

Ridacchio. "Onesto".

Fa un passo verso di me, prendendo una ciocca dei miei capelli e avvolgendosela attorno al dito. "Ma, giusto per tua informazione, quando ne avremo uno, non avrai bisogno di chiedermi conferma. Lo saprai". Poi, cazzo, mi fa l'*occhiolino*!

Vorrei prenderlo per il culo per quanto sta facendo il presuntuoso, considerando quanto tempo ci ha messo ad ammettere che gli piaccio – un po' in stile Ross e Rachel di *Friends* – ma poi qualcuno si schiarisce la gola dietro di noi e ci separiamo.

Rivolgendo un sorriso dispiaciuto alla signora che sta aspettando di ordinare, mi giro velocemente di nuovo verso Tripp.

"Ti conviene andare, altrimenti i drink si raffreddano", gli dico.

"Giusto. Devo ancora pagare", mi ricorda mentre mi segue al chioschetto. "Ho ancora lo sconto prezzo *doppio*?"

"Solo per la battuta, lo *triplico*".

Con un sorrisetto, tira fuori una banconota da cinquanta. "Avrei dovuto saperlo che non sarebbe cambiato niente".

"Quando si tratta di darmi soldi? Mai. Non sono una di quelle donne nelle commedie romantiche che non spenderebbero mai i soldi di un miliardario. Vuoi aggiungere il mio nome al tuo conto?" Indico alle mie spalle con il pollice. "Andiamo subito in banca".

La sua risata mi provoca un brivido lungo la schiena.

Ma poi giuro che abbassa la mano per sistemarsi i pantaloni.

Quando gli do il resto, lo mette subito nel mio barattolo delle mance. "Bene. Non cambiare, Sole. Mi piace che tu sia sfrontata e tutto ciò che ti rende *te*". Poi il suo sorrisetto inzuppa-mutandine ritorna insieme a un altro occhiolino.

Maledetto.

E maledetta la cliente dietro di lui per aver interrotto il nostro momento.

"Landen Michael Hollis!" Sbatto il pugno sulla sua porta di casa, sapendo che c'è perché quello stronzo ha chiuso a chiave e non lo fa mai. È come se si fosse aspettato che sarei venuta da lui. "La sfondo a calci, se proprio devo!"

Finalmente, sento il chiavistello girare e lo scatto della serratura. Poi spalanca la porta con un sorrisetto divertito. "Ti romperesti il piede, se ci provassi".

"D'accordo, allora prendo a calci te, invece". Lo guardo in cagnesco, poi abbasso lo sguardo sul suo pacco.

Lo copre subito con le mani, come se potesse fermarmi. "Per cosa? Pensavo fosse andato tutto bene. Tripp è tornato bello sorridente e ha detto che andrete insieme alla festa di Halloween di venerdì".

Gli conficco un dito nel petto, entrando in casa mentre lo costringo a indietreggiare. "Questo non cancella ciò che hai fatto: hai infranto il codice!"

Solleva le mani in segno di falsa resa. "Potevo soltanto dirgli la verità o fargli credere che fossi interessata a un altro. E allora non avrebbe mai confessato i suoi sentimenti. Quindi, in realtà… mi devi un *favore*. Non c'è di che. Adesso avrò il caffè gratis a vita?" Agita le sopracciglia.

Alzo gli occhi perché ha ragione, ma nemmeno questo cancella il suo tradimento.

"Beh, spero che sarai così contento anche quando vedrò Ellie questo pomeriggio".

"Mi dispiace per te, ma è appena partita per una gara".

"Stalker che non sei altro! Dovrò controllare sul suo profilo per vedere se è con quel cavaliere davvero carino… Com'è che si chiama?" Schiocco le dita. "Elliott? Evan? Comunque sia, scommetto che passeranno un sacco di tempo insieme. Soprattutto in quei camper così piccoli… probabilmente con un letto solo".

Gonfia il petto e incrocia le braccia. "*Easton* è comunque troppo mingherlino per lei; quindi a chi importa?"

"Oh, quindi hai già controllato il suo profilo". Ridacchiando, gli do una pacca sulla spalla prima di voltarmi verso la porta. "Chi dice che non sia il suo tipo? Un gentiluomo del sud smilzo che non ci penserebbe due volte a lasciarle tagliare il traguardo per prima…"

Si appoggia allo stipite della porta. "Tappati quella boccaccia, Magnolia!" dice in tono minaccioso, anche se c'è una sfumatura di panico nella sua voce.

"Ma perché? Non preferiresti dirle la *verità*…?" Gli ripeto le sue stesse parole.

Mi guarda assottigliando lo sguardo. "Ti conviene cancellarti quel sorrisetto tronfio dalla faccia, altrimenti potrei lasciarmi sfuggire che ti ho vista spassartela con Travis lo scorso fine settimana…"

Mi si chiude lo stomaco mentre lo fisso, domandandomi se stia bluffando o se ci abbia davvero visti. Dopo il litigio con Lydia, lui si è dedicato troppo a un'altra tipa per notare quello che stavo facendo; quindi è impossibile.

"Bel tentativo. Avevi la lingua nella gola di Stacie, dopo che le gemelle Marrow se ne sono andate. L'unica cosa che hai visto sono state le sue palpebre".

Si fa una risata nasale. "Un uccellino potrebbe aver visto qualcosa. È vero?"

"Con chi me la spasso o non me la spasso non sono affari tuoi. Così come non lo è la mia vita sessuale". Inizio a scendere le scale verso il mio SUV prima che la mia espressione mi tradisca. Il chioschetto è già attaccato, visto che lo parcheggerò in centro per i prossimi due giorni.

"Sei tu quella che sta cercando di rovinare la mia!" mi urla dal balcone.

"Non credo che la chiamerei così, dato che Ellie non ti sopporta neanche!" Rido per la sua espressione pietosa.

Una parte di me vorrebbe raccontare a Noah della sua cottarella, perché so che adorerebbe l'idea che a uno dei suoi fratelli piace la sua cliente, ma poi lei gli direbbe che è off limit e lui non farebbe altro che provarci ancora di più.

Però non posso nemmeno biasimarlo. Ellie è uno schianto, con lunghi e folti capelli biondi. È piccolissima di statura, e mi sono sempre domandata come non venga scagliata giù dal cavallo quando gira attorno ai barili a tutta velocità.

Però la parte più divertente è che Ellie ha sei anni in meno di lui; eppure Landen sarebbe comunque troppo immaturo per lei.

"È quello che dicono tutte finché non si avvicinano e conoscono…"

"Non finire la frase!" Sollevo una mano mentre con l'altra apro la portiera.

Grazie a Dio che Tripp non è a casa a sentirci urlare l'una contro l'altro. Anche se probabilmente non sarebbe niente di nuovo, dato che ci tormentiamo sempre a vicenda.

"Un segreto per un segreto, Maggiolina!"

"Peccato che non ne ho uno!" lo provoco; poi mi metto dietro il volante e chiudo lo sportello.

Diretta a casa, aspetto di arrivare a metà strada prima di lasciarmi assalire dal panico. Se qualcuno mi ha vista andarmene con Travis, la notizia raggiungerà anche Tripp; è solo questione di tempo. Se ciò che Landen ha detto è vero e Tripp temeva di non avere alcuna chance con me perché tornavo sempre dal mio ex, scoprire che ci sono andata a letto la settimana scorsa potrebbe rovinare tutto ancora prima che inizi.

Anche se non voglio mentire a Tripp, la verità lo farebbe soltanto soffrire e aumenterebbe la sua ansia.

Potrebbe spingerlo a guardarmi in modo diverso, oppure potrebbe cambiare idea sul mio conto.

E, dopo aver aspettato per anni di sentirgli dire che anche io gli piaccio, sarei devastata se si allontanasse da me proprio ora.

Capitolo Undici

Tripp

Sembro proprio un idiota.

Non saprò mai perché mi sono fatto convincere da Landen a fare questa cosa, però volevo disperatamente un'opportunità per chiedere a Magnolia di uscire con me. Sul momento, non avevo preso in considerazione il fatto che avrei dovuto travestirmi.

E adesso sono davanti alla sua porta di casa con indosso un pigiamone verde chiaro e scuro che dovrebbe farmi assomigliare a un dinosauro.

Quando mamma e nonna Grace hanno scoperto che mi sarei occupato io della festa di Halloween al posto di Landen, hanno insistito affinché il costume fosse appropriato per i bambini. Dato il poco preavviso, i negozi in paese avevano una scelta molto limitata. Le opzioni erano questo qui oppure un costume da Troll rosa e arancione. Ho optato per il minore dei due mali.

Quando la porta si spalanca, Magnolia sbarra gli occhi e rimane a bocca aperta.

"Non dirlo neanche…" la avverto prima ancora che possa proferire parola.

La risata fragorosa in cui poi scoppia è iconica perfino per lei.

Le si muove tutta la pancia mentre stringe lo stipite della porta e per poco non cade a mie spese.

"Hai finito?" Incrocio le braccia, trattenendo un sorriso perché la sua risata è contagiosa.

Le lacrime le rigano le guance, e adesso capisco che è stata l'idea peggiore della storia.

"C-Che cos'hai addosso?" Riesce finalmente a parlare mentre riprende fiato.

"Sei fortunata che non è un appuntamento, perché ti scaricherei qui".

"Bugiardo". Viene avanti e tira una delle punte del dinosauro. "Sei adorabile".

"Ho venticinque anni. Non voglio essere *adorabile*".

"Ai bambini piacerà tantissimo", mi rassicura.

Finalmente mi prendo un attimo per guardare il suo outfit: vestitino rosso attillato con lo spacco e una giarrettiera attorno alla coscia; tacchi neri che la alzano di qualche centimetro; braccialetti larghi dorati e orecchini a cerchio per completare il look.

Cazzo, è proprio sexy!

"Betty Boop?" chiedo.

"Ottimo lavoro, cowboy! Volevo chiedere a Noah alcune delle sue cose, ma ho pensato che vedermi con i vestiti di tua sorella te lo avrebbe fatto afflosciare".

Ridacchiando, annuisco. "Grazie".

"Non c'è di che. Oh, merda! Adesso ti serve un nuovo soprannome. Thor non si adatta più al tuo look". Fa una pausa e indietreggia per analizzare il mio aspetto imbarazzante. "Barney è troppo vecchia scuola. Mi sa che scelgo Sassolino".

Il suo tono serio cancella il mio sorriso. "Sassolino?"

"Sassolino?"

"Sì, hai questi piccoli pois sul pancino che sembrano sassolini. E poi, sembra il nome perfetto per un gigante dolce e gentile".

Sbuffo e contemplo quasi l'idea di strapparmi il pigiama di dosso. "Prima mi dici che sono adorabile, e adesso dolce e gentile. Stai ammazzando il mio ego, cazzo!"

"Andiamo, Sassolino. Faremo tardi!" Fa un largo sorriso e si chiude la porta alle spalle; poi mi prende per mano e insieme ci avviamo verso il mio pick-up.

"Significa che anche io posso darti un nuovo soprannome?" chiedo quando metto la marcia, e poi butto fuori le altre parole prima di perdere coraggio. "Tipo… *Mia*?"

Le sue sopracciglia schizzano in aria. "Vuoi dire che sono *tua*?"

Annuisco, poi allungo la mano per prendere la sua. "Lo so che siamo ancora all'inizio, però non voglio una relazione occasionale con te. Voglio tutto. Per colpa mia abbiamo aspettato abbastanza, non credi?"

"La sedicenne che è in me sta dando di matto, in questo momento".

Sollevando le nostre mani, porto le labbra sulle sue nocche e ci stampo un bacio delicato. "Anche io. Fidati". Poi mi poso il suo palmo sul petto perché possa sentire quanto forte sta martellando il mio cuore.

"Sei nervoso?"

Lo shock nella sua voce mi fa scoppiare a ridere.

"Lo sono sempre quando ti ho vicina, Sole".

"Lo trovo dolce. Anche se non hai motivo di esserlo. Ci conosciamo da un casino di tempo".

"Esattamente. Adesso devo trovare nuovi modi per fare colpo su di te, e questo costume da dinosauro non aiuta".

Sussulta con fare drammatico. "Non sono d'accordo. Sei solo passato dall'essere un cowboy tenebroso al sembrare un dinosauro sexy. Non ce la farò mai a tenermi addosso le mutandine tutta la sera".

Quando abbassa lo sguardo sul mio pacco, mi do una rapida sistemata e lei si fa una risatina.

"Girasole, non è divertente. Non puoi dire stronzate simili, specialmente quando sto guidando". Quest'erezione mi sta già sfuggendo di mano e preme dolorosamente contro i jeans che indosso sotto il costume ridicolo.

"Non avevi scelto un nuovo soprannome per me?" La sua lingua stuzzica il labbro inferiore come la tentazione che mi tormenta costantemente. È difficile concentrarmi sulla guida, quando tutto ciò che vorrei fare è ammirare la sua bellezza.

"Per me sarai sempre Girasole e Sole".

"È vero che non chiami così nessun'altra?" chiede.

"Sì, mi piacevano le attenzioni che mi riservavi ogni volta che ti arrabbiavi per i soprannomi che ti affibbiavo; quindi ho continuato a farlo. Ma, dopo che mi hai detto che Girasole e Sole erano i tuoi preferiti, ho iniziato a usare soltanto quelli, anche perché pensavo ti si addicessero di più".

"Come mai?"

"Perché riflettono la tua energia e il modo in cui illumini una stanza ogni volta che ci entri. Mi facevano sorridere tutte le volte che pensavo a te. Come una giornata calda e soleggiata prima che l'uragano arrivi e causi distruzione".

Si fa una risata nasale. "Dovevi proprio aggiungerla, la parte dell'uragano".

Rido, però è vero.

È un raggio di sole mescolato a un piccolo uragano.

Imprevedibile ma leale.

Selvaggia ma affidabile.

La tempesta migliore con cui rannicchiarsi nel letto e addormentarsi.

"Le opzioni erano questo oppure un incendio soffocante".

"Tripp Chattanooga". Scuote la testa mentre io accenno un sorriso per il secondo nome inventato che mi ha affibbiato. "Sai proprio come mandare in estasi una ragazza".

Le scocco un occhiolino. "Ho deciso che era finalmente arrivato il momento di dirti queste cose".

Sospira, e il rossore che le copre le guance è quasi troppo carino per non prenderla in giro.

Quando arriviamo, il parcheggio del Lodge è già quasi pieno. Mancano ancora dieci minuti all'inizio della festa, ma stanno arrivando bambini da tutto Sugarland Creek. Gli eventi speciali non sono soltanto per gli ospiti. Vengono estesi anche all'intera comunità. Parteciperanno anche i miei genitori, nonna Grace e Mallory; quindi so già che regnerà il caos.

Perché limitare il mio imbarazzo ai bambini? Ovvio che ci sarà pure la mia famiglia.

Apro la portiera per Magnolia e, invece di aiutarla a scendere, le passo un braccio dietro le ginocchia, la sollevo e la rimetto subito giù con cautela. Ma non prima di aver apprezzato, per quei pochi secondi, la vicinanza del suo corpo, modellato contro il mio. Il suo vestitino è aderente, ed è impossibile che le permetta di muoversi.

"Sei sempre un gentiluomo", cinguetta, dandosi una sistemata quando è in piedi sul marciapiede.

"Ti aspettavi qualcosa di meno da un dinosauro?" Le porgo il braccio, così che possa afferrarlo. "Le buone maniere del sud sono radicate in noi sin dalla nascita".

Ridacchia, stringendomi il bicipite. "Dillo ai tuoi fratelli".

"Oh, loro sono dei veri e propri gremlin".

A tal proposito, dal momento stesso in cui entriamo, è il caos. Bambini minuscoli travestiti stanno correndo dappertutto. Sono già strafatti di zuccheri per aver fatto dolcetto o scherzetto, e adesso si stanno rincorrendo.

"È il delirio…" sussurra Magnolia accanto a me mentre fissiamo sotto shock il pandemonio che abbiamo di fronte.

"È troppo tardi per scappare e nascondermi?" mormoro.

Mi dà una spintarella. "Dai, puoi farcela".

Più che altro, non ho scelta. La stanza è già attrezzata con una postazione DJ nell'angolo, una tavolata con i premi nell'altro e una marea di attività sparse nel mezzo. Dal soffitto pendono ragnatele finte e lucine scintillanti. Le decorazioni ingombrano ogni centimetro dello spazio. È normale che i prodotti di Halloween fossero praticamente sold out nei negozi: ha comprato tutto mia madre.

"Tripp, finalmente!" Mamma si avvicina con un luccichio negli occhi. Allarga le braccia e poi mi ci avvolge. "I bambini sono così emozionati".

"Ciao, mà. È un tantino più di quanto mi aspettassi", le dico onestamente.

"Beh, lo sai: quando io e nonna Grace cominciamo, non riusciamo più a fermarci. E poi, i piccoletti sono contenti!"

Il suo entusiasmo mi strappa un largo sorriso. Mia mamma ha sempre organizzato le feste scolastiche quando eravamo più piccoli, e per una buona ragione: ci dà dentro alla grande.

"Magnolia, tesoro". Mamma le si avvicina e la bacia sulla guancia. "Landen ha detto che saresti venuta ad aiutarci. Sei uno spettacolo!"

"Grazie, signora Hollis. Aiuto volentieri come posso".

"Magnolia!" strilla Mallory, che le afferra il braccio e la porta via. Indossa un'uniforme da cheerleader che sembra davvero troppo corta e stretta per la sua età. Però immagino che l'obiettivo fosse proprio quello. I miei genitori hanno cresciuto tutti figli maschi finché non è arrivata Noah, che comunque è stata più un maschiaccio che una ragazzina femminile durante tutti gli anni di scuola. Mallory è l'esatto contrario, e credo che mamma sia solo felice di avere una bambina in casa che vuole indossare vestitini e fiocchi tra i capelli senza mettersi a discutere.

Quando Mallory si è trasferita da noi, Noah e Magnolia l'hanno presa sotto le loro ali. Organizzano regolarmente dei pigiama party nei weekend, e abbiamo fatto tutti la nostra parte per darle lezioni di equitazione. Adesso che ha tredici anni, è tutta pepe e eyeliner scuro.

"Beh, cominciamo!" Mamma fa strada mentre papà prende il microfono e annuncia che l'evento ha ufficialmente inizio. Strilli e urla rieccheggiano nella stanza mentre i bambini saltellano da una parte all'altra.

Per le due ore successive, mi dimeno al centro della pista da ballo improvvisata, cantando canzoni dei Kidz Bop con più di una dozzina di bambini appiccicati addosso. Spiego le regole di tutti i giochi, consegno i premi ai vincitori e lancio caramelle come se fossi una piñata. I genitori se ne stanno seduti a bere cocktail e scattare fotografie, mentre lodano l'ambiente.

Mamma e nonna Grace hanno preparato dozzine di dolci: barrette, biscotti e cake pop. Tutti a tema spettrale, ovviamente. Il punch è una miscela di bibite gassate con del sorbetto all'arancia che galleggia. Se non fosse per il timore di entrare in coma diabetico, mi abbufferei insieme a loro.

Tempo dopo, arriviamo all'evento finale della serata: il concorso di costumi.

Magnolia si è offerta prima come giudice e adesso spetta a lei fare gli annunci.

"Siete tutti pronti a sentire chi sono i vincitori?" chiede, e i bambini erompono in urla. "Ok, ci saranno tre premi: per il più creativo, il più particolare e il miglior costume di tutti. Pronti?"

Magnolia annuncia in modo teatrale i primi due vincitori con espressioni facciali pazzesche per far emozionare davvero i bambini. Dice ai due che devono sfilare sulla passerella per sfoggiare il costume. Ridacchiano e fanno il giro della pista da ballo con Magnolia che li segue con andatura impettita, tenendoli per mano e facendoli volteggiare.

"E adesso, l'ultimo premio per il miglior costume va a…" Apre un foglietto come se non li avesse scritti tutti lei stessa. "Oh, cielo, è un pareggio!"

Mallory si inginocchia e batte i palmi delle mani sul pavimento, e presto tutti i bambini la imitano finché il ritmo simile a un tamburo non riecheggia nella stanza.

"Carrie Lopez come Mercoledì e il nostro Tripp Hollis come Sassolino il Dinosauro!"

Tutti esultano e io scuoto la testa verso di lei. Che volpe!

Magnolia accompagna Carrie per la sua sfilata vittoriosa e si assicura che riceva la giusta quantità di attenzioni; poi la porta fino al tavolo dei premi. Dopodiché, mi prende per mano e mi lascio trascinare con riluttanza fino al centro della stanza.

"Secondo me, questo è barare…" sussurro.

"In che senso?"

"Avevo degli *agganci* con la giuria. Mi daranno dell'imbroglione".

Mi dà una pacca sul braccio con falsa sincerità. "Non mi preoccuperei troppo. Sono stati loro a dirmi che dovevi vincere qualcosa".

"Davvero?"

"Sì. Adesso vai a pavoneggiarti, *Sassolino*". Il suo tono provocatorio mi strappa un sorriso, mentre mi incoraggia a fare la mia sfilata vittoriosa. Dopo aver passato un minuto a comportarmi da scemo e far ridere i bambini, torno da Magnolia e la attiro a me.

"Hai sfilato con gli altri. Non farmi sentire escluso".

Il suo sguardo ardente cade sulle mie labbra mentre sorride. "Non possiamo permetterlo, vero?"

Prende la mia zampa di dinosauro in mano e mi conduce lungo la pista da ballo mentre la musica riempie l'aria. I bambini saltellano seguendo il ritmo di un vecchio remix, però la mia attenzione è su Magnolia. I suoi lunghi capelli scuri sono raccolti solo in parte, con dei riccioli che le ricadono sulla schiena. La giarrettiera rossa attorno alla vita mi fa digrignare i molari e desiderare di potergliela strappare via con i denti.

Sin da quando mi sono dichiarato, qualche giorno fa, abbiamo continuato a messaggiare tra le pause di lavoro e per gran parte delle serate. Non riesco ancora a metabolizzare che questa è la realtà, però ho smesso di metterlo in dubbio. Ho passato anni a campare scuse e farmi paranoie sui miei sentimenti.

Adesso, però, sono pronto a buttarmi e vedere cosa succede. Durante una delle nostre sessioni di messaggi, abbiamo deciso che avremmo esplorato la nostra relazione in privato, prima di annunciarlo a tutti. Sappiamo entrambi quanto possa essere fastidiosa la mia famiglia, e preferirei non avere le loro opinioni non richieste finché io e Magnolia non ci sentiremo pronti a uscire allo scoperto. Non ho mai pensato a come avrebbe reagito Noah perché non pensavo che Magnolia potesse essere davvero un'opzione per me. Che ci frequentiamo o meno, le nostre vite saranno per sempre intrecciate per via della sua amicizia con mia sorella. Se rovinassi tutto, Noah non mi perdonerebbe mai, e io non riuscirei mai a sfuggire al dolore di averla persa.

Spingo via quella familiare pressione soffocante nel petto mentre mio padre ringrazia tutti per essere venuti. Sono le nove passate e molti dei bambini stanno crollando, dopo la botta di zuccheri. I genitori caricano in macchina le loro cose e li trascinano lentamente fuori. In generale, l'evento ha avuto successo. Sono contento che Landen mi abbia convinto a farlo, anche se sapeva da tempo che anche io piaccio a Magnolia.

"Siete stati meravigliosi!" Nonna Grace mi raggiunge per un abbraccio. È più bassa di me di almeno trenta centimetri; quindi la avvolgo con il mio corpo.

"Grazie. È stato divertente".

"Magnolia è un talento naturale. I bambini la adorano".

"Già".

Se io sono per lo più introverso, Magnolia è estroversa, quando si tratta di essere socievoli e spontanei. Non ha mai paura di dire quello che pensa o di minacciare un pestaggio se viene detto qualcosa di inappropriato. Mi è sempre piaciuto questo aspetto di lei.

"Dovresti portarla alla cena di famiglia questa domenica".

"Come mai?" chiedo con cautela.

"Beh… se farà parte della famiglia, dovrebbe essere inclusa".

Si potrebbe sostenere che ne faccia già parte, considerando da quanto tempo è nella vita di Noah, ma, a giudicare dal luccichio sospettoso negli occhi di nonna Grace, non credo si stia riferendo a questo.

"Che stai dicendo?" Mantengo un'espressione impassibile per non rivelare i miei segreti, ma, se c'è una cosa che ho imparato negli anni, è che lei capisce sempre molte cose prima di tutti gli altri.

Mi scocca uno dei suoi sorrisetti complici e fa spallucce. "Non fartela sfuggire, adesso che finalmente è tua".

Sbatto le palpebre un po' di volte, come se il gesto potesse cambiare le parole che ha appena pronunciato. Forse è vero che stasera è stato un tantino ovvio che ci siamo comportati in modo un po' più amichevole del solito, ma come accidenti fa a sapere che la desideravo già da prima? Non l'ho mai detto a nessuno, e sono piuttosto certo che non fosse *così* palese, se nemmeno Magnolia se n'era accorta.

Prima che possa chiederglielo, Mallory si avvicina e le fa alcune domande sui dolci avanzati, e poi si allontanano insieme per metterli da parte. Sposto lo sguardo sulla stanza per cercare Magnolia, che sta chiacchierando e ridendo con mio padre.

"Adesso posso togliermi questo costume?" brontolo con mia madre, che sta spazzando. Sono riuscito a malapena a guidare con questo coso addosso, figuriamoci se posso aiutare a riordinare il macello.

"Oh, prima fammi scattare una foto per lo *scrapbook*! Magnolia, Mallory! Mettetevi vicine a Tripp".

Grandioso. Adesso ci sarà una testimonianza fotografica di questa umiliazione.

Si mettono entrambe ai miei lati e mi passano un braccio dietro la schiena prima che mamma ci dica di sorridere. Quando ci ha scattato alcune fotografie, abbasso lo sguardo su Magnolia. Un sorriso luminoso è stampato sul suo volto, mentre stringe le dita sul mio fianco. Dopo qualche altro clic della fotocamera, solleva la testa per guardarmi, e il suo sorriso si allarga addirittura di più.

"Perfetto! Non vedo l'ora di farle stampare!" esclama mamma, e Mallory mi dà una spintarella con il gomito prima di allontanarsi.

"Mi tolgo questo, diamo una ripulita e poi possiamo andare", dico a Magnolia.

"D'accordo".

Le stringo piano il braccio prima di dirigermi verso il bagno. Per fortuna, dato che sono riuscito a mettere dei jeans e una maglietta sotto il costume, non ho dovuto portarmi dietro altri vestiti.

Dopo aver aiutato papà a mettere via la consolle del DJ e i tavoli, quando la sala è di nuovo in ordine, salutiamo tutti. Io e Magnolia non abbiamo programmato niente, oltre alla festa di Halloween; quindi mi scervello per trovare qualcosa da fare prima di accompagnarla a casa.

"Ti va di fare un giro in macchina?" chiedo, prima di mettere la marcia.

"Al buio?"

"Hai paura?" la stuzzico.

"No, sono solo… conscia dei pericoli. Ci sono assassini che si aggirano nel buio".

Le prendo la mano e me l'avvicino alla bocca, per poi posarle un bacio sulle nocche. "Prometto che ti terrò al sicuro".

Capitolo Dodici
Magnolia

Ogni centimetro del mio corpo è in fiamme mentre Tripp mi tiene la mano e guida fuori dal paese. Mi sono divertita tantissimo stasera, anche se non abbiamo potuto parlare molto. È stato bello vederlo interagire con i bambini e comportarsi in modo giocoso. Il suo costume da dinosauro ha riscosso un grande successo, e non riuscivo a smettere di ridere per quanto sembrava buffo. È un lato di Tripp che non vedevo da tanto tempo, e spero che persista. La sua spontaneità e leggerezza mi avevano attratta subito e sono proprio i motivi per cui mi ero presa una bella cotta per lui alle superiori. Aggiungiamo i suoi commenti un po' maliziosi e come mi tirava sempre fuori dai guai, e non c'è da meravigliarsi che avessi perso la testa per lui.

Ma poi Billy è morto, e anche quelle doti di Tripp sono scomparse.

Sapevo che il suo vero sé era ancora lì dentro, da qualche parte, e volevo essere io a riportarlo in vita, se me lo avesse permesso.

"Grazie per avermi portata con te stasera", dico dopo qualche minuto di silenzio. L'oscurità ci circonda, ma la luce del cruscotto si riflette nei suoi occhi. "È stato molto divertente, anche se quei bambini avevano fin troppe energie".

Il suo volto si addolcisce con un sorriso, e mi stringe la mano. "Grazie a te per aver accettato di venire".

Prima che io possa rispondere, Tripp accosta il pick-up sul ciglio della strada. Non c'è traffico in arrivo, ma essere circondati da ombre scure mi rende nervosa.

"Che stiamo facendo?" Mi guardo intorno, assicurandomi che la portiera sia chiusa. In un giorno normale, sono sicura di poter affrontare un serial killer, ma stasera, in abito corto e tacchi alti, sarei troppo in svantaggio.

"Ho pensato che fosse ora di insegnarti a guidare con il cambio manuale". Regola il sedile triplo, spostandolo completamente indietro.

Le mie labbra si incurvano per la sorpresa. "Aspetta, cosa?"

"Non sai farlo, vero?"

"Beh, no".

"E una volta hai detto che volevi imparare; quindi…" Mi fa cenno di sedermi sulle sue cosce. "Monta in sella, Sole!" Il mio cuore batte all'impazzata all'idea di sedermi *su* Tripp per la prima volta.

Sono così abituata a vederlo evitare il contatto visivo, che, quando i nostri sguardi si incontrano, il mio respiro si blocca. Per quella che sembra la prima volta, non distoglie lo sguardo, e avere la sua piena attenzione mi manda in confusione.

"Ti ricordi che l'ho detto cinque anni fa?" chiedo, stupita. "E aspetta… Landen non aveva detto che *non permetti alle tipe di guidare il tuo pick-up?*" Cito le sue testuali parole con la mia migliore voce profonda e virile.

Lui scoppia a ridere. "Sì, sarai la prima". Poi si sporge e mi accarezza la mascella con il pollice. "Mi ricordo tutto di te, Magnolia. Soprattutto i momenti da ubriaca".

Sbuffo al pensiero delle cose imbarazzanti a cui ha assistito negli anni. "Potevi fermarti alla prima frase".

Mi alza il mento, e il mio respiro si blocca per la sua vicinanza. Tecnicamente ci siamo già baciati durante il mio shot Pompino di compleanno, ma questo è diverso. È privato. Nessun gioco alcolico, nessuna pressione, nessun pubblico. Tripp lo desidera quanto me. Ho immaginato questo momento per anni e, ora che sono qui, i miei nervi hanno la meglio su di me.

"Dovrei avvertirti… Non bacio al primo appuntamento", dico d'un fiato prima che le nostre labbra si tocchino.

Gli angoli della sua bocca si sollevano mentre sfiora la mia e sussurra: "Allora meno male che questo non è un appuntamento".

E così, sono come argilla nelle sue mani.

Colma la minuscola distanza tra noi, e la mia intera vita cambia.

Tripp non si limita a baciarmi.

La sua lingua danza intimamente con la mia in tenere carezze mentre mi tiene il viso tra le mani. Le labbra morbide e desiderose, mischiate alla sua ruvida barba, mi tengono in ostaggio del suo tocco intimo. Una mano scivola dietro il mio collo e mi attira ancora più vicino, finché il suo petto non preme contro il mio. A quel punto afferro nel pugno il tessuto della sua camicia, tenendolo stretto a me e non volendolo mai lasciare andare, perché credo di essere ancora sotto shock per ciò che sta accadendo.

I bordi ruvidi delle sue dita callose misti alla tenerezza della sua presa fanno bruciare ogni centimetro del mio corpo. Brividi corrono lungo la mia schiena e farfalle si agitano nel mio stomaco. Il suo tocco è diverso da qualsiasi cosa abbia mai provato prima, e desidero sentirlo su di me il più a lungo possibile.

Un profondo gemito gutturale gli sfugge dalla gola mentre il mio cuore tuona nel petto perché quest'uomo, un uomo che non avrei mai sognato potesse ricambiare i miei sentimenti, mi sta fottendo la bocca con la lingua senza pietà. E non voglio che si fermi mai.

"Sole…" Ansima come se la sua determinazione fosse sul punto di cedere. "Accidenti, hai un sapore così buono!"

"Allora perché ti fermi?" piagnucolo quando le sue labbra scendono lungo la mia mascella e il collo, mandando brividi fino al mio nucleo.

"Perché se non lo faccio", mi sussurra all'orecchio, "ti terrò in ostaggio qui tutta la notte".

"Allora sarei un ostaggio consenziente".

Ride e riporta le sue labbra sulle mie. "Penso che sia una contraddizione".

Scrollo le spalle, allentando la presa su di lui. "Allora, così sia".

Ansima contro la mia bocca mentre mi bacia ancora una volta. "Non hai idea da quanto tempo volevo farlo".

"Cosa ti tratteneva?"

Invece di chiudersi come in parte mi aspettavo, appoggia la sua fronte sulla mia. "Un sacco di cose. Soprattutto quei pensieri ansiosi che mi erano entrati in testa sul non essere abbastanza per te o sul fatto che non merito di essere felice. Ma sono stanco di lasciare che quelle paure mi impediscano di mettermi in gioco. Penso che tu ed io meritiamo una possibilità di vedere dove può portarci tutto questo, senza farci frenare da quei timori".

Il mio cuore batte all'impazzata per le sue emozioni così sincere. Tripp è stato riservato per così tanto tempo che ogni parola che esce dalla sua bocca mi sta sorprendendo. E mi riempie di calore il fatto che si fidi abbastanza di me da essere aperto e onesto.

Tirandomi indietro, gli poso una mano sul viso finché non incontra i miei occhi. "Sono d'accordo e spero tu sappia che puoi sempre condividere quelle paure con me. Non devi affrontare le cose da solo, se non vuoi. Sono qui per aiutarti a superarle, che si tratti di parlarne o semplicemente di starti vicino e tenerti la mano finché non passano. Anche io soffro d'ansia, solo in modo diverso".

Ho paura di perderlo, ora che finalmente ce l'ho.

Temo che lo stare insieme possa cambiare tutto.

Mi chiedo cosa penserà davvero Noah, quando lo scoprirà.

Che Landen lo sappia è un conto, visto che è stato messo al corrente del segreto da un po', ma Noah è la mia migliore amica d'infanzia ed è protettiva nei miei confronti in modo diverso da come lo è con Trip; quindi sono ancora preoccupata di come reagirà. Conosce il mio passato e quello che suo fratello ha attraversato, e il fatto che usciamo insieme potrebbe causare tensioni nella nostra amicizia, anche se mi ha sempre incoraggiata a dichiararmi. Non vorrebbe che nessuno di noi due soffrisse e, se dovessimo lasciarci, si troverebbe bloccata nel mezzo.

L'ultima cosa di cui abbiamo bisogno è che i pensieri e le opinioni degli altri causino in noi altra ansia e preoccupazione riguardo alla possibilità di avviare e mantenere una relazione sentimentale. Nessuno di noi due ha avuto successo in questo ambito, ma mi piace pensare che quella tra Tripp e me possa essere l'eccezione.

Il suo pollice mi accarezza la mano. "Sei davvero straordinaria, lo sai?"

"Sarà meglio che tu mantenga questo pensiero quando proverai a insegnarmi a guidare questo coso".

Il suo viso si apre in un ampio sorriso. "Sarà una buona pratica per quando lo insegnerò a Mallory tra un paio d'anni".

Rimango a bocca aperta, offesa. "Spero che con me sia più facile che con una tredicenne!"

"Beh… scopriamolo". Si appoggia allo schienale e mi fa cenno di avvicinarmi.

"Sei sicuro di volerlo fare al buio? È sicuro?" chiedo, posizionandomi sopra di lui.

Le mie gambe affondano tra le sue cosce e lui spinge il volante verso l'alto in modo che abbiamo abbastanza spazio.

"Non preoccuparti, conosco queste strade come il palmo della mia mano. Per ora lavorerò io sulla frizione e sui pedali e starò attento ai cervi. Tu concentrati sullo sterzo e sul cambio".

Il sollievo mi pervade al pensiero di non dover fare più cose contemporaneamente in un momento in cui il bacino di Tripp è direttamente sotto di me. Riesco a malapena a respirare, con il suo petto premuto contro la schiena.

Davvero non ha idea di cosa mi sta facendo in questo momento?

Mi prende la mano destra e la mette sopra la leva del cambio, poi la scuote un po'. "Abituati a come si muove, così puoi prendere confidenza con la sensazione di cambiare marcia".

L'unica cosa su cui mi sto concentrando è come ci siano soltanto due strati di tessuto tra il suo pene e la mia pelle nuda.

"Ok?" mi sollecita quando dimentico di parlare.

"Sì. Una mano sul volante, una mano sul cambio".

La sua risata gli fa tremare il petto. "Precisamente, sì".

Poi mi spiega il significato di ogni lettera e numero e quando passare a quelle marce. Sembra abbastanza semplice, ma, considerando che la mia mente è altrove, è una fortuna che siamo su una strada di campagna deserta.

"Ok, ora innestiamo la prima e puoi rientrare sulla strada", ordina.

Tripp tiene la mano sopra la mia e, quando accelera, mi guida nel passaggio in seconda e poi in terza. Stiamo ancora andando sotto il limite di velocità, ma mi sto comunque abituando alla sensazione di quando cambiare marcia.

"Stai andando bene… Continua a guidare dritto, e io accelererò un po', così potrai sentire quando passare alla marcia successiva".

Il rombo del motore vibra mentre lui accelera. Anche il mio respiro aumenta quando toglie la mano dalla mia e la sposta sulla mia coscia.

Dopo che preme la frizione, passo in quarta. Quando lo sento rilasciare l'acceleratore e azionare di nuovo la frizione, passo in quinta.

"Accidenti, è stato eccitante!"

"Se non ti conoscessi bene, direi che ti stai emozionando un po'", lo provoco, muovendo leggermente il sedere contro la sua erezione sotto di me.

"Sole… non lo farei, se fossi in te". La sua voce provocatoria riecheggia nel mio orecchio e blocca i miei movimenti.

Premo di più il bacino contro di lui e affondo mentre mi muovo avanti e indietro.

Invece di rimproverarmi, le sue dita mi accarezzano la coscia, spingendo su il mio vestito ed esponendo altra pelle nuda.

"C'è uno stop più avanti… e sembra che la mia mano sia occupata; quindi dovrai passare in folle quando te lo dirò". Sfiora con un dito la cucitura del mio tanga e mi si blocca il fiato.

Preme sulla frizione e sul freno, e faccio fatica a concentrarmi per il modo in cui mi sta toccando.

"Ora". La voce roca di Tripp che mi sussurra all'orecchio mentre si avvicina di più mi fa quasi finire nel fosso.

"Brava piccola. E ora passa in prima mentre premo con il piede".

Mi si incrociano gli occhi per il piacere al commento *brava piccola* e faccio come dice. "Non stai giocando lealmente".

Il suo dito si infila sotto le mie mutande e sfiora il clitoride. "Resta concentrata. Ci sono dei fari più avanti".

"Allora faresti meglio a smettere di distrarmi".

"Non so di cosa tu stia parlando…" La sua lingua scorre sul mio collo e i suoi denti mi sfiorano il lobo dell'orecchio. Preme sull'acceleratore e istintivamente passo in seconda non appena accelera.

Quando la punta delle sue dita preme più forte, mi muovo più velocemente contro di lui.

Questo gioco possiamo farlo in due.

"Direi che ci stai prendendo la mano. Sei pronta a provare la frizione?"

"Non credo di riuscire a raggiungerla". Allungo le gambe e il mio tacco la sfiora appena.

"Alzati un po'".

Non appena lo faccio, sposta il sedile in avanti e poi mi prende l'esterno delle cosce, guidandomi di nuovo sulle sue gambe mentre mi tira su il vestito fino ai fianchi.

"Ora metti il piede sul pedale e cambia".

"Vuoi che faccia entrambe le cose?" La mia coordinazione occhio-mano è discutibile in un giorno normale, ma cercare di concentrarmi quando mi sta toccando?

Tira indietro i piedi per farmi spazio. Dei fari nello specchietto retrovisore mi fanno andare nel panico.

"Tripp, c'è qualcuno dietro di noi".

"Allora ti conviene guidare, Sole. Una volta premuta la frizione, lascia che il pedale dell'acceleratore si alzi naturalmente senza togliere il piede. Poi passa in seconda e rilascia la frizione mentre acceleri".

È come se stesse parlando arabo.

Ma obbedisco e quando sento il motore soffocare, so che devo cambiare di nuovo.

"Stai andando così bene", dice, passando le dita lungo il mio sesso e facendomi sciogliere contro di lui.

La mia ansia non riesce a gestire la pressione di concentrarmi sulla guida e sulla sua mano nelle mutandine. Mi farà schiantare contro un albero, se continua a torturarmi così.

"Oh, cavolo!" Il pick-up fa un rumore strano quando sbaglio la combinazione frizione-acceleratore-cambio.

"Ce la puoi fare. Resta concentrata".

"Sarebbe molto più facile se non mi stessi masturbando", dico con un respiro tremante.

Infila dentro un dito, e sussulto per quanto in profondità mi ha penetrata.

"Vuoi che smetta?" chiede mentre il suo pollice massaggia in cerchio il clitoride.

Sto guidando a velocità costante; quindi a questo punto devo solo concentrarmi per rimanere sulla strada.

Invece di rispondere, strofino il sedere nudo contro l'erezione.

Tripp ringhia contro il mio collo, poi mi stuzzica con un secondo dito. Gemo finché non getto la testa all'indietro e lui mi cinge la gola con l'altra mano.

"Occhi sulla strada, piccola".

Dio mio! Il modo in cui quella parola mi ha appena fatto correre brividi lungo tutto il corpo mentre le sue dita si stringono sotto la mia mascella è assurdo.

"Penso sia ora di andare a casa mia", lo supplico, volendo guidare di nuovo verso il paese.

"Gira a destra qui. Premi la frizione e rilascia l'acceleratore mentre scali", mi ricorda, abbassando una mano.

Per qualche miracolo, faccio esattamente questo senza grattare le marce e, una volta completata la curva, accelero di nuovo dolcemente.

Ora che posso prestare attenzione a dove mi sta toccando, sono vicina – *incredibilmente vicina* – a perdere il controllo per il modo in cui mi sta stuzzicando. Le sue dita mi pizzicano i capezzoli e il ritmo costante delle sue carezze sul clitoride, abbinato alle spinte profonde, mi sta portando al limite.

"Tripp… Sto…" Il resto delle parole muore in un pesante sospiro.

Toglie la mano che era sul mio petto e prende il volante, mentre l'altra rimane sul mio sesso.

Il suo naso mi sfiora la pelle. "Ci penso io. Vieni sulla mia mano, Sole".

E così faccio.

Il mio corpo è scosso da spasmi, la testa cade all'indietro contro di lui, e le sue labbra si avvicinano al mio orecchio.

"Scala, tesoro. Dobbiamo accostare".

Sbattendo le palpebre con forza, mi scuoto dal torpore e afferro la leva del cambio. Le sue dita continuano ad accarezzarmi mentre il mio corpo trema per le scosse di piacere.

"È stata la cosa più sexy che abbia mai fatto", sussurra.

"Avrei potuto ucciderci", gli ricordo.

Ride mentre portiamo il pick-up sul ciglio della strada e parcheggiamo.

Fa scivolare le dita fuori dalle mie mutandine e, quando guardo oltre la mia spalla, le succhia tra le labbra.

"Ma che bel modo di morire, eh? Con il tuo sapore sulla lingua".

Ruotando il corpo il meglio che posso, gli prendo il viso tra le mani e premo la mia bocca sulla sua.

Ho desiderato Tripp Hollis così da quando ho memoria, e sono stanca di trattenermi.

"Lascia che mi prenda cura di te…" lo supplico, strofinandomi sull'erezione, e lui geme per la frizione.

"Non c'è fretta, Sole". Cattura una ciocca di miei capelli e me la scosta dietro l'orecchio. "Non vado da nessuna parte".

Mi tiro un po' su per guardare nei suoi penetranti occhi castani. "Me lo prometti?"

Anche se odio sembrare una bambina lamentosa e bisognosa di attenzioni, sono terrorizzata all'idea di perderlo, ora che finalmente è mio.

Mi afferra il mento, guardandomi profondamente nell'anima. "Lo giuro sul nostro primogenito".

Mi sfugge una risata nasale. "Non Chatty!"

Sorride, posandomi una mano sul viso, e mi dà teneri baci su ciascuna palpebra. "Dovrei riportarti a casa prima che qualcuno chiami lo sceriffo per attività sospette".

Sospirando, annuisco. "E non vorrei che tu dovessi fare altre ore di servizio alla comunità per colpa mia".

"Dovresti lavorare con me, questa volta". Mi fa l'occhiolino. "Ma per fare il culo a Travis quella notte… ne è valsa assolutamente la pena".

Capitolo Tredici

Tripp

Vedere i miei tre fratelli trascinare i piedi in casa dei nostri genitori per la cena della domenica è comico. Dopo i litri di alcolici che hanno bevuto ieri sera all'addio al celibato/nubilato congiunto di Noah e Fisher al Twisted Bull, non mi sorprende che ne accusino ancora gli effetti.

I ragazzi sono andati prima a cena da Antonio's Seafood House, mentre le ragazze hanno festeggiato per conto loro. Dopo mangiato, siamo balzati sul bus per le feste, siamo passati a prenderle e poi siamo andati tutti al bar.

Dato che io e Magnolia non abbiamo rivelato niente, ci siamo comportati come al solito, per non destare sospetti. Ho tenuto i suoi drink mentre ballava e resistito all'impulso di toccarla ogni volta che mi stava vicino. Tranne quando si è allontanata per usare il bagno, e l'ho aspettata nel corridoio poco illuminato per rubarle un bacio mentre non c'era nessuno.

Tuttavia, mentre la osservavo dal bancone, sentivo il forte bisogno di scrivere a Billy e raccontargli che finalmente avevo confessato i miei sentimenti a Magnolia. Nonostante non glielo avessi mai detto direttamente, faceva commentini su come la guardavo e mi spronava a chiederle di uscire perfino durante quegli anni in cui lei faceva tira e molla con Travis. Anche lui sapeva che il suo ex non era giusto per lei, e una parte di me vorrebbe avergli dato retta. Però l'altra si chiede se forse, a quei tempi, non eravamo troppo giovani e immaturi per capire come far funzionare il nostro rapporto. Magari era destino che aspettassimo di raggiungere le stesse fasi delle nostre vite per poter dedicare la giusta dose di impegno alla costruzione di una relazione reale.

"Ciao, ragazzi!" urla quasi Noah quando si avvicinano al tavolo. "Che gentili che siete a unirvi a noi!"

"Bella, abbassa la voce". Wilder fa una smorfia, coprendosi le orecchie.

"Che problema c'è?" Imito il volume di Noah, mettendomi comodo sulla sedia con un sorrisetto arrogante.

Fisher ridacchia mentre io e Noah li tormentiamo. Anche se loro due sono i futuri sposi, non si sono ubriacati troppo. Tuttavia, hanno fatto entrambi un giro sul toro meccanico ieri notte, e un po' mi sorprende che Noah non si sia presentata con un trauma cranico dopo essere caduta di faccia sul tappetino.

Perlomeno non ho dovuto preoccuparmi che succedesse anche a Magnolia, visto che lei si rifiuta di cavalcarlo. Sobrio com'ero, anche io non ho voluto provarci, però ci siamo divertiti tutti a guardare i miei fratelli comportarsi da idioti.

Una volta che tutti si sono seduti a tavola, nonna Grace e mamma portano i vassoi di cibo a tavola, mentre papà arriva con la caraffa di tè freddo.

"Mi sorprende che vi siate presentati tutti al lavoro stamattina, onestamente", commenta, versando da bere.

"Non sapevo che fosse possibile non farlo", mormora Waylon.

Anche se i gemelli hanno quasi trent'anni, se la spassano ancora come se ne avessero ventuno. Uno di questi giorni, ne avvertiranno gli effetti. Dopo innumerevoli birre e shot, ho dovuto praticamente trasportarli fuori dal mio pick-up e accompagnarli fino alle porte di casa. Vivono in uno dei bungalow del personale, vicino a me e Landen; quindi perlomeno era di strada, ma porca miseria, pensavo che sarebbero crollati con la faccia sul marciapiede prima di strozzarsi con il vomito, da quanto stavano barcollando!

"Non lo era", conferma papà.

Mallory ridacchia quando Waylon fa una faccia scontrosa per quella risposta.

Non tutti i giorni sono pieni di lavoro, ma ogni mattina dobbiamo pulire i box e dare da mangiare ai cavalli. Gli ospiti soggiornano all'agriturismo sette giorni su sette; quindi c'è sempre un intero staff in servizio e faccende a volontà da portare a termine.

"Diciamo la preghiera", dice mamma dopo aver preso posto vicino a papà.

Nonna Grace si offre di recitarla, e tutti noi chiniamo le teste. Benedice il cibo, ciascun membro della famiglia e le imminenti nozze di Noah. Poi ci coglie tutti di sorpresa quando termina con: "E fa' che ci sia un nuovo bebè in famiglia prima della fine dell'anno. Amen".

"Nonna Grace!" la rimprovera Noah, anche se sta sorridendo.

"Che c'è? Non ho specificato alcun nome". Si stringe con fare innocente nelle spalle, e mia madre sorride. Sono sicuro che non desidera altro che diventare nonna.

"Prima ci godiamo la vita matrimoniale".

Trovo ancora un po' strano che stia sposando il padre del suo ex, che ha letteralmente il doppio della sua età. Se dovessero avere un bambino presto, significa che tra il primo figlio di lui e questo ci saranno venticinque anni di differenza. *Assurdo.*

Però, finché sono felici e lui tratta mia sorella come merita, non mi importa neanche se ne sfornano dieci di bambini.

Sempre che lei non mi chieda di fare da babysitter tutti i fine settimana.

Anche se probabilmente lo farei, dato che sarebbe meglio rispetto a fare lo schiavetto-autista dei miei fratelli.

Dovrei soltanto imparare come cambiare i pannolini, dare da mangiare a un bambino e tutto quello che bisogna sapere per prendersene cura.

E, ovviamente, sarei lo zio preferito.

"Il ruolo di padrino è mio!" urla Landen tutto d'un tratto dopo che ci siamo riempiti i piatti di maccheroni al formaggio fatti in casa, con accanto bistecca e salsa gravy. Il piatto preferito di mio padre.

"Non puoi fare così!" Waylon gli lancia un panino in testa. "E poi, è tradizione che sia il fratello maggiore a prendere per primo il titolo".

"Cosa?" Wilder sussulta. "Sei più grande di soli due minuti! Dovrebbero valutare anche me".

"Mi dispiace, ma l'ho detto prima io". Landen gongola come l'idiota che è.

"Non darò a nessuno di voi quel titolo per il figlio che non ho nemmeno ancora *concepito*". Noah alza gli occhi al cielo.

Fisher ride, unendosi al divertimento. "Riesco proprio a immaginare la nostra bambina che cresce con un fratello molto più grande e quattro zii. Che Dio la aiuti!"

"Anche con me!" si intromette Mallory. "Io sono la madrina, vero?"

"Dovrai lottare con Magnolia per quel titolo". Ridacchio. Considerando che è la damigella d'onore, non c'è dubbio che quelle due abbiano già deciso tutto quanto da tempo. Non mi sorprenderebbe se avessero anche già scelto i nomi dei loro figli.

Come se mi avesse sentito pronunciare il suo nome dal suo appartamento a trenta chilometri da qui, mi vibra il telefono in tasca e il suo nome appare sullo schermo con un messaggio. Non dovremmo usare il cellulare a tavola, ma, dato che sono tutti presi da un bambino che non esiste, lo tengo sul grembo e clicco sullo schermo.

MAGNOLIA

Spero che tu ti stia divertendo a cena con la tua famiglia. Intanto, io sono qui da SOLA che penso a quanto mi hai fatta bagnare l'altra sera. Mi sono cambiata quattro paia di mutandine soltanto oggi.

Cristo santo!

TRIPP

Sole! Sono letteralmente a tavola con loro. E con mia NONNA.

MAGNOLIA

Oh, che subdolo! Non farti beccare mentre messaggi con me. E attento anche a quell'erezione che stai cercando di nascondere.

Maledetta!

TRIPP

L'hai fatto di proposito.

MAGNOLIA

Sono eccitata, ok? Denunciami pure. Preferiresti che scrivessi a un altro?

Solo il pensiero mi fa serrare i pugni.

TRIPP

Non provarci nemmeno!

MAGNOLIA

Ho delle nuove foto in lingerie da mostrare… Chi dovrebbe essere l'uomo fortunato?

TRIPP

Per caso è una tua abitudine mandare ad altri uomini foto in cui sei mezza nuda? Adesso devo spaccare il telefono di Landen. E il suo lobo temporale.

Lo so che sono solo amici, ma non significa che voglio che lui abbia ancora accesso a quelle immagini.

MAGNOLIA

Soltanto quando l'unica persona a cui voglio mostrarle mi ignora.

TRIPP

Quest'erezione fastidiosa che mi hai fatto venire dovrebbe dire molto chiaramente che non ti sto ignorando.

MAGNOLIA

Bene, perché preferirei mostrarti tutto di persona.

Abbiamo già parlato di rivederci la prossima settimana, però adesso sono tentato di andarmene via presto per raggiungere casa sua.

Però non posso, perché siamo costretti tutti a restare per lo *scrapbooking*, dopo mangiato. È una tradizione che mamma e nonna Grace hanno iniziato un po' di tempo fa. Di solito, io e i miei fratelli ci tiriamo fuori, ma ultimamente rimango, perché non li vedo più tanto come un tempo. Con tutti i preparativi per il matrimonio, il secondo evento di beneficenza annuale che la nostra famiglia ha organizzato quest'estate e il lavoro al ranch che ci tiene occupati, ognuno è rimasto per conto proprio.

TRIPP

Che ne dici di martedì sera?

Dato che domani è lunedì – tradizionalmente il giorno più caotico della settimana – so che non riuscirò nemmeno a tornare a casa prima delle sette o le otto di sera.

MAGNOLIA

Vuoi che aspetti quarantotto ore per dare sollievo
a questa pressione che ho tra le cosce?

Non riesco a trattenere il sorriso ebete che si allarga sul mio volto nel saperla così arrapata. So che dovremmo prendere le cose con calma, però sappiamo già tante cose l'una dell'altro. Il tempo che le coppie impiegano per parlare e conoscersi per noi è passato da tempo. Anche se non sono al corrente di ogni piccolo dettaglio sul suo conto, sono impaziente di scoprire di più ogni volta che ci vediamo.

TRIPP

Che ne dici se dopo ci sentiamo su FaceTime, e
ti aiuto ad alleviare un po' di quella tensione
mentre mi dai un'anticipazione della tua lingerie?

Resta con me

> Credo proprio di poterlo fare. Spero che ti piaccia
> il pizzo nero.

Prima che possa risponderle, mi manda una fotografia che mostra la parte superiore di un reggiseno bralette in pizzo trasparente e la parte inferiore del viso. Si sta mordendo un dito, sorridente.

Maledetta tentatrice!

> Tu aspetta e vedrai, Sole.

> Che cosa farai, cowboy?

"Il cibo va bene, Tripp?"

Sollevo la testa di scatto e trovo mamma che guarda in cagnesco me e il mio piatto ancora pieno.

"Sì, è buonissimo". Faccio un largo sorriso, prendendo la forchetta per iniziare a mangiare.

Facendo meno rumore possibile, infilo di nuovo il telefono in tasca e mi concentro sul pasto. Per Magnolia sarà una tortura dover aspettare la mia risposta. Ma, considerando che per colpa sua ce l'ho duro mentre sono seduto a tavola circondato dalla mia famiglia, può soffrire insieme a me.

Dopo che abbiamo finito il dolce, Noah e mamma prendono le ceste, e cominciamo.

Di solito lavoro sull'album per cui mia madre ha bisogno di aiuto, però stasera decido di cominciarne uno nuovo per me. *E Magnolia.*

Però questo non deve ancora saperlo nessuno.

"Mancano solo sei giorni a quando direte: 'Lo voglio'!"
Mamma fa un largo sorriso mentre un assortimento di materiali
per lo *scrapbooking* ricopre il tavolo.

"Il che significa che hai ancora tempo per scappare!" dice
Wilder a Fisher.

Noah gli lancia un rotolino di nastro adesivo in carta colorata
alla testa. "Ehi!"

Wilder lo schiva appena in tempo e ride.

"Fai parte del corteo nuziale, idiota. Anche se non so bene il
perché". Noah sbuffa.

Giuro, questi due hanno sempre litigato più di noialtri messi
insieme sin da piccoli. Anche se non è un segreto che sono l'uno
l'opposto dell'altra. Noah è fissata con l'organizzazione e la
pianificazione, mentre Wilder è determinato a causare distruzione
ovunque vada.

"Perché sono il tuo fratello preferito", si vanta lui, ma noi
ridiamo per il suo pensiero delirante.

"Avere sia te che il mio ex nel corteo mi rende già nervosa;
quindi non peggiorare le cose!" Lo guarda con un cipiglio.

"Io?" Wilder si finge offeso. "Dovreste preoccuparvi di
Landen. È stato lui a prendere Jase a pugni in faccia. Non mi
sorprenderebbe se si scatenasse una rissa durante il
ricevimento".

"È successo più di un anno fa", gli ricorda Landen. "Ha
imparato con le cattive che ho le nocche di bronzo, e dubito che gli
serva un promemoria".

Scuoto la testa per la sua arroganza. L'unica ragione per cui
hanno iniziato a menarsi è che Jase stava urlando e spingendo
Noah. Noi quattro ci siamo immediatamente lanciati ad
allontanarlo da lei.

"Abbiamo le conversazioni di famiglia migliori di tutte",
ironizza Waylon mentre continua a decorare le pagine.

"Sei sicuro di volerti unire a noi, Fisher?" chiedo scherzando.

"Beh, dicono sempre che non si sposa soltanto il proprio
partner, ma anche la sua famiglia. Quindi sapevo a cosa stavo

andando incontro prima di chiederle di sposarmi". Sorride a Noah come se fosse tutto il suo mondo.

Una settimana fa, quello sguardo mi avrebbe fatto alzare gli occhi al cielo.

Adesso, non vedo l'ora di urlare al mondo che io e Magnolia stiamo insieme per poter avere quella stessa espressione.

"Che carini… Fate proprio schifo". Landen finge un conato.

"Hanno la storia d'amore migliore di sempre!" si intromette Mallory mentre lotta con un pezzetto di nastro incollato alle dita. "Come dice quella canzone di Taylor Swift".

"Proprio così". Noah le fa un largo sorriso. "Preparati a ballare con le sue canzoni per tutta la sera".

"*Cosa*?" chiediamo all'unisono con voce stridula noi quattro fratelli.

Noah erompe in una sonora risata mentre Fisher mantiene un'espressione neutra. Ho il presentimento che lui non abbia avuto alcuna voce in capitolo sulla scelta della musica oppure semplicemente gli importa soltanto che Noah sia felice. Ma, se conosco lui e ho visto abbastanza sulla loro relazione nell'ultimo anno e mezzo, è senz'altro la seconda.

"Ti prego, dimmi che c'è l'open bar", dice Wilder, sbuffando.

"C'è per tutti, *tranne che* per i miei fratelli".

"Bugiarda". Wilder si fa una risata nasale.

Noah butta fuori un respiro di frustrazione mentre si concentra sul suo album. "Forse avremmo dovuto sposarci in segreto", dice a Fisher.

"Non preoccuparti, tesoro". Mamma le dà una pacca sulla mano. "Damien e tuo padre terranno d'occhio i tuoi fratelli. Se si scatenano troppo, verranno scortati fuori.

Ovviamente non ne avevamo idea, però Wilder e Landen la fissano con sguardo inebetito. Damien, l'amico d'infanzia di Fisher, è un detective dall'aspetto spaventoso, con una massa muscolare che supera di cinquanta chili la nostra.

"Non credo proprio", afferma Wilder. "Quando tutti si saranno annoiati per la tua musica da ragazza triste e per i discorsi romantici sdolcinati, mi ringrazierai per aver portato un po' di vita sulla pista da ballo con le mie movenze. E poi, pensa a quanto sarò attraente con l'abito. Tutte le tipe ne vorranno un pezzettino".

Trattengo una risata di fronte alla sua sicurezza di sé. "Sei imparentato con ciascuna di loro, cretino".

"Parolaccia!" urla Mallory; poi tende la mano aperta.

Qualche mese fa, ha cominciato a farsi pagare cinque dollari ogni volta che ci becca imprecare.

Sono a corto di almeno cinquanta dollari.

Frugo nella tasca posteriore per prendere il portafoglio e poi le do una banconota da venti. "Tieni, ne pago già altre tre".

Papà mi rivolge uno sguardo torvo, però lo ignoro, considerando che i gemelli hanno perso talmente tanto da comprarle praticamente una macchina.

"Non sono imparentato con *tutte* loro", si difende Wilder. "E chi lo dice che non puoi trovare l'anima gemella in una cugina di secondo o terzo grado?" Ride perché persino lui sa quant'è ridicolo.

"Mia prozia Polly ha sposato suo cugino", dichiara nonna Grace, e facciamo scattare tutti lo sguardo verso di lei.

"Chi?" chiede mamma, chiaramente ignara della cosa; il che la rende ancora più interessante.

"Zio Freddy. Erano cugini di secondo grado. Si sono sposati e hanno avuto cinque figli maschi", spiega nonna Grace.

"Beh, ecco, questo spiega molto della linea di sangue". Noah ridacchia, poi aggiunge: "Perché ha interessato soltanto i due cromosomi X".

"Cristo, la nostra famiglia è strana!" Landen scuote la testa. "Prima, nonna Grace ha sposato il suo professore-pastore col doppio dei suoi anni, e adesso scopriamo che siamo nati tutti da un incesto".

La sua drammaticità mi strappa una risata nasale, però è divertente. Soprattutto vedere l'espressione inorridita di mamma.

L'anno scorso, nonna Grace ci ha raccontato la storia di come ha conosciuto nostro nonno, e si può dire che siamo rimasti tutti sorpresi. E ancora di più quando è venuto fuori che Noah e Fisher stavano insieme. La storia dell'amore proibito si è praticamente ripetuta.

"Siamo tutti collegati, in un modo o nell'altro", dice nonna Grace. "Non era così raro che i membri delle famiglie ricche si sposassero tra loro e si riproducessero per mantenere forte la stirpe. Specialmente quelle reali".

"Beh, noi non siamo né miliardari né reali, quindi…" Fisso duramente Wilder. "Non acchiapparti una cugina".

Sbuffa, e mamma scuote la testa, dopo aver chiaramente rinunciato a rimproverarci.

"E se fosse una cugina acquisita?" chiede Waylon come se fosse serio al cento percento. "In quel caso non si incrocerebbe nessuna linea di sangue".

Papà butta fuori un respiro esagerato, chiaramente stufo di noi cinque. Però rimane ad assistere alle nostre buffonate.

"Bella scappatoia!" esclama Wilder. "Dunque, dov'è la tua lista degli ospiti, Noah? Devo vedere in anticipo quali opzioni ho".

Ridiamo per il modo in cui lo guarda in cagnesco, e lui continua a tormentarla finché non mettiamo tutto in ordine e decidiamo di chiudere qui la serata.

"Grazie per la cena, mà". La abbraccio prima di baciarla sulla guancia. "Sarà una settimana interessante, eh?"

"Una settimana stressante, sì. Sto dando in sposa la mia bimba più piccola". Si asciuga la guancia. "Sarà commovente, però sono tanto felice per loro".

"Se può aiutarti, probabilmente sarà l'unica tra di noi a sposarsi". Faccio un sorrisetto perché sa che sto solo scherzando. Un giorno, uno dei gemelli si ubriacherà così tanto da svegliarsi sposato.

"Oh, non fare l'innocentino con me".

Aggrotto la fronte. "Cosa significa?"

Alza gli occhi al cielo come se dovessi sapere di cosa sta parlando, però non lo capisco sul serio.

Dopo aver salutato tutti gli altri, vado verso il pick-up e tiro fuori il telefono. Sono passate almeno due ore dall'ultima volta che

ho risposto a Magnolia e mi aspetto un messaggio in cui dà
completamente di matto.

Solo che, quando vedo che mi ha mandato una fotografia in cui
ha la mano nelle mutandine, quello che dà di matto sono io.

MAGNOLIA

Ho dovuto finire senza di te. Che peccato!

TRIPP

Ero nella stessa stanza con mia nonna! Non
potevo allontanarmi.

MAGNOLIA

sbadiglio Scusami, ma chi sei?

Questo giochetto possiamo farlo entrambi.

Invece di chiamarla su FaceTime appena arrivo a casa, mi
spoglio e mi masturbo finché non è duro come il marmo. Steso sul
letto, continuo finché non arrivo quasi al limite. Poi premo
Registra e gemo pronunciando il suo nome ancora e ancora
mentre vengo sull'addome.

Dopo essermi pulito, allego il video alla nostra chat e invio.
Meno di cinque minuti dopo, risponde.

MAGNOLIA

Addirittura un VIDEO, Tripp Hollis? Io ti mando
una foto carina, e tu ti fai un video in cui urli il mio
nome mentre vieni grugnendo?

All'inizio, ho paura di essermi spinto troppo oltre.
Era troppo presto.
Sono stato troppo diretto.
Pensa che sia un maniaco.
Ma poi, mi manda un secondo messaggio tutto in maiuscolo, e
una risata scuote il mio petto.

MAGNOLIA

LA VENDETTA FA MALE, THOR.

E poi mi vibra il telefono per una chiamata su FaceTime.

Capitolo Quattordici
Magnolia

Ho ancora le mutande fradice dopo la sessione hot su FaceTime di domenica notte, e non poterlo vedere fino a stasera è stata una tortura. Abbiamo parlato e ci siamo stuzzicati a vicenda per due ore finché non si stava per addormentare. Sapevo che, come me, avrebbe dovuto svegliarsi presto per il lavoro; quindi ci siamo salutati. Poi abbiamo fatto la stessa cosa anche ieri, però ha resistito soltanto un'ora prima che gli sbadigli prendessero il sopravvento, e gli ho detto di andare a letto. Tripp lavora molto, quindi non è una novità, però io finisco per le tre o quattro di pomeriggio, dato che il mio target di clienti sono i mattinieri.

Stasera, però, ho intenzione di restargli incollata finché me lo permetterà.

Ho aspettato fin troppo tempo per avere Tripp così, e adesso che ce l'ho non ho intenzione di sprecare un istante.

Per fortuna, oggi finirà di lavorare prima rispetto a ieri, però mancano ancora due ore prima che passi a prendermi; quindi posso prepararmi con calma. Non vuole dirmi quali sono i suoi piani per il nostro "primo appuntamento ufficiale", così ho scelto un paio di jeans e un maglione, visto che le temperature si stanno abbassando.

Dato che è martedì, stamattina è passato a prendere un caffè, e quindi ho avuto l'opportunità di baciarlo in tutta fretta. Mi sento in colpa per non averlo ancora detto a Noah, ma l'ultima cosa che voglio fare è mettere in ombra il suo weekend speciale parlando di me e Tripp. Il matrimonio è solo fra quattro giorni, e poi partirà in luna di miele. Al suo ritorno, le dirò tutto.

Quando mi arriva la notifica di un messaggio, sorrido aspettandomi di vedere il nome di Tripp, ma appena tocco lo schermo e scopro che è da parte di Travis mi acciglio.

TRAVIS

Maggie, piccola. Vieni da me stasera. Voglio vederti.

Mi si contorce lo stomaco al pensiero di rivederlo di nuovo di persona.

MAGNOLIA

Pensavo di averti detto di cancellare il mio numero.

TRAVIS

Non fare la difficile. Ci siamo divertiti l'ultima volta. Quindi vieni da me e facciamolo di nuovo.

MAGNOLIA

Lo ripeto per l'ultima volta: è stato un ERRORE. Non succederà mai più. Quindi piantala di scrivermi.

TRAVIS

Non è quello che stavi dicendo mentre fottevo quella fighetta da troia che hai.

Cristo, lo odio da morire!

MAGNOLIA

Ti blocco.

E poi faccio quello che avrei già dovuto fare e blocco il suo numero.

Soltanto il ricordo delle sue mani su di me mi fa venire voglia di strapparmelo con la forza dal cervello.

Quando Tripp mi scrive per dirmi che sta arrivando, riesco a malapena a contenere l'emozione. Questa è l'unica sera della settimana in cui possiamo vederci, dato che poi sarò impegnata con i preparativi del matrimonio di Noah. Le ho già detto che sarò a sua completa disposizione; quindi io e Tripp potremo soltanto scriverci e vederci su FaceTime finché non riusciremo ad avere un altro momento da soli.

Un bussare alla porta mi fa volare dall'altro lato dell'appartamento. Non appena apro, Tripp mi solleva tra le braccia e preme la bocca sulla mia. Avvolgo le braccia e le gambe attorno al suo corpo mentre varca la soglia e poi lui si chiude la porta alle spalle con un calcio. Dopodiché, gira su se stesso e mi spinge contro la parete.

"Cazzo, mi sei mancata!" Si preme ancora di più contro il mio corpo mentre fa scivolare la lingua tra le mie labbra, e l'erezione che mi tocca conferma che ciò che ha appena detto è vero.

"Lo sento", dico provocante, inarcando la schiena verso di lui. "Te ne sei andato in giro con quell'arma per tutto il giorno?"

Con una risata, si ritrae e mi posa una mano sulla guancia mentre con l'altra mi palpa il sedere.

"È così soltanto perché finalmente posso vederti, Sole".

Abbasso il viso per nascondere il rossore. "Wow, che talento!"

Mi solleva il mento e preme un bacio tenero sulla mia bocca. "Sei pronta per il nostro primo appuntamento?"

"Sono ancora dell'opinione che insegnarmi a guidare con il cambio manuale è stato un appuntamento. Cioè, c'è stato un lieto fine, dopotutto".

"Consideriamolo come il prequel di quello vero, perché anche stasera imparerai qualcosa di nuovo".

Quando mi fa posare i piedi sul pavimento, metto il broncio. "Mi insegnerai un'altra cosa? Perché ho l'impressione che mi darai da fare un esame entro fine mese?"

"Fidati di me. Ti piacerà".

"Mmh-mmh. Lo vedremo". Afferro la borsa, infilo gli stivali e lo prendo per mano mentre mi guida fuori dalla porta. "E se mi dessi davvero un *esame* da fare, lo supererei a pieni voti".

"Perché saresti nuda?" Solleva un sopracciglio, con espressione divertita.

Annuisco. "Proprio così, cowboy".

Tripp si dirige fuori dal paese. Anche se adoro Sugarland Creek per il suo fascino e l'epica vista sulle montagne, qua non c'è molto da fare. Ma, quando parcheggia di fronte a un luogo che non conosco, con una grande immagine di un'ascia sulla finestra, è l'ultima cosa che mi aspettavo.

"Che cos'è?" chiedo quando mi aiuta a scendere dal sedile del passeggero.

"Lancio dell'ascia".

"Credi che abbia abbastanza forza nelle braccia per lanciare un'ascia?"

Intreccia le sue dita alle mie e si incammina verso la porta.

"Non saprei, però sarà divertente guardarti mentre ci provi". Fa l'occhiolino e mi fa cenno di entrare.

"Tripp Chattanooga. Mi hai portata qui per mettermi in ridicolo".

"Ho visto una marea di momenti in cui ti sei messa in ridicolo. Però questo mi permette di stare alle tue spalle e *aiutarti*".

"Se volevi toccarmi da dietro, dovevi soltanto dirlo", lo stuzzico, e mi godo il modo in cui la sua faccia diventa rossa.

Il posto è pieno di gente, però deve aver prenotato in anticipo per noi perché ci accompagnano subito in una cabina vuota. Dobbiamo indossare degli occhiali protettivi, però Tripp chiede anche dei caschetti finché non mi vede lanciare un'ascia.

Si guadagna un'occhiataccia.

C'è un bar sull'altro lato, e non so perché la cosa mi faccia ridere, ma un posto pieno di asce non dovrebbe assolutamente stare vicino a uno che serve alcolici.

"D'accordo, sei pronta a fare un tentativo?"

Espiro con forza. "Sono piuttosto convinta di poterla lanciare giusto al centro del suo cuore".

C'è un bersaglio di legno a qualche metro di distanza, e

potevamo scegliere tra quello tradizionale con i punti oppure la sagoma di carta di un uomo. Ho chiesto la seconda perché mi piace visivamente, ma anche perché nella mia testa è il corpo di Travis, e così lui avrà finalmente ciò che si merita.

Tripp ridacchia, poi mi porge l'ascia. "Vediamo cosa sai fare".

Afferro il manico con entrambe le mani, assottiglio lo sguardo mentre miro lentamente al petto, poi allungo le braccia dietro la testa.

"Vuoi il mio aiuto per la mira?" chiede Tripp.

"Ti conviene fare un passo indietro", lo avverto con sicurezza.

Voglio perlomeno provarci da sola, prima di decidere di ricorrere al suo *aiuto*.

Ridacchia, spostandosi più lontano. Con tutta la forza possibile, porto subito l'ascia di fronte a me e poi tutti e due la osserviamo volare in avanti. Perfino io sono sorpresa quando il suono che ha colpito il legno mi giunge alle orecchie.

"L'hai beccato!"

"Ho preso il cuore?" chiedo con entusiasmo.

"Il collo".

Scoppio in una fragorosa risata e gli batto il cinque. "Ancora meglio".

Adesso è il turno di Tripp che, senza alcuna sorpresa, lo becca dritto al petto. "Centro".

"Immagina se io riuscissi a beccare il pacco".

Sbarra gli occhi mentre si dà una sistemata. "Mira in basso".

E così faccio. Anche se ci sono soltanto pochi centimetri di legno sotto l'immagine, dove dovrebbe esserci il pene, mi concentro con tutta me stessa e la lancio dritta all'inguine.

"Accidenti!" Tripp esulta applaudendo con entusiasmo.

Incrocio le gambe, creo un arco con il braccio e faccio un inchino. "Grazie, grazie".

"Scommetto che adoreresti il tiro con l'arco".

Aggrotto la fronte e faccio una smorfia. "Non montiamoci la testa. Il braccio minaccia già di staccarsi".

Mio padre non mi ha insegnato nessuna attività all'aperto, e una parte di me vorrebbe l'avesse fatto, però era troppo impegnato a tenere in vita mamma e a crescermi praticamente da padre single. I miei genitori non erano affatto pronti ad avermi. Non stavano nemmeno provando davvero ad avere figli. Mia madre è rimasta incinta di me dopo i quarant'anni, e a quel punto le era già stato diagnosticato un disturbo bipolare.

Soffre anche di depressione, sonnambulismo e ha avuto episodi di autolesionismo. Voglio bene ai miei genitori e non ho mai provato risentimento per il modo in cui mi hanno cresciuta, ma, essendo figlia unica, ho passato gran parte del tempo a casa da sola, in camera mia.

Anche se io e Noah siamo migliori amiche sin da bambine e lei vive in un ranch, non mi è mai piaciuto andare a cavallo o sul quad. Uscivo di casa soltanto quando la signora Hollis veniva a prendermi e dormivo al ranch nel fine settimana.

Noah e i suoi fratelli hanno provato a farmi fare attività all'aperto, però non me la sono mai sentita di provarci.

Una parte di me aveva troppa paura che potessi farmi del male e che mio padre avrebbe dovuto prendersi cura di un'altra persona, oltre ad avere un lavoro a tempo pieno.

Mia madre non poteva lavorare. Non usciva mai di casa, così restavo insieme a lei dopo la scuola finché papà non tornava e preparava la cena.

Al mattino, prima della scuola, metteva a fare del caffè amaro e restavamo seduti a tavola, prima che mamma si svegliasse, per parlare del più e del meno. È diventata una nostra tradizione, anche se odiavo il sapore di quel caffè.

Quando sono cresciuta, ho trovato lavoro in una caffetteria per poter imparare a preparare del caffè che mi piacesse. Dopo aver messo da parte abbastanza soldi, ho comprato una macchinetta e mi sono esercitata a preparare bevande a casa. Papà le assaggiava sempre per me.

Tutte quelle che gli ho preparato sono state approvate con un pollice sollevato.

Quando stavo lavorando sul mio menù, ho deciso di dedicargli un caffelatte: Accidenti al tuo cuore nero. Nonostante sia l'uomo più dolce che esista, era il suo modo di insultare qualcuno che fosse freddo o crudele.

"Ehi, tutto ok?" chiede Tripp, e sbatto le palpebre per scacciare quei pensieri.

"Sì, sto bene. È il mio turno?"

"Non ancora. Sto pensando a dove colpirlo, adesso".

Scocco un'occhiata alla sagoma mezza mutilata.

"Agli occhi", gli dico.

"Che barbara! Lo adoro". Ride, poi si mette in posizione.

"Che dici di rendere le cose interessanti?" chiedo prima che lanci.

"Cioè?"

"Chi riesce a lanciare più volte di fila senza mancare il bersaglio riceve qualcosa dall'altro".

Inarca un sopracciglio, leccandosi il labbro inferiore. Mentre lui contempla la mia offerta, il mio sguardo si posa sulla sua bocca.

"Non penso che ti convenga molto, ma ok, sono tutto orecchi".

"Che maleducato!" Gli do una sberla sul bicipite contratto. "Chi perde è alla mercé dell'altro e della sua richiesta".

"E quale sarebbe la tua?"

"Oh, è questa la parte migliore: non ce lo diciamo finché non abbiamo un vincitore".

Fa spallucce come se avesse la vittoria in pugno. "D'accordo, ci sto. Però, Sole?" Mi afferra il mento, avvicinandosi, ma senza toccarmi. "Non pensare che ci andrò leggero con te".

Abbasso una mano tra di noi e la premo sul suo pacco. Non ce l'ha duro, ma è abbastanza gonfio perché senta il contorno dell'asta.

"Bene. Perché non ho mai detto che io gioco pulito".

Indietreggiando, mi impedisce di toccarlo. "Non pensarci neanche. Finirò col tirarmi un'ascia sul piede, se mi distrai".

"Non era una delle clausole".

Giocosamente, mi guarda male. "Non sapevo che ne avrei avuto bisogno".

"Ah, beh, meglio se la prossima volta te lo ricordi". Sollevo una spalla, poi elimino la distanza che ci separa e attiro la sua bocca verso la mia. Lo bacio come se ne andasse della mia vita, facendo scivolare la lingua tra le sue labbra e gemendo quando mi palpa il sedere. Mi strofino contro la sua erezione e, quando diventa dura come il marmo, mi ritraggo e gli do una pacca sul petto. "Buona fortuna, cowboy".

"Chiamo un fallo".

"Non esiste".

"Sei spietata, lo sai?" Si aggiusta il pacco mentre sbuffa.

"Tocca a te". Gli porgo l'ascia con un sorriso disgustosamente dolce.

Invece di dargli spazio per lanciare, mi inginocchio di fronte a lui, gli sbottono i jeans e abbasso la cerniera. Poi mi tolgo gli occhiali e l'elmetto.

"Che stai facendo?" mi chiede sussurrando, mentre si guarda intorno e si toglie anche lui il caschetto.

"Nessuno può vedermi quaggiù". Gli abbasso i boxer quel tanto da estrarre l'erezione. È dura e spessa nella mia mano, con vene rabbiose che pulsano contro il palmo. È molto più sexy di persona che su uno schermo.

"*Magnolia*. Ci beccherà qualcuno".

Ignoro il suo tono terrorizzato e rido tra me e me perché pensa che usare il mio vero nome possa fermarmi.

"La cabina è privata, e sono nascosta sotto un tavolo di legno. Gli unici che forse potrebbero vedermi sono quelli che controllano le telecamere di sorveglianza che hai dietro. Quindi, se non vuoi che vedano quello che sto per farti, ti suggerisco di stare fermo". Poi do una leccata lunga e calda sull'asta.

"Cristo santo!" Getta indietro la testa mentre tiene i piedi piantati per terra. "Sei in un mare di guai".

"Non dimenticare l'ascia", lo stuzzico, prima di avvolgere la lingua attorno alla cappella per poi spingerla in bocca.

Mi porta una mano dietro la testa, mentre con l'altra stringe il bordo del tavolo finché le nocche non gli diventano bianche. "Non posso lanciare mentre ti strozzi con il mio cazzo, Sole".

La sua voce sommessa mi strappa un sorriso orgoglioso.

Lo tolgo dalla bocca con uno schiocco. "Te l'avevo detto che la vendetta fa male".

Poi lo prendo fino in gola mentre lo massaggio ancora e ancora. La saliva mi ricopre le dita mentre reggo il mio ritmo. Non c'è tempo per fare le cose con calma o stuzzicarlo; quindi devo portarlo al limite il prima possibile.

"Porca troia! Sto per venire". Mi stringe la testa tra le dita, come se stesse trattenendo dei gemiti. Tra la musica e le persone che chiacchierano nelle altre cabine, nessuno lo sentirebbe comunque.

Quando si morde il labbro e trattiene il respiro, sento il suo corpo irrigidirsi contro di me. Un grugnito profondo e gutturale vibra dentro di lui, e capisco che c'è vicino. Allora tiro fuori la lingua e reggo l'asta mentre lui esplode nella mia bocca.

Finalmente espira, e il suo corpo intero si rilassa.

"È stato pazzesco". Sbatte la punta contro la mia lingua, e io rido.

Dopo averlo infilato di nuovo nei boxer e aver chiuso i pantaloni, si toglie gli occhiali, mi prende la mano e mi aiuta ad alzarmi. Mi aspetto che mi faccia la ramanzina o che minacci di punirmi; invece mi lascia seduta sul tavolo, si mette fra le mie gambe e divora la mia bocca.

"È stata la seconda cosa più sexy che abbia mai fatto", dice contro le mie labbra. "E maledettamente rischiosa".

"Pensavo fossi un amante del rischio", ironizzo, sollevando un sopracciglio.

"Solitamente non per quanto riguarda il sesso in pubblico, ma sono disposto a provare tutto almeno una volta". Fa un sorrisetto. "Dovremmo andare, prima che ti divori la fighetta qui davanti a quelle viscide guardie di sicurezza".

"Non devi ripetermelo due volte".

Tripp mi aiuta a scendere, ma poi gli afferro subito la mano per fermarlo. "Aspetta. Significa che ho vinto?"

Eliminando la distanza tra di noi, mi afferra il mento e fa scorrere teneramente il polpastrello del pollice lungo la mascella.

Ma poi un sorrisetto diabolico si allarga sul suo viso. "Chi ha detto che abbiamo finito di giocare?"

Rimango senza parole dopo che Tripp mi trascina fuori dall'edificio e, quando apre la portiera posteriore del suo pick-up, mi fa cenno di salire.

"Sdraiati, tesoro. Sto per riprendermi la vittoria".

Grazie a Dio che esistono i sedili tripli.

Faccio come dice mentre chiude la portiera, e poi preme un ginocchio tra le mie gambe.

"Meno male che fuori è già buio pesto, perché il pensiero che qualcuno ti veda qui sdraiata mezza nuda dal finestrino mi fa impazzire". Afferra il bottone dei miei jeans e lo apre prima di abbassare la cerniera.

"Mi piace questo tuo lato possessivo". Ho già il fiatone quando lo aiuto ad abbassare le mie mutandine.

"C'è sempre stato. Ero soltanto bravo a nascondertelo". Si china, mi allarga le gambe e poi strofina il naso sul mio sesso.

Il calore del suo respiro mi fa sollevare il bacino, alla disperata ricerca del suo tocco.

"Vuoi che assaggi la tua fighetta? Che ti faccia urlare il mio nome mentre vieni?"

"No, sto ansimando come un cane per divertimento".

Scoppia in una risata, scuotendo la testa. "Allora dillo, Sole. Dimmi cosa vuoi che ti faccia".

"Affonda il viso tra le mie gambe finché non rischio di svenire per mancanza d'ossigeno. Però non fermarti se prima non ti esplodo sulle labbra".

"Porca puttana!" sibila, sollevando lo sguardo su di me. "Quella tua maledetta boccaccia!"

Sollevo una spalla senza vergogna. "Dovevi saperlo a cosa stavi andando incontro".

Si allunga sul mio corpo e si abbassa fino ad arrivare a mezzo centimetro dalla mia bocca. "Spero che anche tu sappia a cosa stai andando incontro, tesoro. Perché ho passato anni a fantasticare di poter gustare la tua figa dolce, e non smetterò finché ogni centimetro di te non tremerà sotto di me".

Alla sua promessa, un brivido mi percorre la schiena. Ho già il respiro affannoso, e non ha nemmeno cominciato.

Tripp cambia posizione, mi solleva una gamba per appoggiarla allo schienale e poi *finalmente* copre il mio sesso con la bocca calda.

Passa dal leccarmi al succhiarmi il clitoride mentre mi penetra con le dita. I suoi ruvidi peli del viso mi grattano la pelle nuda, e la sensazione di tutto questo mi fa impazzire.

"Sì, proprio lì. Oh, mio Dio!" Quando scivola di nuovo dentro, inarco la schiena e stringo i muscoli attorno alle sue dita.

Con la mano trovo la sua testa, e gli tiro i capelli mentre lui mi stringe con forza i fianchi. I suoi movimenti mi spingono più vicina al limite; il che sembra impossibile perché non sono mai venuta così in fretta. Perfino quando mi masturbo, devo sforzarmi di più e mi serve più tempo. Ma la lingua di Tripp che lecca il clitoride con il suo polso che si gira ancora e ancora creano il ritmo perfetto per farmi godere.

"Merda, mi manca pochissimo! Non fermarti!" ansimo con respiri corti e frequenti.

Infila la mano sotto il mio sedere, mi solleva i fianchi e poi spinge con forza le dita contro il mio punto G.

"Tripp! Oh… sto…" La mancanza totale di ossigeno fa uscire le parole in modo impercettibile mentre un'ondata di piacere mi travolge con così tanta forza che mi si incrociano gli occhi e vedo delle stelline bianche.

Ma poi lo sento.

Un liquido fluisce tra le mie cosce quando squirto attorno alle sue dita, che continuano a muoversi dentro e fuori.

Oddio! *Non mi è mai successo.*

"Porca puttana, ho appena…" balbetto mentre cerco di schiarire la vista.

Tripp serra di nuovo le labbra sul mio clitoride, e la sensazione è troppo intensa da sopportare.

"Non…" Agito le braccia per afferrargli la testa, però rimane immobile come una statua mentre mi separa le cosce. "Tripp, è troppo!"

Scuote la testa, e il mio corpo cede alla seconda ondata di piacere, che mi fa esplodere un'altra volta.

Respiri affannati risuonano all'interno del pick-up quando finalmente si allunga sul mio corpo e mi accarezza la guancia. "Ora è questo al primo posto tra le cose più sexy che abbia mai fatto. E sono piuttosto sicuro che adesso ho vinto *io*".

Rido, col fiato grosso. "Ti odio".

"La tua fighetta no". Mi prende il mento tra le dita e bacia la mia bocca dischiusa. "La prossima volta, ti piegherò in due, così potrò divorarti da dietro e affondare la faccia nel tuo sedere".

È possibile squirtare una seconda volta soltanto per le sue parole?

Perché sono piuttosto sicura di averlo appena fatto.

Capitolo Quindici

Tripp

Tre giorni dopo aver portato Magnolia al nostro primo appuntamento officiale, sono ancora euforico per aver gustato con la lingua la sua dolce passerina e per il pompino che mi ha fatto praticamente in pubblico,

Farla venire sul retro del mio pick-up non era soltanto una fantasia ma una *necessità*. Avevo il disperato bisogno di averla. Volevo farlo da così tanto tempo, e scoprire che ha sempre provato la stessa cosa ha fatto nascere l'impulso incontrollabile di farla mia proprio lì, sulla mia auto.

Riesco ancora a sentire il suo sapore sulla lingua, ma ne voglio di più. Ancora e ancora. Non mi stancherò mai di averla attorno o di parlarle. L'intimità è solo un bonus *molto gradito*.

Questa sera ci sono le prove del matrimonio di Noah e Fisher. Magnolia è mozzafiato in un vestito attillato e senza spalline rosa confetto, però detesto il modo in cui Wilder se la sta mangiando con gli occhi. Non ha mai detto esplicitamente di essere attratto da lei, però si porta a letto qualunque donna abbia un culo e delle tette. Anche se sapesse di noi, non smetterebbe comunque di guardarla così intensamente.

"Bello, smettila di fissarla!" Gli spingo il gomito con il mio quando lo becco per la terza volta con lo sguardo sulle tette di Magnolia.

Si china verso di me, senza mai distogliere lo sguardo, e sussurra: "Ce l'ho proprio di fronte, non posso farci niente".

Gli do una sberla sulla guancia per risvegliarlo dalla trance. "Beh, facci qualcosa. Ti stai comportando da maleducato e maniaco".

Finalmente, si riprende e mi scocca un sorrisetto malizioso. "Come se tu non la stessi spogliando con la mente da quando siamo arrivati, eh? Dammi tregua. Riconosco un'aggiustatina al pacco furtiva quando ne vedo una, ed è tutta la sera che tu continui a farlo".

Maledetto stronzo!

"È colpa di questi cavolo di pantaloni!" mi difendo. "Lo sai che non indosso mai pantaloni eleganti. Mi danno prurito e continuano a salire dove non dovrebbero".

Non è una completa bugia, però il mio uccello si è risvegliato nel momento stesso in cui ho posato gli occhi su Magnolia che attraversava la porta della chiesa come la bruna da urlo che è. Ho capito nel giro di due secondi di essere nella merda più totale.

Gambe abbronzate in bella mostra con stivaletti bianchi in pelle.

Lunghi capelli scuri arricciati in onde e raccolti dietro le orecchie con dei fermagli.

Rossetto rosso scuro a tingerle la bocca deliziosa.

Merda, sono proprio spacciato!

Sarebbe impossibile non notarla.

Comunque sia, non voglio chiudere un occhio con Wilder, quando si tratta di Magnolia. *Lui* dovrebbe vederla come una sorella, non come una donna disponibile che può fissare come un allocco.

Si fa una risata nasale e riporta lo sguardo sul suo piatto ancora mezzo pieno. Le prove sono andate come uno poteva aspettarsi, con quattro fratelli turbolenti che non vogliono accettare che la sorellina si sposi prima di loro. Ma, a parte noi che abbiamo fatto i pagliacci e ridacchiavamo a spese di Noah, è andato tutto molto bene.

Mentre mangio una fetta della famosa crostata di pesche di nonna Grace – la preferita di Noah – papà si alza e richiede la nostra attenzione. Fa il suo discorso da padre su quanto siamo fortunati ad essere tutti qui per festeggiare la sua bambina, che ha trovato l'amore. La stanza è piena di parenti e amici, troppi perché potessero stare nella casa padronale; quindi hanno organizzato la cena al Lodge, in una delle sale conferenze private.

Nonna Grace e Mallory si sono sbizzarrite con le decorazioni, dato che qui domenica mattina si terrà il brunch per l'apertura dei regali. Però se Noah pensa che qualcuno dei suoi fratelli con i postumi della sbornia si presenterà, allora è più delirante di Wilder, che ha appena fatto l'occhiolino a Magnolia e crede che lei ricambierà il gesto.

"Papà, sei stato proprio dolce!" Con le lacrime agli occhi, Noah si alza e lo abbraccia. Lui le stampa un bacio sulla testa e ha l'aria molto orgogliosa. È buffo pensare che, se non avesse assunto Fisher come nostro maniscalco, i due non si sarebbero mai conosciuti.

"Tocca a me!" Mamma è la prossima a fare il discorso, e ci fa ridere raccontandoci di quando nonna Grace le aveva detto che i due si vedevano di nascosto e che segretamente ci sperava, per via dell'aspetto affascinante di Fisher.

E poi Mallory decide di continuare la tortura e recita tutte le sue canzoni preferite di Taylor Swift che, secondo lei, parlano proprio di Noah e Fisher.

Dopo quindici minuti di lettura dei testi, finalmente mamma le fa cenno di darci un taglio.

"È stato perfetto, Mal. Grazie". Noah la stringe tra le braccia, e Mallory sfodera un largo sorriso.

Mamma fa l'ultimo saluto, e ci raduniamo per una fotografia di gruppo prima che tutti se ne vadano.

Cerco di non seguire ogni mossa di Magnolia, però è terribilmente difficile quando è così vicina e non posso toccarla.

Getta indietro la testa per ridere a qualcosa che le ha detto Landen, e detesto che mio fratello abbia ottenuto quella reazione da lei. Però ho giurato che non sarei più stato geloso della loro amicizia; il che significa che devo smetterla di preoccuparmi. Se lei avesse voluto stare con lui, avrebbe avuto l'occasione di frequentarlo quando gli piaceva.

"Dai la buonanotte al tuo futuro sposo. La rapisco per la notte, così non la vedrai prima delle nozze", dice scherzosamente Magnolia a Fisher.

Fisher guarda accigliato Noah, che ridacchia per la sua reazione.

"Stasera ti divertirai con Jace. È solo per una notte, amore. Poi passeremo due settimane *ininterrotte* da novelli sposi".

Il modo suggestivo in cui dice quelle parole mi fa rabbrividire. Non voglio pensare a mia sorella in quel modo.

"Che schifo!" Landen si allontana prima di sentire la risposta di Fisher. "A domani, gente!"

Saluto in tutta fretta e me ne vado prima di cedere alla tentazione di rapire Magnolia. Domani sarà una giornata molto intensa e, anche se la aspetto con impazienza, voglio anche passare del tempo con lei senza condividerla con nessun altro.

"Ehi, cowboy!" la sento urlare dall'altra parte del parcheggio mentre vado al pick-up.

Quando mi giro, salta tra le mie braccia e io la prendo al volo. Avvolge le gambe nude attorno alla mia vita, e io mi giro per poi premerla contro la portiera.

"Che stai facendo, combinaguai?" Scocco un sorrisetto, avvicinandomi per baciarla. Per fortuna è già buio pesto, però le luci del parcheggio sono abbastanza luminose e, se qualcuno ci passasse accanto, potrebbe assistere a un bello spettacolino gratuito.

"Ooh, è un nuovo soprannome?" ironizza, e poi afferra il mio labbro inferiore tra i denti.

Posandole una mano sul viso, le sfioro l'orecchio con la bocca. "Dipende da quante volte hai intenzione di esserlo".

"In quel caso, sempre e per sempre".

Ritraggo la testa quel tanto da catturare le sue labbra in un bacio ardente. Mi affonda le unghie nel collo, e la mia erezione spinge contro la sua coscia. La temperatura si alza mentre si strofina contro di me e, quando geme, le palpo il seno.

"Sei malvagia". Grugnisco, cercando di aggiustarmi il pacco. "Adesso mi toccherà prendermi cura di questa qui da solo".

"Se avessi più tempo, ti aiuterei, ma il dovere da damigella mi chiama".

Il sorrisino sul suo volto mentre la metto giù mi dice che l'ha fatto di proposito.

"Ma che farete stasera tu e mia sorella?"

"Trattamenti per il viso mentre guardiamo il nuovo film del tour di Taylor Swift con Mallory e Serena. Quindi balleranno e canteranno stonate. Poi mangeremo qualche snack finché non ci verrà una crisi glicemica e crolleremo".

Prendo la sua mano e ne bacio le nocche. "Beh, se hai una pausa tra il ballo e i dolci, scrivimi. Resterò sveglio per un po', dato che stasera devo cominciare le faccende di domani".

"Farò del mio meglio. Quelle ragazze sono delle vere ficcanaso ogni volta che sono al telefono; quindi dovrò usarlo di nascosto.

Serena adesso ha undici anni ed è la migliore amica di Mallory. Si è trasferita qui due anni fa quando Ayden, il responsabile della gestione della pensione, ha scoperto di avere una figlia di cui non sapeva niente. La sua fidanzatina delle superiori ha passato anni a cercarlo e, dopo che si sono riuniti, è venuta a vivere qui e si sono sposati lo scorso autunno.

Premo un'altra volta le mie labbra sulle sue. "Divertiti. Riservami un ballo". Le faccio l'occhiolino, poi la lascio andare quando Fisher e Noah escono da Lodge.

"Sai che lo farò, cowboy".

"Comunque sia, stasera sei stupenda. Ho dovuto quasi cavare gli occhi a Wilder perché ti fissava troppo intensamente".

"Beh, è bello sapere che, se non funziona con uno dei fratelli Hollis, ho altre opzioni".

Il mio sorriso si spegne, e mi acciglio. "Spiritosa".

Mi dà una pacca sul petto con un sorriso impertinente. "Lo so".

Dopo che ha raggiunto Noah e l'ha trascinata verso la sua macchina, io balzo sul pick-up e vado a casa per poter cambiare i vestiti eleganti con dei jeans e un maglione. Poi vado alla scuderia di famiglia per controllare i cavalli. Stasera Ayden e Ruby si occuperanno di quelli in pensione; quindi non dovrei impiegarci molto.

"Ehi, Franklin, bello mio". Gli accarezzo il muso, e lui sbuffa. Non è abituato a vedermi di notte, dato che pulisco i box al mattino presto. "Puoi farmi entrare per qualche minuto? Metto pure la tua canzone preferita".

Infilo una mano in tasca per prendere il cellulare e noto un messaggio di Magnolia.

MAGNOLIA

Immaginarti domani con il tuo cappello da cowboy mi ha già fatto bagnare tutte le mutandine.

TRIPP

Mmh... fammi vedere.

Poi aggrotto le sopracciglia.

TRIPP

Aspetta, chi ha detto che domani indosso un cappello?

MAGNOLIA

Noah. Ha detto che vuole che ne mettiate tutti uno per le foto con lo sposo, per rendere omaggio ai giorni in cui Fisher cavalcava i tori o qualche stronzata simile. Ma, comunque sia, sono pienamente d'accordo: tutti i ragazzi dovrebbero portare i loro Stetson neri.

Poi noto che la chat di gruppo tra fratelli è molto animata, perché Noah ci sta dicendo la stessa identica cosa.

TRIPP

Perché ho il presentimento che sia stata tu a
spingere per questa modifica?

MAGNOLIA

Potrei aver o non aver menzionato il fatto che è
una mia fantasia farmi sbattere da un figo che ne
indossa uno e che lei è fortunata a poterla
realizzare con Fisher. Poi, una cosa ha tirato
l'altra e adesso li indosserete tutti.

TRIPP

Ripeti quello che hai detto, tesoro.

MAGNOLIA

Non ho detto che il figo sei tu, però lei sa della
mia cotta e ha fatto due più due ;)

Mi viene duro per il modo non molto velato in cui parla di fare
sesso.

Franklin nitrisce e solleva di scatto la testa, rischiando di
strapparmi il telefono di mano.

"Piano, bello". Gli do un'altra carezza. "Se potessi finalmente
frequentare la donna dei tuoi sogni, anche tu saresti così
distratto".

TRIPP

Sappi che io e Franklin stiamo avendo una
conversazione molto imbarazzante mentre cerco
di pulire il suo box con un'erezione in corso.

MAGNOLIA

Poverino! Vorrei poterti aiutare, ma ti toccherà
farti una lunga doccia, stasera.

TRIPP

Oh, non preoccuparti… Era già nei miei piani.

MAGNOLIA

E, se vuoi farmi un altro video, non mi
dispiacerebbe.

TRIPP

Ma davvero? Che cosa otterrò in cambio del suddetto video?

MAGNOLIA

Dipende da cosa vuoi, cowboy.

Lei. Costantemente.

TRIPP

Dimmi un segreto che non sa nessun altro.

I puntini saltellanti appaiono e, dopo qualche secondo, spariscono. Forse ho rovinato il momento facendole una domanda seria. Oppure ha messo via il telefono prima che una delle bambine vedesse la chat. Comunque sia, sto aspettando con ansia la risposta mentre tengo il telefono sollevato e pulisco il box di Franklin.

MAGNOLIA

Non sono davvero così forte come do a vedere. Anzi, sento di doverlo essere per non dover mai dipendere da nessun altro.

Mi si spezza il cuore nel leggere le parole sullo schermo. So esattamente cosa significa, e odio che anche lei si senta così. Conosco il suo passato. Noah mi ha raccontato qualche cosa nel corso degli anni, però Magnolia non ne ha mai parlato. Ogni volta che qualcuno menzionava i suoi genitori, lei sorrideva e diceva che a casa andava tutto benone. Avevo il presentimento che non fosse vero e che non volesse che qualcuno conoscesse la verità; quindi non ho mai fatto pressioni per saperne di più.

TRIPP

Sei forte, piccola. Anche quando non provi a esserlo, vedo in te quella forza. Sono sempre qui, se vuoi parlarne. Ne so qualcosa sul non voler apparire deboli, però non dovrai mai preoccuparti di questo con me.

MAGNOLIA

Stai attento, Tripp Hollis. Potrei innamorarmi
perdutamente di te, se insisti a voler sciogliere il
mio cuore con parole come quelle.

Non riesco a trattenermi, e uno stupido sorrisetto mi riempie il volto.

TRIPP

Non desidero altro.

Capitolo Sedici

Magnolia

"È con grande onore e privilegio che presento per la prima volta in assoluto il signore e la signora Underwood! Fisher, adesso puoi baciare la sposa".

Afferro il braccio del parroco e lo attiro verso di me, così che non appaia nelle fotografie. Ridacchia e io mi stringo nelle spalle per non avergli dato un preavviso, però ho preso sul serio tutti i miei doveri da damigella d'onore. Quando Noah ha messo bene in chiaro che non lo voleva nelle fotografie del loro primo bacio, ho preso appunti.

Fisher posa una mano sul viso di Noah, si sporge in avanti e poi le fa fare il casquè prima di premere le sue labbra su quelle di lei. Gli ospiti esultano a gran voce, tra urla e fischi. Quando si sono scambiati le promesse, nemmeno un occhio nella sala è rimasto a secco. Fisher ha raccontato di quanto è cambiata la sua vita dopo aver conosciuto Noah e del fatto che lei gli ha dato una seconda chance per trovare la felicità. Noah ha parlato enfaticamente di anime gemelle e di quanto è vero che quando lo sai, lo sai. Non ha mai avuto dubbi che lui fosse l'amore della sua vita. Poi Noah gli ha promesso di amarlo "sempre e per sempre", e lui ha scherzato sul fatto che avesse inserito una citazione da una canzone di Taylor Swift.

Durante la cerimonia ho scoccato più occhiatine furtive possibile a Tripp. È davvero bellissimo con l'abito elegante e lo Stetson nero. Mentre stavano radunando fuori gli uomini per le fotografie, le damigelle hanno sbirciato dalle finestre, fischiando. Quando Tripp ha sollevato lo sguardo e mi ha fatto l'occhiolino, ho resistito all'impulso di mandargli un bacio davanti a tutti. Il video che mi ha inviato ieri notte di lui sotto la doccia continua a ripetersi nella mia mente, e non vedo l'ora di averlo di nuovo tutto per me per sentire i suoi gemiti dal vivo.

Mentre seguo la coppia lungo la navata, mi preparo psicologicamente al delirio che sta per scatenarsi. Quando tutti saranno passati a salutare e congratularsi con il corteo nuziale, sarà il momento delle fotografie. Nel frattempo, lo spazio verrà convertito per il ricevimento con un DJ, zona bar e buffet. Il tendone bianco è già ricoperto in modo magnifico da lucine, tulle e piante rampicanti.

Il sogno di Noah era quello di avere un intimo matrimonio country autunnale al ranch, ed è esattamente ciò che ha avuto. Anche se siamo ai primi di novembre, è stata fortunata con il meteo. Ci sono diciotto gradi e non si vede una nuvola in cielo.

Abbiamo passato la mattinata nella casa padronale a bere Mimosa e farci fare trucco e parrucco. Nonna Grace ci ha preparato degli stuzzichini da mangiare e Dena ha cercato di non piangere quando ha visto per la prima volta Noah con l'abito.

"Spero che tu sia pronta per il mio discorso da damigella d'onore", stuzzico Noah, in piedi accanto a lei.

"Purché non mi metta in imbarazzo, non vedo l'ora".

"Non erano questi gli accordi".

Mi guarda male. "Fai la brava".

Fingo shock. "Non lo sono forse sempre?"

Damien mi si avvicina e si intromette: "Non ero al corrente di questa clausola; perciò farò a pezzi Fisher per tutto il discorso".

Scoppio in una sonora risata quando Fisher guarda in cagnesco il suo migliore amico.

"Però dirò cose gentili su Noah". Damien fa un sorrisetto.

"Mi piace", dico con un ghigno impertinente. "Dovrebbe venire qui più spesso".

"Non farti idee strane. È troppo vecchio per te", mi avverte Noah con un mormorio sommesso.

Indico Fisher, che ha letteralmente il doppio dei suoi anni. Non che sia interessata a Damien, però non mi piace l'ipocrisia.

"È diverso". Fa spallucce.

"Solo per questo, adesso il mio discorso procederà come da programma".

Quando mi piego all'indietro e guardo in fondo alla fila, il mio sguardo incrocia quello di Tripp, anche lui nella mia stessa posizione per guardarmi. Regge il mio sguardo prima di far scorrere lentamente il suo lungo il mio corpo e mordersi le labbra. Quando i nostri occhi si incrociano di nuovo, mima con la bocca: *"Mia"*. Poi scocca un'occhiata verso Damien con un cipiglio.

Trattengo una risata e sorrido perché è geloso di un uomo per cui non ho alcun interesse. Ma, giusto per rompergli i coglioni, inarco un sopracciglio e mimo: *"Dimostralo"*.

Il suo sguardo si rabbuia come se gli avessi appena lanciato una sfida davanti alla quale si rifiuta di tirarsi indietro. Ma poi gli ospiti iniziano ad arrivare per congratularsi per i novelli sposi, e mi concentro sul salutare tutti. Passa qualche minuto, e sento un debole "Scusate, devo passare", e noto che Tripp sta camminando dietro il corteo nuziale per venire verso di me.

Che accidenti sta facendo?

"Noah?" Tripp attira la sua attenzione, poi le porge una bottiglietta d'acqua. "Non vorrei che ti disidratassi, qui sotto il sole".

"Oh, grazie". Tutta felice, la prende dalle sue mani.

Poi, invece di tornare al suo posto, Tripp si infila tra me e Damien. "Ti dispiace se mi metto qui?" gli chiede.

"Nessun problema". Damien aggrotta le sopracciglia e si sposta per fargli spazio.

Tripp è tutto spalle larghe e gonfia il petto mentre si preme contro di me. Poi, lo stronzo arrogante mi scocca un sorrisetto e mi fa l'occhiolino. "Ehi, Sole".

Scuoto la testa e distolgo lo sguardo perché non veda il mio sorriso.

Cristo, è stato eccitante!

Però non glielo confesso.

Ci vogliono venticinque minuti buoni per finire la fila. Nonostante gli ospiti siano principalmente amici intimi e familiari, ci logorano le orecchie a forza di chiacchiere mentre si congratulano con la coppia e fanno apprezzamenti sulla cerimonia. Anche se sono d'accordo con loro, starmene qui in piedi con questi tacchi, senza muovermi, sta iniziando a essere fastidioso.

"Bella giocata!" gli dico quando finalmente siamo liberi di allontanarci dal tendone. "Ma dove l'hai presa quella bottiglietta?"

"Uno degli ospiti me l'ha data perché, testuali parole, 'sembravo un tantino accaldato'".

Mi faccio una risata nasale. "Meglio se la smetti di fissarmi, altrimenti riceverai quel commento per tutta la sera".

"Non riesco a trattenermi". Si sporge verso di me mentre camminiamo fianco a fianco e sussurra: "Sei davvero bellissima".

Il battito del mio cuore accelera ogni volta che mi dice quelle parole, però adesso è proprio su di giri.

Abbiamo venti minuti buoni di pausa mentre Noah e Fisher hanno il loro servizio fotografico; quindi lo prendo per mano quando siamo abbastanza lontani e lo trascino verso la scuderia di famiglia. È il luogo appartato più vicino e dobbiamo accontentarci di quello che passa il convento.

"Che stai facendo?" Sfodera un sorrisetto mentre vado nella selleria.

"Ti rapisco per un po'".

"Sai, potremmo semplicemente dirlo a tutti, così non dovremmo nasconderci", suggerisce.

"Però mi piace averti tutto per me. E poi, vederci di nascosto è alquanto sexy". Abbasso lo sguardo sulla sua zip e sento l'erezione che cresce. "E credo che piaccia anche a te".

"Quella me l'hai fatta venire tu, tesoro". Geme quando gli poso una mano sul membro. "Però così potrei perlomeno reclamarti alla luce del sole, in modo che i ragazzi con la mano morta ti stiano lontani".

Ah-ah. Quindi è questo il vero motivo per cui non vuole che la nostra relazione rimanga un segreto.

"Damien non ha allungato le mani; quindi piantala di preoccuparti". Apro il bottone dei suoi pantaloni e infilo la mano nei boxer di *seta*.

"Già, perché mi sono intromesso prima che potesse farlo". Rilascia un gemito quando tiro fuori l'asta dura e la massaggio.

"Ti sembra che permetterei a un altro uomo di toccarmi, quando voglio soltanto te?" chiedo, aumentando il ritmo; al che abbassa lo sguardo sulla mia mano che lo sta segando.

Mi afferra il polso e mi attira più vicina finché le nostre fronti non si toccano. "Mi rovinerai, Sole. Non ho mai perso la testa al pensiero che qualcun altro ti tocchi, e adesso anche solo l'idea mi fa vedere rosso".

"Sei teso, cowboy". Gli avvolgo una mano dietro il collo per poter avvicinare la sua bocca alla mia, e poi lo bacio. "Lascia che ti aiuti".

"Lo sai che ti voglio per qualcosa di più di questo, vero?"

"Chiaramente per le mie incredibili doti nel lancio dell'ascia".

Sbuffa e ridacchia perché non sono capace di prenderlo seriamente quando ho il suo membro in mano.

"Ti implorerei di fottermi la faccia, però Noah mi ucciderebbe se rovinassi il trucco prima delle foto".

Alle mie parole, l'erezione fa uno scatto.

"Maledizione, non dire cose del genere proprio adesso! So già che esploderò e farò un macello".

"Allora ti conviene prendere bene la mira", lo provoco, riportando la sua bocca sulla mia prima di infilargli la lingua tra le labbra.

Sposta una mano sotto il mio vestito finché non trova l'orlo delle mutandine; dopodiché fa scorrere un dito lungo il mio sesso umido prima di penetrarmi.

"Oh, mio Dio!" ansimo. Mi tremano le palpebre e getto indietro la testa mentre lui continua il suo delizioso assalto.

"Ho bisogno che tu venga prima di me, e abbiamo soltanto pochi minuti prima che qualcuno inizi a cercarci o noti che siamo scomparsi entrambi", dice con urgenza, spingendo da parte le mutandine per poter infilare dentro di me un altro dito.

"Allora ti conviene iniziare a massaggiarmi il clitoride, perché per colpa tua sono al limite da tutto il giorno".

Ridacchia. "Come mai? Questa è la prima volta che ti tocco".

"Sono bagnata da quando ti ho visto con quel cappello da cowboy. Ho dovuto cambiare le mutandine prima di venire via con te".

"Cazzo! Adesso devo assaggiarti".

Prima che possa mettermi a discutere, mi solleva per il sedere e mi posa sul tavolino di legno. Non è minimamente comodo, però non ho nemmeno la volontà di preoccuparmene quando mi solleva il vestito e abbassa le mutandine.

"Non puoi urlare, altrimenti qualcuno ti sentirà": è il suo unico avvertimento prima che mi allarghi le cosce e si tuffi nel mezzo. Si appoggia le mie gambe sulle spalle e mi massaggia il clitoride con il polpastrello del pollice, fottendomi con la lingua in un modo talmente bello che ci metto solo pochi minuti a venirgli sulla lingua.

"Porca troia!" esclamo nel modo più silenzioso possibile, ma, se ci fosse qualcuno nella scuderia in questo momento, mi sentirebbe di sicuro.

Tripp finisce di masturbarsi con la mano libera e viene giusto dopo di me.

"Cazzo, che bello, piccola!" Si asciuga la bocca con il dorso della mano e poi infila tutto nei boxer.

"Come faccio a restare in piedi per le foto, quando ho le gambe di gelatina?" sospiro mentre mi aiuta a rimettermi le mutandine.

"Ti basta dirle che dovrai sederti sul mio grembo per tutto il tempo".

Quando mi fa alzare in piedi, gli do una pacca scherzosa sul petto. Poi lui mi sfrega teneramente il pollice sulla mascella. "Muoio dalla voglia di baciarti".

"Presto. Ho dell'altra cipria e il rossetto nella borsa; quindi, dopo che il fotografo ha finito con noi, possiamo fare quello che vogliamo". Sfodero un sorrisetto quando ridacchia.

"Affare fatto". Mi prende la mano e preme un bacio sulle nocche. "Non dimenticare di riservarmi un ballo e di non farti toccare da altri uomini. Soprattutto Wilder".

Con una risata fragorosa, controllo di nuovo che i nostri vestiti siano in ordine. "Da quand'è che è diventato una minaccia?"

"Da quando l'ho visto sbavare per le tue tette".

Inarco la schiena, gonfiando il petto. "Beh, puoi biasimarlo? Sono tette fantastiche".

Assottiglia lo sguardo in modo minaccioso. "Non voglio che i miei fratelli ti mangino con gli occhi".

"E i tuoi cugini?"

"*Girasole*", dice a denti stretti, affondando i pollici nei miei fianchi come se stesse per perdere l'autocontrollo. Attirandomi con forza a sé, preme dolcemente le sue labbra sulle mie. "Non appena renderemo pubblica la nostra relazione, ti marchierò come mia".

"Mmh?" mormoro. "Di che genere di marchio stiamo parlando? Tatuaggio? Succhiotto? Morso?"

"Sì".

Ridacchio. "Solo se io posso fare lo stesso con te".

"Cazzo, sì". Mi fa l'occhiolino.

Tripp esce per primo e controlla che non ci sia nessuno; poi io lo seguo e liscio il vestito come se non ce lo avessi avuto avvolto attorno alla vita. Lui torna verso la zona in cui sono seduti gli ospiti, mentre io vado al mio SUV per prendere la borsa.

Dopo aver riapplicato il rossetto ed essermi incipriata il viso, raggiungo il corteo nuziale appena in tempo per il servizio fotografico.

Passiamo un'ora a posare per le fotografie e poi il fotografo porta Noah e Fisher in altre location per qualche altro scatto. Adesso stiamo aspettando l'happy hour sotto il tendone.

"Che giornata stupenda!" Un uomo che non riconosco si mette accanto a me.

"Già, lo è davvero". Sorrido educatamente, sorseggiando del vino.

"Lo sei anche tu, comunque".

Mi si chiude lo stomaco per il modo disinvolto con cui ci sta provando con me. Come se nulla fosse, faccio un passo per allontanarmi da lui.

"Grazie. Però non ho potuto scegliere cosa indossare", dico con un sorriso che spero gli faccia capire che non sono interessata.

"Questa tonalità di verde è proprio il tuo colore".

Stavolta, non faccio altro che annuire, stringere le labbra e girarmi dall'altra parte.

Il mio sguardo incrocia quello di Landen al bancone, e sbarro gli occhi facendo un cenno verso lo sconosciuto che ho accanto. Poi mimo con la bocca: *"Aiuto"*.

Sta parlando con qualcuno, ma finalmente coglie il messaggio e si avvicina.

"Ehi, Kyle. Come va, bello?" Landen si infila tra di noi e distoglie l'attenzione dell'uomo da me.

"Bene. Era da un po' che non venivo al ranch. È bello. *Molto* bello". Il modo in cui cambia il suo tono di voce mi fa accapponare la pelle perché immagino i suoi occhi addosso.

Landen si fa una risata, però non è la sua reale. Giusto solo per accontentare il tipo.

Poi vedo Landen dare a Kyle una pacca sulla spalla e sporgersi verso di lui. "Detto tra noi, non sei il suo tipo".

Sto origliando alla grande anche se stanno sussurrando.

"Che ne sai?" chiede Kyle, in tono offeso.

"Perché mi ha rifiutato e ha detto che preferisce i ragazzi più giovani con i complessi materni". Landen fa spallucce, e io stringo il pugno, tentata di tirarglielo in testa.

"È una cougar?"

Landen sospira come se gli dispiacesse rivelargli il mio segreto. "Già, le piacciono quelli appena usciti da scuola. È alquanto strano, a mio parere, ma pensavo di dirtelo prima che ti rendessi ridicolo come ho fatto io".

Oh, mio Dio! Lo ammazzo!

"Ricevuto. Grazie, bello".

Landen gli dà un'altra pacca sulla spalla. "Nessun problema. È stato un piacere vederti".

Kyle si allontana scoccando una rapida occhiata oltre la spalla verso di me e, stavolta, mi fissa con disgusto. *Grandioso, cazzo!*

"Ma sei pazzo? Cioè, hai seriamente bisogno di farti controllare il cervello!" dico a denti stretti.

"O gli dicevo quello oppure la verità…" Inarca un sopracciglio, sfidandomi a restare arrabbiata con lui per avermi salvato il culo.

Sbuffo, incrociando le braccia. "Non riuscivi a farti venire in mente nulla di meglio che farmi passare per una predatrice?"

"Ho sottinteso che si tratta di ragazzi maggiorenni!"

Accigliata, gli do una manata sul braccio e poi mi scolo il resto del vino. "Non chiederò mai più il tuo aiuto".

"Oh, ma dai, Mags!" Mi passa un braccio sulle spalle e mi attira al petto. "Sono il tuo preferito, e lo sappiamo entrambi".

"Stai attento! Per poco Tripp non ha spinto via Damien quando era soltanto in piedi accanto a me nella fila del corteo nuziale".

Ride. "L'ha fatto per quello? Che sfigato!"

Gli do una gomitata alle costole, e lui indietreggia. "Ti do un'informazione: alle donne piacciono gli uomini che non hanno paura di reclamare ciò che è loro".

"Errore mio. Non sapevo che voleste essere trattate come una proprietà".

"Mamma mia, quanto sei ottuso! È esattamente per questo che non avrai mai le palle per chiedere a Ellie di uscire. Pensi che dovrebbe essere lei a provarci con te perché sei il dono di Dio alle donne".

"Non è vero. Anche se potrei esserlo, non è per questo che non glielo chiedo".

"Mmh-mmh. È qui da qualche parte. Se sei davvero un esperto in fatto di donne, dopo chiedile di ballare".

Solleva una spalla. "D'accordo. Nessun problema. Lo farò".

Il suo sproloquio mi fa sorridere. Non ne avrà il coraggio.

"E tu ballerai con il tuo toy boy di fronte a tutti?"

Lui mica lo sa che avevo già intenzione di farlo.

"Se è quello che ci vuole per convincerti a smetterla di fare la femminuccia e a dichiararti a Ellie, sì".

Il fatto che lei lo odi rende tutto ancora più interessante.

Sbuffa per il *femminuccia*. "Affare fatto".

Capitolo Diciassette

Tripp

Quando si aprono le danze, i miei fratelli sono già brilli. Wilder ha deciso di scalmanarsi il più possibile e di avere costantemente un drink in mano. Waylon e Landen non sono da meno e ballano come se avessero il sedere in fiamme. Anche se non devo guidare e posso tornare a casa a piedi, non alzo comunque troppo il gomito. I miei occhi sono puntati come un laser su Magnolia e sulla fila di ragazzi che ci provano con lei.

Ho visto, dall'altro lato della stanza, quando Landen è andato a staccarle Kyle di dosso. Non so bene cosa gli abbia detto, ma perlomeno ha funzionato. È nostro cugino di secondo grado; quindi lo vediamo soltanto durante le riunioni di famiglia, però ora è sceso all'ultimo posto nella lista dei miei cugini preferiti.

"Non sarebbe più semplice chiederle di uscire?" la voce di Noah al mio fianco mi fa sobbalzare. Non avevo nemmeno notato che si era avvicinata.

"Non capisco di che parli", dico impassibile.

"Oh, davvero? Quindi non ti struggi per la mia migliore amica da sette anni? O, cavolo, forse addirittura da più tempo".

Facendo spallucce, distolgo lo sguardo da Magnolia e bevo un sorso della mia birra calda.

"Non sei preoccupata che, se dovessimo frequentarci e poi

lasciarci, il vostro rapporto ne risentirebbe?" chiedo perché, anche se io e Magnolia ci vediamo di nascosto, rivelarlo a tutti è una sincera preoccupazione.

"Forse. Potrebbe succedere. Però potreste anche avere una di quelle relazioni che durano per sempre. Dovresti mettere a rischio il tuo cuore per scoprirlo…"

"E quindi adesso tu saresti l'esperta, eh?" la stuzzico.

Agita una mano. "Beh, non vorrei dire… Reperto A, Vostro Onore: siamo al mio matrimonio".

"È adesso che devo prenderti in giro per non essere riuscita a trovare un uomo della tua età?" Trasalisco aspettandomi un ceffone.

"Ah! Non rischio di spezzarmi un'unghia per picchiarti. Ma potrei chiedere a Landen di farlo per me".

Scoppio in una risata nasale e decido che è un buon momento per gettarlo nella fossa dei leoni, così che Noah smetta di concentrarsi su di me. "Un uccellino mi ha detto che gli piace Ellie. Tu ne sai qualcosa?"

Rimane a bocca aperta e spalanca gli occhi per la sorpresa. "Eh, no! Lo stai dicendo solo perché smetta di assillarti con Magnolia?"

Faccio un'espressione che non conferma né nega l'accusa. "È semplicemente quello che ho sentito".

"È troppo immaturo per Ellie. E poi, da quello che so, lei non lo sopporta. Me l'ha detto lei stessa".

"Non c'è forse una frase sdolcinata appropriata alla situazione? Qualcosa tipo "c'è una sottile linea che divide l'amore e l'odio". Forse il suo *odio* deriva dal fatto che le piace Landen".

Ride a crepapelle. "Ok, Mister Romantico".

Sorridendo, guardo Noah nel suo abito da sposa. "Sei molto bella, comunque. Non sono abituato a vederti senza terra sul viso e sui vestiti. Stai bene, così tirata a lucido".

Inclina la testa come se stesse decidendo se arrabbiarsi o ringraziarmi. "Beh, direi che è meglio del commento di Wilder: *'Ehi, sorellina, sei una bomba sexy'*". Usa una voce profonda per parlare come lui, e io scoppio in una risata.

Ovvio che quel cretino ha detto qualcosa di inappropriato.

"Immagina il giorno in cui sarà Wilder ad andare all'altare", rifletto. "Probabilmente si ubriacherebbe prima dell'inizio della cerimonia".

"Non ci riesco proprio. Resterà scapolo fino al giorno della sua morte".

Ridiamo a sue spese, anche se non lo vedo da nessuna parte.

"Posso rubarti mia moglie per un ultimo ballo?" Fisher si avvicina con la mano tesa e Noah la prende.

"Assolutamente sì, marito mio".

Alzo gli occhi al cielo in modo esagerato per la maniera in cui stanno flirtando. "Cristo! Per quanto tempo ci toccherà sentirlo, adesso?"

"Probabilmente per i prossimi quaranta o cinquant'anni". Noah solleva la testa e preme le labbra su quelle di Fisher.

"E qui io esco di scena".

"Vai a chiedere a Magnolia di ballare, fifone!" Noah inarca un sopracciglio come per sfidarmi a negare che voglio farlo.

Prima che possa inventarmi una replica arguta, Fisher la trascina via.

Beh, perlomeno adesso non mi metterà ansia chiedere a Magnolia di ballare.

La trovo vicino al bar con Landen, Waylon e un altro cugino, Harrison. Regge in mano un drink mezzo vuoto, però lo sta sorseggiando da un'ora. Stanno ridendo per qualcosa, ma invado il loro cerchio senza pensarci due volte.

"Balla con me", dico a Magnolia, mettendomi di fronte a lei tendendole la mano come ho visto fare a Fisher.

Mi rivolge un'espressione esitante, stringe le labbra e sposta lo sguardo attorno a noi come per chiedere: *Sei sicuro?*

Annuisco.

"Ehm… ok". Fa un largo sorriso, posando la mano sulla mia.

"Aspetta!" La voce di Harrison ci interrompe. "Mi ha detto di essersi rotta un dito del piede e che non poteva caricarci peso".

Magnolia sbarra gli occhi per essere stata beccata a mentire. Io trattengo una risata nel sentire il tono offeso di Harrison.

"È per questo che ho intenzione di tenerla in braccio per tutto il tempo", gli dico.

"Non dirai sul serio", mima lei con la bocca.

Le faccio l'occhiolino, poi mi avvicino finché non riesco a sollevarla quel tanto che le sue scarpe si stacchino dal pavimento. Mi avvolge le braccia attorno al collo mentre io sistemo le mani sotto il suo sedere.

"Andiamo, Sole".

Mette il broncio quando mi dirigo dalla parte opposta della pista da ballo, dove spero che Harrison non possa vederci.

Poi la rimetto lentamente per terra.

"È stato insopportabile", dice

Ridacchio, attirandola al petto prima di avvolgerla di nuovo tra le braccia. Abbassando la bocca al suo orecchio, le dico: "Noah mi ha beccato mentre ti fissavo e mi ha praticamente ordinato di smetterla di fare il codardo. Poi mi ha esortato a chiederti di ballare. Darà di matto quando le diremo che stavamo già insieme".

Ride e solleva lo sguardo su di me. "Se non partisse per la luna di miele lunedì, glielo direi adesso, ma una notizia simile richiederà un'intera serata tra ragazze fatta di dettagli succosi mentre mangiamo impasto per biscotti e guardiamo *Dirty Dancing*".

"Che immagine particolarmente specifica!"

Solleva una spalla e fa un largo sorriso. "Abbiamo le nostre passioni segrete, e Patrick Swayze negli anni Ottanta è tra quelle".

"Purché nessuno glielo dica prima di uno di noi due, credo che sarà felice per noi", dico onestamente. "Quando le ho chiesto se una potenziale rottura potrebbe complicare il nostro rapporto, ha detto che sarebbe un rischio che dovrei correre".

"E pensare che avresti potuto chiedermi di uscire già alle superiori".

Sbuffo. "Eri minorenne, Sole. Finire una volta sulla lista nera dello sceriffo Wagner mi è bastato".

"Hai soltanto due anni in più di me!"

"Non importa. Secondo te, perché Landen ha aspettato un paio di anni per chiederti un appuntamento? Nemmeno lui voleva finire dentro per te".

Alza gli occhi al cielo mentre ondeggiamo al ritmo di una canzone che, sorprendentemente, non è di Taylor Swift. Sono piuttosto sicuro che stasera abbiano messo la sua intera discografia, e Mallory e Serena ne sono state felici.

"Comunque sia, ho adorato il tuo discorso. Avevi tutti in pugno, pendevano dalle tue labbra e ridevano, specialmente quando hai raccontato di quando Noah è caduta nello sterco di cavallo il primo giorno che Fisher è arrivato al ranch. È stato epico".

"Vero?" Fa un sorriso raggiante. "È stato decisamente più divertente di quello di Damien".

"Ovvio".

"Oh, a proposito... Ho scommesso con Landen che, se noi due avessimo ballato insieme, lui avrebbe dovuto chiedere a Ellie di uscire".

"È impossibile che gli dica di sì".

"Esatto. Quello lì dovrebbe abbassare la cresta".

Ridiamo, e mi avvicino il più possibile senza farle capire che sto morendo dalla voglia di baciarla.

"Dovresti passare la notte con me", sussurro, spezzando il silenzio. "Quando tutti se ne vanno".

"Vorrei poterlo fare". Mette il broncio, tirando fuori quel labbro inferiore che vorrei tanto prendere tra i denti e succhiare. "Però domattina c'è il brunch per l'apertura dei regali, ed è compito mio portarli tutti e poi assicurarmi che ogni cosa sia al suo posto. Mentre li scartano, Noah vuole che io tenga traccia di chi li ha fatti, per poi poter mandare dei biglietti di ringraziamento".

"Accidenti! Quanta roba!"

"Lo so. E, beh, se venissi tu da me, ho il presentimento che non dormiremmo molto, e domattina sarei uno zombie".

Il mio uccello prende vita mentre la immagino nel mio letto per tutta la notte.

"Perlomeno sarai più libera quando tutto questo sarà finito". Anche se i miei impegni non si fermano mai.

"Meno male! Devo mettere insieme un menù festivo al più presto. Ti andrebbe di fare da assaggiatore per i miei drink?"

"Mi farai pagare venti dollari a tazza?" ironizzo, facendo scivolare con discrezione la mano verso il basso per toccarle il sedere.

"Che posso dire? Sono una scaltra donna d'affari".

Un enorme sorriso mi compare sul volto per il suo modo di essere sempre così impudente. Non prova mai a fare colpo su di me comportandosi in modo diverso.

"Mi piacerebbe molto assaggiare quello che prepari. Nei limiti del ragionevole".

Storce il naso. "Che cosa vorrebbe dire?"

"Non riesco a tollerare troppa caffeina in un giorno solo".

"E se venissi ben ricompensato?" Un angolo delle sue labbra si arriccia in modo suggestivo.

"Ti ascolto".

Spinge le mie mani verso il basso finché la sua bocca non mi sfiora l'orecchio. "Per ogni drink che assaggi, mi tolgo un indumento. Incluso il set di lingerie nera di pizzo che indosserò sotto".

Inspiro violentemente immaginandola in quel capo sexy.

"Affare fatto, cazzo!"

Quando la canzone finisce, mi dice che è arrivato il momento di far rimangiare a Landen le sue parole.

"Ecco i piccioncini", scherza lui quando Magnolia gli si avvicina a uno dei tavoli. "Ve ne andate?"

"Non ancora. Non hai chiesto a Ellie di ballare. Tra poco il DJ chiuderà bottega; quindi ti conviene darti una mossa".

Per poco a Landen non si incrociano gli occhi quando solleva lo sguardo su di noi. "Non so nemmeno dove sia". Sbuffa, strascicando le parole.

Cazzo, sarà interessante...

Alcuni ospiti se ne sono già andati, però c'è ancora un bel po' di gente. Sposto lo sguardo su ciascun tavolo e sulla pista da ballo finché non vedo Ellie seduta vicino a Mallory e Serena.

"Trovata", annuncio; poi la indico.

"Perfetto". Magnolia fa un sorrisetto. "Noi abbiamo ballato davanti a tutti; quindi ora tocca a te farti coraggio".

Landen barcolla in piedi e si passa i palmi sulla camicia. La giacca dell'abito e la cravatta sono scomparse, e ha le maniche arrotolate fino ai gomiti. "D'accordo. Ma, dopo che l'avrò fatto, non voglio più sentirvi rompermi i coglioni per questa cosa".

"Sì, vedremo". Magnolia si fa una risatina.

Lo seguiamo mentre serpeggia tra i tavoli e, quando siamo vicini, io e Magnolia ci separiamo per restare a una distanza da cui possiamo sentirli senza però invadere la loro privacy. Troviamo un tavolo poco distante e ci sediamo, come se ci stessimo solo prendendo una breve pausa.

"Landen!" esclama Mallory.

"Ehi, Mal". Le rivolge un cenno del capo, poi si gira verso la donna che fino a questo momento ha evitato. "Ehm… Ellie?"

Sbuffando, lei si gira e incrocia il suo sguardo. "Che c'è, Landen?"

La sua voce scontrosa mi fa trasalire per lui. Non è soltanto il suo sguardo ad uccidere, ma anche il suo tono.

"Ti va di ballare? Ehm, con me. Sulla pista da ballo. Insieme".

Magnolia si dà una sberla sulla fronte quando Landen fatica a mettere insieme una frase completa. Resisto alla tentazione di ridere a spese di mio fratello, ma, accidenti, quanto lo prenderò per il culo quando sarà sobrio!

"Oooh…" dicono all'unisono Mallory e Serena.

Landen rivolge a Ellie un sorrisetto storto.

"Mi dispiace, mi sono rotta un dito del piede e non posso caricarci peso".

Questa volta non riesco a trattenere una risatina, perché è ricorsa alla stessa scusa che Magnolia ha usato con Harrison.

Alle sue parole, la mascella di Landen si irrigidisce, con ogni probabilità perché sa che è una stronzata.

"A me non sembrava rotto prima, quando stavi ballando *Lover*", la smaschera Landen, mentre gli occhi di Magnolia sono incollati su di loro come se una telenovela si stesse svolgendo di fronte a noi.

"Perché è appena successo. Qualcuno mi ha schiacciato il

piede mentre ballavo, e stavo giusto per chiedere del ghiaccio prima che si gonfi".

Landen annuisce lentamente, le labbra serrate in una linea sottile mentre con le dita stringe la sedia che ha davanti come se stesse per spezzarla in due. "Allora te lo porto io".

Però Ellie non abbocca. Incrocia le braccia sul petto e risponde impassibile: "No, va bene così".

"Perché no? Mi dispiacerebbe molto se si staccasse e la tua carriera nel *barrel racing* finisse perché hai soltanto nove dita dei piedi".

"D'accordo", dice lei a denti stretti.

"Torno subito". Landen le scocca un sorriso impertinente che le fa alzare gli occhi al cielo.

Guardiamo Landen mentre cammina verso il bar.

"Non si può dire che si arrende facilmente". Rido.

Magnolia scuote la testa con incredulità. "Gli darà del bel filo da torcere".

"E io non vedo l'ora di vederlo cadere in ginocchio".

Scherzando, mi dà una pacca sul petto. "Sii gentile. Perlomeno, lui si sta impegnando".

So che è una frecciatina diretta a me per aver aspettato così a lungo, però non riesco nemmeno ad arrabbiarmi e ribattere, perché ora finalmente lei è mia.

"Quindi, dopo domani, quando possiamo rivederci?" le chiedo mentre aspettiamo che Landen ritorni.

"Sarò all'agriturismo martedì e libera dopo la chiusura, alle tre".

"Bene. Mercoledì, invece?"

"Uguale, però sarò in centro".

"E giovedì?"

"Stessa cosa".

"Venerdì?"

Fa un sorrisetto. "Per il prossimo futuro: lavoro fino alle tre e poi sono libera il resto del pomeriggio".

"Mamma mia! Fatti degli amici, Sole", dico per prenderla in giro.

Si sporge verso di me e mi stritola un capezzolo.

Non faccio in tempo a scacciare la sua mano. "Ahia! È attaccato al corpo".

Si acciglia. "Allora non fare il maleducato!"

Rido, catturando la sua mano e premendoci sopra le labbra. "Tu segnami nell'agenda per tutte le notti".

La ritrae con uno strattone dalla mia presa. "No. A detta tua, mi servono *amici*. Magari vado a chiedere a Harrison di fare qualcosa insieme. Oppure a Kyle. Cioè, non hai detto che devono essere nello specifico *amiche*".

"Fallo e scoprirai molto presto quanto poco ci vuole per far scatenare una rissa".

"Perché mi sono fatta degli amici come mi hai detto tu?" mi sfida.

"Non voglio che la mia ragazza frequenti tizi che vogliono infilarsi nelle sue mutande. E spero che nemmeno a te piaccia l'idea che io sia circondato da tipe che fanno commenti allusivi sul voler cavalcare il mio cazzo".

Mi fissa. "Mi hai appena chiamata la tua *ragazza*?"

"Sì".

Il silenzio si protrae mentre attendiamo il ritorno di Landen con il sacchetto di ghiaccio per Ellie. Intanto l'ansia per la mancata risposta di Magnolia monta nel mio petto risalendo lungo il collo, finché non riesco più a sopportarla. L'orticaria mi dà prurito e, anche se mi stesse prendendo in giro, ho bisogno di chiarire la situazione adesso.

"Non sono stato chiaro sul fatto che stiamo insieme e che abbiamo una relazione al *mille per cento* esclusiva?" chiedo, senza più guardare Landen applicare il ghiaccio sul dito rotto per finta di Ellie.

"Mmh. Non mi pare di ricordare che tu abbia chiesto la mia mano per fidanzarti ufficialmente con me".

Porto una mano sotto il tavolo e, quando trovo la sua coscia, la stringo con forza tra le dita. Rilascia un gridolino e scocca un sorrisetto tronfio per essere riuscita a stuzzicarmi.

Sì, sa esattamente quello che sta facendo. Maledetta!

Sporgendomi verso di lei finché le nostre spalle non si toccano e la mia bocca le sfiora l'orecchio, decido di cedere totalmente al suo giochetto e di farle rimangiare le sue parole. "Ho ancora il sapore della tua dolce fighetta in bocca, da quando sei venuta sulla mia lingua questo pomeriggio. La tua foto in quel set in pizzo è tutto ciò che vedo quando chiudo gli occhi. La prima cosa che faccio quando mi sveglio alle cinque del mattino è chiedermi quando potrò parlarti o rivederti. E la prima donna che ho portato a un vero appuntamento o a cui ho permesso di guidare il mio pick-up sei tu. Ma se hai bisogno che mi metta in ginocchio e ti chieda ufficialmente di essere la mia ragazza, ti basta dirmelo, tesoro. Lo faccio anche subito".

Le si muove la gola e il suo corpo si irrigidisce quando mi appoggio allo schienale della sedia. A quanto pare, Ellie ha liquidato Landen dopo che lui le ha portato il ghiaccio. E il fatto che si sta sciogliendo sopra il tavolo conferma che gli ha rifilato una scusa del cavolo per evitare di ballare con lui.

Magnolia si gira verso di me – nessuno dei due sembra più preoccupato che qualcuno possa vederci – e inarca un sopracciglio mentre fa chiaramente fatica a parlare.

"C'è qualcosa che vorresti dire, Sole?"

Assottiglia lo sguardo con fare minaccioso, e io arriccio le labbra vittorioso.

Alla fine, deglutisce con forza e raddrizza le spalle. "No. Sono a posto così".

Con un largo sorriso, annuisco. "Allora mi fa piacere che la pensiamo allo stesso modo".

Capitolo Diciotto
Magnolia

L'impulso di mettermi a cavalcioni su di lui nel bel mezzo del ricevimento era talmente forte che ho dovuto ricordare a me stessa perché non potevo farlo.

Quella sera, ho passato un'imbarazzante quantità di tempo a masturbarmi a letto. Sono piuttosto sicura di aver scaricato le batterie del vibratore, ed erano pure nuove.

Maledetto lui e le parole più sexy che qualcuno mi abbia mai sussurrato all'orecchio!

Non è che volessi piantare il dubbio nella testa di Tripp, però il nostro rapporto nel corso degli anni si è basato sul prenderci in giro a vicenda, stuzzicarci e provocarci in qualsiasi momento. Soprattutto perché volevo avere la sua attenzione, anche se pensavo che i miei sentimenti non fossero ricambiati. È difficile smettere di farlo all'improvviso, quando ancora non riesco a credere che mi desidera come io ho sempre desiderato lui.

A livello fisico, so che siamo compatibili. Che ci sia connessione e chimica per quanto riguarda l'essere attratti l'uno dall'altra è indiscutibile. Però c'è ancora una vocina fastidiosa nei meandri della mia mente che dice al mio cervello che è impossibile che lui voglia davvero impegnarsi. Non ha mai avuto una relazione seria. Cosa mi fa pensare che possa averne una con me?

È una cosa stupida, onestamente. Non mi ha dato ragione di pensare altrimenti. Ma sentirlo confermare quello che nel profondo sapevo essere la verità ha scacciato quella vocina fuori dalla mia testa.

Tripp sta con me perché lo vuole. Per lui non sono solo la migliore amica di sua sorella.

Lui è il mio *ragazzo*.

E non è forse la cosa più strana del mondo da dire, quando ero pronta a rinunciare all'idea che avrebbe mai ricambiato i miei sentimenti?

Il brunch è andato bene, e tutti si sono divertiti. Abbiamo scattato una marea di fotografie, e io ho mangiato più del dovuto.

Tripp, Landen e Waylon hanno aiutato a caricare i regali e li hanno portati al cottage di Noah e Fisher. Dopo aver riordinato la stanza insieme a Dena e nonna Grace, ho aiutato Noah a fare i bagagli per la luna di miele e ci siamo salutate prima del suo volo, la mattina seguente.

Al tramonto, ero pronta a dormire per le prossime ventiquattrore, ma i miei doveri da damigella d'onore non erano ancora terminati. Ho recuperato tutti gli smoking per poterli restituire il lunedì al negozio in cui erano stati noleggiati e, dato che Wilder non si era presentato al Lodge, ho dovuto rintracciarlo a casa sua e giocare a nascondino con i vestiti sparpagliati sul pavimento.

È martedì, e non mi sono ancora ripresa completamente dal weekend tremendamente pieno, però sono emozionata di poter finalmente avere Tripp tutto per me stasera. Ieri abbiamo messaggiato e mi ha aiutata a recuperare lo smoking di Wilder quando sono andata a cercarlo, però mi manca comunque.

È sciocco, lo so.

È tutto così nuovo, e non dovrei aver già perso la testa per lui, però è più forte di me. Nessun ragazzo mi ha mai fatta sentire tanto speciale o importante come fa Tripp, e desidero ardentemente la sua vicinanza ogni volta che siamo lontani.

Brooke Montgomery

MAGNOLIA

> Oggi passi da me? Oppure devo trovarmi un nuovo cowboy a cui far pagare di più il caffè?

Sono quasi le tre e non è ancora venuto. Landen si è presentato alle otto per il suo solito caffè, però ha detto che Tripp era troppo impegnato per muoversi.

TRIPP

> Quindi ammetti che mi fai pagare troppo?

MAGNOLIA

> Non credo di averlo mai negato.

TRIPP

> Mi sa che è arrivato il momento di fartela pagare, per una volta.

MAGNOLIA

> Per cosa??

Non risponde; il che non fa che alimentare la mia ansia che non arrivi in tempo prima che chiuda. So che è impegnato e che non dovrei rompergli le palle, però speravo di vederlo almeno per qualche minuto.

MAGNOLIA

> Tic toc, cowboy. Potrei prendere in considerazione l'offerta di Trey di vederci più tardi.

Trey Mitchell è uno dei garzoni delle scuderie e, in generale, un bravo ragazzo, a cui però non sono mai stata interessata. Inoltre, non mi ha mai chiesto di vederci; quindi forse l'ho gettato nella fossa dei leoni soltanto per tornaconto personale. Lo so che menzionandolo sto giocando col fuoco, però spero che questo metta un po' di pepe al culo di Tripp e lo spinga ad affrettarsi.

Eppure, nessuna risposta.

Arrivano degli altri clienti, che ordinano gli ultimi muffin, e quando finisco di battere gli scontrini è ora di chiudere. Porto dentro la lavagnetta con su scritto *Paga in contanti ed è gratis #GirlMath*, scollego tutte le lucine e chiudo la finestrella del bancone.

Dopo aver pulito la macchinetta del caffè, rimesso tutto a posto e dato una passata alle superfici, chiudo la cassa. Vado in banca ogni paio di giorni per depositare i soldi e poi mando al commercialista le fatture quadrimestrali e le spese aziendali. Non sono mai stata brava con i numeri; perciò, per tenermi al passo con i conti, tengo d'occhio le entrate e le uscite.

Proprio mentre sto facendo l'inventario in frigorifero, un corpo preme contro la mia schiena e una singola rosa appare di fronte a me. Con un largo sorriso, premo il naso nel centro del bocciolo e inspiro il profumo floreale.

"Sei arrivato tardi", lo rimprovero, prendendo lo stelo mentre mi giro tra le sue braccia per poterlo baciare.

Il mio sorriso entusiasta si spegne nell'istante stesso in cui poso lo sguardo su Travis.

"Oh, mio Dio! Che ci fai qui?" Mi spingo via da lui, mettendo la dovuta distanza tra di noi.

"Mi hai bloccato. Cos'avrei dovuto fare?"

"Ehm… Capire che non voglio parlarti!"

"Maggie, su…" Allarga le braccia, si avvicina e io indietreggio finché posso.

"Non chiamarmi così! Esci. Da. Qui!" Indico l'unica uscita.

Invece di ascoltarmi, invade il mio spazio, intrappolandomi contro la parete con le sue larghe braccia. "Non abbiamo finito, Mags. Ti amo e tu sai che siamo fatti per stare insieme. Quindi piantala di fare la stronza cocciuta e sbloccami".

È abbastanza vicino da permettermi di sollevare con forza il ginocchio e colpirlo dritto alle palle. Non appena si piega in due, uso il tacco dello stivale per spingerlo a terra. Agita le braccia nel tentativo di non perdere l'equilibrio; invece sbatte il polso contro il bancone.

"*Maledetta puttana!*" sputa fuori tra respiri affannati.

Lascio andare la rosa e mi chino su di lui. "Ti avevo avvisato,

Travis. Lasciami in pace oppure non saranno soltanto le tue palle a ficcarsi nel tuo corpo".

"Sei una psicopatica". Stringe gli occhi con forza, come se stesse cercando di non piangere per il dolore.

Invece di fermarmi e di lasciarlo soffrire in silenzio, sollevo lo stivale e, con tutta la forza che riesco ad aggiungere, calpesto il polso che ha appena battuto.

Sibila quando prova a liberarlo da sotto il mio tacco.

"Non hai ancora visto niente, Travis. Mi basterebbe una telefonata perché i fratelli Hollis mi scavino una fossa di due metri per poi spingerci dentro il tuo corpo".

Ok, forse ho esagerato con la minaccia di omicidio, però non permetterò a quello stronzo del mio ex di rovinare il mio rapporto con Tripp adesso che finalmente è mio. Se Tripp dovesse vedere Travis nelle mie vicinanze, perderebbe le staffe ancora prima che possa spiegargli che mi sono già occupata di lui.

"Adesso ti trombi uno di loro, vero? Troia del cazzo".

Alla fine sollevo il piede dal suo polso e gli permetto di mettersi in ginocchio.

"Ti piacerebbe saperlo, eh? Magari me li porto a letto tutti e quattro. Non sarebbero comunque affari tuoi".

"E poi ti chiedi perché ti danno tutti della troia", sputa fuori quando si alza in piedi.

"È qui che ti aspetti che dica *fra simili ci si riconosce?*" ironizzo alzando gli occhi al cielo. "Cresci".

"Attenta a come cazzo parli, *Magnolia*!" Si incammina verso l'uscita, e io butto fuori un respiro pieno dopo cinque minuti che non lo faccio.

"No, tu stai attento, perché la prossima volta non esiterò a usare il mio taser". Lo sfilo velocemente dalla borsa e premo i due pulsanti laterali per accenderlo. "E fidati quando ti dico che mirerò in basso".

"Stronza". È l'ultima parola che gli sento pronunciare quando finalmente esce e va nel parcheggio.

Con il taser stretto nel pugno, corro alla porta e la chiudo a chiave.

Resta con me

Il mio petto si gonfia e si sgonfia mentre crollo sul pavimento e cerco di regolare il respiro. Non dovrei permettergli di farmi questo effetto e, anche se mi sono ribellata, la mia ansia è alle stelle. Travis è un gigante, in confronto a me. Ha giocato a football alle superiori e ha continuato a mettere su massa muscolare dopo il diploma. Avrebbe potuto picchiarmi, se lo avesse voluto, però non è mai stato nel suo stile. Lui preferisce il controllo mentale e gli shock emotivi. È un maestro di manipolazione psicologica. E un idiota delirante.

Passano diversi minuti prima che riesca ad alzarmi in piedi e terminare l'inventario. Quando mi arriva la notifica di un messaggio, sobbalzo e rimango di nuovo senza fiato.

TRIPP

Mi dispiace tanto. Ci ho messo più del previsto a organizzare le escursioni. C'è stato uno scambio di ospiti e Rachelle è andata in agitazione mentre cercava di sistemare la questione. Sei ancora lì?

Rachelle è una delle receptionist del Lodge e, per quanto mi dispiaccia che ci sia stato un problema, vorrei che fosse riuscita a risolverlo da sola, così da permettere a Tripp di essere già qui. Ma forse è meglio così. Dovergli spiegare perché Travis è improvvisamente interessato a rimettersi con me porterebbe a galla quello che è successo tra di noi un paio di settimane fa, e non sono pronta ad avere quella conversazione scomoda.

MAGNOLIA

Nessun problema. Sto per andarmene.

TRIPP

Ti va di fare un giro a cavallo? Uno degli stalloni di Landen è scappato e lui è andato a prendere del fieno e tornerà solo fra qualche ora. Quindi stavo per andare a cercarlo.

Mi fermo quando leggo le sue parole. Oggi ci sono solo una decina di gradi, e non sono vestita per un'escursione. Per non parlare del fatto che non vado a cavallo da quando Noah mi ha convinta a provarci, anni fa. Però voglio passare del tempo con lui, a costo di fare qualcosa che mi terrorizza.

MAGNOLIA

D'accordo, ma probabilmente mi ammazzerò.

TRIPP

Cavalchiamo insieme, piccola ;) Abbiamo una sella speciale per due.

MAGNOLIA

Ok, dove vuoi che ti raggiunga?

TRIPP

Passo a prenderti io. Un minuto e sono lì.

Per la prima volta da quando Travis ha invaso il mio chioschetto sorrido emozionata. Non voglio che Tripp pensi che ci sia qualcosa che non va; quindi cerco di scrollarmi di dosso l'agitazione che mi ha lasciato dentro quello stronzo del mio ex.

Non appena chiudo il rimorchio, sento il pick-up di Tripp avvicinarsi.

Mi solleva, e io mi sciolgo tra le sue braccia mentre inspiro il profumo del suo bagnoschiuma, mescolato al sudore e al cuoio. Affondo il viso nel suo petto, e il mio respiro si calma.

"Stai bene, Sole?" chiede quando non lo lascio andare.

"Sì, è solo che mi mancavi. E ho un po' di paura per quello che ho accettato di fare".

Ridacchia, scostandomi alcune ciocche di capelli dietro l'orecchio. Poi mi solleva il mento e preme con forza la sua bocca sulla mia. Un senso di calore mi monta dentro mentre lui consuma il mio corpo e i miei pensieri, e la paura di perderlo aumenta.

"Non preoccuparti. Non permetterò che ti accada niente. Porto della corda in più per poter guidare Rocky verso la scuderia. E poi a lui piacciono le femmine; quindi non ti farà del male". Mi fa l'occhiolino dopo il commento spiritoso.

Ma certo che a uno stallone piacciono le femmine.

"Preparati: mi aggrapperò con tutte le mie forze".

Mi prende per mano e va verso il lato del passeggero del suo pick-up.

"Oh, no, ti aggrapperai a me! Che patimento!"

Alzo giocosamente gli occhi al cielo mentre mi aiuta a salire sul sedile. Poi si sporge dentro e mi allaccia la cintura.

"Ti darò la mia giacca per tenerti al caldo. Se Rocky è dove penso che sia, non dovremmo metterci molto a riportarlo indietro".

A ogni suo gesto dolce, il senso di colpa scalfisce il mio cuore per non avergli detto la verità su quello che è successo la notte della festa di compleanno di Landen.

So che devo farlo, e lo farò.

Però non ora che mi sto innamorando perdutamente di lui.

Aspettare è da egoisti, però finalmente ho tutto quello che ho sempre voluto e non voglio perderlo.

Né spezzargli il cuore.

Capitolo Diciannove

Tripp

"Ci metterai nei guai". Magnolia ansima tra una parola e l'altra, e adoro sentirla perdere il controllo attorno a me.

"Sei tu il capo", le ricordo, spingendo le dita più in profondità per raggiungere il punto G. "Secondo te, chi potrebbe beccarci?" Per oggi ha già finito di lavorare; quindi la finestra del bancone e la porta sono chiusi a chiave.

"N-Non saprei. L'ispettore sanitario, perché questo viola senz'altro qualche codice".

Considerando che è seduta sul bancone e ha le cosce spalancate per me, non posso darle torto. Però era da tre giorni che non la vedevo di persona, e avevo il disperato bisogno di gustarla prima del nostro appuntamento di stasera. Mentre Noah è via in luna di miele, tocca al resto di noi prenderci le sue responsabilità con i cavalli in pensione e assicurarci che facciano esercizio; il che significa lavorare fino a tardi e avere meno tempo per vedere Magnolia.

Dopo aver fatto un giro per cercare Rocky, l'ho trovato in cima alla montagna a pascolare. Il bastardello si è messo a correre non appena ha visto Franklin e ho dovuto persuaderlo con parole dolci per un po' per convincerlo a fidarsi di me e non fuggire. Dopo essere riuscito a passargli la corda attorno al collo, l'ho condotto alla scuderia dei cavalli da riproduzione e l'ho messo in un box. Il pascolo in cui si trovava ha un paletto rotto, e le due ultime sere ho perso tempo per aiutare Landen ad aggiustarlo.

Io e Magnolia ci scriviamo tutti i giorni e siamo sempre in contatto, però non è la stessa cosa di poterla toccare e baciare. Mi ha perfino fatto uno spogliarello su FaceTime prima di entrare nella vasca. Oggi, non appena sono riuscito a raggiungere l'agriturismo alla fine del suo turno, ero pronto a divorarla.

"Cazzo, mi manca pochissimo!" Affonda le unghie nei miei capelli mentre mi inginocchio di fronte a lei e mi carico una delle sue gambe sulla spalla.

Appiattisco la lingua sul suo sesso prima di catturare il clitoride tra le labbra e succhiare finché lei non rimane senza fiato. Muovo più velocemente le dita nella sua dolce passerina e, quando per poco non grida per l'orgasmo, mi squirta sulla mano.

E lecco via ogni singola goccia.

"Cazzo, Sole! Avevi della tensione repressa da sfogare". Le faccio l'occhiolino e lei arrossisce.

"Mi stuzzichi da tutta la settimana".

Tra i messaggi espliciti, le chiamate su FaceTime che prendono sempre una svolta sessuale e il fatto che sono follemente ossessionato da lei, non la biasimo. Mi sono consumato il palmo per aver abusato troppo del mio uccello ogni sera.

Dopo aver raccolto i suoi leggings dal pavimento, mi alzo e le prendo un piede per poterglieli infilare di nuovo.

"Non starai dimenticando qualcosa?" Inarca un sopracciglio quando li tiro su.

"No".

"Quindi hai intenzione di fingere di non aver rubato le mie mutandine ed essertele ficcate in tasca?"

La sua voce provocante mi strappa un sorrisetto mentre evito il suo sguardo, concentrandomi con tutto me stesso per assicurarmi che i suoi vestiti siano messi in modo appropriato.

"Corretto".

"Allora anche io mi prendo qualcosa di tuo", dice dopo che l'ho sollevata dal bancone e l'ho lasciata in piedi.

Faccio scorrere la punta della lingua sul labbro inferiore mentre la fisso nei suoi bellissimi occhi castani. "Ok, che cosa vuoi?"

"Una maglietta".

Aggrotto le sopracciglia, confuso, perché mi aspettavo qualcosa di molto più scandaloso.

"Solo una maglietta qualunque?" chiedo.

"Una che abbia il tuo odore. Quella notte in cui ne ho rubata una dalla tua stanza, mi hai costretta a restituirtela. E mi piacerebbe averne una per quando sono da sola nel mio letto e mi manchi".

La vulnerabile tristezza sul suo volto mi spinge a prenderlo tra le mani e ad avvicinarmi fino a catturare la sua bocca. Infilo la lingua tra le sue labbra, che dischiude per farmi entrare. Questo bacio non è frettoloso o colmo di desiderio, ma dolce e tenero. Mi avvolge le braccia attorno alla vita, stringendomi più forte finché non ci separiamo per prendere aria.

"Scusami se te l'ho portata via". Appoggio la fronte alla sua. "Puoi avere tutto il mio armadio, Sole. È tuo".

Ridacchia, sollevando la testa per trovare il mio sguardo. "Per ora basta questa qui".

"D'accordo". Mi ritraggo e me la sfilo da sopra la testa. Ho lasciato la giacca nel pick-up, però non mi preoccupa il freddo perché, non appena i suoi occhi si posano sul mio petto, un fuoco prende ad arderci dentro.

"Ma quello è…" Aguzza la vista, avvicinandosi. "…il tatuaggio di un girasole?"

Fa scorrere un dito sotto il nome di Billy, con un'espressione confusa sul volto.

"Non ricordo di averlo mai visto".

"Le date di nascita e di morte scritte sotto il suo nome erano sbagliate, ma me ne sono reso conto soltanto dopo che il tatuaggio è guarito. Quindi, invece di sistemarlo rischiando di fare un pasticcio, ho deciso di coprirlo con qualcosa di meglio".

"Con un *girasole*…" La sua espressione sconcertata è adorabile.

Proprio non immagina da quanto tempo mi piace. "Quando l'hai fatto?"

Le carezzo la guancia con un dito. "Circa due anni fa, dopo che mi hai detto che Sole è il soprannome che ti ho dato che preferisci".

Deglutisce a fatica mentre continua a esaminare il design: un bouquet di girasoli sotto il nome di Billy, come una firma decorativa.

"Mi è piaciuto quello che hai detto sui girasoli e che sono un simbolo di positività, felicità e speranza. Ho pensato che quelle cose mi avrebbero fatto comodo nella vita". Faccio spallucce.

Finalmente incrocia il mio sguardo. "Non me l'hai mai detto".

"Non l'ho detto a nessuno".

"Nemmeno a Landen?"

"No".

"Non riesco a concepirlo, Tripp. Perché ti saresti tatuato il mio fiore preferito sulla pelle? E due *anni* fa, per giunta? A quei tempi pensavo ancora che neanche sopportassi di starmi vicino o che mi tollerassi soltanto perché ero la migliore amica di Noah".

"Stavo cercando di mantenere le distanze perché continuavi a metterti e lasciarti con Travis, e sapevo che piacevi a Landen; quindi eri off limit. Pensavo che, se avessi tirato su un muro e ti avessi messa nella friendzone, allora tu avresti smesso di flirtare con me e io avrei smesso di provare qualcosa per te". Faccio un sorrisetto, pizzicando il suo labbro inferiore tra il pollice e l'indice. "Ma i miei sentimenti non sono mai scomparsi".

Qualcosa le passa negli occhi, simile a un riflesso, però Magnolia si riprende subito; quindi non faccio domande.

"Anche se pensavi che non avremmo mai avuto una chance, l'hai fatto comunque?" chiede.

Le tengo il viso tra le mani e sorrido. "Sì, Sole. Indipendentemente da quello che avrebbe potuto succedere o non succedere tra di noi, mi piaceva il pensiero di averti così vicina".

"Tripp Hollis". Gli angoli dei suoi occhi si riempiono di lacrime, e faccio subito scorrere i pollici sulle sue guance prima che possano sgorgare. "È la cosa più dolce che abbia mai sentito.

E adesso un po' ti odio, perché come potrei mai competere con questo?"

Con un largo sorriso, mi chino e catturo il suo broncio. "Potresti farti un tatuaggio dell'impronta della mia mano sulla chiappa".

"Non potrò mostrarlo a nessuno, se è lì".

Inarco un sopracciglio. "Esattamente".

"Ti prego, dimmi che non mi stai portando in un posto dove si fa tiro con l'arco. Perché credo davvero che il lancio dell'ascia sia stato il limite per la forza del mio braccio".

Mi giro a guardarla sul sedile del passeggero e ridacchio. "No, non preoccuparti. Quello è più da quinto appuntamento".

"Oh, bene. Ricordami di ammalarmi, quel giorno".

Sporgendomi verso di lei, le stringo una coscia. "Sei proprio una ragazzina viziata".

"Pensavo che ti piacesse quel mio tratto specifico", ironizza con un sorrisetto impertinente.

Le afferro il mento, tenendo lo sguardo puntato sulla strada. "Solo se mi è concesso infliggere punizioni per tale *tratto*".

"Mmh… beh, altrimenti come faccio ad avere quell'impronta della tua mano sul sedere per il tatuaggio?"

Il mio sguardo si rabbuia al pensiero che qualcun altro la veda lì sotto. "Già, ho cambiato idea. Nessuno può vedere il tuo culo nudo, a parte me".

"I tatuatori sono professionisti. Passano le giornate a fare piercing a cazzi e vagine. Sono certa che una chiappetta non li turberebbe affatto".

Faccio una risata nasale. "Ma davvero?"

"Beh, non lo so, però sono sicura che ne abbiano viste di tutti i colori. Sono praticamente dei dottori e sono immuni a quelle cose".

"Certo…" dico strascicando la parola, ancora poco convinto.

"Quindi immagino che, se ti dicessi che pensavo di fare un piercing al clitoride, tu saresti contrario, giusto?"

Il mio uccello prende vita sotto i jeans, e devo sistemarmi il pacco prima che strofini in modo fastidioso contro la zip. Magnolia mi becca e fa un largo sorriso.

"Non parlare della tua fighetta mentre sto guidando".

"Ok, che mi dici dei capezzoli? Potrei farmi due piercing lì".

"*Sole…*" la minaccio. "A meno che tu non voglia che accosti e ti faccia mia seduta stante, ti suggerisco di smetterla di parlare di tutte le parti del tuo corpo che voglio divorare".

"Non credo che sia davvero la terribile minaccia che pensi tu".

Le scocco un'occhiataccia di sbieco mentre continuo a lottare con l'erezione.

"Sai, potrei aiutarti con quella…" Indica il mio inguine con un cenno del capo.

"È pericoloso mentre sono al volante".

"Più di fottermi con le dita mentre mi insegni a guidare?" ribatte. Il sorrisetto gongolante che copre il suo volto stupendo mi dice che sa di avermi fregato.

Prima che possa oppormi, si toglie la cinghia della cintura dal petto e scivola verso di me sul sedile triplo. Sollevo il volante perché non sbatta la testa e allargo le gambe.

"È una cattiva idea", dico mentre mi sbottona i pantaloni e abbassa la zip.

"Tu concentrati sulla strada, cowboy. Qui sotto lascia fare a me".

Sbuffo, stringendo con tutte le mie forze il volante con una mano sola mentre lei tira fuori l'erezione. "Sì, certo".

I miei occhi sono completamente concentrati sul traffico che ho di fronte. Basterebbe che un camionista curioso guardasse dentro l'abitacolo e vedrebbe Magnolia con il mio uccello in bocca.

Non appena la sua lingua calda inizia a ruotare attorno alla punta, sono un uomo spacciato. Solleva e abbassa la testa lungo l'asta come se fosse un dannatissimo ghiacciolo e, quando emette versi strozzati, mi porta sempre più vicino a esploderle in gola.

"Sole, sto per venire", la avverto, riuscendo a malapena a respirare. Non toccarla come vorrei è una tortura, però le tengo i capelli nel pugno per controllarle la testa, nel caso ce ne fosse bisogno. Non esiterei un secondo a spostarla, se ci fosse il rischio di un incidente.

Come se avesse sentito il mio corpo intero irrigidirsi, svuota le guance e succhia con più forza finché un formicolio non mi pervade la schiena e delle vibrazioni mi attraversano i testicoli.

"Porca troia!" ansimo quando ingoia.

Fa scivolare la lingua su e giù, pulendo ogni centimetro; però ho bisogno che si fermi prima che mi venga di nuovo duro.

"Adesso devi fermarti, piccola".

Si mette seduta e si pulisce con orgoglio la bocca con il dorso della mano, e io lo infilo di nuovo nei boxer prima di riabbottonare i jeans.

"È stato davvero notevole, Sole". È abbastanza vicina perché possa baciarla; quindi attiro la sua bocca alla mia per un bacio a stampo. "Adesso, per favore, siediti e rimettiti la cintura".

Mi prende in giro rispondendo con il saluto militare.

Il mio pick-up non ha mai visto così tanta azione, però questi sedili tripli cominciano a piacermi sempre di più.

Dieci minuti dopo, arriviamo al luogo del nostro appuntamento e, non appena capisce cosa faremo, il suo volto si illumina come quello di un bambino il giorno di Natale.

"Guardiamo un film?" Rimane a bocca aperta. "Non vado al cinema da anni".

Non mi sorprende, dato che quello stronzo del suo ex non ci andava mai con lei e ormai tutti preferiscono lo streaming da casa.

"È per questo che ti ci ho voluta portare. Pensavo potesse essere divertente oziare con popcorn e snack mentre ci godiamo le loro poltrone riscaldate per un paio d'ore".

Inclina la testa di lato, confusa. "Che vuoi dire? Come facevi a saperlo?"

"Forse non te lo ricordi perché eri strafatta di Molly, però l'hai accennato quella sera".

"Oh, mio Dio! O hai la memoria di un elefante oppure sei completamente ossessionato da me". Il suo tono è leggero, però non si sbaglia. Lo sono da più tempo di quanto mi piacerebbe ammettere.

Invece di dirglielo, mi stringo con disinvoltura nelle spalle. "Ho un'ottima memoria".

Un angolo delle sue labbra si solleva con un ghigno arrogante. "Mmh-mmh. Sono certa che è così".

"Dai, andiamo! Il film inizierà presto". Apro la mia portiera e lei fa per afferrare la maniglia della sua, però le fermo il braccio. "Aspetta!"

Dopo aver chiuso con forza la mia, faccio di corsa il giro del pick-up per raggiungere il suo lato. Poi apro lo sportello e le porgo la mano perché la prenda.

"Ma che gentiluomo che sei!"

Quando scende, la attiro al petto e le bacio la punta del naso. "Oh, ho dei secondi fini segreti".

"Mmh… ti spiegheresti meglio?"

"No. Lo scoprirai". Faccio l'occhiolino, poi chiudo l'auto e mi dirigo verso il cinema.

Ho già comprato i biglietti; quindi appena entrati ci dirigiamo allo stand di cibo. Ordiniamo una porzione grande di popcorn con burro extra, due confezioni di vermi gommosi, una granita rossa e una blu da dividere e anche una scatola di M&M da versare sui popcorn.

"Vuoi qualcos'altro, Sole, o questa botta di zuccheri ti basta?" chiedo scherzando prima di porgere la carta di credito alla ragazza dietro il bancone.

"Credo che basti, finché non torniamo in paese".

Ridacchia quando scuoto la testa. Non amo molto i dolci, però divorerei facilmente una delle crostate di noci pecan di nonna Grace.

"Allora, che film ci guardiamo?" chiede finalmente e, in tutta onestà, mi sorprende che l'abbia fatto soltanto adesso.

Mentre aspettiamo di poter entrare, indico un poster di Patrick Swayze e Demi Moore alle sue spalle. Ogni mese, riservano una sala cinematografica per un tema specifico e, quando ho visto che avrebbero fatto gli anni Novanta e proiettato uno dei suoi film, ho pensato che le sarebbe piaciuto.

"*Ghost*?" Si gira a guardarmi confusa, con le labbra dischiuse.

"Non è *Dirty Dancing*, però c'è il tuo attore preferito".

Ha ancora la bocca semichiusa per la sorpresa. "Non l'ho mai visto".

"Bene. Allora starai attenta per davvero e non passerai tutto il tempo a provocarmi".

"Solo che c'è una falla nel tuo piano ben elaborato".

Abbasso lo sguardo sul suo sorrisetto malizioso e aggrotto le sopracciglia. "E sarebbe?"

Si lecca le labbra. "Sono una *specialista* del multitasking. Anni passati a lavorare a contatto con i clienti mi hanno aiutata a concentrarmi su più cose contemporaneamente".

Invece di cedere ai suoi subdoli tentativi di sedurmi in un altro posto in cui potrebbero scoprirci, avvicino la bocca al suo orecchio. "Tesoro, mi occupo quotidianamente di cavalli scalmanati di cinquecento chili, di ospiti che richiedono una marea di attenzioni e dei miei fratelli indisciplinati. Quindi, se pensi che non riuscirei a gestire queste *falle*, ripensaci. Perché, se fosse necessario, potrei bloccarti su quella poltrona con le dita ficcate nella tua fighetta bagnata, lasciandoti al limite per due ore prima di farti venire".

Quando mi ritraggo, si sta mordendo l'interno della guancia e sta allargando le narici.

Probabilmente per fermarsi dall'attaccarmi verbalmente.

Un sorrisetto tronfio si forma sul mio viso mentre cerca di restare arrabbiata.

"Sei pronta ad entrare?" chiedo dopo aver dato i nostri biglietti all'addetto.

Continua a fulminarmi con lo sguardo mentre procediamo lungo la prima sala e saliamo i gradini per trovare i posti migliori.

"Quale sezione vuoi?" le chiedo voltandomi verso di lei. "Quella più in alto, o va bene in mezzo?"

"Tu siediti dove ti pare, cowboy. Io mi metto qui, così non ti *tento*". Poi parcheggia il sedere nella prima fila sul secondo livello.

Ridacchio sotto i baffi, metto le granite nei portabicchieri e la busta di popcorn sul sedile accanto al mio, e ridiscendo le scale. Quando mi pianto di fronte a lei, si sposta intenzionalmente per guardare lo schermo nero alle mie spalle. Non sono nemmeno incominciate le pubblicità.

"Scusami, stai bloccando la mia visuale e quella di tutte le persone che si siederanno dietro di me".

Sposto lo sguardo sulla stanza vuota. "Mmh… mi sa soltanto la tua, tesoro".

"Beh, meglio che te ne vai, così posso concentrarmi sul bel faccino di Patrick Swayze e *soltanto* il suo".

Ho il sospetto che non conosca minimamente la trama del film.

"Puoi concentrarti *soltanto* sul suo vicino a me, lassù".

Senza darle l'occasione di rispondere, la tiro su e me la getto su una spalla come ho fatto decine di altre volte.

E lei mi batte i pugni sul sedere come ha sempre fatto. "Tripp! Mettimi giù, cavernicolo che non sei altro!"

"Volentieri. Sulla poltrona vicino alla mia. Ovvero al tuo posto".

Quando raggiungo le nostre poltrone, la metto delicatamente giù e poi mi siedo accanto a lei.

"Non era necessario".

Allungando la mano per prendere i nostri popcorn, glieli offro con un largo sorriso. "Ne vuoi un po'?"

Mi ruba la busta e se ne ficca un pugno in bocca. "A me non è permesso *tentarti* perché ci saranno altre persone intorno, però tu puoi trasportarmi come se fossi una ragazzina ubriaca all'interno di un cinema?"

"O facevo quello oppure mi toccava urlare dall'altra parte della sala per chiederti se volevi qualcosa da mangiare".

Come se non ce la facesse più a fingersi arrabbiata, ride e mi lancia un popcorn sul viso. "Sei pazzo".

"Solo di te, piccola". Faccio l'occhiolino e lei alza gli occhi al cielo.

Quando le luci si abbassano e cominciano le pubblicità, si guarda intorno e nota che non c'è nessun altro.

"È normale che queste serate a tema vadano deserte?"

Mi sporgo verso di lei con un sorrisetto. "Ho pensato che avremmo voluto la nostra privacy; quindi ho acquistato ogni singolo biglietto per questo spettacolo".

Rimane a bocca aperta. "Che subdolo! Quindi tu…"

"Non farti idee strane, Sole! Guardiamo il film".

Apre la scatola di M&M e la versa sopra i popcorn. "Allora spero che ci sia qualche culo maschile a intrattenermi".

Cazzo! Non ha proprio idea di quello che sta per vivere.

Capitolo Venti
Magnolia

Sono rimasta stupefatta da quest'uomo che ha comprato tutti i biglietti della sala perché potessimo rimanere completamente da soli. So che non può essere costato poco e, anche se gli Hollis sono benestanti, è il pensiero che c'è dietro a sciogliermi il cuore.

E poi, adesso non devo sentirmi in colpa se chiacchiero durante il film perché, anche se ne ho sentito parlare, non conosco minimamente la trama. Però Tripp non sembra infastidito dai miei commenti mentre beviamo le granite e mangiamo popcorn e vermi gommosi.

"Mamma mia, che qualità dell'immagine pessima!"

"Ci farai l'abitudine", mi rassicura.

Le poltrone sono comodissime, e ho il sedere bello caldo; quindi non mi lamento.

"Ooh, la tipa fa ceramiche".

"Demi è così bella, ma quel taglio di capelli non va proprio, amica mia".

"Andava di moda tra la fine degli anni Ottanta e l'inizio dei Novanta", ribatte.

"Immagino. Sta bene con qualunque look, però io la adoro con i capelli lunghi". Un sospiro sognante mi sfugge dalle labbra quando un Patrick a petto nudo entra e si siede dietro di lei. "Ha un fascino così classico! Vorrei tanto passargli le dita tra le ciocche dorate e tirargliele un poco".

Tripp mi scocca un'occhiata con un sopracciglio sollevato.

"Che c'è? Non posso apprezzare dei bei capelli?"

Fa un sorrisetto, lanciandosi in bocca altri vermi gommosi. È per questo che ho preteso una confezione tutta mia.

"Porca puttana, che roba eccitante!" Ho gli occhi incollati allo schermo quando Patrick inizia a baciare il collo di Demi, mentre le mani di lei sono ricoperte di argilla. Anche se dovrebbe aiutarla, distrugge per sbaglio il vaso, e poi iniziano a pomiciare.

"Dovresti comprarmi un tornio, così possiamo ricreare quella scena. Solo che non voglio combinare un pasticcio. Noi potremmo saltare subito alla parte migliore".

Fa una risata fragorosa. "Me lo segno".

"Quindi è un film *piccante*". Ridacchio quando Patrick fa scivolare la mano sotto la maglietta larga di lei e le palpa il sedere nudo.

"Santo cielo, guarda che addominali!" Fingo di leccare un cono gelato e Tripp mi scocca un'occhiataccia di sbieco infastidita. "Sei stato tu a portarmi qui a vedere un porno di Patrick Swayze".

Inspira con forza, come se si stesse pentendo della decisione.

"D'accordo, niente più commenti sul suo aspetto". Faccio il gesto di chiudermi le labbra con una zip.

Adesso stanno camminando in un vicolo buio. Io non lo farei mai.

"Aspetta, chi è quel tipo?" Mi raddrizzo sulla poltrona quando uno sconosciuto esige il portafoglio di Patrick.

Demi sta urlando a Patrick di darglielo e basta, ma, quando poi il rapinatore la spinge, Patrick dà di matto.

Com'è giusto che sia.

Ho il cuore a mille mentre guardo la scena e, appena la pistola spara un colpo, sobbalzo.

"Oh, mio Dio! Chi è stato colpito?" Stringo il bracciolo e mi metto seduta di scatto.

Poi Patrick insegue l'uomo, e butto fuori un respiro sollevato.

"Oh, fiuu, sta bene". Mi poso una mano sul petto sopra il cuore che martella nella cassa toracica.

Dieci secondi dopo...

Patrick sta guardando Demi gridare aiuto, e sono tanto confusa quanto sembra esserlo lui.

"Aspetta, cosa? Gli ha SPARATO?" Stritolo il braccio di Tripp quando vedo Patrick sanguinante sul grembo di Demi. "È impossibile che muoia. Vero?"

Sussulto quando realizzo che è il fantasma di Patrick a osservare la scena.

"Non posso crederci che muore", dico con voce strozzata. "Perché mi hai portato a vederlo?"

"Secondo te, perché il film si chiama così?" chiede con cautela.

"Ma che ne so! Non pensavo fosse in senso *letterale*". Aggrotto la fronte. "E adesso? La tormenterà finché l'assassino non verrà acciuffato?"

Prende la mia mano irrequieta e intreccia le sue dita alle mie mentre guardiamo la scena del funerale.

"Se è possibile partecipare al proprio funerale dall'aldilà, spero proprio che mi piangano tutti e che mostrino soltanto le mie foto migliori".

Mi acciglio quando Demi rovina il vaso. "Ooh. Detesto vederla così triste. Non riesce nemmeno più a divertirsi facendo ceramiche".

Mi si stringe il cuore per il dolore che starà provando.

Continuiamo a guardare mentre lui impara ad attraversare le pareti e a calciare le lattine, e poi capisco come andrà avanti la storia quando appare Whoopi Goldberg.

"Whoopi è la medium, in questo film?"

"In teoria, è una ciarlatana finché non si manifesta Patrick, ed è per questo che è terrorizzata".

Faccio una risata nasale.

Tripp continua a tenermi per mano e mangiamo i popcorn con quella libera. Ho gli occhi incollati allo schermo per scoprire come diavolo si evolverà il film, adesso che qualcuno può sentire Patrick.

"Oh, ma anche no! Se vedo una moneta scivolare sopra una porta e fluttuare nell'aria, me ne vado a gambe levate. Come fa a essere così tranquilla?"

"Beh, se qualcuno si presentasse dopo la mia morte e conoscesse dettagli privati su noi due che nessun altro potrebbe sapere, non resteresti ad ascoltarla?" chiede Tripp.

"Vedi, non succederebbe mai, perché non ti è permesso morire adesso che stiamo finalmente insieme. Ma, se venissi ucciso da qualcuno, mi aspetterei che il tuo fantasma tormentasse una medium finché non accetta di parlarmi e di darmi la possibilità di escogitare con te un piano per acciuffare l'assassino".

Fa un largo sorriso. "Ok, affare fatto".

Le scene dove Patrick dice a Whoopi di fingersi Rita Miller per vendicarsi di Carl sono elettrizzanti. Voglio che quel bastardo marcisca all'inferno.

E, quando la finestra frantumata trafigge il petto di Carl e lui viene avvolto da uno strano fumo nero, sorrido trionfante. È stata molto più soddisfacente della morte di Willie, anche se è stato lui a sparare a Patrick. Però Carl era la mente dietro tutto.

"Grazie al cielo! Nessuno complotta per uccidere il mio Patrick e sopravvive per raccontarlo".

Tripp sorride. "Adesso aspetta…"

"Argh, il mio cuore non può reggere nient'altro", dico quando vediamo una luce illuminare Patrick e lui sta dicendo addio a Demi e Whoopi.

Mi brucia la gola mentre trattengo le lacrime, ma, quando non ce la faccio più a resistere, le lascio cadere.

E poi mi chiedo che effetto abbia la visione di questo film su Tripp, considerando che ha vissuto sulla sua pelle la perdita del migliore amico.

Quando la scena finale si conclude con Patrick che svanisce per raggiungere la sua nuova dimora, Tripp si sporge verso di me e mi asciuga la guancia con il polpastrello del pollice.

"Allora, ti è piaciuto?" Lo guardo male. "Lo prendo come un… *forse*".

"Certo che sì, ma porca miseria! È stato straziante".

"Già".

"Tutto ok?" chiedo quando si accendono le luci e noto quanto sono arrossati i suoi occhi.

"Sto bene. Mi ha solo fatto pensare a Billy e a quanto vorrei aver avuto l'occasione di dirgli addio".

"Anche io vorrei che ci fossi riuscito".

"Però è stato bello non avere un attacco di ansia, come mi succede normalmente quando penso a lui. Credo che averti accanto abbia aiutato".

"Davvero?" Gli stringo la mano. "Direi che significa che non possiamo stare lontani l'una dall'altro".

Sorride. "Però io e il personaggio di Patrick abbiamo una cosa in comune: quando ha detto all'inizio del film che, ogni volta che succede qualcosa di bello nella sua vita, ha paura di perderlo. È esattamente ciò che provo io sentendomi così felice. Come se non me lo meritassi e mi verrà strappato via".

Le sue parole mi colpiscono nel profondo e mi spezzano di nuovo il cuore, ripensando a quello che ho appena vissuto. Ho lo stomaco sottosopra per la sua pura onestà e all'idea che possa soffrire a causa mia.

"Non vado da nessuna parte", prometto, posandogli una mano sul viso e avvicinandolo per un bacio. "Nessuno ci impedirà di stare insieme e di essere felici".

Noah sarà al settimo cielo quando le avrò dato la notizia e i loro genitori mi adorano già; quindi resta solo da allontanare Travis da noi una volta per tutte.

"Ti accompagno a casa o vuoi passare la notte da me?" chiede mentre attraversiamo il parcheggio mano nella mano.

"Un pigiama party? Ehm, sì grazie!" Sorrido raggiante al pensiero di rannicchiarmi contro Tripp per tutta la notte. Anche se dovrei sentirmi nervosa perché non l'abbiamo mai fatto, non vedo l'ora di passare più tempo con lui.

Ridacchia e, quando arriviamo al pick-up, mi scaccia via la

mano quando tocco la maniglia. Dopo che mi ha aperto la portiera, scoppio a ridere per il modo deciso con cui non mi ha permesso di farlo da sola.

"Mi sorprende che tu mi abbia permesso di camminare", lo stuzzico quando balza su dal suo lato.

"Pensavo che caricarti di nuovo sulla spalla non sarebbe stato visto di buon occhio".

"Beh, per il futuro, sappi che l'unica circostanza in cui lo accetto è quando sono nuda e mi stai lanciando da una parte all'altra come una bambola. In quel caso, caricami pure sulla spalla".

Un gemito profondo gli sfugge dalla gola mentre stringe il volante con entrambe le mani. "Lo sai che ci vogliono quaranta minuti per arrivare da me, vero? Devi proprio farmi guidare con un'erezione ogni volta che siamo nel mio pick-up?"

Faccio spallucce, con un sorrisetto compiaciuto. "Ops".

Però so che non devo provocarlo adesso che fuori c'è buio pesto. Le stradine di campagna possono essere pericolose se i cervi balzano fuori all'improvviso o quando gli altri conducenti non prestano attenzione e sterzano di colpo.

Mentre torniamo a Sugarland Creek, mi si inizia a rivoltare lo stomaco, e mi viene la nausea mentre scendiamo lungo una strada tortuosa.

"Stai bene?" chiede Tripp quando premo la guancia contro il finestrino fresco.

"Sono giusto un po' nauseata. Credo di aver mangiato troppi zuccheri".

"Oh, merda! Devo fermarmi?"

Scuoto la testa. "No, dovrei sentirmi meglio quando non saremo più in macchina".

"Allora rallento. Queste strade sono piene di curve e fanno venire il mal d'auto".

Una parte di me vorrebbe dirgli di accelerare per raggiungere casa più velocemente, ma, non appena solleva il piede dal pedale, mi calmo.

"Meglio?" chiede quando raddrizzo la schiena.

"Sì, è stato strano. Credo sia passato".

Mi prende la mano e bacia le nocche. "Ho dei farmaci a casa che dovrebbero aiutare".

Finalmente, arriviamo al ranch e, dopo che ha parcheggiato, stavolta aspetto che mi apra lui la portiera.

"Brava piccola". Fa l'occhiolino quando mi prende la mano e mi aiuta a scendere.

"Stai attento! È risaputo che quelle parole fanno scomparire le mutandine".

"Oh, ho già quelle che avevi prima".

Rido per il suo sorrisetto impertinente. "E dove le avresti messe, esattamente?"

Dopo il nostro breve interludio nel chioschetto, sono andata a casa e mi sono cambiata prima del nostro appuntamento, sostituendo quelle che mi aveva rubato. Però non mi dispiacerebbe se me ne strappasse un altro paio e si tenesse pure quelle.

"È il mio piccolo segreto, e posso saperlo soltanto io".

Sbuffo mentre apre il portone di casa e mi fa cenno di entrare per prima.

"Se ti conosco tanto bene quanto penso, possono essere in uno di questi due posti: nel cassetto del comodino, che molto probabilmente è pieno di preservativi o lubrificante, oppure nel vano portaoggetti del pick-up. Accidenti, avrei dovuto controllare prima!"

"Sbagliato e sbagliato".

"In una cassettiera".

"No".

Mi addentro nell'appartamento. Tecnicamente, è un bungalow su due piani, però Landen vive in quello superiore; quindi in pratica è la stessa cosa. Sono stata qui giusto poche volte, ma non ho mai avuto l'occasione di guardarlo davvero e ficcare il naso in giro.

"Aspetta… Lo so". Inizio a fare un giro da sola e percorro il corridoio, superando la camera padronale e quella degli ospiti prima di trovare la porta giusta.

"Dove stai andando?" Mi segue.

"Se le trovo, posso riprendermele".

"Non credo proprio! Le ho rubate in modo onesto e leale".

Quando entro in bagno, spalanco la tenda della doccia e scoppio in una risata vittoriosa.

"Ah! Pervertito che non sei altro". Le sfilo dal soffione.

Tripp me le strappa di mano e le tiene sopra la mia testa. "Non credo proprio, Sole. Sono mie".

Sollevo il braccio, ma sarebbe inutile anche se riuscissi a fare un salto di venticinque centimetri. "Ma davvero? Perché non credo proprio che il rosa chiaro ti doni".

"No?" Le solleva fino al suo viso trasandato. "Credo che stiano molto bene con la mia carnagione".

"Oh, mio Dio! Sei un maniaco delle mutandine, vero? Per caso ne hai un mucchietto di altre donne a caso nascosto nei cassetti?"

Provo a prenderle quando sono abbastanza vicine, però Tripp è troppo veloce e le solleva di nuovo sulla mia testa.

Proprio mentre sto per saltare ancora, la nausea ritorna.

"Mi sa che sto per vomitare", annuncio, e mi giro verso il gabinetto.

Non appena sollevo il coperchio, mi si contorce lo stomaco ed escono tutti i popcorn, gli M&M, i vermi gommosi e la granita che ho ingerito.

"Oh, merda, Sole!" Tripp si inginocchia accanto a me, mi afferra i capelli e mi massaggia la schiena mentre un'ondata dopo l'altra mi travolge.

Dieci minuti dopo, mi domando come possa essere rimasto qualcosa nello stomaco da espellere, ma non si ferma. Il dolore è così intenso che giuro di aver fatto scoppiare un capillare in un occhio.

"Credo di aver finito". Faccio un verso lamentoso, e lui mi aiuta ad alzarmi.

"Siediti, vado a prenderti dell'acqua".

Chiudo il coperchio e mi appoggio all'indietro.

Al suo ritorno, mi porge una bottiglietta rosa e un bicchiere d'acqua.

"Ti senti meglio, adesso che hai buttato tutto fuori?"

Apro la bottiglietta e bevo un lungo sorso, poi lo mando giù con l'acqua.

"Non proprio. Vomitare davanti a te è in cima alla lista di cose che mi fanno schifo; quindi beh, sono contenta di averla tolta di mezzo così presto". Appoggio i gomiti sulle ginocchia mentre aspetto che la nausea svanisca.

"Dai, ti porto nel mio letto e lascio il cestino vicino, nel caso ti senta di nuovo male".

Mi prende tra le braccia come se non pesassi niente, e io poso la testa sul suo petto mentre mi trasporta in camera sua.

Quando mi lascia in piedi, sposta la trapunta e il lenzuolo, poi mi dice di sedermi. "Ti prendo una maglietta per dormire".

Ogni minimo movimento sembra amplificato, e gemo quando mi solleva le braccia e mi toglie il maglione. Poi fa scivolare una T-shirt larga sul mio corpo e mi aiuta a sfilare i leggings per abbassare la maglietta fino alle mie ginocchia.

"Questa puoi tenerla". Mi fa l'occhiolino. "Vuoi provare a stenderti, adesso?"

Annuisco, anche se penso che potrebbe farmi stare peggio.

Mi rimbocca le coperte e mi scosta i capelli dal viso.

Metto il broncio. "Non era così che mi ero immaginata la prima volta in cui mi portavi nel tuo letto".

"Non preoccuparti, Sole. Organizzeremo un pigiama-party riparatorio quando ti sentirai meglio". Mi posa una mano sulla guancia, poi si china e mi bacia la fronte. "Torno subito con l'acqua e il secchio".

Mi addormento a un certo punto tra il momento in cui posa il mio telefono sul suo comodino e quello in cui scivola dietro di me e mi massaggia la schiena.

Quando mi sveglio a chissà che ora della notte, c'è una lampada accesa e sento un leggero russare accanto. Girandomi verso Tripp, studio i suoi lineamenti da vicino e con intimità. La barbetta che gli copre la mascella affilata. La leggera spolverata di lentiggini sulle guance, che sono visibili soltanto se le cerchi. Le ciglia scure, che in qualche modo sono più lunghe delle mie. E le sue labbra perfette, che non vorrei mai smettere di baciare.

Ancora non riesco a crederci che, dopo aver passato così tanto tempo a struggermi per lui, finalmente è mio.

Adesso devo soltanto assicurarmi che il mio passato rimanga nel passato, e di non perdere Tripp.

Capitolo Ventuno
Tripp

Svegliarmi con Magnolia nel mio letto e tra le braccia è un sogno impossibile che si è avverato. Mi dispiace tantissimo che tutti quegli zuccheri l'abbiano fatta stare male, però mi è piaciuto stringerla tutta la notte.

Era anche da molti anni che non dormivo così bene. Di solito, faccio pensieri ansiosi e la mia mente non si spegne per ore. Però, ieri sera le ho massaggiato la schiena finché il suo respiro non è diventato regolare e poi sono crollato pochi istanti dopo.

Purtroppo per me, devo lavorare; quindi scivolo fuori dalle coperte facendo meno rumore possibile. Di solito la domenica mattina lei apre i battenti al mercato agricolo, in centro, però non sono sicuro che oggi se la sentirà; così, invece di svegliarla, le lascio un messaggio.

Sole,

ti ho lasciato un bicchiere d'acqua sul comodino e un paio di pastiglie, nel caso ti sia venuto mal di testa. Chiamami, se ti serve un passaggio a casa o sentiti libera di restare quanto ti pare e di fare come se fossi a casa tua. Lavoro fino alle quattro e, se ti va, mi piacerebbe molto vederti di nuovo stasera. Lo so che probabilmente non sono uno spasso come Noah, però possiamo stare a casa a guardare Dirty Dancing, se hai bisogno di un'altra dose di Patrick Swayze ;) Niente dolci, però.

Poi passo più tempo di quanto vorrei ammettere a cercare una conclusione.

Con amore, Tripp
-Tripp
Per sempre tuo, Tripp

Dopo diversi minuti, mando tutto al diavolo e non aggiungo niente. Capirà benissimo che è da parte mia.

Quando arrivo alla scuderia di famiglia, mi sorprende essere accolto da mio padre. Di solito passa prima all'agriturismo o al Lodge.

"Ehi, pà. Che succede?" Infilo i guanti e prendo un forcone per cominciare a pulire i box.

Si appoggia alla parete, con aria esausta. "Si tratta di Sydney. Sono rimasto sveglio con lei quasi tutta la notte ad aspettare il veterinario".

"Oh, merda! Landen lo sa?"

Scuote la testa. "Non ha risposto alle mie chiamate o ai messaggi; quindi immagino stesse dormendo. Non c'è comunque molto che potrebbe fare finché non sappiamo cosa c'è che non va. Sydney non vuole mangiare né bere. Non è andata di corpo da ventiquattr'ore. Sono piuttosto sicuro che abbia anche la febbre".

Guardo oltre la porta e la vedo distesa. Mi distrugge il cuore vederla soffrire. Anche se si comporta da stronzetta con Franklin, non se lo merita.

"Probabilmente è costipata. Posso darle un lassativo naturale".

"Ci ho già provato…" Controlla l'orologio. "Sei ore fa".

"Maledizione! Dovrà infilare la mano e sbloccare la situazione prima che peggiori".

"Dovrebbe arrivare entro l'ora per visitarla; però sì, non si risolverà in fretta e con facilità. Perfino Franklin è preoccupato".

Ridacchio e poi, neanche a farlo di proposito, il mio cavallo emette un forte nitrito. Quando mi giro verso il suo box, fa spuntare la testa e ne rilascia un altro.

"Va tutto bene, bello". Mi avvicino e gli accarezzo il muso; poi controllo dentro per assicurarmi che ci sia il suo sterco. Lo vedo; il che significa che quello che è successo a Sydney è probabilmente un incidente isolato.

Mentre aspettiamo il dottor Weston, porto alcuni cavalli nel pascolo e comincio a pulire i loro box. Quando finalmente Landen arriva e papà gli fa un riassunto, rimane seduto con lei finché non arriva il veterinario.

Io sto fuori dai piedi, a spalare il letame e riempire le mangiatoie e gli abbeveratoi, però riesco a sentire praticamente tutto. Landen è preoccupatissimo e bombarda di domande il dottor Weston, che prova a rassicurarlo che farà tutto il possibile per aiutare Sydney.

Dopo una visita preliminare, il dottore decide di farle prima un clistere e poi di darle alcuni antidolorifici per farla stare meglio. Quando finalmente riuscirà ad andare di corpo, il box sarà un vero disastro, ma preferisco dover pulire quello all'idea che vengano adottate misure più drastiche, come un intervento.

"Stai bene?" chiedo a Landen quando si avvicina a un box in cui sto spargendo paglia fresca.

Solleva una spalla come se non ne fosse sicuro. "Detesto sentirmi impotente, e sono parecchio irritato. Diamo loro le migliori cure e li nutriamo solo con il meglio. Beve acqua fresca e fa esercizio fisico giornaliero ed esami regolari. Non capisco come sia successo. Soprattutto se dovesse trattarsi di un parassita".
Butta fuori un sospiro di frustrazione, solleva il berretto e si passa

una mano tra i capelli prima di rimetterselo. Era da molto che non lo vedevo così nervoso.

"Potrebbe aver mangiato qualcosa che l'ha fatta star male. Magari un pezzo di spago finito chissà come nel pascolo. Questo non significa che non li trattiamo come si deve", gli dico, dandogli una pacca sulla spalla. "Dai, parliamo di qualcos'altro che ti distragga. Hai più visto Ellie dopo il ricevimento?"

Mi fulmina con lo sguardo, e io ridacchio.

"Immagino di no".

"Non è più venuta da quando Noah è partita. Ha una gara il prossimo fine settimana; quindi penso che tornerà presto ad allenarsi da sola".

"Hai imparato a memoria i suoi impegni?" lo stuzzico, lasciando andare l'ultima manciata di paglia nel box.

Incrocia le braccia, in piedi di fronte a me. "Pensi davvero di potermi accusare di essere uno stronzo ossessionato?"

Gli scocco un sorrisetto storto. "Ma perlomeno la mia ossessività ha dato i suoi frutti".

"Facile per te dirlo. Magnolia non ti ha mai disprezzato. Io non so nemmeno cos'ho fatto per far arrabbiare Ellie. È questo che non ha senso. Sono stato soltanto gentile con lei".

"La stuzzichi costantemente quando si allena", gli faccio notare. "In ogni vostra interazione a cui ho assistito c'eri tu che la prendevi in giro per qualcosa che stava facendo in modo sbagliato: la postura; il fatto che avesse *quasi* rovesciato il barile; i suoi tempi troppo lenti. Oppure la tormentavi per il suo outfit: il cappello e gli stivali erano *troppo* scintillanti e l'hai pure chiamata Pippi Calzelunghe per le trecce da cowgirl che si era fatta. Magari potresti farle un complimento, per una volta".

Un angolo del suo labbro superiore si solleva, perplesso. "Ma ho detto tutte quelle cose per flirtare! Non la sto mica bullizzando. E fa parte del mio lavoro criticarla. Se le leccassi il culo e le dicessi quanto è straordinaria, non si impegnerebbe di più per migliorare".

"È Noah la sua allenatrice, non tu", ribatto.

Alza gli occhi al cielo. "Non significa che io non possa fare osservazioni valide quando la guardo allenarsi. E di solito Noah è comunque d'accordo con me".

Faccio spallucce, con nonchalance. "È chiaro che lei non percepisce il tuo tono flirtante; quindi magari prova a parlarle di qualcos'altro che non sia la sua carriera. Sono sicuro che la sua personalità vada oltre la sua attività di cavallerizza di *barrel racing*. Chiedile quali altri interessi ha".

"Non avrebbe comunque importanza. Dopo che le ho dato quella busta di ghiaccio al ricevimento, mi ha detto che non potevo sedermi al tavolo con lei e di andarmene. Quindi, anche se provassi a fare conversazione, lei non sarebbe interessata".

La sua espressione desolata mi fa ridere. "Accidenti, ti ha proprio stregato!"

Sbuffa e poi torna da papà e il dottor Weston.

Quando ho finito di portare al pascolo i cavalli e di pulire i box, Landen ha preparato tutti i secchi di mangime e d'acqua da farmi distribuire. Non può fare nulla per Sydney a parte aspettare; quindi perlomeno si è reso utile.

Sto per andarmene per raggiungere l'altra scuderia quando un messaggio mi fa vibrare il telefono, e sorrido quando vedo chi l'ha mandato.

MAGNOLIA

> Credo che tu abbia la casa più pulita di tutti i ragazzi che conosco. Non ho trovato un briciolo di polvere o del cibo scaduto in frigorifero. E, sì, ho controllato ogni articolo.

La facilità con cui si vanta di aver curiosato mi strappa una risata nasale.

TRIPP

> Mi stai rompendo le palle perché non ho una casa lercia? Significa per forza che ti senti meglio.

MAGNOLIA

Sì e no. Ho la gola irritata per aver vomitato e mi sono svegliata con un bruciore allo stomaco.
Però non mi è più venuta la nausea. Quindi c'è un lato positivo, immagino.

TRIPP

Sono sicuro che tu li abbia già trovati, però ho degli antiacidi nell'armadietto dei medicinali.

MAGNOLIA

Ok, adesso devo prenderti per il culo perché hai un armadietto dei medicinali. Cos'hai, cinquant'anni?

TRIPP

Gli adulti responsabili ce li hanno, Sole. Mi stai dicendo che non hai medicine o vitamine in casa?

MAGNOLIA

Beh, direi di sì, se consideriamo le pillole anticoncezionali e qualche altra blu che ho trovato.

TRIPP

Adesso sto realizzando perché il cappuccino ispirato alla tua vita si chiama Bel Pasticcio.

MAGNOLIA

Non dire che non ti avevo avvertito.

E poi mi manda un'emoji di una faccina sorridente che fa la linguaccia.

TRIPP

Oh, lo sapevo benissimo a cosa stavo andando incontro, con quella tua boccaccia.

MAGNOLIA

A proposito di bocca, te ne sei andato senza darmi un bacio :(

TRIPP

> Non volevo svegliarti, piccola. Non sapevo se ti saresti alzata per il lavoro, quindi ho deciso di lasciarti dormire.

MAGNOLIA

> Mmh-mmh. Sono sicura che non c'entrava niente il mio alito vomitoso.

TRIPP

> Non ci stavo nemmeno pensando, quindi zitta.

MAGNOLIA

> Potresti tornare a casa e farti perdonare.

Sbuffo mentre contemplo l'idea di farlo veramente. So già che oggi Landen sarà inutile, e non ho ancora visto i gemelli.

Le invio qualche faccina che manda baci e poi aggiungo…

TRIPP

> Per ora dobbiamo accontentarci perché sto andando alle scuderie e siamo già indietro col lavoro. Ma ti prometto che, quando torno a casa, ti darò più che un bacio 😊

Invece di rispondere, invia un selfie da dentro la mia doccia. Nuda, cazzo.

Maledetta!

Scuotendo la testa, faccio inversione a U e guido verso i bungalow del personale. *Fanculo!* Ho parato il culo ai gemelli abbastanza volte che oggi possono occuparsi delle scuderie da soli.

Dopo aver cambiato marcia con forza per parcheggiare, mi precipito in casa e comincio a spogliarmi mentre vado dritto verso il bagno. Il vapore e l'odore del mio bagnoschiuma mi colpiscono il volto quando apro la porta, e poi tolgo calze e boxer prima di aprire la tenda.

"Hai cambiato idea, cowboy?" Fa un sorrisetto e il mio sguardo scorre sul suo corpo nudo in bella vista per me. *Cazzo, è bellissima!*

Entro nella doccia, mi chiudo la tenda alle spalle e poi poso una mano sul suo viso umido. Premo la mia bocca sulla sua e le ficco la lingua tra le labbra, catturando i suoi gemiti ansimanti. Sposta le mani sul mio corpo mentre le infilo le dita tra i capelli bagnati e la spingo contro la parete perché il getto d'acqua mi colpisca la schiena.

Quando avvolge il palmo attorno all'asta e inizia a massaggiare, inspiro violentemente e cerco di recuperare una parvenza di controllo. Io e Magnolia ce la siamo spassata un sacco in queste due ultime settimane, però non siamo mai stati completamente nudi insieme. Il suo corpo è incredibilmente fuori dal mondo, però è il modo in cui reagisce al mio tocco che fa surriscaldare il mio.

"Cazzo, Sole! Sei troppo brava!" sibilo tra il piacere che sto cercando di non far traboccare. Vengo troppo presto quando mi tocca.

Faccio scivolare la mano lungo la sua gamba e me la avvolgo attorno alla coscia finché non riesco a raggiungere il suo sesso da dietro. Quando le massaggio il clitoride, getta la testa all'indietro e le succhio il collo.

"Attento!" ansima. "Se mi marchi, dovrò fare lo stesso con te".

A questo punto, non mi importa se qualcuno scopre che stiamo insieme, anche se stiamo aspettando che Noah ritorni, e lo ammetterei con orgoglio, se qualcuno me lo chiedesse.

Ridacchio, facendo scorrere la lingua fino al suo orecchio. "Non dimenticare che io mi sono già fatto un tuo marchio. Non c'è dubbio che sono sempre appartenuto a te".

Rilascia un sussulto quando la penetro con un dito.

"Non è forse così, mio Girasole?"

Dischiude le labbra e annuisce, però non esce alcuna parola.

"Dillo, piccola. A chi appartengo?"

Aggiungo un secondo dito e mi spingo più in profondità mentre lei stringe l'erezione con più forza.

"A me", dice infine. "Solo a me".

"Cazzo se hai ragione, Sole! E tu sei *mia*".

Premo la bocca sulla sua un'altra volta e la masturbo finché non si dimena contro di me.

"Mi manca pochissimo. Non fermarti", mi supplica.

"Aspetta". Mi inginocchio tra le sue cosce, mi porto la sua gamba sulla spalla, e le succhio il clitoride mentre le mie dita riempiono il suo sesso.

"Oh, mio Dio, Tripp!" Intreccia le mani ai miei capelli mentre divoro il suo punto dolce. Si contrae attorno a me, e so che c'è vicina; quindi giro il polso e raggiungo il punto G. "Sì, proprio lì".

Il suo respiro affannato riempie la doccia, mentre con le labbra succhio e stuzzico il clitoride finché, poco dopo, non esplode con un gemito assordante. Il sapore del suo orgasmo mi consuma la bocca, e il mio uccello dolorosamente turgido non resiste più. Massaggiandolo con una passata lenta, raggiungo l'apice e gemo rumorosamente.

Sollevando la testa verso il suo sguardo, faccio un sorrisetto nel vedere il suo broncio. "Sentirti venire sulla mia faccia mi ha fatto perdere il controllo. Scusami, tesoro". Mi alzo e la bacio sulle labbra. "Puoi farmi venire la prossima volta".

Infila una mano tra di noi e me lo afferra. "Questo è *mio*. Non puoi toccarti quando ci sono io".

Ridacchio per la serietà nella sua voce. "Tutto tuo, tesoro".

Quando noto che sta tremando, la sposto sotto l'acqua e giro il più possibile la manopola per scaldarla. Invece di tornare in tutta fretta al lavoro, me la prendo comoda per lavarle i capelli e insaponarle tutto il corpo. Mi soffermo a massaggiarle il seno e a giocare con i capezzoli turgidi. Con la schiena premuta contro il mio petto, si appoggia a me, e io continuo a stuzzicare le sue tette perfette e a baciarle il collo.

"Vorrei potessimo stare qui tutto il giorno". Mi sorride quando le tampono i capelli con un asciugamano.

"Anche io, amore". La bacio sulla punta del naso. "Però devo finire di pulire i box e poi passare a controllare come procede con Landen e Sydney".

"Oh, no! Cos'è successo?"

Le spiego tutto ciò che so per ora mentre ci vestiamo, e poi lei mi informa che oggi andrà a trovare i suoi genitori, dato che si è persa il mercato agricolo.

"Come stanno?" chiedo, visto che parla raramente di loro e mi è sempre sembrato un argomento che non volesse affrontare.

"Beh, dopo aver supplicato mio padre per qualche anno, finalmente si sono trasferiti in una residenza assistenziale. Lui non ne ha bisogno, però era rischioso ogni volta che lasciava mamma da sola. Qualche volta ha acceso i fornelli e si è dimenticata di aver messo una pentola d'acqua a bollire, oppure ha acceso il forno al massimo e ha bruciato il cibo. Quelle volte papà è tornato a casa e ha trovato i pompieri. Ci sono state alcune occasioni in cui mamma ha aperto l'acqua della vasca e non l'ha più chiusa; quindi ha allagato il resto della casa. Ogni volta che papà mi chiama, mi aspetto che mi dica che la casa è bruciata o, peggio, che mamma si è inavvertitamente ammazzata".

"Accidenti, Sole! Mi dispiace. Adesso che si sono trasferiti va meglio?"

"Sì, credo di sì. In quel posto hanno sensori e allarmi per qualunque cosa. E papà ha aggiunto delle telecamere per poterla vedere quando è al lavoro. Hanno iniziato a nasconderle le medicine nel cibo, altrimenti si rifiutava di prenderle; quindi spero che oggi sia la giornata giusta per andare a trovarli".

Mi duole il petto al pensiero di quanto stia affrontando da sola. Ricordo Noah che implorava mamma di permettere a Magnolia di dormire da noi ogni fine settimana, e durante l'estate viveva praticamente a casa nostra.

Ai tempi non capivo quanto fosse complicata la situazione, ma, vedendola adesso da adulta, è incredibile quanta strada sia riuscita a fare.

La prendo per mano e la attiro a me. "Sono davvero orgoglioso di te, Sole".

Mi avvolge le braccia attorno alla vita. "Per cosa?"

"Date le circostanze, avresti potuto facilmente prendere una strada diversa per affrontare i tuoi problemi; invece ti sei fatta il culo per ottenere ciò che volevi. Ci vogliono coraggio e molta forza. Anche tu dovresti essere fiera di te".

Resta con me

Rimane in silenzio, e le sollevo il mento finché i suoi occhi non trovano i miei. "E, anche se non vuoi sentirlo, te lo dico comunque perché meriti di saperlo: hai un cuore d'oro, sei più forte di quanto credi, e fin troppo leale. Adoro la tua capacità di seguire la corrente e di non farti mettere i piedi in testa da nessuno. E, se qualcuno dovesse chiedere come ho fatto a conquistare una persona come te, ammetterei senza riserve che sei tu il vero tesoro della relazione e che io sono solo stato fortunato".

Le lacrime le si accumulano agli angoli degli occhi mentre risucchia le labbra. Lo so che è davvero troppo presto per dirle quanto profondamente mi stia innamorando di lei, però a questo punto non dovrebbe essere un segreto. La mia cottarella delle superiori si è trasformata in un'ossessione vera e propria molto prima che fossi pronto ad ammetterlo.

"È onestamente la cosa più dolce che qualcuno mi abbia mai detto, e non so bene come prenderla". Chiude gli occhi e le lacrime le rigano il volto.

Le faccio scorrere i polpastrelli dei pollici sulle guance prima di premere le mie labbra sulle sue. "Non devi dire niente, Sole".

Mi avvolge le braccia attorno al collo e mi attira in un abbraccio. La stringo forte mentre affonda il viso nel mio collo, e restiamo in questa posizione per diversi minuti prima che butti fuori un sospiro profondo e faccia un passo indietro.

"Sei sicuro di avere tempo per accompagnarmi a casa?" mi chiede.

"Sì. Scrivo a Waylon, così che mi coprano finché non torno".

È silenziosa durante il viaggio fino in paese, però mi stritola la mano. Quando mi fermo davanti al suo condominio, balzo giù e le apro la portiera.

"Grazie".

La attiro a me per un bacio e sono tentato di perdermi nelle sue labbra, però so che abbiamo entrambi altro da fare.

"Scrivimi più tardi se ti va di vederci o di guardare un film", le dico.

"Mi serviranno un paio d'ore per rilassarmi a casa dopo aver fatto visita ai miei, però ti farò senz'altro sapere".

Le do un ultimo bacio a stampo e poi la guardo mentre va
verso la porta. Infine suono il clacson due volte e la saluto prima
di andarmene.

Quando esco dal parcheggio, mi squilla il telefono. È Landen.

"Sì?"

"Si tratta di Sydney. Il dottor Weston la sta preparando per un
intervento".

"Oh, merda! Sto tornando al ranch da casa di Magnolia. Sarò
lì tra un quarto d'ora".

Capitolo Ventidue
Magnolia

Saluto un'ultima volta Tripp prima di incamminarmi verso il mio appartamento. Dato che ho già fatto la doccia, devo soltanto infilare dei vestiti puliti e mangiare qualcosa. Ho portato via la maglietta che Tripp mi ha dato per dormire e l'ho aggiunta all'altra che mi aveva lasciato. È sconvolgente pensare a quanto sono diventati intensi i sentimenti che provo per lui in così poco tempo, ed è ovvio che lui nutra gli stessi per me; motivo per cui sono rimasta paralizzata quando mi ha detto le parole più dolci che abbia mai sentito. Non sono abituata ad avere un ragazzo che mi ricopre di gentilezze e che non ha paura di dirmi esattamente quello che pensa.

E quanto cazzo è triste questa cosa?

Mi ha preso alla sprovvista vedere quanto è stato facile per lui dirmi che è orgoglioso di me. Credo che nemmeno il mio stesso padre abbia mai pronunciato quelle parole. Ma questo non perché non lo sia. Semplicemente, non è un uomo di molte parole.

Però è bello sentirle, una volta tanto.

Dopo essermi cambiata e aver mangiucchiato una barretta ai cereali, scrivo a mio padre per avvisarlo che sto arrivando.

Quando raggiungo il mio SUV e vedo qualcosa incastrato

sotto i tergicristalli, rimango immobile. Ho visto parecchi video sui social che parlano di trappole usate dai trafficanti di esseri umani, che spesso cercano di distrarre la vittima fuori dal suo veicolo con soldi o volantini sull'auto per poterla aggredire alle spalle.

Non oggi, Satana.

Prendo il taser dalla borsa e lo tengo in mano mentre faccio il giro del SUV per controllare l'ambiente circostante. Fuori ci sono alcuni miei vicini che fumano e un altro che sta portando a spasso il cane. È pieno giorno in un parcheggio particolarmente frequentato; quindi spero che, se qualcuno mi sentisse urlare, verrebbe a salvarmi, anche se non voglio fare affidamento su tale eventualità.

Con esitazione, mi avvicino alla macchina e tengo il braccio teso con il taser in mano. Mentre raggiungo il parabrezza, noto una singola rosa e un bigliettino piegato.

Porca puttana! Spero che non li abbia lasciati chi penso io.

Strappando il foglio da sotto il tergicristallo, lo prendo e sblocco velocemente la macchina per balzare dentro.

Lancio la rosa sul sedile del passeggero e, anche se non me ne frega un cazzo di quello che ha da dirmi, voglio assicurarmi che non sia stato un maniaco a lasciarmi il messaggio.

Mi dispiace per quello che è successo l'altro giorno. È solo che mi manchi e vorrei che mi dessi un'altra chance. Lo so che in passato parte del problema ero io, però sono cambiato. Voglio che viviamo insieme e pianifichiamo il nostro futuro.

Ti prego, perdonami.

-Travis

Ha seriamente scritto che lui era *parte* del problema?

Oh, stupido coglione! Sei il problema stesso.

Il suo livello di delirio è onestamente strabiliante. Però devo fargli i complimenti per non essersi arreso dopo che gli ho dato una ginocchiata alle palle e l'ho minacciato di violenza fisica.

Una cosa è essere un partner di merda, però Travis è addirittura arrivato al punto di manipolarmi psicologicamente sul colore dei miei stessi occhi. Affermava che fossero verdi come fagioli di lima, e io l'ho guardato dritto nei suoi e ho detto: *Sono marroni*. È andato avanti dieci minuti a dire che, in realtà, non lo sono. Ho quasi pensato che fosse daltonico prima di realizzare che semplicemente non sopporta avere torto.

Appallottolo il foglio per lanciarlo sul sedile posteriore, ma poi ci ripenso. Se continuasse a molestarmi dopo che l'ho già rifiutato e avessi bisogno di chiedere un ordine restrittivo, mi serviranno le prove da portare in tribunale. Così lo appiattisco e lo piego, per poi metterlo accanto alla rosa per ricordarmi di portarlo in casa con me.

Mentre guido per le vie del paese, il SUV dello sceriffo e un camion dei pompieri bloccano l'angolo tra la Main e la First Street. Di solito lo fanno per il mercato agricolo, però ormai dovrebbe essere terminato. Sembra una questione totalmente differente.

Cambio strada e faccio un altro percorso per raggiungere la struttura Sage Meadow Homes. È passato un mese dall'ultima volta che sono passata a far visita e, a prescindere da quanto spesso ci vado, mi sento sempre un po' nervosa.

"Ciao, tesoro". Papà apre la porta, sorridendo attorno ai lunghi baffi e barba brizzolati che si abbinano ai capelli incolti.

"Ehi". Entro e lo abbraccio. "Oggi come va?"

Fa spallucce, accigliato, chiudendo la porta alle mie spalle. "Non è in una fase depressiva".

Annuisco, comprendendo cosa vuol dire. È la versione che più vedevo di mia madre da piccola. A volte sedevamo semplicemente accanto a guardare la TV, e all'improvviso mi parlava dei personaggi dello show come se fossero persone reali. Ho visto alcuni episodi a caso di *Grey's Anatomy*, mai in ordine, però potrei nominare ogni singolo personaggio e dire qual è la sua specialità per via di quanto mia madre ne parla. Alex e Meredith sono i suoi preferiti. E, stando alla sua opinione, vaffanculo al dottor Burke.

"Ho messo a fare del caffè. Ne vuoi un po'?"

Considerando il fatto che non ho ingerito nemmeno un goccio di caffeina, mi pare perfetto. "Sì, grazie. Avete…"

"Crema alla nocciola senza zucchero? Sono andato giusto questa mattina a comprartela al supermercato".

Sorrido e mi siedo al piccolo tavolo della cucina. "Grazie, papà".

Porta due tazze e la crema di latte. Poi lascia un vassoietto di biscotti ripieni alla fragola e una ciotola di burro d'arachidi dove immergerli. È una nostra tradizione da sempre. Sa di panino al burro di arachidi e marmellata in miniatura.

"Come mai oggi non hai lavorato in paese?" Si siede di fronte a me, intinge il biscotto e poi lo inzuppa nella tazza.

"Ieri sera stavo male e ho dormito troppo".

"Adesso ti senti bene?" chiede.

"Meglio, sì. Ho mangiato popcorn, dolci e una granita nell'arco di due ore; quindi ho avuto problemi di stomaco. Direi che non ho più dodici anni". Rido, mescolando la panna.

Lo scanner della polizia che papà ha sempre dietro squilla, e mi fa sobbalzare. "Miseriaccia, che paura!"

"Scusami". Abbassa il volume. "Fa così da tutta la mattina. La gioielleria Brinkley's Jewelry è stata rapinata ieri sera".

Rimango a bocca aperta. "Dev'essere per questo che la Main Street era bloccata".

"Già, hanno sfondato la vetrina con un mattone e spaccato le vetrinette. Dev'essere stato un tipo svelto, perché la ditta dell'allarme ha fatto arrivare gli agenti in sette minuti, però se n'era già andato".

"Wow! Mi dispiace per la famiglia Brinkley".

"È la seconda rapina in paese, questo mese", mi dice. "Il banco dei pegni è stato colpito due settimane fa".

Le mie sopracciglia schizzano verso l'alto perché è già insolito che a Sugarland Creek avvenga una rapina, ma due? Mai successo.

"Allora potrebbe trattarsi della stessa persona", suggerisco.

"È quello che penso anche io. Ne stavo parlando all'inizio della settimana con i miei colleghi, e pare che ci fosse solo una telecamera in funzione, al banco dei pegni. Ma il colpevole ha tenuto la testa bassa e aveva una maschera sulla bocca. Dovremo aspettare per vedere se ci sono analogie con la rapina alla gioielleria, ma, considerando che anche lì la vetrina è stata sfondata con un mattone, direi che abbiamo un rapinatore seriale".

"Beh, è preoccupante. Lascio il mio chioschetto nel parcheggio a qualche isolato da casa. Non che tenga soldi nella cassa, ma il tipo potrebbe fare irruzione pensando che ce ne siano e distruggerlo. O portare via la mia costosa macchina del caffè".

"Non so quanto valore avrebbe in termini di rivendita sul mercato nero. Sembra che stia prendendo di mira i negozi con margini più alti".

Rimango a bocca aperta. "È costata quasi quattromila dollari!"

"Davvero? La mia era in saldo a trenta". Fa un sorrisetto dietro al bordo della tazza.

Faccio una risata nasale. "Sono proprio la stessa cosa".

Dopo le nostre chiacchiere davanti a caffè e biscotti, papà mi dice che mamma è a letto a guardare le sue serie. Percorro il corridoio e, prima di entrare, sbircio dentro per assicurarmi che non stia dormendo.

"Ciao, mamma".

"Magnolia, tesoro!" Le si illumina il viso quando mi siedo sul letto accanto a lei e la avvolgo con un braccio per stringerla.

"Oggi come ti senti?" chiedo; poi mi appoggio alla testiera, studiandola.

Abbiamo molte cose in comune, come i capelli e gli occhi scuri. Pur avendo sessantacinque anni, sembra molto più giovane; del resto non è mai stata una che si trucca, fuma o resta al sole per ore.

"Oh, sto bene". Fa un dolce sorriso. "Mi sono svegliata con il torcicollo; quindi dopo mangiato mi faccio un bel bagno".

"Vuoi che ti faccia un massaggio? Posso provare a sciogliere il nodo".

Si gira di nuovo verso il televisore. "No, non ce n'è bisogno. Passerà".

Annuisco, sentendomi in imbarazzo. A volte è in vena di fare due chiacchiere, mentre altre restiamo semplicemente in silenzio.

"Hai letto qualche bel libro di recente?" chiedo quando noto la pila di romanzi sul comodino.

"Non ci vedo più molto bene; quindi tuo padre mi legge qualcosa per un'ora tutte le sere prima di andare a letto".

"Oh, che dolce! Scommetto che papà adora farlo".

"A volte ascolto gli audiolibri", dice, restando concentrata sullo schermo.

"Adoro ascoltare podcast quando sono a casa a pulire, per esempio. Fa passare più velocemente il tempo. Magari la prossima volta provo un audiolibro. Mi consigli qualcosa?"

Elenca due titoli che non ho mai sentito prima.

"Oh, dovrò darci un'occhiata. Potrebbe essere meglio che ascoltare il mio podcast *true crime* prima di andare a dormire, adesso che abbiamo un criminale a piede libero". Ridacchio con leggerezza, anche se non è affatto divertente.

Rimango per altri due episodi di *The Big Bang Theory* prima che papà compaia con la merenda per mamma. Ho il sospetto che contenga i suoi farmaci, vista la determinazione di papà a fargliela mangiare.

Dopo qualche altro minuto, saluto mamma con un bacio sulla guancia e prometto che tornerò a trovarla presto.

Io e papà usciamo dalla stanza e andiamo in cucina, dove ho lasciato la borsa.

"Mi sono scordato di dirtelo: ho incrociato il tuo ex qualche giorno fa dal benzinaio. Si è fermato per salutare, ma ho finto di non averlo sentito e me ne sono andato. Non mi piace quel ragazzo".

Faccio una risata nasale. "Benvenuto nel club. Vuole che torniamo insieme".

Inarca un sopracciglio e un lampo di preoccupazione gli attraversa il viso.

"Non sono interessata, non preoccuparti. Anzi, adesso frequento un altro ragazzo".

Inclina la testa di lato. "Lo conosco?"

"Tecnicamente, sì. Però non credo che tu sappia molto sul suo conto".

"Beh, sputa il rospo. Chi è?"

Il nervosismo mi serra lo stomaco mentre pronuncio le parole ad alta voce. "È uno dei fratelli di Noah, Tripp".

Incrocia le braccia sulla pancia da birra. "Quello dall'aria buffa che sembra sempre stia provando a risolvere un problema di matematica?"

"*Cosa?*" Scoppio in una risata. "Chi sarebbe?"

Probabilmente Wilder.

Solleva la spalla. "Quindi qual è Tripp?"

Invece di provare a descriverglielo, cerco sul telefono una sua fotografia al matrimonio di Noah.

"Bel ragazzo. Ti tratta bene?"

"Meglio di quanto non farebbe qualunque altro uomo, papà. È letteralmente il ragazzo più dolce che abbia mai conosciuto".

Annuisce. "Bene. Mi piacerebbe conoscerlo, allora".

"Sono sicura che lo farai. Non l'ho detto a Noah, dato che è in luna di miele, ma non appena usciremo allo scoperto possiamo organizzare un pranzo".

Dopo che ho preso le mie cose e l'ho abbracciato, mi accompagna alla porta. "Stammi bene, tesoro. Torna presto, ok?"

Mi sollevo e gli bacio la guancia. "Lo farò, papà. Ti voglio bene".

Dopo essere arrivata alla macchina, controllo il telefono e trovo numerosi messaggi non letti.

TRIPP

> Stanno operando Sydney. Landen è disperato.
> Magari dovresti provare a scrivergli tu, perché
> non vuole parlarmi.

Mi si stringe il cuore al pensiero che Landen possa perderla. So quanto adora quella cavalla, anche se finge di essere troppo grosso e tosto per avere sentimenti.

MAGNOLIA

> Me ne sto andando adesso da casa dei miei e
> posso passare. Tu come stai?

TRIPP

> Mi sto tenendo occupato.

MAGNOLIA

> Lui dov'è?

TRIPP

> A casa dei nostri genitori con mamma.

MAGNOLIA

> Ok, vado lì.

Impiego un quarto d'ora per raggiungere il ranch e, dopo aver parcheggiato di fronte alla casa padronale, balzo giù dall'auto e busso al portone. Gli Hollis vivono in una villa da sogno in stile sudista. Una veranda che circonda la casa, fiori sui davanzali e un'atmosfera rustica che pervade l'abitazione. Mi piaceva tantissimo venirci tutti i weekend e immaginare di avere una casa come questa con marito e figli.

"Ciao, tesoro. Accomodati". Dena viene ad aprirmi, ed entro, poi la abbraccio.

"Ehi, ho saputo che Landen è qui".

"In cucina con nonna Grace e Mallory".

La seguo finché non vedo un Landen triste che si scola una birra.

"Gradisci del tè freddo, cara?" mi chiede Dena.

"Sì, volentieri. Grazie".

Lascio la borsa e poi tiro fuori la sedia accanto a Landen. Invece di fargli pressione perché dica qualcosa, avvolgo il braccio attorno al suo e poso la fronte sul bicipite. È innegabile che adoriamo romperci i coglioni a vicenda e scherzare, però è comunque uno dei miei più cari amici. Vederlo soffrire fa soffrire anche me.

"Ci sono novità?" chiedo dolcemente.

"Non ancora", risponde Mallory. Ha gli occhi rossi come se avesse pianto.

Tendo la mano e stringo la sua.

Ama i cavalli tanto quanto Noah, però vive qui solo da pochi anni; quindi non credo che abbia mai provato il dolore di perderne uno. Ricordo che è successo durante gli anni delle superiori, e Noah ha pianto per giorni.

La parte peggiore è che adesso lei si trova in un resort scollegato dal mondo; perciò non possiamo nemmeno contattarla per dirle quello che sta succedendo. Mi piace l'idea che trascorra due settimane lontana da qui per godersi del tempo con suo marito senza interruzioni; però, in caso di emergenza, è un problema

Nonna Grace porta una teglia di *brookies*, una combinazione di impasto per brownies e biscotti, e alcuni piatti. Ne prendo due, metto una barretta su ciascuno e poi ne lascio uno davanti a Landen. Dena versa da bere e mangiamo in silenzio.

Quando sentiamo il portone aprirsi con uno scricchiolio, raddrizziamo la schiena per l'ansia. Appare il padre di Landen, e ha l'aria accigliata.

"Ci sono novità?" gli chiede Dena.

"È andata in shock. Il cuore fa fatica a reggere il ritmo, però il dottor Weston ha rimosso l'ostruzione e per il momento l'ha sedata".

"Perché il suo cuore non regge?" Mallory fa la stessa domanda che mi sono posta io.

"Non lo so, tesoro. Potrebbe avere un difetto cardiaco genetico. Faremo alcuni test dopo che avrà riposato per qualche giorno".

"Quante probabilità ci sono che si riprenda?" Il tono brusco di Landen risuona nella stanza.

Garrett fa spallucce. "È troppo difficile saperlo con certezza. Avrebbe dovuto essere una procedura semplice, ma il fatto che ci siano state complicazioni mi dice che c'è qualche altro problema".

"Non voglio che soffra. Quando sarà il momento, dovremo…" Landen si strozza con le sue parole come se stesse trattenendo le lacrime. "Dico solo che non dovremo farla soffrire, tutto qui".

Garrett fa il giro del tavolo e gli dà una pacca sulla spalla. "Non lo faremo".

Capitolo Ventitré

Tripp

G li ultimi giorni sono stati un vero inferno per Landen. Perfino quando provo a parlargli di qualcos'altro, lui mi ignora oppure risponde a versi. Non lo vedevo così da quando la sua ex lo ha scaricato, alle superiori. Landen non è capace di elaborare i suoi sentimenti con le parole. Invece, si sta nascondendo nel bel mezzo del bosco con una cassa di birra e un'ascia.

Non so da quanto tempo sia là fuori, però posso affermare con certezza che abbiamo abbastanza legna da usare all'agriturismo per il resto dell'inverno.

"Comincia a fare freddo qui fuori", dico, avvicinandomi a lui con delicatezza perché non mi colpisca con l'ascia.

"Allora riporta in casa quel tuo culo rinsecchito di merda".

Il suo tono è rozzo e duro, ma scoppio a ridere per la sua capacità di insultarmi con così tanta facilità.

Spacca un altro ceppo, e i pezzi volano per aria.

"Dai, bello! Lascia che ti accompagni a casa. Magnolia è preoccupata per te. Continua a chiedere perché non rispondi ai suoi messaggi".

"Perché non ho nulla da dire".

Un altro ceppo.

"So che stai soffrendo, ma tagliare la legna da ubriaco ti farà soltanto finire al pronto soccorso".

Mi ignora e spacca un altro tronco. "Ricordi quando Noah mi ha aiutato a salvarla? Era tutta pelle e ossa".

Annuisco perché quel giorno fu un delirio totale. Non abbiamo l'abitudine di rubare cavalli, però era ovvio che Sydney fosse trascurata. Il proprietario non poteva permettersi di spendere per lei e, invece di darla via a qualcuno che potesse prendersene cura, l'aveva lasciata in un fienile a morire. Landen ricevette una soffiata da un vicino e, una notte, lui e Noah si intrufolarono nel fienile. Nostra sorella è praticamente una donna che sussurra ai cavalli; motivo per cui Landen la trascinò con sé. Ma, quando le torce e l'irruzione spaventarono Sydney, non fu Noah a calmarla. Landen tese una mano e le parlò dolcemente, dicendole che si trovavano lì per aiutarla. Lei si fidò subito di lui e gli andò incontro. Quando fu abbastanza vicina, Landen riuscì a passarle la cavezza attorno al collo e a farla entrare nel rimorchio.

Quando divenne nostra e dopo una visita medica completa, ci rendemmo conto che aveva una lunga lista di problemi di salute dovuti alla malnutrizione e agli zoccoli lunghi. Landen la prese sotto la sua ala e pagò perfino tutte le cure di tasca propria. La addestrò per la monta e, col tempo, si rimise abbastanza in forma da poter svolgere anche i lavori al ranch. Landen era così fiero che Sydney fosse sua e si è sempre assunto la responsabilità di assicurarsi che ricevesse tutti i vaccini e i controlli annuali.

"Le hai dato una bella vita", gli dico quando resta in silenzio. "Sarebbe morta molto prima, se non fosse stato per te".

"Avrei dovuto stare più attento", mormora. "E allora avrei visto i segnali prima che peggiorasse".

"Non avresti potuto saperlo, Landen. Non è semplice diagnosticare un difetto cardiaco genetico. I segnali non erano abbastanza ovvi da permetterci di capire che dovevamo farle quel genere di test".

"Sono tutte stronzate". Solleva le braccia sopra la testa e poi cala con forza l'ascia su un altro ceppo. "Avrebbe potuto vivere tanti altri anni in salute, se solo avesse preso i farmaci giusti".

Resta con me

Non c'è molto altro che posso dire per cambiare le cose o ciò che prova lui. Non sapevamo che Sydney fosse malata prima di autorizzare l'intervento. Era impossibile prevedere che il suo cuore non avrebbe retto e che sarebbe andata in shock cardiogeno. Quando non c'è stato alcun miglioramento dopo quarantotto ore, il dottor Weston ha detto che era solo questione di tempo prima che il cuore si fermasse completamente. Invece di lasciarla soffrire, Landen ha chiesto che le venisse somministrato il farmaco per permetterle di andarsene in pace.

I miei genitori e i nostri fratelli sono rimasti in piedi attorno al box di Sydney mentre Landen le stava seduto accanto. Lei ha sollevato la testa giusto il tanto per guardarlo prima che il dottor Weston le iniettasse il sedativo e poi, pochi secondi dopo, la miscela di farmaci per l'eutanasia.

Quando il decesso è stato confermato, non è rimasto nemmeno un occhio asciutto nella scuderia. Magnolia si è inginocchiata dietro Landen e gli ha carezzato la schiena mentre lacrime silenziose gli rigavano le guance. E poi, più tardi, quando eravamo da soli, io l'ho stretta tra le braccia mentre versava le sue.

Un forte rombo di motore mi strappa dai miei ricordi. Due voci rumorose e chiassose riecheggiano in lontananza e, presto, Wilder e Waylon si precipitano verso di noi, nel bosco.

"State facendo una festicciola senza di noi?" Wilder sbuffa, con in mano una cassa di ventiquattro birre. "Adesso può cominciare il vero divertimento".

Waylon prende una lattina e si siede accanto a me su uno dei tronchi. "Sta bene?" Indica con un cenno del capo Landen, che continua a spaccare la legna.

"Secondo te, stronzo?" Scuoto la testa. "E non c'è nessuna festa. Stiamo soltanto… facendo due chiacchiere".

"Che palle!". Wilder apre la birra e si siede accanto a Waylon. "Dov'è la musica? Le tipe?"

"Probabilmente al bar", mormoro.

Restiamo seduti in silenzio mentre guardiamo Landen. Nessuno di noi sa cosa dire o fare per farlo stare meglio; quindi, invece di costringerlo a parlare, continuiamo a bere e lo teniamo d'occhio. Anche se non vuole la nostra compagnia, ce l'avrà comunque.

"Beh, cosa c'è tra te e Magnolia?" chiede Wilder all'improvviso senza rivolgersi a nessuno in particolare, e non capisco se l'abbia chiesto a me o a Landen.

"Di che stai parlando?" chiedo alla fine quando Landen continua il suo gioco del silenzio.

"Mi chiedevo se ha ancora una cotta per lei oppure se è sul mercato". Quando agita le sopracciglia, stritolo la lattina vuota nel pugno e resisto alla tentazione di lanciargliela in faccia.

"Vaffanculo! Non è un pezzo di carne", dico invece.

"Te l'avevo detto". Waylon scocca un sorrisetto a Wilder, come se avessero un qualche segreto da gemelli.

"Cosa gli avresti detto?" chiedo.

"Sei tu quello che la vuole, non Landen. E quella reazione dimostra che ho ragione". Waylon indica Wilder. "Sgancia i miei soldi".

"Avete fatto una scommessa?"

"Wilder era convintissimo che Magnolia se la spassasse con Landen, però io ho scommesso cinquanta dollari che era interessata a te", spiega Waylon.

"Non dimostra niente", ribatte Wilder. "Tripp l'ha sempre difesa. Quindi, finché non lo vedo coi miei occhi, non ti do un cazzo".

"Ehi! Sei proprio un tirchio di merda". Waylon scuote la testa, scolandosi il resto della birra.

Non confermo né nego per aiutare Waylon a vincere i suoi soldi. Se lo meritano, visto che ficcano sempre il naso nei miei affari e sono degli impiccioni del cazzo.

"Non sto con Magnolia", dichiara Landen qualche minuto dopo. Finalmente molla l'ascia e scuote il braccio. "Però so con chi esce. Significa che vinco soldi da tutti e due?"

Lo fulmino con lo sguardo, ma non mi sta guardando. Ha davvero intenzione di tradirmi per cento dollari?

"Stai bluffando", dice Waylon. "Non lo sai".

"È tra i miei migliori amici. Perché non dovrei?" ribatte Landen, aprendo un'altra birra.

Sono contento che stia parlando, ma avrei fatto a meno di discutere della mia ragazza.

"Non ha tutti i torti", afferma Wilder. "Ok, allora diccelo. Chi è il suo nuovo tipo? E posso prenderlo a calci?"

Waylon scoppia in una fragorosa risata. "Magnolia non uscirebbe con te nemmeno se fosse single".

"No, secondo me, anche se fosse l'ultimo uomo sulla Terra, lo rifiuterebbe comunque". Landen ride a spese di Wilder, e io rimango paralizzato, aspettando di sentire dove vuole andare a parare.

Wilder si alza e agita il braccio come per prendere qualcosa al lazo. "Tanto non riuscirebbe comunque a gestire tutto questo ben di Dio".

Waylon gli lancia una delle lattine vuote e poi riporta l'attenzione su Landen. "Allora, ci dici chi è il tipo o no?"

Lo sguardo di Landen incrocia brevemente il mio prima di tornare su quello di Waylon. "No. Non voglio infrangere il codice dei migliori amici".

"Stronzo!" Wilder getta in alto le braccia.

Mi porto la birra alle labbra per nascondere il sorriso che si sta allargando sul mio volto. Passano cinque minuti, e i gemelli stanno già sparlando di qualcos'altro.

Però aver sentito menzionare Magnolia mi fa avvertire ancora di più la sua mancanza. È stata una settimana intensa e tutto il nostro tempo libero lo abbiamo passato alla scuderia con Sydney oppure a casa con Landen. Continuiamo a scriverci e sentirci su FaceTime, ma non vedo proprio l'ora che arrivi venerdì per poter ripetere il nostro pigiama party. Porterà da me le sue bevande festive per farmele assaggiare e, se tutto andrà bene, rimarrà senza niente addosso prima della fine della serata.

Controllo il telefono mentre i miei fratelli continuano a sparare cazzate e ubriacarsi.

MAGNOLIA

Come va con Landen?

TRIPP

Beh, finalmente ha smesso di spaccare la legna e adesso sta bevendo con i gemelli.

MAGNOLIA

Soffrirà per un po'. È bello che state passando tutti del tempo con lui. Lo aiutate a tenere occupata la mente.

TRIPP

Ci sto provando. I gemelli ti hanno menzionata, e ho dovuto resistere alla testazione di rivelare che sei mia e dire che gli conviene smetterla di farsi strane idee.

MAGNOLIA

Mamma mia, quanto sei possessivo!

Poi aggiunge un'emoji che arrossisce.

TRIPP

Protettivo. E, ok, forse un pochino ossessionato.

MAGNOLIA

Giusto un pizzico…

TRIPP

A proposito, dove sei?

MAGNOLIA

Sto facendo il bagno. Vuoi vedere?

TRIPP

Sì, però preferirei proprio che non mi venisse duro quando ho i miei fratelli intorno.

MAGNOLIA

Sono sicura che puoi usare la tua immaginazione, cowboy.

Resta con me

Riesco a sentire la sua voce dolce e seducente nella testa, ed è tutto quello che serve a far svegliare il mio uccello.

Merda!

Non mi aveva mai chiamato "tesoro". *E mi piace, molto.*

Landen decide che ha finito e mi chiede di accompagnarlo a casa. Wilder e Waylon decidono di restare e fare una gara a chi spacca più legna.

"Idioti, vedete di non chiamarmi tra dieci minuti perché uno di voi si è mozzato un piede", li avverto prima di lasciarmeli alle spalle.

È in momenti come questi che la mancanza di Noah si fa sentire: lei sarebbe quella ragionevole del gruppo e li convincerebbe a mollare l'ascia. Io, invece, non sono in vena di litigare; se loro vogliono comportarsi da cretini, che facciano pure.

Landen sale sul mio pick-up e si affloscia contro lo sportello.

"Non vomitare qui dentro", lo stuzzico.

Sbuffa. "La birra non mi fa star male".

"Ieri sera ti facevi shot di tequila. Perlomeno la birra è a un passo dall'essere un grido d'aiuto".

Solleva una spalla. "Basta che soffochi il dolore".

So fin troppo bene cosa si prova.

"È una soluzione temporanea, Landen. So che stai soffrendo, però l'alcool non risolverà i tuoi problemi".

"Magari no, ma di sicuro scaccia la tristezza opprimente".

Butto fuori un respiro incerto, stringendo il volante fino ad avere le nocche bianche mentre ci avviciniamo a casa. "Credo che anche a Franklin manchi. È stato brusco nei miei confronti tutta la mattina".

"Stavano per scrivere la loro storia d'amore "da nemici ad amanti".

Dischiudo le labbra e scoppio a ridere. "Tu che ne sai di romanzi rosa?"

"Ho sentito Noah e Magnolia parlare di uno che stavano leggendo".

"Intendi dire che stavi origliando".

"Un uomo deve pur imparare in qualche modo". L'ombra di un sorriso gli solleva un angolo della bocca. "C'è stata una scena con un coltello alla gola che le ha fatte impazzire".

Inarco un sopracciglio, interessato. "Chi stava tenendo il coltello?"

"La tipa, e poi, quando il ragazzo si è sporto in avanti con un sorrisetto, hanno cominciato a strillare come dei gabbiani".

Rido perché sembra decisamente qualcosa che potrebbero fare Noah e Magnolia.

"Direi che anche tu ed Ellie potreste avere il vostro momento "da nemici ad amanti".

"Pfft. Lei prenderebbe il coltello e lo userebbe per trafiggermi il cuore".

"Sei sicuro? In fondo ti ha mandato un biglietto di condoglianze".

"Significa solo che non è una stronza senza cuore, mica che le *piaccio*".

Quando parcheggio di fronte al nostro bungalow, gli scocco un'occhiata e lo vedo accigliato.

"Ti va di giocare a GTA?"

Fa spallucce, ma poi annuisce. "Non mi dispiacerebbe farti il culo".

"Sei proprio tanto sicuro delle tue abilità". Balziamo giù dal pick-up e saliamo a casa sua.

Anche se gioco raramente ai videogiochi e indubbiamente faccio schifo, sopporterò di perdere, se così Landen non dovrà passare tutta la notte da solo, di malumore.

Capitolo Ventiquattro
Magnolia

Questo venerdì è più movimentato di quanto non lo sia mai stato qui all'agriturismo, e riesco a malapena a tenere il passo mentre i clienti formano una coda davanti al mio chioschetto. È un bel problema da avere, e sono contenta che gli affari vadano bene, però sono talmente ansiosa per questo weekend che faccio fatica a concentrarmi.

Il fatto che sia stata una settimana piena di emozioni non aiuta, e mi sento un po' giù. Però è da giorni che attendo con ansia di passare questa sera con Tripp, e non permetterò a niente di ostacolarci.

Consegno un caffelatte a una cliente e, quando vedo l'uomo in piedi alle sue spalle, un brivido di inquietudine mi pervade.

Alto, con un completo nero, tiene le mani in tasca e ha un sorrisetto sornione sulle labbra. Abbassa lo sguardo sul mio petto e poi lo solleva di nuovo. Sugarland Creek conta duemila abitanti, e la maggior parte dei residenti hanno un ranch, ci lavorano o possiedono una piccola attività. Lui non sembra rispecchiare nessuna di queste categorie. È perfino vestito troppo bene per essere uno dei due avvocati del paese.

Anche supponendo che stia alloggiando in uno dei bungalow, dà comunque troppo nell'occhio. Quasi tutti gli ospiti vengono per le escursioni a cavallo, fare mountain bike, pescare o svolgere una qualunque delle numerose attività all'aperto che offrono.

"Salve, benvenuto al Magnolia! Come posso caffeinarla questa mattina?" Continuo con il solito modo in cui mi presento ai nuovi clienti.

"Buongiorno. Posso supporre che tu sia Magnolia?" Il suo tono un tantino flirtante mi fa venire voglia di agguantare la borsa, dove non solo tengo il taser ma anche lo spray al peperoncino e il tirapugni che ho appena comprato. Per quanto sia rosa e scintillante, può fare davvero male, quando ne ho bisogno.

"Sì, la sola e unica".

"È un nome bellissimo per una donna bellissima".

Senza voler fare la drammatica, sono certa che la colazione mi sia appena salita in gola, però faccio un sorriso forzato e mando tutto giù.

"Grazie. Come posso aiutarla?"

"Un caffè semplice, grazie". Infila la mano nella giacca e tira fuori il portafoglio. "In realtà, quei muffin mi stanno chiamando. Prendo anche uno di quelli".

Sorrido perché ho trascorso tre ore ieri notte a preparare i miei nuovi muffin al doppio cioccolato aromatizzati alla zucca. Perlomeno l'estraneo inquietante ha buon gusto.

"Ottima scelta. Sono proprio perfetti per l'autunno".

Anche se la settimana prossima c'è il Giorno del Ringraziamento e poi il paese entrerà in piena modalità Natale, continuerò a usare sapori autunnali nei muffin il più a lungo possibile.

Dopo aver lasciato il caffè e la busta con il dolce sul bancone, inserisco il suo ordine nella cassa.

"Sono sette e cinquanta, grazie".

Mi passa una banconota da venti. "Tieni il resto, *Magnolia*".

Non mi piace il modo in cui pronuncia il mio nome o come stringe i soldi un secondo di troppo prima di lasciarli andare. E soprattutto non mi piace che mi abbia fatto l'occhiolino come se condividessimo un qualche segreto raccapricciante.

Ma, per rimanere professionale, lo ringrazio e metto il resto nel barattolo delle mance.

"Le auguro una buona giornata", dico, nella speranza che colga il messaggio e se ne vada.

Quando finalmente lo fa, servo il cliente successivo, però lo osservo con discrezione mentre raggiunge il suo SUV Denali con i finestrini oscurati.

Già, non ci sono dubbi che non sia di qui.

Quando ho finito di lavorare, di farmi una doccia completa – tra l'altro, esfolio la pelle, applico una maschera all'olio di avocado, idrato per bene e poi depilo ogni minimo pelo indesiderato – di vestirmi mettendo il nuovo set di lingerie nero sotto gli abiti, di preparare una borsa per la notte e di radunare tutti gli ingredienti per il caffè, sono già le sei di pomeriggio quando arrivo a casa di Tripp. Si è appena fatto la doccia e ha perfino un aspetto più delizioso del solito.

"Mi sei mancata". Cattura le mie labbra ancora prima che varchi la soglia.

"Mmh… Tu mi sei mancato di più". Mi abbandono nel bacio mentre lui mi afferra il volto e poi gli faccio scivolare le mani attorno alla vita. "Devo portare dentro un paio di buste".

"Resta qui. Vado a prenderle io". Mi stampa un altro bacio sulle labbra prima di uscire ed andare verso la mia macchina, mentre io lo aspetto dietro l'isola.

Lo guardo trasportare senza alcuno sforzo la mia macchinetta del caffè di casa, la busta con gli sciroppi, il latte e le guarnizioni e pure la borsa per la notte.

"Non ci credo che hai portato tutto dentro in un viaggio solo".

"Sono abituato a sollevare due balle di fieno alla volta per un'ora intera. Questo non era niente".

Flette i bicipiti come per dimostrarlo, e rido per quanto sembra sicuro di sé.

"Oh, ti dispiacerebbe prendermi la borsetta dalla macchina, per favore? È sul sedile del passeggero".

"Ok". Mi bacia sulla tempia; al che mi alzo e inizio a organizzare tutto.

La macchinetta che ho portato da casa non è tanto precisa come quella costosa che ho nel chioschetto, però andrà bene per la degustazione. Ho tre nuove combinazioni di sapori che voglio fargli provare, e magari anche una quarta, se non mi avrà già tolto tutto di dosso.

"Magnolia".

Il modo profondo in cui la voce di Tripp pronuncia il mio vero nome mi provoca un brivido gelido dietro la schiena. Quando incrocio i suoi occhi, noto il suo sguardo assassino mentre tiene in mano la rosa e il messaggio di Travis che avrei dovuto portare dentro casa lo scorso fine settimana. La rosa sta appassendo dopo aver passato giorni senza acqua, però riesco a concentrarmi soltanto sulla mascella serrata di Tripp e la presa salda sul foglio di carta.

"Cos'è questa roba?" Sbatte entrambi sul bancone. "E cosa cazzo ti ha fatto per cui si è scusato?"

Trasalisco sentendolo così arrabbiato. Raccontargli di quando Travis è venuto nel mio rimorchio non farebbe altro che infiammarlo ulteriormente.

"Cosa c'è che non mi stai dicendo?" insiste quando resto in silenzio. Visto che faccio fatica a esprimermi, si avvicina, mi prende la mano e poi mi solleva il mento finché i nostri sguardi non si trovano. "Sole, dimmelo. *Ti prego*".

Alla fine, lascio uscire un sospiro esitante e annuisco.

"Mi sta implorando di riprendermelo e, quando ho bloccato il suo numero, si è presentato al chioschetto mentre stavo chiudendo. Visto che non voleva andarsene, gli ho dato una ginocchiata alle palle, gli ho calpestato il polso e l'ho minacciato con il taser. Poi potrei aver detto qualcosa tipo che i fratelli Hollis avrebbero scavato una fossa di due metri e mi avrebbero aiutato a spingerci dentro il suo corpo".

"Cristo santo!" mormora con una risata affannata. "Quando è successo?"

"Martedì scorso, quando tu sei stato trattenuto al Lodge".

"Quel figlio di puttana!" Si passa una mano sulla mascella. "Perché non me l'hai detto?"

"L'ultima cosa che volevo era che ti cacciassi di nuovo nei guai a causa mia. Non volevo coinvolgerti perché Travis non è nulla per me e non vale la pena finire in galera per lui".

Mi posa una mano sul viso e mi toglie il labbro inferiore dai denti. "Smettila di preoccuparti per me e di sentirti in colpa per quello che è successo l'ultima volta. Anche sapendo che avrei dovuto farmi cento ore di servizio alla comunità, rifarei comunque tutto da capo, pur di tenerti al sicuro, lontana da lui".

"È soltanto in cerca di guai e, se dovessi dargliene una ragione, si azzufferebbe con te. Nemmeno io voglio che ti accada qualcosa. Quindi è meglio se gli stai alla larga".

Scoppia in una risata priva di umorismo. "No, tesoro. È meglio che *lui* stia alla larga da *me*. E soprattutto, lontano dalla *mia* ragazza. Forse devo ricordargli di non toccare ciò che mi appartiene…"

Sbuffo per il sottinteso. "Vedi, è esattamente per questo che non te l'ho detto".

Con un sopracciglio inarcato, chiede: "Ci sono state altre visite indesiderate o lettere, da allora?"

"No. Stavo tenendo quel bigliettino solo nell'evenienza in cui dovessi chiedere un ordine restrittivo e mi servissero delle prove per lo sceriffo".

"Conserva tutto". Mi prende le mani e se le porta al petto mentre elimina la distanza tra di noi. "Se fa qualunque altra cosa, devi dirmelo. Promettimelo, Sole".

Con riluttanza, annuisco. "Ho appena comprato anche dello spray al peperoncino e un tirapugni. Quindi non dovresti preoccuparti troppo per me. L'ho sistemato da sola".

"Però non dovresti essere costretta a farlo né voglio che ti si avvicini. Se non riesce a superare il fatto che vi siete lasciati due anni fa, a questo punto è fuori di testa".

Mi si stringe il cuore per le parole intrappolate nella mia gola. Quelle in cui confesso che siamo stati insieme quattro settimane fa e che è stato questo a scatenare la sua ossessione di rimettersi con me.

Ma la verità non farebbe altro che ferirlo, soprattutto vedendo la reazione che ha avuto all'idea che Travis mi si è avvicinato. Tripp vorrebbe ammazzarlo sul serio, se sapesse che siamo andati a letto insieme. E molto probabilmente mi odierebbe per averlo fatto.

"So badare a me stessa", gli ricordo. "Però non credo che continuerà a infastidirmi; quindi non ti devi preoccupare".

Cattura la mia bocca e ci posa sopra i baci più deliziosi e appassionati che abbia mai provato, con la sua lingua che si muove sulla mia, le mani premute contro le mie guance e gemiti tra un respiro e l'altro. Affondo le dita nei suoi fianchi mentre mi aggrappo al suo corpo, desiderando con tutta me stessa di avere di più.

Dopo aver interrotto il bacio, accosta la sua fronte alla mia. "Mi preoccuperò sempre quando si tratta di te, Sole. Anche se ti ho vista far piangere uomini – e anche donne – adulti, non significa che mi piaccia l'idea che tu affronti gli stronzi da sola. Adesso siamo una squadra. Se qualcuno ti rompe i coglioni voglio saperlo. D'accordo?"

Faccio un largo sorriso, e il mio cuore ha le palpitazioni perché ci ha definiti una *squadra*. Non ho mai fatto affidamento su nessun altro tranne Noah e, perfino in quel caso, non mi piace coinvolgerla in nessuna storia che abbia a che fare con Travis. Preferirei dimenticarmi della sua esistenza.

"Ok, affare fatto". Gli passo le braccia attorno al cuore e faccio scivolare le dita tra i suoi capelli. "Sempre che la cosa sia reciproca e anche io posso venire a sapere se ti viene dietro qualche tipa".

"Avendo te nella mente ogni secondo di ogni giorno, non presto attenzione a nessun'altra; quindi non me ne accorgerei nemmeno. Non dovrai mai preoccuparti di questo, piccola". Mi afferra il mento e porta le mie labbra alle sue. "Ma, nel caso dovessi avere una stalker, tu e il tuo tirapugni sarete i primi a scoprirlo".

Una risata erompe dalle mie labbra per il suo commento spiritoso. "Non sottovalutarlo prima di aver visto quanto dolore può causare". Poi abbasso la mano fino al suo inguine e tocco il contorno del membro. "Soprattutto qua sotto".

Sbarra gli occhi e scuote la testa, afferrandomi il polso. "Non mi fido di lasciarti vicino al mio uccello con degli oggetti appuntiti".

Ridacchio. "Bene, allora sai che devi aver paura di me e delle mie armi".

"Che simpatica". Cala la mano sul mio sedere e dà un colpetto. "Dunque, non mi avevi promesso uno spogliarello in lingerie?"

"Ah! Dopo che assaggi i miei drink. Se fai da bravo, potrai assistere a uno spettacolino personale".

Tripp affonda il viso nel mio corpo e geme nel mio orecchio, premendo l'erezione contro il mio stomaco. "Allora ti conviene sbrigarti".

Sono sul punto di mandare tutto a quel paese e strappargli i vestiti di dosso, però indietreggia e poi si siede dietro l'isola. Ammiro quanto è sexy con quella maglietta a tinta unita e il berretto da baseball al rovescio. È un look molto casual, nulla di speciale, però lo porta come se fosse un modello country professionista. E sono tentatissima di mettermi a cavalcioni sul suo grembo.

"Qual è il primo?" chiede, ridestandomi dalla trance.

"Ehm… Beh, è un mocaccino tradizionale alla menta piperita, però nel mio ci metto dello sciroppo alla vaniglia per aggiungere dolcezza e lo guarnisco con panna montata, del cioccolato fondente fuso e pezzetti di bastoncini di zucchero.

Fa un sorrisetto. "Sembra proprio buono".

"Lo spero".

Mentre preparo la macchinetta del caffè, mi aggiorna sulle condizioni di Landen. Sto malissimo per quello che sta attraversando e ho provato a contattarlo, però non vuole parlare.

Vederlo piangere per Sydney è stato uno dei suoi momenti più tristi a cui abbia mai assistito.

Dopo aver montato il latte, prendo una delle tazze e ne rivesto i bordi con il cioccolato fondente. Poi verso il latte caldo sullo sciroppo e il caffè, e mescolo per bene. Quando ho finito, ci spruzzo sopra la panna montata, aggiungo i pezzettini di bastoncini di zucchero e ci spolvero sopra i pezzi di menta finché non è perfetto.

"Che bella presentazione!" commenta quando gli lascio la tazza davanti.

"Spero sia anche tanto buono quant'è bello", dico, invitandolo a provarlo. "Oh, aspetta, fammi fare una foto. Sto cercando di far crescere le mie pagine social".

Ne scatto alcune dove lui non si vede nell'obbiettivo, poi ne rubo un paio quando solleva la tazza.

"Adesso posso provarlo?"

"Sì, dacci dentro".

Mentre beve un sorso, faccio qualche altra fotografia.

Ridacchio quando abbassa la tazza. "La panna montata che hai sul naso è tutta la pubblicità che serve per venderlo".

"Che spiritosa". Fa un sorrisetto, pulendosi il viso.

Ridendo, immergo il dito nella tazza, prendo dell'altra panna montata e poi gliela spalmo sulla bocca. "Aspetta, ti pulisco io".

Mi sporgo in avanti e faccio scorrere la lingua sulle sue labbra, gustando il suo sapore mescolato alla dolcezza del caffè. Geme quando le nostre bocche si fondono insieme in un bacio ardente.

Appena mi separo da lui, mi attira tra le cosce e mi palpa il sedere.

"Mmh… Meglio se stai attento, altrimenti ne diventi dipendente", lo stuzzico, passandogli le mani attorno al corpo mentre mi bacia sul collo.

"Hai già infettato le mie vene e consumi tutti i miei pensieri, Sole. Dipendente sarebbe riduttivo".

Sebbene il mio piano fosse quello di provocarlo e poi rivelare lentamente la lingerie in pizzo nera che indosso sotto i vestiti, non sono sicura di poter aspettare ancora molto. Avere le sue mani e la bocca su di me mi ha fatto incendiare la pelle e, più mi tocca, più voglio strappargli tutto di dosso.

"Se non sbaglio, mi spetta un indumento", afferma, facendo scorrere le dita in modo seducente sull'orlo del mio maglione. "E scelgo questo".

Sollevandomi le braccia, lo alza e lo sfila. Fa cadere lo sguardo sul mio petto, e si lecca le labbra.

"Accidenti, piccola! È molto più sexy di persona". Fa scorrere il polpastrello dell'indice tra i seni e attorno al pizzo del corsetto, poi traccia dei cerchi attorno al capezzolo turgido. "Voglio strappartelo via ora".

"Tsk, tsk". Faccio un passo indietro per liberarmi dalla sua presa. "Non si tocca, cowboy".

Mette il broncio. "Da quando?"

"Era questo l'accordo: per ogni drink che assaggi, io perdo un indumento. Non abbiamo detto che potevi allungare le mani".

Anche se vorrei proprio tanto averle su ogni centimetro del mio corpo, non fa parte del nostro giochetto.

Inarca un sopracciglio e incrocia le braccia. "Allora voglio rivedere i termini di questo contratto prima del prossimo caffè…"

"Mi dispiace, ma i contratti *orali* non possono essere modificati". Faccio un sorrisetto, poi torno dietro il bancone e inizio a preparare il prossimo caffelatte.

Anche se non mi sto concentrando su di lui, percepisco il suo sguardo addosso… in particolare, sul petto. Però adoro avere tutte queste attenzioni, anche se sto bloccando ogni sua avance.

"Sai, i miei occhi sono quassù".

"Ne sono consapevole, ma i tuoi capezzoli mi hanno fissato per primi".

Faccio una risata nasale per il suo tono serio. "E io che ho sempre pensato fossi un amante del culo".

"È qui che ti sbagli, amore. Sono un amante di *Magnolia*, ossessionato da tutto di te".

Mi si surriscaldano le guance mentre resisto alla tentazione di mandare tutto al diavolo e gettarmi tra le sue braccia. Però non ho ancora intenzione di arrendermi così facilmente.

"Sei pronto per l'altro?" Guarnisco questo drink con schiuma dolce fredda e cannella.

"Sembra un dolce in una tazza".

"Quasi. Lo chiamerò Caffelatte Rotolo alla Cannella".

Beve un sorso, lecca via la schiuma dalle labbra e poi assaggia di nuovo. "Molto dolce, ma mi piace".

"Troppo dolce? Potrei aggiungere meno sciroppo".

"Forse un po', ma, onestamente, è comunque buono".

"La schiuma dolce fredda aggiunge un tocco di dolcezza; quindi magari aggiungerò meno sciroppo nella tazza perché non sia eccessivo". Prendo il telefono e mi scrivo una nota per la prossima volta che lo preparo. "Ok, la tua opinione mi ha aiutata molto. Ti sei guadagnato un altro indumento".

"Mmh…" Si stuzzica il labbro inferiore con la lingua mentre mi guarda dalla testa ai piedi. "I jeans".

Proprio come immaginavo. Morirà dopo aver visto le mutandine in pizzo trasparenti, la giarrettiera e le calze nere.

Slaccio il bottone prima che lui mi fermi. "Posso almeno avere l'onore di toglierteli di dosso?"

"Se pensi di essere in grado di tenere a posto le mani", lo stuzzico, mettendomi tra le sue gambe.

"Girati", ordina, e gli do la schiena.

Mi avvolge le braccia attorno alla vita, abbassa la zip e poi, tanto, tanto lentamente fa scivolare i jeans fino alle caviglie.

"Gli stivali?" chiede.

"Dipende se vuoi che li tenga o meno…" Volto la testa e lo vedo riflessivo.

"Tienili… per ora".

Li calcio via perché possa togliermi i jeans, poi li infilo di nuovo.

"Porca troia! Sei stupenda, piccola". Il suo respiro affannoso mi solletica il collo mentre si alza dietro di me. "Non poterti toccare è una tortura".

Mi giro perché possa apprezzare il look completo, e strabuzza gli occhi per quello che vede. Tiene le braccia dietro la schiena, come se dovesse impedire fisicamente alle sue mani di toccarmi, e un livello simile di rispetto da parte di un uomo non l'ho mai ricevuto. Gli dico giocosamente di non toccarmi e lui è pronto ad ammanettarsi i polsi, pur di non oltrepassare il limite che gli ho imposto.

Il suo sguardo ardente mi brucia tanto dentro che fuori, e non ho mai desiderato il suo tocco quanto in questo momento.

"Sto per buttarmi in ginocchio e implorarti di farti baciare".

La disperazione nella sua voce mi strappa una risata. Gli passo le braccia attorno al collo, attiro la sua testa verso il basso e premo le nostre bocche insieme. Mi afferra la vita con le sue mani fameliche e mi preme contro il suo corpo con un gemito di sollievo. L'erezione sotto i pantaloni preme sul mio ventre e il mio cuore martella per il bisogno di concedermi finalmente a lui.

Tripp mi solleva per il sedere e, quando mi lascia sul bancone, gli avvolgo le gambe attorno al corpo. Le nostre bocche rimangono incollate insieme mentre le sue mani esplorano il mio corpo, palpano il seno e scivolano verso il basso fino alla giarrettiera.

"Anche se sei meravigliosa con questo, voglio strappartelo di dosso e baciare ogni centimetro della tua pelle".

"Però non rovinarlo. L'ha pagato Fisher".

Tripp smette di toccarmi e di baciarmi. Ops, non avrei dovuto farmelo sfuggire.

Gli angoli delle mie labbra si sollevano mentre aspetto che metabolizzi quello che ho appena detto.

Alla fine, deglutisce con forza. "Non so quanto mi piaccia l'idea che un altro uomo paghi la lingerie della mia ragazza".

"Se vogliamo dirla tutta, non ero la tua ragazza quando l'ha fatto". Faccio spallucce come se questo bastasse come spiegazione.

"E, esattamente, perché il neomarito di mia sorella te lo avrebbe comprato?"

Ridacchio al suo tono serio. "Sei geloso?"

"*Sole*". Affonda le dita nei miei fianchi mentre attira il mio sedere fino al bordo del bancone. "Sto facendo appello a ogni briciolo del mio controllo per non comportarmi da cavernicolo;

quindi ti conviene dirmelo e basta, prima che la mia immaginazione si scateni".

Abbassando una mano tra di noi, strofino il palmo sull'erezione e lui geme. Poi, visto che voglio assolutamente che perda il controllo, gli dico la verità di quando Fisher mi ha chiesto aiuto e mi ha permesso di scegliere quello che volevo.

"Probabilmente non c'era bisogno che sapessi che lo hai aiutato a scegliere dei capi per mia sorella".

"L'hai chiesto tu". Faccio un sorrisetto quando si stringe la radice del naso. "È quello che ti meriti per essere un tossico ossessionato e geloso".

Mi tira giù dal bancone, mi carica sulla spalla con un braccio solo e poi esce dalla cucina.

"Oh, mio Dio, Tripp!" strillo mentre il contraccolpo mi costringe a cercare qualcosa a cui aggrapparmi, e finisco per stringere le sue tasche posteriori.

Il suo palmo calloso cala sulla mia natica nuda, e lancio un gridolino per lo schiocco che mi vibra dentro.

"La pagherai", gli dico con il tono più serio possibile.

Mi lancia sul letto, poi si allunga su di me. "Che Girasolino perverso! Come dovrei punirti?"

"Mmh…" Fingo di riflettere sulla risposta, stuzzicandogli un lato della gamba con il piede. "Potresti fottermi senza sosta fino a domenica e farmi urlare in dieci lingue straniere".

"Porca troia! Non so come farò a sopravvivere a te e a quella tua boccaccia". Getta via il cappello, porta una mano dietro la nuca e poi si sfila la maglietta.

Era anche ora.

Il corpo di Tripp è tutto pelle abbronzata e muscoli, con una leggera spolverata di peli sul petto. Non vedo l'ora di far scorrere la lingua fino alla peluria addominale e alla V perfetta che nasconde sotto i boxer e che porta all'erezione spessa. Ho intenzione di divorare l'uccello di quest'uomo.

"Direi che allora ti toccherà tenere occupata la mia bocca". Sollevandomi sui gomiti, mi sporgo verso di lui, che fa scivolare la lingua tra le mie labbra.

"Prima di spingerci oltre, devo assicurarmi che tu lo voglia davvero. Non c'è fretta, e non voglio che tu ti senta costretta a farlo".

Accidenti! Dio sapeva proprio quello che stava facendo quando ha creato quest'uomo per me. Così dolce e perfetto.

Con la capacità di sciogliermi il cuore e il corpo soltanto con le parole.

Non so davvero che cos'ho fatto per meritarmelo, ma ho intenzione di godermi ogni minuto in cui posso averlo.

Posandogli una mano sul viso, porto la sua fronte vicino alla mia. "Ti voglio, Tripp. Ogni cosa che sei disposto a darmi, la prenderò, ma non pensare mai che non mi trovi esattamente dove vorrei essere ogni volta che siamo insieme. Nel caso ti sia sfuggito, in qualche modo, sono pazza di te da un po' di tempo…"

Le sue guance si contraggono in un sorriso. "Sono contento di sapere che il tuo livello di ossessione è uguale al mio, altrimenti le cose potevano farsi imbarazzanti".

Una risata mi scoppia dal petto. "Intendi più imbarazzante di chiederti di mettermi incinta per messaggio?"

L'erezione si muove visibilmente contro di me, e abbasso lo sguardo sul rigonfiamento notevole nei suoi jeans. Si aggiusta velocemente il pacco, chiaramente eccitato dalle mie parole, e io sorrido all'idea che gli sia piaciuto quello che ho detto.

"Per caso…" Rido al rossore adorabile che si sta diffondendo sulle sue guance. "Per caso hai un qualche fetish per la gravidanza di cui dovrei essere al corrente?"

Fa un largo sorriso, con un'alzata di spalle. "Oppure un fetish per Magnolia. O entrambe le cose. Tiralo fuori e vedilo con i tuoi occhi, Sole".

Leccandomi le labbra, abbasso la mano tra di noi finché non riesco a liberare l'erezione e apprezzarne ogni centimetro solido. Avvolgo le dita attorno all'asta, massaggio la pelle vellutata e lo vedo chiudere con forza gli occhi.

"È arrivato il momento di testare la mia teoria". Continuo i miei movimenti, aumentando il ritmo mentre il suo respiro si fa irregolare.

Vediamo quanto si eccita quando lo stuzzico.

"Vuoi fottermi e ficcarmi dentro il tuo seme crea-bambini? Riempirmi ancora e ancora, possedere il mio corpo e fare di me il tuo bravo buchino da ingravidare?"

Gli si incrociano gli occhi. "Cristo santo! Così mi uccidi.

Grazie, Noah, per avermi fatto conoscere i racconti erotici dove umane e alieni si accoppiano, perché mi hanno appena aiutato a sedurre tuo fratello.

"Ho esagerato?" chiedo, ma poi una gocciolina di liquido esce dalla punta, e sorrido con orgoglio per essere riuscita a stuzzicarlo così facilmente. "Direi di no".

"Per nulla. Il mio sperma è tutto tuo, piccola".

"In questo caso…" Faccio scorrere il polpastrello del pollice sulla cappella, preparando il mio uomo per me. "Mettimi incinta, cowboy!"

Capitolo Venticinque

Tripp

Mi vanto di avere la testa sulle spalle e un discreto autocontrollo. Ho messo un freno ai miei sentimenti per Magnolia quando lei piaceva a Landen e mi sono trattenuto perfino dopo che avevano deciso di restare solo amici. Soltanto quando ho scoperto che ha sempre provato qualcosa per me ho permesso a me stesso di buttarmi completamente, anche se questo mi ha reso ossessivo e dipendente da lei. Adesso che abbiamo aperto il vaso di Pandora, non si torna più indietro.

Ma, nel sentire adesso le parole di Magnolia, mezza nuda sotto di me, una nuova ondata di possessività mi colpisce. È già un bel problema che volessi trovare immediatamente Travis e presentargli il mio pugno quando ho scoperto quel biglietto nella macchina di Magnolia, ma il pensiero di lei incinta di mio figlio risveglia in me istinti selvaggi da sempre sopiti.

Il bisogno di *possederla*.

Forse è vero che ho quel fetish, ma soltanto con lei.

È l'unica donna a cui affiderei tutto il mio cuore.

E, nonostante sia troppo presto per noi iniziare anche solo a pensare di costruire una famiglia, mi viene duro come non mai all'idea di metterla incinta. So che prende la pillola da quando abbiamo messaggiato sul mio armadietto dei medicinali; quindi non è un qualcosa che proveremo a realizzare attivamente, ma l'idea mi fa venire voglia di venire dentro di lei ancora e ancora.

"Dillo di nuovo, Sole!" le ordino dopo aver tirato via jeans e boxer ed essermi infilato tra le sue gambe.

Regge il mio sguardo con un sorrisetto malizioso. "Riempimi e prenditi ogni centimetro di me. Oh, e non dimenticare lo Stetson". Inclina la testa verso il comodino su cui è posato il cappello.

Un grugnito disperato sgorga dalle profondità della mia gola per quanto mi fanno eccitare le sue parole. Adoro che non si vergogni di assecondare questa fantasia e, se il suo desiderio è che io indossi un cappello da cowboy mentre facciamo sesso, sarò ben lieto di soddisfarlo.

Anche se preferirei fosse lei a indossarlo mentre si mette nuda sopra di me.

La prossima volta.

Abbasso la testa verso il suo petto, palpo il seno e bacio la pelle scoperta attorno alla bralette in pizzo. Le solleva le tette alla perfezione perché possa gustarle e toccarle. Sono così morbide e sode, e voglio affondare i denti nei suoi capezzoli turgidi.

Avvolge le gambe attorno al mio corpo, attirandomi a sé, e la sua impazienza mi strappa una risata.

"Voglio divorarti tutta, Sole", le dico, abbassando la coppa del reggiseno. "Non mettermi fretta".

Si agita sotto di me, inarcando la schiena per avvicinarsi ancora di più. "Ti sto aspettando da anni. Questi sono stati i preliminari più lunghi della storia".

Catturando le sue labbra, mi sdraio accanto a lei e la trascino sopra di me. "Ok. Prendi le redini, mammina. Sono tutto tuo".

Rimane immobile, con le labbra leggermente dischiuse. "Mi hai appena chiamato come penso io? Perché è *sexy*".

Mi fa piacere sapere che non faccio completamente schifo a parlare sporco a letto.

"Mmh-mmh".

Preme le mani sul mio petto, si mette a cavalcioni sul mio bacino e si strofina sull'erezione dura. Dopo avermi stuzzicato a dovere, scivola lungo le mie gambe e la prende in bocca. Impreco quando svuota le guance e lo spinge in profondità nella gola.

"Cazzo, Sole! Adesso chi è che sta torturando chi?" Le porto una mano dietro la testa mentre mi succhia l'anima dal corpo. La sua lingua calda scorre sull'asta prima di girare attorno alla cappella, ancora e ancora sulla fessura, scatenando una reazione fisica in tutto il corpo. Mentre succhia e lecca, la mia forza di volontà è sul punto di spezzarsi, e non ho intenzione di venirle in bocca quando ha una fantasia da realizzare.

"Ti conviene fermarti", la avverto, stringendo la presa sui suoi capelli. "Vieni quassù".

Mi guarda con occhi seducenti, perfettamente consapevole di quello che mi sta facendo. "Hai poca resistenza, eh?"

La mia mascella si contrae, e le afferro il mento. "Vedi di reggerti forte, mia cara. Stai per scoprire giusto quanta ne ho, dopo anni di lavoro al ranch".

Prima che lei possa reagire, sfilo una gamba da sotto il suo corpo e la uso per farla girare e metterla supina. Mi allungo sopra di lei, le blocco i polsi contro il letto, poi le avvolgo l'altra mano attorno alla gola e la tengo ferma.

Sbarra gli occhi come se stesse ancora metabolizzando che abbiamo appena invertito le posizioni. "Come diavolo hai fatto?"

Sogghigno, stringendo più forte la sua gola. "Ho imparato a impastoiare a quattro anni. Credi ancora che non possa gestirti?"

Strofina il sesso contro la mia erezione. "Allora cosa mi farai, adesso che sono nelle tue mani?"

"La vendetta fa male, ricordi?" Passo la lingua sul suo labbro inferiore, poi abbasso una mano tra le sue gambe, sposto di lato il tessuto dello slip e trovo la fessura bagnata. "Non puoi venire finché non ti do io il permesso, *mammina*".

Spingo in profondità due dita nella sua passera stretta e lei sussulta, sollevando il bacino. Quando con il pollice le massaggio il clitoride, geme talmente forte che sono tentato di cedere e lasciarla venire subito.

"Proprio così. Fammi sentire la tua voce".

Girando il polso, mi muovo più in profondità verso il punto G e, quando urla, fa praticamente schizzare la schiena verso l'alto.

"Brava la mia piccola! *Più forte*".

Getta indietro la testa mentre dischiude le labbra e una deliziosa sequenza di gemiti lirici le sgorga dalla gola.

"Mi manca pochissimo". Si palpa un seno e stringe il capezzolo attraverso il tessuto.

Affondo il viso nel suo collo e la bacio sotto l'orecchio. "Allora ti conviene iniziare a supplicare, tesoro".

Mi affonda le unghie nella spalla, spingendosi verso l'alto contro la mia mano mentre continuo a masturbarla. "Ti prego, Tripp. Ci sono quasi".

Succhiando la sua pelle morbida, sento quanto è rigido il suo corpo e so che è solo questione di secondi prima che cada nel precipizio.

"Non prima che senta il tuo sapore sulla lingua, piccola".

"Tripp!" strilla quando la lascio andare e scendo lungo il suo corpo. "Sei il diavolo in persona".

Mi inginocchio tra le sue cosce, le divarico, poi mi chino senza toccarla. "Allora ti conviene implorare pietà, piccola. Sto per divorarti tutta finché non ti brucerà la gola per aver urlato troppo".

Sussulta quando faccio scivolare le mani sotto il suo sedere, la sollevo fino alla mia bocca e do una lunga leccata. Catturando il clitoride, lo stuzzico ancora e ancora prima di spostare le attenzioni sul resto.

Magnolia si dimena sotto di me, gemendo e gridando ogni volta che sta per raggiungere l'apice, però io mi fermo.

"Sto morendo…" si lamenta, cercando di spingere via la mia testa quando soffio aria fredda sul sesso gonfio. "Ti prego, ti prego, *ti prego*".

Sogghigno contro la sua carne calda. "Mmh. Supplichi come la brava bambolina che sei. Spero tu sia pronta…"

Senza preavviso, spingo contro il suo punto G e le succhio il clitoride seguendo un ritmo regolare. Ci vuole giusto qualche secondo prima che tremi sotto di me, stringendomi le cosce attorno al collo e urlando.

Viene con forza e in un lampo, e io lecco via tutto quello che mi dà.

Quando alzo lo sguardo, il suo petto si gonfia e sgonfia come se lei non riuscisse a riprendere fiato, e un senso di orgoglio mi travolge. Adoro essere colui che la fa stare bene e le regala il piacere che merita. E, se non fossi stato ossessionato già da prima, vedere il suo corpo reagire in questo modo mi avrebbe folgorato.

"Tutto ok?" chiedo, un po' per scherzo, un po' preoccupato.

Annuisce.

Allungandomi sul suo corpo, le sollevo il mento e poso le mie labbra sulle sue. "Hai un sapore così maledettamente buono che non sono riuscito a fermarmi".

"Che sapore ho?"

"Dolce come il paradiso, cazzo". Poi premo la mia bocca sulla sua e rotolo per metterla sopra di me. Sussulta per il movimento improvviso, e rido mentre si colloca in una posizione più comoda sul mio bacino.

Allungando una mano fino al comodino, prendo il cappello Stetson e me lo appoggio sulla testa. Faccio un sorrisetto quando arrossisce e mi fissa con occhi selvaggi.

"Ho messo il cappello. È il momento di cavalcare il cowboy".

Capitolo Ventisei
Magnolia

Era ora, accidenti!

È ancora più sexy di quanto avevo immaginato, completamente nudo con indosso solo un cappello da cowboy nero.

Petto solido e largo che voglio marchiare con i denti.

Addominali scolpiti che le mie dita desiderano graffiare.

Membro grosso e duro che voglio disperatamente avere dentro di me.

Sono tentata di stuzzicarlo da morire come lui ha fatto con me, però credo che la mia amichetta si metterebbe a protestare, se ritardassi di un altro minuto.

Indosso ancora il set di lingerie; quindi mi sollevo dal suo bacino, sposto di lato il tessuto e poi afferro l'erezione. Faccio scivolare la punta sulla fessura bagnata, e lui appiattisce i palmi sulle mie calze, stringendomi le cosce in trepidante attesa.

Con il cuore che mi martella nelle orecchie e il respiro irregolare, mi abbasso lentamente sull'asta. Il suo sguardo rimane bloccato sul mio mentre lui mi riempie talmente tanto che ci metto un minuto ad abituarmi all'invasione.

"Stai bene?"

Annuisco, portando avanti il bacino mentre mi penetra. Ogni

centimetro del mio corpo ha i nervi a fior di pelle perché finalmente lo stiamo facendo, e voglio che per lui sia tanto bello quanto so che sarà per me.

"Sole, non pensare". Si mette seduto e mi afferra il sedere, premendo insieme i nostri petti. "Dovrei essere io quello ansioso tra noi due". Un angolo delle sue labbra si arriccia all'insù, e sorrido per la sua capacità di confortarmi così facilmente.

Gli avvolgo le braccia attorno al collo e intreccio lentamente le dita ai suoi capelli senza toccare il cappello. "Non sono mai stata nervosa durante il sesso; quindi non so perché adesso lo sia".

"Siamo soltanto io e te, piccola. Ti sto lasciando tutto il controllo".

Mi muovo contro di lui e mi si serra lo stomaco per la sensazione di pienezza che provo in questa posizione. Il piacere mi accende dentro e fuori e, quando Tripp affonda le dita nelle mie natiche, il gesto mi incita a muovermi più veloce.

"Lo stai prendendo benissimo". Mi sfiora con le labbra un lato del viso mentre con una mano continua a palparmi il sedere e con l'altra massaggia il seno.

Gli umori tra le mie gambe rendono più semplice scivolare su e giù lungo l'asta e, quando la frizione del suo corpo contro il mio sfrega sul clitoride, getto indietro la testa per il piacere. "Oh, mio Dio! Quant'è intenso".

Mi dà una sculacciata, e io lancio un gridolino.

"Fallo di nuovo, ma più forte".

E così fa, *due volte*.

"Cazzo, sei incredibile, Sole! Se mi stringi e mi cavalchi così, ti riempio fino all'orlo".

Le sue parole mi fanno bagnare talmente tanto che mi sorprenderebbe se non lasciassimo le lenzuola fradice.

Tra lui che mi tiene ferma e il mio bacino che si muove sopra di lui, troviamo il ritmo perfetto che porta entrambi sul punto di perdere il controllo. Mi bacia finché non riesco più a concentrarmi sul muovere le labbra e poi mi succhia il collo, lasciandomi di proposito un marchio sulla pelle.

"Mi… manca… pochissimo", ansimo, sollevandomi e poi spingendomi contro di lui con forza.

"Squirta sul mio cazzo, mammina. Fammi sentire come esplodi".

Qualche istante dopo, faccio proprio quello.

Inarco la schiena mentre mi godo l'ondata dell'orgasmo che mi attraversa e mi provoca scariche di piacere lungo la schiena.

"Proprio una brava bambolina che mi cavalca in modo assolutamente perfetto. Però non ho finito con te", mi mormora Tripp all'orecchio mentre sono ancora in paradiso.

Senza preavviso, mi gira con la schiena sul letto, si toglie il cappello e scivola di nuovo dentro di me. Avvolgo le cosce attorno ai suoi fianchi mentre mi fotte in modo spietato. Si spinge talmente in profondità quando si carica la mia gamba sulla spalla, che sono convinta stia penetrando la cervice.

"Porca troia! Sì, sì, sì…" Mi si incrociano gli occhi mentre stringo le lenzuola nei pugni e mi aggrappo con tutte le mie forze. Si sta muovendo dentro di me con talmente tanta forza che mi verrà un trauma cranico per aver sbattuto contro la testiera.

Io riesco a malapena a prendere fiato e lui, invece, non sta facendo praticamente alcuna fatica mentre mi dà tutto quello che ha. Questo è ciò che mi merito per aver messo in dubbio la sua resistenza, perché sto per arrendermi e implorare pietà.

"Tripp, non…"

"Dammene un altro, tesoro".

"Non posso".

"Sì che puoi", ribatte. "Stai prendendo il mio cazzo benissimo. Soltanto un altro. Poi premierò la tua fighetta depravata con il mio sperma".

Annuisco, mordendomi il labbro inferiore.

Muove il bacino e colpisce la carne sensibile contro il punto G. Inarcando la schiena, gli graffio le braccia mentre la stanza inizia a girare attorno a noi, e mi libro verso l'alto nell'intensità delle sensazioni. Il piacere arriva rapido e con forza, e urlo più forte di prima.

"Oh, mio…" Mi mancano le parole quando affonda il viso nel mio collo e rimane immobile sopra di me.

Gli stritolo l'erezione mentre si riversa dentro di me e geme al mio orecchio. Un'ondata di soddisfazione mi travolge nel vedere quanto violento è stato il suo orgasmo per merito mio. Un senso di calore mi monta nel petto, perché mi sento davvero appagata e felice per la primissima volta durante il sesso.

"Sole, *accidenti*!" Il suo grugnito mi fa vibrare la pelle e, quando affondo le dita nella sua schiena, lui si rilassa completamente sopra di me. "Credo che tu stia cercando di uccidermi".

Le braccia mi ricadono sui lati come due massi. "Io? Sei tu che mi stavi spingendo nella tomba con quel tuo bacino. E adesso stai cercando di togliermi l'apporto di ossigeno".

Si fa una risatina mentre solleva il suo petto dal mio. "Merda, non possiamo permetterlo! Abbiamo grandi piani per Chatty, nel nostro futuro".

Sollevo le sopracciglia mentre decido se ridere o farmi prendere dal panico. Adesso non capisco se è serio oppure no.

Poi aggiunge: "Pensavo a Willow, se è una bambina, però, che sta per salice. Girasole e salice. Sarebbe carino".

"Mi stai prendendo per il culo", ribatto, e ho bisogno di sentirglielo dire.

"Non ti piace? Allora Ivy come edera, Lily come giglio o Daisy, margherita? *Belladonna*?"

Il suo tono è serissimo, ed è ancora impassibile; così gli do una sberla sul petto per riportarlo alla realtà.

Alla fine, accenna un sorriso. "È ancora troppo semplice farti innervosire, Sole".

Cattura la mia bocca per un bacio tenero prima di sdraiarsi sul letto accanto a me.

"Dice quello che vuole dare a nostra figlia il nome di un fiore *velenoso*".

Girandosi verso di me, si solleva su un gomito e sorride. "Ricordati chi ha scelto Chattanooga Tennessee".

"Un ottimo nome per un bambino del Sud". Annuisco con decisione.

"Finché i bambini a scuola non lo prendono in giro e lo chiamano Chiattino".

Mi metto sul fianco e imito la sua posa. "Ooh, che carino! Il nostro piccolo Chiattino".

Fa una risata nasale, catturando alcune ciocche selvagge dei miei capelli, per poi scostarle dietro l'orecchio. "Perlomeno avrà una mammina forte come una roccia che menerà tutti i bulli".

Non riesco a mantenere ancora la mia espressione seria e ridacchio per la disinvoltura con cui mi dà corda, a prescindere da quanto ridicolo sia l'argomento.

"Sono sicura che avranno tutti troppa paura della sorellina letale, *Belladonna*, per tormentarlo".

"Ovvio. E poi, quando ci sarà anche *Digitalis*, tutti quanti avranno paura del trio letale".

Scoppio a ridere. "Accidenti, ne avrei pure io!"

Il sorriso sul mio volto ormai è permanente, e non mi sorprenderebbe se domani dovessero farmi male le guance.

Poterci divertire nella sicurezza delle nostre battutine, sapendo che possiamo fidarci di condividere i nostri desideri e le nostre fantasie senza timore di allontanare l'altro, è un qualcosa che non ho mai avuto prima.

Tripp sfrega il pollice sulla mia pelle arrossata, guardandomi come se fossi la cosa più preziosa che abbia mai visto. "Stai attenta, Sole". La sua voce è poco più di un sussurro e mi fa partire il cuore in quarta.

Il mio viso si contorce per la confusione. "Con cosa?"

Mi pizzica il labbro inferiore, tracciandolo con la punta del dito. "Con il mio cuore. So che è presto, ma è tutto tuo. E, beh, forse non è poi così presto, visto che ti appartiene da molto tempo. Solo che tu non lo sapevi".

Sono andata ufficialmente in arresto cardiaco.

Quest'uomo dolce e introverso mi sta dichiarando i suoi sentimenti, e io voglio soltanto piangere.

È sconvolgente che una persona come lui si comporti in modo tanto genuino e tenero, dopo avermi scopata fino a lasciare l'impronta del mio corpo sul materasso. Sono le parole perfette che ho desiderato sentire per anni, e ora mi sta dicendo che il suo cuore mi appartiene.

Sarebbe impossibile non innamorarsi di quest'uomo.

Premo il palmo sul suo petto nudo e lo sento battere rapido. "Tu hai il mio da quando avevo quindici anni e ho realizzato che quei sentimenti strani che provavo andavano oltre il fatto che fossi il fratello della mia migliore amica. Nessun'altro mi faceva venire le farfalle allo stomaco; quindi posso affermare che anche il mio ti appartiene da molto tempo".

Anche durante quelle volte in cui io e Travis ci frequentavamo a intermittenza, non sono mai stata completamente sua. A quel punto conoscevo Tripp da anni, e mi aveva sempre guardato le spalle. Ogni volta che io e Noah ci cacciavamo in situazioni difficili, sapevamo di poter contare su di lui. Veniva a salvarci perfino nel cuore della notte, per quanto scomodo potesse essere per lui.

Gran parte dei miei ricordi delle medie e delle superiori lo coinvolgono in un modo o nell'altro.

E poi aggiungo: "Quindi prenderò volentieri il tuo, se tu prometti di proteggere il mio".

Mi afferra il mento tra il pollice e l'indice, portando le mie labbra verso le sue, senza però eliminare la distanza. "Prenderei una pallottola per il tuo cuore, Sole", sussurra con così tanta sincerità.

Le lacrime si formano agli angoli dei miei occhi e, prima che cadano, lo avvolgo tra le braccia e premo con forza la mia bocca sulla sua.

Dopo che ci siamo persi l'una nell'altro a lungo, lui spezza il bacio. "Per quanto mi stia godendo la vista di te con indosso la lingerie più sexy che abbia mai visto, dobbiamo darci una pulita. Fai una doccia con me".

"Solo se mi ci porti tu. Ho tutti gli arti di gelatina".

Ridacchia e poi fa l'occhiolino. "Credo di farcela".

Invece di sollevarmi tra le braccia come pensavo, si siede sul bordo del letto dandomi le spalle, raccoglie il cappello dal pavimento e poi gira la testa per guardarmi puntandomi addosso lo Stetson. "Balza in groppa, cowgirl".

Scoppio in una risata mentre mi avvicino e me lo lascia sulla testa. Mi arrampico sulla sua schiena per poi reggermi con tutte le mie forze. "Non farmi cadere".

Posiziona le mani dietro le mie ginocchia e si alza. "Se dubiti di me per queste cose così semplici, finirai con il ferire il mio ego".

"Era solo un'affermazione, come *guida con prudenza* o *in bocca al lupo*", mi difendo mentre mi porta verso il bagno.

"Mmh-mmh, certo. Immagino di doverti dimostrare quanto sono forte bloccandoti contro la parete della doccia e fottendoti fino a rompere le piastrelle".

"Continua a minacciarmi con la promessa di farmi godere, e vedrò di fare a pezzi anche la tua mascolinità".

"Ahia, Sole! Colpo basso".

Mi lascia andare sul bancone quando entra e poi si gira tra le mie cosce. "Adesso posso strappartelo di dosso?" Il suo sguardo tenebroso scorre lungo il mio corpo.

"Intendi strappare *strappare*?"

"Sì. L'unica lingerie che voglio che indossi è quella che ti compro io".

"Sei molto possessivo con il mio guardaroba", lo provoco, leccandomi il labbro inferiore mentre aspetto con ansia che mi baci di nuovo.

"Solo con i capi che ha pagato un altro uomo".

Arrossisco per quanto profondo e serio è il suo tono.

"Ok, cowboy. Fa' del tuo meglio".

Divarico le gambe, dandogli lo spazio per fare ciò che vuole.

Com'è classico di Tripp, prima mi stuzzica senza tregua, facendo scorrere le dita con tocco leggerissimo su braccia e cosce; poi afferra lo slip e me lo strappa letteralmente dalla pelle. La giarrettiera e le calze lo seguono. Quindi prende una spallina del reggiseno tra i denti, la fa scivolare lungo il braccio e fa lo stesso con l'altra.

Mi toglie il cappello da cowboy dalla testa e, senza perder tempo, slaccia la bralette con una mano sola con un singolo colpetto.

Con aria compiaciuta, come se fosse soddisfatto dal suo lavoro, la sfila completamente e poi la lancia sulla montagnetta di vestiti sul pavimento.

Adesso che sono completamente nuda, il suo sguardo ardente scorre su ogni centimetro del mio corpo.

Mentre rimane tra le mie gambe, traccia on un dito il contorno delle mie labbra e mi scruta l'anima, sorridente. "Quanto cazzo sei bella, Sole! Dentro e fuori".

Gli stringo i fianchi per attirarlo più vicino. "Potrei dire la stessa cosa di te o, piuttosto, che sei terribilmente affascinante".

Arriccia le labbra con disappunto. "Sexy? Virile? Forte? Magari uno di questi".

Alzo gli occhi al cielo e lo spingo indietro per poter balzare giù dal bancone. "Egocentrico, testardo e incompetente sarebbero opzioni migliori".

Prima che possa fermarlo, mi carica sulla spalla e apre la tenda della doccia.

"Tripp!" Gli sculaccio il sedere nudo, ma non ottengo la minima reazione.

Regge le mie gambe con un braccio, e io mi aggrappo a lui con una presa di ferro.

"Sole…" Ridacchia, aprendo l'acqua. "Non ti faccio cadere".

"Oh, scusami se non sono tanto tranquilla mentre vengo tenuta a testa in giù, con un pavimento duro sotto di me".

Mi palpa il sedere e stringe. "Fidati, piccola".

"Lo farò quando sarò dritta".

Dopo essere entrato nella doccia e aver chiuso la tenda, mi rimette in piedi e mi posiziona contro la parete, tenendomi ferma con i suoi fianchi.

"Cristo, ho il capogiro!" Mi aggrappo con decisione alle sue spalle e tremo nell'aria fredda.

"L'acqua dovrebbe scaldarsi tra un secondo. Nel frattempo, il mio uccello può tenerti al caldo".

Guardo tra di noi, notando che ce l'ha di nuovo duro, e faccio un sorrisetto. "Beh, non mi metterò mica incinta da sola".

Capitolo Ventisette
Tripp

Condividere un fetish per la gravidanza con la tua ragazza è molto divertente finché il rischio che ti si stacchi l'uccello non diventa una concreta preoccupazione.

Ho perso il conto di quanti orgasmi ha avuto Magnolia, e l'orgoglio virile che c'è in me sorride raggiante come un bastardo tronfio, ma ogni parte del mio corpo è in fiamme. Detto da una persona che ha fatto molti turni di dodici ore a spaccarsi la schiena, quello non era niente in confronto alla resistenza di una donna che sta recuperando il tempo perso. Ovviamente, dopo essermi vantato dei livelli della mia, non potevo permetterle di superarmi.

Dopo la doccia in cui l'ho scopata per bene contro la parete, ci siamo presi una pausa per cenare e ho suggerito di guardare *Dirty Dancing*, dato che non siamo riusciti a farlo prima per via dell'intervento d'urgenza di Sydney. Però, a metà del film, la sua bocca è finita attorno al mio uccello, e quello ha portato al terzo round.

Quando eravamo pronti per andare a letto, ha chiesto in prestito una mia maglietta e, non appena gliel'ho vista addosso, mi è venuto di nuovo duro.

Per il quarto round l'ho messa a novanta e l'ho presa in

profondità e con forza mentre sollevava il suo sedere rotondo e perfetto per me.

Ammetto che è stata la mia prima maratona di sesso, e adesso i miei polpacci ne stanno pagando il prezzo.

Però, cazzo, ne è valsa la pena.

Abbracciare Magnolia mentre dorme e poterla toccare è ancora surreale.

Grazie a Dio che stamattina c'è Waylon a sostituirmi. Dato che oggi non c'è nessun nuovo check-in, non devo preoccuparmi di organizzare le escursioni questo pomeriggio. Significa che posso stare con Magnolia mentre lavora al mercato agricolo. Ha accennato che ieri è passato un tipo strano mentre era all'agriturismo e, considerando che non ricordo di aver accolto un uomo che corrisponde alla sua descrizione, non mi piace l'idea che un estraneo stalkeri la mia ragazza.

Ma, prima di accompagnarla a casa perché si prepari, decido di cucinarle qualcosa, dato che non ho dubbi che le sia venuta fame.

Impiatto le uova alla Benedict, riempio un bicchiere di succo d'arancia e poi le porto tutto a letto. Dorme ancora profondamente, con i capelli scuri e selvaggi che le coprono metà del volto e i miei segni sul collo.

È dannatamente sexy.

"Sole", dico dolcemente, inginocchiandomi accanto a lei dopo aver posato le cose sul comodino. "Svegliati, piccola. Ti ho portato la colazione".

"Mmh", mormora, muovendosi appena, ma poi spalanca gli occhi. "Cos'è quest'odore?"

Il panico nella sua voce mi mette subito in stato di allerta.

Prima che possa risponderle, si mette seduta, coprendosi la bocca; poi lancia via le coperte e mi supera di corsa.

Mi alzo, in preda alla confusione, e la seguo mentre va in bagno. Si piega sul gabinetto, svuotando lo stomaco, e io la raggiungo in tutta fretta.

"Merda, piccola!" Le sposto i capelli dal viso e li tengo nel pugno. Continua a vomitare violentemente, e le massaggio la schiena mentre rimango dietro di lei.

Dopo l'ultimo round si raddrizza, respirando pesantemente. Prendo un panno e lo bagno con acqua fredda; poi le tampono le guance, la fronte e il collo.

"È stato terribile. Credo di aver rigurgitato tutto lo stomaco".

"Pensi di riuscire a bere dell'acqua?" chiedo, prendendola per mano e aiutandola ad alzarsi.

Annuisce, e si lascia trasportare di nuovo fino al mio letto.

"Resta qui, e te la porto". Raccolgo il piatto di uova e il succo d'arancia, poi vado in cucina. Detesto che si senta di nuovo male. Dev'essersi presa qualcosa; il che vuol dire che probabilmente presto ce l'avrò anche io.

Quando torno con l'acqua, la trovo stesa. "Sole, siediti e bevi".

La aiuto a spingersi su quando non ci riesce e le avvicino il bicchiere alla bocca. Dopo qualche secondo, lo metto giù e le rimbocco le coperte.

"Devo chiamare qualcuno per informare che oggi non ci sarai?" chiedo quando chiude gli occhi.

"No, perderò soltanto la quota per il posto. Ma non riuscirei mai a servire da bere mentre vomito; quindi è meglio per tutti se non ci vado".

La tristezza nella sua voce mi fa accigliare. So che dipende principalmente dalle vendite del sabato per far quadrare i conti, però ora ha più bisogno di riposo che di altro. Il signor Waters è il presidente del comitato cittadino che gestisce il mercato agricolo e, dato che mi deve un favore perché l'ho aiutato a riportare al suo ranch il suo bestiame in fuga, gli chiederò di rinunciare alla quota di Magnolia.

"Dormi per tutto il tempo che ti serve. Sarò qui al tuo risveglio". La bacio sulla testa e poi spengo la luce.

Pulisco la cucina, riordino il soggiorno e faccio una lavatrice. Quando passo a controllare come si sente due ore dopo, sta ancora ronfando profondamente; quindi mi spoglio fino a restare solo con i boxer e scivolo dentro con lei. Non trasalisce neanche quando passo un braccio sotto di lei e la attiro contro il mio fianco.

La vibrazione del mio telefono sul comodino mi sveglia. È la chat di gruppo con i miei fratelli.

LANDEN

> C'è stata una rapina al supermercato Phil's Grocery, e una macchina è esplosa nel parcheggio cinque minuti dopo. Il centro è bloccato da una dozzina di volanti. La situazione sta degenerando.

Cristo! È la terza rapina, questo mese.

È chiaro che si tratta della stessa persona responsabile della recente serie di crimini in paese. Le prime volte sono state prese di mira due piccole attività a gestione familiare sulla Main Street. Sembra che il colpevole sia passato a posti più grandi con più contanti.

TRIPP

> Hanno annunciato qualche sospettato?

LANDEN

> Beh, se non vedo Wilder e Waylon nei prossimi cinque minuti, io punto il dito contro di loro.

Trattengo una risata.

WAYLON

> Ehi! Ho passato la giornata a parare il culo a Tripp! Di certo non sono stato io.

TRIPP

> Già, lo apprezzo.

Resta con me

WILDER

Non sono così scemo da rapinare un supermercato in pieno giorno.

LANDEN

Però così scemo da rapinarne uno di notte sì, eh?

WILDER

Beh, se dovessi farlo… sì. L'unica cosa che prenderei è la birra di lusso.

WAYLON

Che diavolo sarebbe la birra di lusso? Stronzo snob che non sei altro.

WILDER

Oh, non è da snob quando me la rubi dal frigo?

WILDER

Un attimo, dove diavolo è Tripp? Perché Waylon ti sta sostituendo?

Alla domanda, alzo gli occhi al cielo e guardo la bellissima ragazza accanto a me.

TRIPP

Non sono affaracci tuoi.

WAYLON

Non l'hai detto nemmeno a me. Dove sei?

TRIPP

Non me l'hai chiesto.

WAYLON

Beh, te lo sto chiedendo adesso!

LANDEN

Già, Tripp… che stai facendo? Oppure dovrei chiederti… chi ti stai facendo?

Pezzo di merda.

TRIPP

Perché non pensate tutti quanti agli affari vostri, dato che siete al telefono, invece di lavorare?

WAYLON

Proprio tu parli di etica lavorativa.

TRIPP

Oh, vaffanculo! Mi prendo un giorno libero.

WILDER

Per rapinare un supermercato?

TRIPP

Già, avevo bisogno di provare un bel brivido.

WAYLON

Aspetta. Ma non è la macchina di Magnolia quella nel tuo vialetto?

Avrei dovuto aspettarmi che sarebbe successo. Quel bastardo ficcanaso!

Noah ritorna dalla luna di miele domani; quindi l'avrebbero scoperto comunque presto.

Ma, giusto per spassarmela un po', faccio il finto tonto.

TRIPP

Tu come fai a sapere com'è la sua macchina?

WAYLON

Perché è sempre qui. Coglione. Ti sto sostituendo così puoi scopare? Che cazzo?

Mi trattengo dal ridere, immaginando la sua faccia scioccata.

WILDER

COSA?! Mi prendi per il culo?

Questa volta non riesco a controllarmi. Quel povero bastardo pensava davvero che sarebbe riuscito a conquistarla.

LANDEN

Beh, è andata bene proprio come pensavo.

WILDER

Lo sapevi!

WAYLON

Non ce l'hai detto?

TRIPP

A dopo, stronzi. Tenetemi aggiornato se sentite qualcosa sulle rapine. Io ho un alibi.

Poi mando l'emoji del dito medio e imposto la modalità "non disturbare".

Quando Magnolia si sveglia, è già pomeriggio inoltrato. Visto che le si è stabilizzato lo stomaco e vuole provare a mangiare, le preparo del pane tostato con il burro d'arachidi per vedere come reagisce. Riesce a mandarlo giù, e noto che non è più tanto pallida quanto prima.

"Spero che fosse solo un virus giornaliero o qualcosa del genere", dico, sedendomi accanto a lei sul divano dopo averle portato un bicchiere d'acqua.

"Lo spero. Era da secoli che non mi sentivo così esausta. Ma non posso continuare a saltare il lavoro".

"Vuoi che vada io al posto tuo?" ironizzo, sorridente. "Non sono capace di preparare caffelatte o muffin, però faccio un caffè eccellente".

"Sai usare una macchinetta del caffè?"

"Non devo soltanto premere il pulsante?"

Fa una risata nasale. "Sì, dopo che macini i chicchi, li pesi e inserisci il filtro".

"Mmh. Mi sa che rimango al ranch". Ridacchio, passandole un braccio attorno alle spalle. "Se ti servono soldi per recuperare i giorni persi, posso…"

"Non offrirmi soldi, perché non riuscirei a rifiutare".

Sorrido per la sua schietta onestà. "Allora perché non dovrei offrirteli?"

"Perché ho aperto la mia attività per non dover dipendere da nessun altro. Solo che non avevo preso in considerazione i giorni di malattia. Ed è stato da stupidi, lo so".

"No, la tua è ancora una nuova attività ed è comprensibile che ti preoccupi di prenderti dei giorni di pausa. Però non puoi controllare quando ti ammali; quindi, se hai bisogno di aiuto, accettalo almeno da me. Adesso siamo una squadra".

Mi posa la testa sulla spalla e chiude gli occhi. "Sei fin troppo buono con me, Tripp Chattanooga", mormora come se stesse per crollare di nuovo.

Le bacio i capelli e la stringo più vicina.

Se solo capisse che farei letteralmente qualunque cosa per lei…

Capitolo Ventotto
Magnolia

"Sono tornaaaaata!" esclama in tono cantilenante Noah al telefono, quando rispondo.

"Era ora! Lo sai quanto sono lunghe due settimane? Sei stata via per un'eternità!"

"Lo so! Non sono mai rimasta così isolata per tutto quel tempo e, anche se è stato bello, sento di essermi persa tantissimo".

Direi che è un eufemismo.

"Non vedo l'ora di vederti! Ho così tanto da dirti", annuncio mentre fisso le confezioni di test di gravidanza sul bancone. Dopo essere stata male tutto il fine settimana e aver reagito in modo così terribile all'odore delle uova, per la mia salute mentale ho bisogno di assicurarmi di *non* essere rimasta incinta, prima di rivedere Tripp. "A proposito, hai saputo delle rapine in paese?"

"Sì, ho trovato una serie di messaggi dai miei fratelli su quella faccenda e su una macchina esplosa. Che cazzo è successo? Spero che lo prendano presto perché, adesso che tutti sono in stato di allerta, si terranno il fucile a portata di mano e carico".

Ridacchio perché è vero. "Colpire i negozi la notte è una cosa, perché si tratta di una lotta contro il tempo prima che arrivi la polizia, ma farlo in pieno giorno quando la gente sta facendo la spesa è come chiedere di farsi sparare".

"Esattamente quello che ho detto io!" Ride. "Non vedo l'ora di mostrarti tutte le foto che ho fatto. Ho perfino incontrato un gruppo di figaccioni universitari e ho fatto vedere qualche fotografia della mia migliore amica single. Potrei aver chiesto qualche numero da darti".

Faccio una risata nasale, riuscendo a immaginarmi la scena. "E c'era qualcuno del luogo?"

"Erano francesi, ma i loro *accenti*..." Il suo sospiro sognante mi strappa una risatina.

"Vuoi che mi sposi un francese soltanto per poterlo sentire parlare tutto il giorno".

"Certo". Ride e continua a raccontarmi alcune delle cose che hanno fatto durante la luna di miele. Per quanto mi sia mancata e abbia voglia di parlare, la possibilità che sia incinta mi distrae troppo la mente.

Considerando che io e Tripp abbiamo fatto sesso soltanto tre giorni fa, so che non sarebbe suo.

E sarebbe maledettamente devastante.

Le pillole anticoncezionali mi durano per tre mesi e ne prendo una religiosamente tutte le mattine prima del lavoro. L'ho presa in ritardo soltanto quando stavo male o dormivo fino a tardi. E, dato che è successo dopo che io e Travis abbiamo fatto sesso, vorrebbe dire che il preservativo che ha usato si è rotto oppure era scaduto. Anche se la pillola non è efficace al cento percento, il profilattico avrebbe dovuto essere un'opzione di riserva affidabile. Però, sapendo quanto è irresponsabile e tirchio, probabilmente ne ha preso uno da un distributore automatico economico.

"Mags? Ci sei?" La voce di Noah riecheggia nel mio orecchio, e riporto la testa sulla terra.

"Sì, scusami. È che sto, ehm... pulendo e guardando *Hart of Dixie*". Mi appoggio allo schienale del divano e sollevo i piedi sul tavolino.

Sussulta. "Senza di me? Come osi?"

"Come se non l'avessimo visto ottanta milioni di volte. E poi, ce l'ho giusto in sottofondo mentre metto in ordine la casa".

"Team George per sempre".

Sbuffo. "Volevi dire Team Wade. Lo so che ti piacciono vecchi… ma no. Vince il donnaiolo sfavorito".

"Oh, mio Dio! George non è così *vecchio*".

Ridacchio per quanto sembra offesa. "Immagino che non dovrei dirti che prima stavo ascoltando a palla la playlist di Taylor Swift mentre preparavo i muffin".

"Magnolia Sutherland! Stai facendo tutte le nostre cose preferite senza di me". La sua voce triste e imbronciata mi fa ridere.

"Beh, ho delle cose da fare! Non possiamo permetterci tutti di trascorrere una luna di miele di due settimane su un'isola nel bel mezzo del nulla. E poi, quando sono a casa, mi sento sola; quindi ho bisogno che Taylor e Wade mi facciano compagnia".

"Ti stai almeno ricordando di nutrirti?"

Pensare al cibo mi fa venir voglia di vomitare. "Mmh-mmh".

"Più di qualcosa da sgranocchiare?"

"I cereali Froot Loops sono una cena assolutamente accettabile", ribatto, consapevole che mi sgriderà. "Oh, e anche i Cheetos piccanti".

Fa una risata nasale. "Sono contenta che non è cambiato nulla mentre ero via".

"Ehi, cucinare per una persona è difficile".

"Puoi mangiare al Lodge, quando lavori lì".

"Da sola?"

"Sono sicura che riusciresti a convincere Landen ad andarci con te. Mangia tipo otto volte al giorno".

"È vero! E dove finisce tutto?" Quell'uomo è tutto muscoli.

"Non ne ho idea. L'hai visto di recente? Come sta, dopo quello che è successo a Sydney?"

"Non lo vedo da quella sera, e non risponde ai miei messaggi. Quindi non credo molto bene".

"Mi dispiace tantissimo non esserci stata. Le era molto affezionato. Tripp ha detto che è andato nel bosco e ha cominciato a spaccare la legna". Dalla sua voce traspare la stessa tristezza che abbiamo provato tutti, quando è successo.

"Di solito passa a trovarmi quando sono all'agriturismo, quindi proverò a parlarci domani. A proposito, quand'è che posso rivedere la mia migliore amica?"

"Oggi disfo le valigie e faccio il bucato, mentre domattina ho l'addestramento, però passo da te nel pomeriggio, quando sei meno impegnata. E poi, mi manca il mio caffè speciale di Magnolia".

"Spero tu non mi abbia tradita mentre eri in vacanza".

"Mai! Ho seguito una dieta rigida di alcool e cibi unti".

Quando menziona i cibi *unti*, mi si ritorce lo stomaco, e mando giù quello che stava minacciando di risalire. Se non ho sviluppato un'improvvisa repulsione per il cibo, allora c'è *qualcosa* che mi fa sentire nauseata tutto il cavolo di tempo.

"Ehi, mi sta chiamando papà, e voglio assicurarmi che vada tutto bene", dico.

"Nessun problema. Ci vediamo domani!"

"Ok, ti voglio bene".

"Ti voglio bene, ciao!"

Clicco subito per rispondere sull'altra linea. "Ehi, papà. Tutto bene?"

"Ti chiamavo per chiederti la stessa cosa".

Mi siedo più dritta sul divano. "Che vuoi dire?"

"Ho appena sentito dallo scanner che alcune macchine sono state scassinate questo pomeriggio tra la Seconda e Sheboygan".

È giusto a pochi isolati da me.

Che cazzo sta succedendo in paese?

"No, non ho sentito niente. Però riesco a vedere la mia auto dalla finestra anteriore…" La raggiungo e controllo dalle tapparelle. "Sì, da qui sembra tutto a posto. Non troverebbero comunque nulla, a parte delle tazze di caffè vuote e tipo ventitré centesimi".

"Bene. Non lasciare nulla di valore all'interno. Dovresti pensare di comprare degli altri lucchetti per il rimorchio".

Mi si stringe il cuore al pensiero che qualcuno ci entri con la forza. "Sì, è una buona idea. Ne compro un paio dal ferramenta domani, dopo il lavoro".

Detesto non poterlo mettere nel parcheggio condominiale; quindi per il momento devo fidarmi e lasciarlo in centro.

"Beh, comunque, come state tu e mamma? Pensavo di venirvi a trovare domenica. C'è qualche problema?"

Anche se il Ringraziamento è questo giovedì, non lo festeggiamo insieme da anni. Vado sempre con Noah e la sua famiglia al Lodge, dove preparano un banchetto per il personale e gli ospiti.

"Sarebbe magnifico, tesoro. Posso preparare il pranzo. Pesce gatto fritto, molto croccante come piace a te, e un contorno di asparagi e insalata di cavolo".

Oh, no.

Correndo in cucina, mi fermo sul lavello con i conati di vomito, finché alla fine non riesco a buttare fuori tutto e svuotare lo stomaco. Ho davvero bisogno che la gente smetta di parlare di cibo. Se sono incinta, non riuscirò mai a sopravvivere nove mesi così.

"Magnolia? Tesoro?" Sento la voce di mio padre riecheggiare dal telefono.

Metto il vivavoce. "Scusami! È caduto il telefono".

"Tutto ok? Sembravi in punto di morte".

"Ma no, sto bene. Benissimo".

C'è silenzio per un istante, come se stesse considerando l'idea di chiedermelo di nuovo, ma quando non parla mi invento una scusa per chiudere la chiamata.

"Devo finire il bucato, papà. Ci vediamo domenica?"

"Certo, piccoletta. A presto".

Dopo che ci siamo salutati, butto giù un bicchiere d'acqua fredda e sputo il saporaccio che ho in bocca.

Le confezioni di test di gravidanza mi fissano, e non resisto più. Li ho comprati di tre marchi diversi, però prendo per primo quello digitale, dato che mi dirà un semplice sì o un no, senza che debba decifrare una o due linee sbiadite. Anche se suggerisce di aspettare di essersi appena alzate dal letto, lo faccio adesso perché, a questo punto, voglio solo una conferma.

Se per un qualche caso fortuito dovesse venire fuori che non sono incinta, allora c'è quasi certamente un qualche parassita raro che vive nel mio corpo, perché non ho mai provato queste nausee passeggere in vita mia.

Prendendo un bicchiere di carta che ho portato a casa, vado in bagno e faccio la pipì. Dato che mi sono scolata tantissima acqua per tutto il giorno, spero di non essere iperidratata.

Quando ho finito, immergo il bastoncino nel bicchiere per qualche secondo e poi lo lascio al rovescio sul bancone. Sulla confezione dice che possono volerci da uno a cinque minuti; quindi mi lavo le mani e imposto il timer sul telefono.

Dato che è lunedì, ho lavorato in centro e non ho visto Tripp all'agriturismo. Non l'ho visto nemmeno ieri, perché sono tornata a casa per dormire e pulire la casa. La mattina lui ha lavorato e poi la sera aveva la cena domenicale con la sua famiglia; perciò ci siamo sentiti per messaggio. È così che ho scoperto che i suoi fratelli sanno di noi; il che significa che devo dirlo a Noah non appena la vedo. So che sarà felice per noi, però ho il presentimento che avrò una notizia ancora più grossa da darle.

Non è nemmeno la parte della gravidanza che mi spaventa. Sarei più emozionata alla prospettiva di diventare madre se non comportasse una condanna a vita a dover avere a che fare con Travis. Ipotizzando che lui voglia far parte della vita del bambino, è impossibile che Tripp accetterà l'idea che la sua ragazza sia incinta del figlio di un altro uomo. Se i ruoli fossero invertiti e una tipa si presentasse dicendo di avere in grembo il figlio di Tripp, ne sarei distrutta. Sapere che lei sarà nella sua vita per i prossimi diciotto anni e che lui farà tutte quelle prime esperienze da genitore con lei e non con me mi porterebbe a un crollo emotivo.

Il timer suona, e sobbalzo. Ero talmente persa nei miei pensieri da essermene quasi dimenticata.

Il cuore mi martella nel petto con talmente tanta forza che lo sento battere nelle orecchie. Mi sudano le mani per il nervosismo e ci metto un attimo a prendere fiato. Non so perché sia così angosciata, considerando che, dentro di me, so già quale sarà il risultato.

Invece di tirarla per le lunghe, prendo il bastoncino, lo giro e guardo lo schermo.

Incinta.

"Oddio!" Fisso quella singola parola che ha appena messo sottosopra la mia vita. "Mi sto sentendo male".

Mi giro verso il gabinetto e vomito per la terza volta da quando mi sono svegliata. Ma cosa diavolo mi è rimasto nello stomaco, ormai? Dato che ho vomitato stamattina prima di fare colazione dimostra che non importa se dentro ci sia del cibo o meno. Fra poco butterò fuori gli organi.

Quando la nausea passa e ho lavato di nuovo i denti, prendo le altre due confezioni di test e li immergo nel bicchiere di pipì, giusto per sicurezza. Anche se il test digitale dovrebbe essere accurato al novantanove percento, così doveva essere per la combinazione pillola-preservativo. Non mi fido di un test solo.

Dieci minuti dopo, ci sono altri due risultati positivi che mi fissano.

Non so bene come dovrei sentirmi, ma perlomeno ho questa certezza.

E adesso devo decidere come farò a rivelarlo al mio ragazzo, spezzandogli il cuore.

Mentre fuori fa sempre più freddo, io lavoro tutta imbacuccata. Cappello, due strati sopra e scarponi. Anche se il rimorchio blocca quasi tutto il freddo, è il vento che mi fa gelare le ossa.

Tripp è già passato questa mattina presto con Landen, e detesto essere stata costretta a comportarmi come se nulla fosse. Mi sembra di ingannarlo, però non voglio dirglielo per messaggio o mentre siamo entrambi occupati con il nostro lavoro.

Landen sembra stare meglio rispetto alla settimana scorsa e mi

ha perfino presa in giro perché assomigliavo a un orso in
ibernazione, mentre lui indossava soltanto una maglietta a
maniche lunghe. Però ho risposto dicendo che lui si fa una bella
sudata, mentre io rimango impalata nello stesso punto per ore.

NOAH

Sto passando adesso!

Non appena leggo il suo messaggio, comincio a prepararle il
caffè. È di gusti semplici come me, ed è così che ho trovato il nome
"Strega Banale" per il caffelatte speziato, che non è altro che
sciroppo aromatizzato alla zucca con panna montata extra e noce
moscata sopra.

Quando la vedo avvicinarsi, esco in tutta fretta dal
chioschetto, e lei corre verso di me. Scoppio a ridere quando ci
scontriamo e ci abbracciamo.

"Sono così felice che sei tornata!" strillo tra i suoi capelli.

"Anche io".

"Ho così tanto da dirti!" annuncio, tornando dietro il bancone
per completare il suo drink.

"Oddio, sembra roba seria!" Noah si avvicina, in attesa che mi
spieghi meglio, però il martellio che ho nel petto mi dà
l'impressione che potrei svenire.

"Ho fatto un casino", comincio.

Inarca un sopracciglio. "In che senso?"

Butto fuori un respiro, cercando di calmare il battito rapido
del mio cuore. Si incazzerà da morire.

"Potrei essermi portata a letto Travis un mese fa…"

Quattro settimane e tre giorni, per l'esattezza.

Rimane a bocca aperta e sussulta. "Magnolia Sutherland! Non
l'hai fatto davvero! E perché me lo dici soltanto adesso?"

"Perché sapevo che avresti reagito così", le rispondo
onestamente. *Ed è imbarazzante da morire.*

"Beh…" Fa spallucce, per niente dispiaciuta.

"Ero ubriaca e arrapata. E molto, molto, molto stupida", provo
a spiegare, ma onestamente c'è stato molto di più di quello. È
anche colpa di quella stupida e irritante di Lydia, che se ne stava

appiccicata a Tripp. E potrei prendermela pure con Landen per averlo costretto a passare la serata con lei.

"Pare l'inizio di qualunque canzone country…" Fa uscire aria dal naso, come se tentasse di trattenere una risata. "Ok, allora vi siete rimessi insieme o cosa?"

Rabbrividisco e per poco non mi viene da vomitare all'idea di avere le sue mani addosso.

"Cristo, no! Gli ho detto di cancellare il mio numero e l'ho bloccato. La Magnolia ubriaca non prenderà più quella decisione".

"Bene. Meriti di meglio". È confortante sentirglielo dire, perché Travis ha provato con tutto se stesso a spezzarmi e farmi credere che non meritassi di essere amata o rispettata. Per non parlare del fatto che si è approfittato di me quando ero ubriaca e mi ha drogata.

Completo il suo drink con una sana dose di panna montata, poi le passo il bicchiere.

"Ho fatto un test di gravidanza, Noah". *Beh, in realtà tre.*

Quando vedo la sua espressione, che mi ricorda esattamente che casino enorme ho fatto, le lacrime mi sgorgano lungo le guance.

"Era positivo", confermo.

"Oh, tesoro". Fa il giro fino al lato del chioschetto, apre la porta e poi mi stringe in un abbraccio. "Non so se devo farti le mie congratulazioni o no, però…"

"Non lo so neanche io", ammetto, continuando a piangere tra le sue braccia.

Staccandomi da lei, mi asciugo il viso e inizio a tormentarmi le dita, prima di raccontarle il resto. "C'è di peggio".

Solleva le sopracciglia. "Cosa può esserci di peggiore che farti mettere incinta dal tuo ex?"

Deglutisco con forza e cerco di non raccontare in un fiume di parole la parte più difficile della situazione.

"Dopo di lui sono andata a letto con uno che mi piace davvero, e adesso ho distrutto ogni possibilità di avere una relazione con lui". *Beh, una duratura.* "Non mi vorrà mai, dopo che avrà scoperto che partorirò il figlio di un altro uomo".

Sbarra gli occhi e rimane a bocca aperta.

Già, proprio come pensavo che avrebbe reagito.

"Magnolia! Ti lascio sola per un paio di settimane…" Ride, ma in modo sincero. "Sei sicura che il padre non sia lui? Cosa ne è stato di quei Magnum XL che ti avevo dato l'anno scorso? Non potrai mica aver già finito tutta la confezione".

"Fidati, a Travis non servono gli XL, però ne abbiamo usato uno. Se non era scaduto, si è rotto", spiego aggrottando la fronte. "E sì, ne sono sicura. Uso un'app per monitorare il ciclo e l'ovulazione. Quando sono stata con l'altro ragazzo dovevo già essere incinta. Però ovviamente non lo sapevo".

"Ok, e chi era?"

Nervosa, abbasso lo sguardo. "Era Tripp".

"Aspetta…" Si gratta la testa come se le servisse un momento per elaborare le parole che ho appena pronunciato. "Mio *fratello* Tripp?"

Faccio una smorfia quando alza la voce.

Si schiarisce la gola, come se quel tono così brusco non fosse intenzionale. "Parli del Tripp a cui vai dietro da quasi dieci anni e che non ha mai mostrato alcun interesse nei tuoi confronti? Quel Tripp?"

Risucchiando le labbra, annuisco. "Sì. A quanto pare, un pochino gli piaccio". *Molto*, a giudicare dalle sue parole e azioni.

Ci mette un attimo a elaborare e poi dice: "Se gli piaci davvero, allora accetterà sia te che il bambino. Però potrebbe non essere ancora pronto per un impegno simile; quindi dovrai prepararti a quella possibilità".

"Oh, lo sono già. Mi aspetto che mi respinga e non mi rivolga più la parola".

È quello che farei io nei suoi panni.

Mi abbraccia di nuovo. "Beh, io sarò qui per te sempre e comunque. Vizierò tantissimo la mia nipotina o il mio nipotino".

La stringo più forte. "Grazie". E poi, per alleggerire l'atmosfera, menziono una cosa su cui scherziamo sin dalle superiori: "Non ci credo che potrai sederti dietro di me e dirmi *spingi, spingi, spingi* durante il parto prima che io possa farlo per te.

La mia estate da bomba sexy si è trasformata in un inverno da
barilotto".

"Oh, mio Dio!" Scoppia a ridere mentre ci separiamo "Per
prima cosa, non sarebbe comunque mai successo. Seconda, l'estate
era già finita quando hai avuto quel tuo piccolo incidente di una
notte. Ma, se può consolarti, possiamo essere due barilotti
insieme".

Ci metto un secondo a comprendere quello che sta dicendo;
poi abbasso lo sguardo sul suo ventre. "*Cosa?*"

Non ci posso credere.

Annuisce con un sorriso contagioso. "Già. L'ho scoperto
stamattina".

Rimango a bocca aperta e mi lancio verso di lei per un
abbraccio. "Porca troia! Non avrei mai immaginato che saremmo
rimaste incinte nello stesso periodo!"

"Nemmeno io. Non ci abbiamo neanche provato!"

"*Accidenti!* Lo sperma di paparino Fisher fa i doppi turni".
Faccio agitare le sopracciglia quando uso il soprannome che gli ho
affibbiato l'anno scorso, e lei mi dà un colpetto sul braccio.

"Secondo me, c'era qualcosa nell'aria di quel posto. Oppure il
sesso in luna di miele è più efficace".

Mi appoggio al bancone e faccio un largo sorriso. Sapere che è
incinta anche lei rende tutto più tollerabile. "E se i nostri figli
crescessero insieme e si sposassero? Diventeremmo consuocere!"

Ridacchia. "Sei matta, lo sai?"

"Lo so. E questi ormoni non faranno che peggiorare le cose".

"Adesso possiamo importunare Fisher e i miei fratelli
insieme".

Prende il caffè e lo assaggia. Visto che adesso dovremo limitare
il consumo di caffeina, non posso biasimarla per averne
approfittato un'ultima volta.

"A proposito… Ti chiedo di non dirlo a nessuno, almeno finché
non ne avrò parlato personalmente con Tripp".

"Sì, certo. A Travis lo dirai?"

Il mio labbro inferiore si arriccia mentre sbuffo. "Prima o poi.
Vorrei non doverlo fare, ma se dovesse scoprirlo prima che glielo

riveli io si comporterebbe ancora più da immaturo. Fosse per me, non esisterebbe neanche nelle nostre vite".

"Però lo sai che non sarebbe giusto. Merita la possibilità di essere padre. Se dovesse decidere che non vuole farlo, puoi tagliarlo completamente fuori. Semplicemente, non riprenderlo nella *tua* vita, se capisci che intendo".

L'inferno ghiaccerà prima che accada. Incrocio le braccia e sospiro. "Sì, *madre*. Non che voglia farlo comunque".

"Bene. Allora adesso devi soltanto pensare a mangiare sano, non stressarti e dormire a sufficienza".

"Tu, invece? Continuerai ad andare a cavallo?" chiedo.

"Sì, ma niente numeri o acrobazie. Sono sicura che Fisher proverà a vietarmi qualunque tipo di addestramento, ma è il mio lavoro; quindi dovrà farsene una ragione. Ma, comunque sia, cercherò anche di non strafare. Possiamo darci supporto a vicenda, che dici?"

Un senso di calore mi avvolge il corpo, al pensiero. Non dovrò fare questo viaggio spaventoso da sola.

"Bellissima idea! Sono molto più emozionata, ora che so che pure tu sei incinta". Faccio una risatina e tiro fuori il telefono.

"Sono contenta di aver dimenticato la pillola per renderti felice", ironizza.

"Ho scaricato un'app per la gravidanza. Dovresti provarla anche tu, così possiamo monitorare i progressi e i traguardi. Dice che il mio bambino è grande quanto una lenticchia". Sollevo la mano e faccio un cerchietto minuscolo con le dita.

Dopo che l'ha installata, inserisce la data del suo ultimo ciclo mestruale, e dice che è alla quarta settimana.

"Il mio è grande come un seme di papavero". Mi mostra l'immagine. "Mmh, Poppy per papavero è un nome carino".

Le scocco un'occhiata preoccupata. "Mi dispiace, ma io non chiamo il mio Lentil per lenticchia". Se lei opta per quello, io preferirei Chatty o Willow.

Pensando al nome che Tripp sceglierebbe per una bambina, le lacrime minacciano di sgorgare di nuovo.

Noah scoppia a ridere. "Mi pare giusto".

Stando all'applicazione, io sono alla sesta settimana; il che vuol dire che ne abbiamo soltanto due di differenza e che raggiungeremo molti traguardi insieme.

"Non vedo l'ora di vivere la mia prima gravidanza insieme a te. Anche se le circostanze non sono quelle che avevi sperato, diventerai madre, ed è un qualcosa da festeggiare", dice quando fisso lo schermo.

Annuisco. "Hai ragione".

Alla fine dei conti, a prescindere dalla situazione di merda in cui mi sono cacciata, tra nove mesi nascerà una nuova vita di cui io sarò responsabile. Un bambino che cambierà la mia vita per sempre.

"Questo fine settimana organizziamo una cena e un pigiama party a casa mia, che ne dici? Scommetto che Mallory e Serena parteciperanno volentieri, se balliamo tutta la sera".

L'idea mi piace proprio tanto. Facciamo queste serate da anni, e quando le bambine sono entrate nelle nostre vite, le abbiamo reclutate perché si unissero a noi. Anche se abbiamo più di vent'anni, ci comportiamo ancora come se fossimo di nuovo alle superiori e ce la spassiamo.

"Puoi fare pigiama party anche se sei sposata?" ironizzo e, quando le lacrime che stavo trattenendo sgorgano, le asciugo velocemente.

"Ehm, certo. Fisher sa bene con chi è sposato. Se non fosse stato disposto a sentirmi cantare insieme a Taylor Swift e ad avere in casa i miei pigiama party, allora non avrebbe dovuto mettermi l'anello al dito".

Invidio tantissimo la loro relazione, però sono proprio felice che stia con Fisher. Merita un uomo splendido come lui. È quel futuro che mi immaginavo con Tripp, ma, adesso, potrei non averlo mai.

"Siete proprio fortunati a stare insieme. Hai vinto alla lotteria dei mariti", dico.

"E tu troverai qualcuno altrettanto fortunato da avere te. Te lo prometto".

L'ho già trovato… Però potrebbe non volermi più, una volta scoperta la verità.

Chiacchieriamo per qualche altro minuto mentre beve il caffè. Quando si avvicina un cliente, ci salutiamo con un abbraccio e ci diamo appuntamento tra un paio di giorni, per il Ringraziamento.

Per le due ore successive, ho costantemente qualcuno che fa la fila; quindi non ho tempo per rimuginare troppo, ma, non appena scoccano le tre e chiudo bottega, il mio cervello va di nuovo fuori controllo.

Forse dovrei concentrarmi soltanto sulla mia attività e la gravidanza.

Forse avere una relazione in questo momento non è l'idea migliore.

Forse dovrei lasciarlo andare perché possa essere felice con qualcun'altra.

Tripp non merita questa tempesta di merda che sto per gettargli addosso. Soprattutto, una volta che Travis lo avrà scoperto, inizierà ad assillarmi per tornare con me.

A prescindere da quello che dice, promette o fa… non accadrà mai. Ora sono più forte e ho più rispetto di me stessa di quando andavo alle superiori. E poi, adesso non devo pensare soltanto alle mie necessità. Un altro essere umano dipenderà da me per qualunque cosa, e anche solo questo fa paura. Come faccio a destreggiarmi tra tutto ciò e una relazione?

Non riesco nemmeno a concepire l'idea di stare con qualcuno che sta per avere un figlio con un'altra; quindi non posso aspettarmi un simile livello di comprensione da parte di Tripp. Per quanto lo abbia desiderato per anni e mi sia sentita incredibilmente felice in queste ultime settimane, la mia vita sta per essere messa a soqquadro.

E non è giusto nei suoi confronti.

Quando arrivo a casa, ho già preso la mia decisione.

La nostra bolla perfetta sta per scoppiare perché presto distruggerò tutto ciò che abbiamo creato.

Capitolo Ventinove

Tripp

Il ventisei novembre può andare a farsi fottere.

Ci sono due date che mi tormenteranno in eterno: quelle della morte e del compleanno di Billy. E, ogni anno, fa un po' più male rispetto al precedente.

Lui avrà per sempre diciotto anni, mentre io continuo a invecchiare e a vivere senza di lui.

Detesto che il trovare gioia nelle piccole cose sia sempre seguito dal senso di colpa per essere ancora vivo. E, ultimamente, sono più felice di quanto non lo sia mai stato. Però, sebbene lui avrebbe voluto questo per me, non riesco a far tacere quella vocina fastidiosa nella mia testa che mi trascina di nuovo nell'oscurità.

È colpa tua.

È morto a causa tua.

Billy sarebbe ancora qui, se solo avessi accettato di andare alla festa.

Sì, lo so che ha colpa lui per le sue decisioni, però non mi perdonerò mai per come sono andate le cose.

Se avessi messo il silenzioso al telefono, non avrei mai risposto e lui non avrebbe mai insistito per venirmi a prendere.

Lo conoscevo meglio di chiunque altro. È questa la parte peggiore. Ciò che mi tormenta.

Avrei dovuto prevedere il disastro non appena ho risposto al telefono.

I "se", i "se solo avessi fatto questo o quello" sovrastano i miei pensieri fino a scatenare un attacco d'ansia. A volte anche un attacco di panico nel cuore della notte. Un attimo sto dormendo e quello dopo mi sveglio con il cuore a mille e il petto che si stringe come se stesse per venirmi un infarto.

Però non è più successo, nemmeno una volta, da quando io e Magnolia abbiamo iniziato a uscire insieme.

Anche se con gli anni gli episodi si sono fatti sempre più rari, a volte arrivano all'improvviso. Il matrimonio di Noah mi è pesato addosso molto più di quanto mi aspettassi, perché mi ha ricordato quanti traguardi importanti si sta perdendo Billy.

A prescindere da quello che provo nel giorno del suo compleanno, compro sempre una torta, un bouquet di fiori per sua madre e dei palloncini. Poi salgo sul mio pick-up e vado a casa dei suoi genitori per pranzo.

Marissa apre la porta con un sorriso, però ha gli occhi lucidi.

"Ciao tesoro. Accomodati".

"Grazie, Marissa".

Prende la torta dalle mie mani, e io la seguo in casa. Quando arriviamo in cucina, c'è un assortimento dei piatti preferiti di Billy. William è già seduto, e quando mi nota sorride. Perfino a distanza di tutti questi anni dal divorzio, si riuniscono una volta all'anno per festeggiare il compleanno del figlio.

"Tripp, ciao". William si alza per prendere i palloncini e li mette al centro del tavolo.

"Come state?" chiedo, reggendo ancora il bouquet.

"Stiamo bene. Tu?"

"Anche io, grazie".

Quando Marissa mi porge un vaso con dell'acqua, scarto i fiori e li posiziono dentro. Poi lo appoggio vicino ai palloncini, come da nostra tradizione.

"Non riesco a credere che quest'anno avrebbe compiuto venticinque anni", dice Marissa mentre taglia la torta. "Un uomo adulto, ormai".

Faccio un sorrisetto. "Non saprei. Ho il presentimento che sarebbe stato ancora scalmanato come da ragazzino. Però più maturo e consapevole".

"Mi piace immaginarmelo con una ragazza o una moglie, e magari con un figlio già nato o in arrivo".

Sapendo come Billy si comportava con le ragazze alle superiori, a questo punto avrebbe avuto tre figli.

"Sappiamo che il matrimonio sarebbe stato folle", commento, assecondando la sua fantasia. Non ho dubbi che sarebbe arrivato all'altare ubriaco marcio, con me al suo fianco che cerco di tenerlo sveglio.

Dopo aver portato la torta a tavola, Marissa si siede accanto a me. "Hai qualcuno di speciale nella tua vita, Tripp?"

William inizia a servirsi il purè, e io lo imito, prendendo una cotoletta impanata.

"Sì, in realtà ce l'ho. È una relazione nuova, però… lei è quella giusta", dico con sicurezza.

"Davvero?" Le si illumina il viso. "È proprio fantastico".

"Sono contento per te", dice William. "Come si chiama?"

"Magnolia". Pronunciare il suo nome a voce alta mi strappa una risatina, perché lo dico davvero raramente. "Però la chiamo Sole. È una battutina tra di noi".

"Sutherland?" mi domanda Marissa.

Annuisco mentre aggiungo altro cibo al piatto. "Sì, è la migliore amica di mia sorella".

"Oh, è deliziosa! Passo al suo chioschetto ogni sabato mattina al mercato agricolo". Marissa sorride. "Hai scelto una brava ragazza".

"Già". Non riesco a smettere di sorridere mentre penso a lei. Ci siamo dati appuntamento a casa mia questa sera, e ne ho davvero bisogno dopo una giornata così piena di emozioni. "Credo che Billy mi prenderebbe tantissimo per il culo per essermi finalmente dichiarato dopo tutti questi anni".

"Sono certo che lo farebbe". William sogghigna.

Mentre mangiamo, discutiamo della recente ondata di criminalità in paese, condividiamo alcuni ricordi di Billy che man

mano affiorano e, in generale, ci godiamo la reciproca compagnia.
È una nostra tradizione da anni, da molto prima che morisse. Per
ogni suo compleanno, mi invitava a cena con i suoi genitori e,
dopo che se n'è andato, non volevo che loro lo trascorressero da
soli. Quindi ho continuato a presentarmi, portare la torta, fiori e
palloncini, e così per un paio d'ore ci sediamo a tavola, mangiamo
e chiacchieriamo.

Onestamente, è proprio bello. Una giornata solo per Billy.
William e Marissa mi hanno sempre accolto in casa loro e trattato
come il loro secondo figlio. È uno dei privilegi di crescere in un
paesino e avere lo stesso migliore amico sin dall'asilo. I tuoi
genitori diventano i suoi e viceversa.

"Come stanno i tuoi?" chiede William quando passiamo al
dolce.

"Molto bene. Indaffarati come al solito. Non vedono l'ora che
arrivi il prossimo matrimonio".

"Noah era davvero bellissima. È stata una giornata splendida".
Marissa fa un largo sorriso, però c'è un briciolo di tristezza nei
suoi occhi. Non potrà mai fare quell'esperienza come madre.

"Già, lo è stata. Mia sorella è tornata a casa dalla luna di miele
giusto un paio di giorni fa".

"Dove sono andati?" chiede.

"Onestamente, non saprei. In una qualche isola remota dove
hanno dovuto scollegarsi dal mondo e poi… boh, bere ed
esplorare? Sono sicuro che ci racconterà tutto domani al pranzo
del Ringraziamento".

"Oh, che bello! Ho sempre voluto viaggiare; però, beh, non
posso andarci da sola".

William tiene la testa bassa.

"Perché non portare un'amica?" suggerisco.

"Magari un giorno. Al momento, il lavoro e la gestione della
casa mi tengono abbastanza impegnata".

Non voglio insistere; quindi annuisco e prendo un altro
boccone di torta.

Quando abbiamo finito di mangiare, Marissa tira fuori gli
album fotografici, come fa tutti gli anni. Billy era il loro unico

figlio; quindi ci sono centinaia di fotografie. Sfogliamo ogni singola pagina, ci abbandoniamo ai ricordi e condividiamo storie che abbiamo già raccontato decine di volte. Mantenere viva la sua memoria è ciò che ci aiuta ad andare avanti senza di lui.

"Grazie ancora per il pranzo". Abbraccio Marissa sulla porta. "Ricordatevi che siete sempre i benvenuti all'agriturismo e che potete venire quando volete. Io e Landen vi portiamo a fare un'escursione a cavallo su per la montagna e vi raccontiamo tutte le stronzate che abbiamo fatto con Billy lassù".

"Tripp Hollis!"

"Eravamo ragazzini!" Rido quando rimane a bocca aperta.

"Beh, mi piacerebbe molto. Magari in primavera", afferma.

"Fantastico! Basta farmelo sapere".

Poi stringo la mano a William, abbraccio di nuovo Marissa ed esco per raggiungere il mio pick-up sentendomi un pizzico più leggero di quando sono arrivato.

Ogni anno, dopo aver pranzato con i suoi genitori, vado alla sua tomba e gliene parlo. Mi piace immaginarlo lì ad aspettarmi, pronto a sentire tutto il gossip del paese.

"Allora, in città c'è una situazione di merda, con rapine e macchine scassinate. Probabilmente si tratta di qualche teppistello con tendenze suicide. Ho sentito che lo sceriffo Wagner ha richiesto altre telecamere in centro e ha avvisato tutti di chiudere a chiave la porta di casa. Se fossi ancora qui, saresti pronto a dare la caccia a quel bastardo". Rido perché è un qualcosa per cui avrebbe senz'altro reclutato anche me.

"I tuoi credono che adesso saresti già sposato. Ma, basandomi sulle tue storie passate, probabilmente saresti al tuo secondo o terzo matrimonio, perché avresti festeggiato i ventun anni a Las Vegas finendo per sposarti una tipa a caso da ubriaco fradicio. Poi avresti organizzato una festa di divorzio al Twisted Bull, dove avresti conosciuto la tua seconda moglie, per poi sposarla in tutta fretta dopo averla messa incinta durante la vostra avventura di una notte". Ridacchiando, immagino tutte queste scene.

Dopo qualche momento, decido che è giunta l'ora di parlargli di Magnolia. Si sarebbe lanciato ad abbracciarmi per l'emozione, considerando quanto mi assillava.

"Darai di matto, ma ti dico che io e Magnolia ci siamo messi insieme. È passato quasi un mese. Il migliore della mia vita, onestamente. Ogni volta che la vedo, dimentico il dolore. L'ansia svanisce. Tutto nel mondo va di nuovo bene".

Mi batte forte il cuore pensando a lei e sapendo che più tardi verrà da me.

"E so che minacceresti di darmi un calcio alle palle, se ti dicessi che un giorno la sposerò. È quella giusta. Accidenti, lo è sempre stata. Prima che fossi pronto ad ammettere quanto mi piaceva, sapevo già che non avrei mai amato nessuna come amo lei. Onestamente, mi spaventa dare così tanto di me stesso a una persona, però, per la prima volta, sento che è la cosa giusta. C'è questa possessività soffocante che provo nei suoi confronti. Il bisogno di starle vicino per tutto il cazzo di tempo. A prescindere da quello che stiamo facendo, ci divertiamo sempre. Sono così terribilmente ossessionato da lei, ed è surreale che adesso stiamo davvero insieme". Il sorriso che si impadronisce del mio volto è decisamente imbarazzante. "Il mio unico rimpianto è non averglielo detto prima. Però, adesso che stiamo insieme, voglio esaudire ogni suo desiderio e proteggerla da tutto il male del mondo".

Riesco a vederlo alzare gli occhi al cielo, ma poi attirarmi a sé per un abbraccio.

"Quando le chiederò di sposarmi, tu verrai al matrimonio, vero? Hai promesso che saresti stato al mio fianco, e ci conto".

Mi crogiolo al sole per qualche altro minuto prima di alzarmi e lasciar cadere le lacrime. Poi tocco la lapide e ripeto le parole che dico ogni volta, prima di andarmene: "Ci vediamo l'anno prossimo, Billy. Non spassartela troppo lassù".

Resta con me

Quando arrivo a casa, il peso emotivo della giornata mi cade addosso. Uno si aspetta che, dopo sette anni di dolore, non sia più così opprimente, durante questi momenti. Ma poi mi guardo intorno e ricordo quanto sono più vecchio di lui adesso. Un uomo adulto con il suo appartamento, responsabile di se stesso, con un lavoro a tempo pieno, conti da pagare: un netto contrasto rispetto a com'erano le cose quando lui è morto.

Non scrivo a Magnolia da stamattina e non le ho detto che cos'avrei fatto oggi. Avrebbe voluto consolarmi e io, a volte, voglio semplicemente convivere con il dolore. Usarlo come promemoria di quanto è breve la vita ed essere grato per quello che ho. Non devo dare nulla per scontato, perché qualunque cosa potrebbe essermi portata via in ogni momento.

Dopo aver deciso che ho bisogno di ricompormi, faccio una doccia e poi le scrivo che sono disponibile, se è pronta per venire adesso.

MAGNOLIA

Ok, sto arrivando.

Sorrido perché potrò vederla presto. Dato che non ho pensato a nulla per la cena, probabilmente suggerirò di andare da qualche parte. Visto che domani è il Giorno del Ringraziamento, saremo al Lodge per pranzo.

Quando ero al supermercato per acquistare il necessario per il pranzo di compleanno di Billy, ho preso anche un altro bouquet di girasoli, rose arancioni, foglie di magnolia e crisantemi in un barattolo di vetro per Magnolia.

Bussa, e mi alzo subito per aprirle.

"Ehi, Sole!" Faccio un largo sorriso quando entra. "Ti ho preso una cosa".

Mi segue verso il divano e prendo i fiori sul comodino.

Sbarra gli occhi mentre avvicina il naso per annusarli. "Sono bellissimi. Perché questi fiori?"

Faccio spallucce. "Mi hanno ricordato te, e ho pensato che potessero piacerti".

Qualcosa le attraversa il volto, un'emozione che non mi aspettavo: un lampo di tristezza.

"Tutto ok?" Poso i fiori e le sollevo il mento. "Stai di nuovo male?"

Chiude gli occhi e sospira con forza. "Devo dirti una cosa".

Sentendo il suo tono serio, l'ansia mi monta nel petto, bussando contro la cassa toracica. "Ok. Sediamoci".

Mi segue fino al divano, e mi giro verso di lei, in attesa.

"Non c'è un modo semplice per dirlo; quindi vado dritta al punto".

"D'accordo". Annuisco, anche se ho il cuore a mille e le mani sudate.

Incrocia il mio sguardo con esitazione. "Sono incinta".

Capitolo Trenta
Magnolia

Se non fosse per il fatto che sento il battito pulsare nel collo, penserei quasi che il mio cuore sia esploso, a giudicare dal dolore che sta montando nel petto.

Dire quelle due parole all'uomo con cui volevo un per sempre dovrebbe essere un'occasione emozionante… se il bambino fosse suo. Per quanto doloroso sarà per entrambi, devo dirgli l'intera verità.

Si schiarisce la gola, come se stesse riflettendo su come rispondere. "Stai… scherzando. Vero? Per caso fa parte della tua fantasia sulla gravidanza? Non puoi scoprire di essere incinta dopo così poco tempo da quando hai fatto sesso, giusto? È passata meno di una settimana".

Cinque giorni, per l'esattezza.

Scuoto la testa, abbassando lo sguardo perché non sopporto la vista del dolore che sto per causargli.

"No. Ero già incinta quando abbiamo fatto sesso. Solo che ancora non lo sapevo".

"Com'è possibile?" Inclina la testa come se stesse cercando di contare da quanto tempo stiamo insieme. Un lampo di incertezza gli attraversa il volto. "Cos'è che mi sfugge?"

Incrocio il suo sguardo, tenendo in grembo le mani tremolanti.

"Prima che cominciassimo a frequentarci, ho avuto un'avventura di una notte. Abbiamo usato la protezione, però, quando ho continuato a sentirmi male, mi sono resa conto che c'era la possibilità che fossi incinta; quindi ho fatto un test".

Le sue labbra si contraggono, come se volesse dire un migliaio di cose nello stesso momento. "S-Stai bene? Cioè, dev'essere molto da digerire".

"A livello fisico, sto male venti ore al giorno. A quello psicologico, non sto affatto bene. È stato inaspettato, e le cose tra di noi stavano andando così bene…" Faccio una breve pausa per rimettere insieme le idee. "Però questo cambia tutto".

Si alza di colpo, passandosi i palmi sui jeans. "Cosa intendi?"

"Sono incinta… del figlio di un altro. Diventerò madre per la prima volta. Come potrebbe *non* cambiare le cose?"

Inclina la testa con curiosità. "Sole. Chi è il padre?"

Non vorrei dire quelle parole che gli frantumeranno il cuore, però non posso evitarlo. Prima o poi scoprirebbe la verità.

"Tripp…" Esito, desiderando di poter attenuare il dolore che gli causerà questa notizia. Mi guarda come se lo sapesse già e mi stesse implorando di non confermarlo. "Mi dispiace tanto".

"Ti prego, *ti prego* dimmi che non sei andata a letto con il tuo ex. Ho bisogno che tu me lo dica".

La disperazione nella sua voce mi costringe a trattenere le lacrime. Invece di provare a parlare, annuisco e basta.

Con la mascella serrata, gli occhi assottigliati e le mani strette a pugno, ha l'aria letale. "Ti ha drogata di nuovo?"

Scuoto la testa.

"Perché saresti tornata da lui?" Si sfrega una mano sul volto addolorato. "Dopo tutto quello che ti ha fatto, *perché*?"

A parole non sembra volermi giudicare, però sento delusione e incredulità nel suo tono di voce.

Un giramento di testa mi assale mentre mi si annebbia la vista. "Non stavo pensando lucidamente. È successo la sera del compleanno di Landen, quando pensavo che ti saresti portato a letto Lydia. Come una stupida, mi sono sbronzata e, quando mi ha chiesto di andare a casa con lui, ero troppo ubriaca perché me ne fregasse qualcosa. Sono ricaduta in ciò che ho trovato familiare in un momento in cui mi sentivo davvero a pezzi. Non vado fiera di quello che ho fatto, e me ne pento immensamente".

"È per questo che ha cominciato di nuovo a tormentarti perché tornassi con lui".

"Già. Quando gli ho detto di cancellare il mio numero e l'ho bloccato, si è presentato al chioschetto e ha cominciato a lasciarmi bigliettini".

Si passa una mano tra i capelli, tirando le ciocche mentre scuote la testa. "Cazzo, Sole! Lo odio da morire. Non ne hai idea. Così tante volte negli anni sono stato tentato di spaccargli il culo. Quella sera in cui ti ha drogata e spinta in un Uber, ero sul punto di perdere la ragione. Se non ci fosse stato lì Landen ad aiutarmi, lo avrei preso a cazzotti e non mi sarei fermato finché non avesse smesso di respirare".

La vena sulla sua fronte sta pulsando ed è talmente rossa che potrebbe esplodere.

"Lo so, ed è questo che rende tutto ancora più difficile".

"Aspetta…" Si siede sul tavolino, intrappolando le mie gambe tra le cosce. "Torni da lui? È questo che vuoi dirmi?"

In tutta fretta, scuoto la testa. "No! Dio, no! Non vorrei nemmeno che fosse lui il padre. Se soltanto potessi nascondere la gravidanza e tenere il bambino segreto, lo farei. Ma non c'è dubbio che prima o poi lo scoprirebbe".

"Digli che è mio", dice di getto, e mi si blocca il respiro per quanto facilmente ha proposto l'idea.

Di che sta parlando?

Sono incredula per la sua reazione a tutta questa storia. Quando ieri ho parlato con Noah, ero certa che Tripp non avrebbe voluto avere nulla a che fare con me o che si sarebbe arrabbiato talmente tanto da mandarmi via. Invece, è pronto ad assumersi la responsabilità di un bambino non suo.

Anche se non potrei mai lasciarglielo fare.

"Mi piacerebbe, però non posso mentirgli sul suo stesso figlio. Lo odio tanto quanto te, però non sarebbe giusto nei suoi confronti o in quelli del bambino. Lui, o lei, merita di sapere chi è il padre biologico, anche se è un pezzo di merda. Non posso nemmeno metterti in quella posizione, perché la tua famiglia penserebbe che è tuo, quando invece non lo è".

"Hai intenzione di dirglielo subito?"

"Non se non sono costretta. Non c'è nessun obbligo legale che dice che devo coinvolgerlo nella gravidanza. Quando il bambino sarà nato, allora glielo rivelerò. Ma, se vorrà vederlo, dovrà essere monitorato. Conoscendolo, sarà comunque inaffidabile; motivo per cui per me è ancora più importante elaborare un piano".

Si piega leggermente all'indietro. "Cosa vuoi dire? Che genere di piano?"

"Beh, sarò una madre single. Sono titolare di un'attività e non potrò lavorare per diverso tempo dopo il parto; quindi dovrò escogitare un modo per mantenere me e il bambino. Devo informarmi sull'assistenza all'infanzia e l'assicurazione. Ovviamente, la gravidanza non era nei miei piani e ora devo capire come affrontare il tutto. Travis non è capace di tenersi un lavoro; quindi non posso contare su assegni di mantenimento regolari".

Tripp mi guarda come se mi stesse scrutando l'anima, e distolgo lo sguardo quando metabolizza le mie parole.

"Non devi farlo da sola, Sole. Sono qui. Ti aiuterò. Solo perché odio quel figlio di puttana non significa che non voglia farmi coinvolgere o che non sia qui per te. Ti voglio a prescindere da tutto. Il fatto che tu abbia questo bambino non cambia quello che provo per te".

Porca puttana, è così dannatamente gentile e molto più di quanto merito!

Perché non può semplicemente arrabbiarsi e urlarmi addosso, così non mi sentirei una vera merda per quello che sto per dire?

"Tripp… non meriti di affrontare la tempesta di merda in cui ti spingerei. Non hai chiesto tu di avere questa responsabilità. È una questione che devo risolvere io, non tu".

"Non…" Scuote la testa. "Non azzardarti a respingermi!"

"Non è quello che sto facendo. Ti sto proteggendo. In questo momento non stai vedendo il quadro generale perché vuoi che tra di noi torni tutto com'era prima. Se ci rifletti con chiarezza anche solo per un minuto, ti renderai conto che ho ragione e che sarebbe più facile a lungo andare se tornassimo a essere solo amici".

"No", è la sua risposta immediata.

Inclino la testa per la fermezza del suo tono. Non si sta affatto comportando come mi aspettavo avrebbe fatto, e la cosa mi sta destabilizzando. Come può parlare come se fossimo una grande famiglia felice, dopo quello che gli ho detto?

"Tripp, non è ciò che hai immaginato per la tua vita. Frequentare una donna che sta per diventare madre per la prima volta, che deve gestire le nausee, numerosi appuntamenti e il parto. Per non parlare dei primi mesi del neonato. Poi i primi anni di vita. Come facciamo ad avere una relazione, quando la mia vita ruoterà attorno al crescere un figlio?"

"Sei talmente abituata alle delusioni che ti ha dato quello stronzo che ormai pensi in automatico che tutti gli uomini faranno lo stesso. So che sei forte e indipendente. Sei abituata a fare affidamento su te stessa, però non sei più costretta a farlo. Hai paura che io possa deluderti perché è l'unico tipo di relazione che conosci. Ma io non sono lui, Sole. Non me ne vado da nessuna parte".

Detesto che mi conosca talmente bene da leggermi come un libro aperto e, anche se la sua ipotesi non è del tutto sbagliata, non posso crollare quando ho già preso la mia decisione. Ammetto che sarebbe così semplice cedere a quello che mi sta offrendo. Così terribilmente semplice raggomitolarmi tra le sue braccia e dire *va bene*. Proprio come tutte quelle volte in cui ho ceduto e sono tornata da Travis. È così che so che sarebbe la scelta sbagliata. Per una volta, non mi aggrapperò al senso di sicurezza e familiarità, non quando questo potrebbe rovinare la vita a Tripp.

Mentalmente, mi ero preparata a urla, rabbia, rifiuto e perfino disgusto. Ma questo? Non mi aspettavo che sarebbe stato così comprensivo, e questo rende dannatamente più difficile spiegargli perché non possiamo stare insieme. È meglio così. Solo che al momento non lo vede.

"Non vi paragonerei mai. Però non posso permetterti di farti carico di un fardello che non è tuo".

"Io non ho voce in capitolo? Non dovrei poter decidere cosa voglio fare?"

"Non si tratta solo del fatto che sono incinta. Avrò a che fare con Travis per i prossimi diciotto anni. La gente farà supposizioni sul fatto che tu stia con me e che il figlio sia suo. Dovrò assumermi la responsabilità della cura di un *bambino*. Non si tratta più di quello che voglio *io*. Avere una relazione mi sembra da egoisti, quando un neonato sarà completamente dipendente da me. È lì che dovrei impiegare le mie energie. Ci stiamo già destreggiando tra tutti i nostri impegni lavorativi per trovare del tempo per vederci. Sarebbe terribilmente egoista da parte mia aspettarmi che tu accetti di essere la seconda priorità nella mia vita. Meriti molto più di quello".

Serra la mascella, come se si stesse trattenendo dal gridare a squarciagola contro di me. "Non vuoi nemmeno provarci, dopo tutto quello che c'è voluto per arrivare fin qui?"

Vorrei che fosse così facile.

Deglutisco, mandando giù le mie emozioni. "E prolungare il dolore, quando inevitabilmente ti stancherai di ricevere solo scarti di me? Voglio soltanto che trovi qualcuno che ti renda follemente felice. Faremo per sempre parte l'una della vita dell'altro per via di Noah, ma non ho intenzione di intralciare la tua felicità".

"Lo stai facendo adesso".

Le lacrime continuano a formarsi negli angoli dei miei occhi, ma non le lascio cadere. Devo restare forte per superare questo momento, perché ora vorrei cedere e accettare tutto quello che mi sta offrendo. Però so che non posso.

"Mi dispiace. Mi dispiace davvero, perché questo non è quello che avevo sperato per noi. Ma è meglio così. Quando il dolore si sarà attenuato, capirai che ti ho fatto un favore".

Trasalisce come se gli avessi dato una sberla. "Non farmi nessun cazzo di favore, Sole! Non ti lascio andare".

Fra tutti i modi in cui avevo previsto potesse reagire, questo non faceva nemmeno parte della top dieci.

"Perché vuoi trascinarla per le lunghe? Più investiremo in questa relazione, più farà male, se alla fine non funzionerà. Almeno, in questo modo, è durata soltanto un mese e potremo voltare pagina più facilmente".

Incrocia le braccia, testardo. "Non voglio voltare pagina e non lo vuoi neanche tu. Siamo fatti per stare insieme. Lo vuoi tanto quanto me".

"Però non conto più soltanto io. Devo tenere in considerazione anche i bisogni di mio figlio e ciò che è meglio per lui". Sarà già difficile gestire tutto così com'è, e non posso portarlo a fondo con me.

"E io non potrei svolgere un ruolo?"

Fa sembrare tutto così semplice, come se la presenza di Travis o di un bambino che assomiglia a lui non gli ricorderebbe ogni dannatissimo giorno quello che ho fatto. Come se la sua paura che io possa tornare da Travis non riaffiorerebbe, instillandogli dubbi nella mente.

"Certo che potresti, come amico, però devi voltare pagina. Hai così tanto amore da dare e così tanto da offrire alla donna *giusta*. Io dovrò concentrarmi su questa nuova fase della mia vita e su tutti i cambiamenti che attraverserò. Io non posso darti ciò di cui hai bisogno. Perché stai rendendo le cose così difficili?"

Si lecca le labbra e annuisce, come se uscisse sconfitto dalla discussione. Poi si alza, mettendo una certa distanza tra di noi.

"Di' pure quello che vuoi, ma ti stai soltanto prendendo in giro, se pensi che ti lascerò andare come se niente fosse". Cammina fino all'altro lato del tavolino, e il mio cuore martella in sincrono con ogni suo passo. Poi si ferma e mi fissa. "Sarai sempre l'amore della mia vita, che tra di noi ci sia una relazione o meno. Io non posso *voltare pagina*. Ci sei e ci sei sempre stata soltanto tu".

Stavolta, è impossibile fermarle. Le lacrime che stavo trattenendo scendono lungo le guance e, se non me ne vado adesso, crollerò di fronte a lui. "Credo sia meglio che me ne vada".

Quando mi muovo verso la porta, mi segue e me la apre. Grandioso, piove. *Davvero perfetto.*

Prima che io possa uscire, si avvicina e passa il polpastrello di ciascun pollice sotto i miei occhi. È talmente vicino che riesco a sentire il profumo familiare della sua acqua di colonia.

"Pensa a quello che ho detto, Sole. Ci vediamo domani per il Ringraziamento".

Mi porta una mano dietro la testa, mi preme un bacio sulla fronte e, quando chiudo gli occhi, riesco quasi a immaginare la vita che ha dipinto per noi.

"Guida piano".

Incapace di guardarlo negli occhi, abbasso lo sguardo. "Buonanotte".

Il viaggio fino a casa è terribile. Già odio guidare di notte, ma provare a vedere al buio nelle stradine di campagna mentre piove e sto piangendo è praticamente un'esperienza di pre-morte.

Dentro di me, so di aver fatto la cosa giusta. Tripp è un ragazzo troppo fantastico per realizzare che è meglio così. Merita un rapporto in cui non debba occuparsi di un bambino non suo e dei problemi con il padre biologico. Inoltre, in questo momento, non riuscirei mai a mettere tutta me stessa in una relazione mentre devo anche organizzarmi per la mia vita da madre. Dovrebbe trovare qualcuno che possa dargli tutto e di più.

Quando arrivo a casa, la mia faccia è un disastro. È come se il mio cuore stesse avendo le palpitazioni, e sto mettendo in dubbio tutto. Voglio soltanto fare un bagno, scrivere a Noah per aggiornarla e poter crollare sul letto. Dato che domani è un giorno festivo, non dovrò svegliarmi presto per il lavoro; però non so come farò a starmene lì seduta con la loro intera famiglia, fingendo che tutto vada bene.

Appena esco dal SUV, mi copro la testa con la borsa e cammino verso il mio appartamento. Soltanto quando faccio per aprire la porta noto che è già socchiusa.

Ma che cazzo?

Guardandomi intorno, non vedo né sento nulla, però tiro comunque fuori il taser. Poi do una spinta alla porta, che si spalanca con un cigolio. Quando non sento altri rumori, prendo il telefono per attivare la torcia e controllo se c'è qualcuno all'interno.

"Ehilà?" urlo, ma vengo accolta dal silenzio.

Fatti due passi dentro, clicco l'interruttore della luce e sussulto quando vedo la devastazione compiuta: il divano e il tavolino sono rovesciati; spazzatura, scarpe e cornici sono sparsi dappertutto; le sedie del tavolo da pranzo sono spaccate; le scarpe che tenevo vicino alla porta sono state lanciate dall'altra parte della stanza.

Non osando proseguire oltre, torno in macchina e chiamo lo sceriffo. La centralinista ha detto che si tratta della quarta irruzione della serata. Saperlo non aiuta minimamente ad alleviare la paura che mi scorre dentro nel sentirmi violata. C'è stato un estraneo in casa mia, che ha toccato le mie cose e ha frugato tra i miei effetti personali.

Voglio vomitare, e stavolta non perché sono incinta.

Ma perché l'unica persona che vorrei chiamare è colui che ho appena distrutto.

Capitolo Trentuno

Tripp

Dopo due belle ore di sonno, mi sveglio prima del solito per pulire i box e portarmi avanti con le faccende prima di raggiungere gli altri al Lodge. Sono stato tentato di scrivere a Magnolia per tutta la notte, però non volevo soffocarla mentre elaborava tutto quanto. È in balia delle sue emozioni e sta facendo quello che ritiene giusto per il mio bene, però spero che cambierà idea. Ciò che abbiamo è troppo speciale per rinunciarci.

Anche se sto ancora cercando di capacitarmi del fatto che è incinta del figlio di quel coglione. Non che abbia importanza. Non cambia niente.

In realtà, è una menzogna.

Mi fa sentire addirittura più protettivo e possessivo nei suoi confronti, ma non soltanto. Anche in quelli del bambino.

Anche se lei pensa che non dovrei averci niente a che fare, è troppo tardi. Non me ne vado da nessuna parte, e le conviene accettarlo il prima possibile. Ma, se devo procedere con calma per mostrarle che voglio un futuro insieme a lei e averla nella mia vita, allora farò tutto il necessario.

Accidenti, partorirei il bambino al posto suo, se fosse fisicamente possibile.

Proprio mentre sto spingendo la carriola fuori dalla scuderia, vengo colpito in faccia con qualcosa di duro e cado a terra. Il carico di letame che stavo trasportando si rovescia insieme a me e ricopre la parte inferiore del mio corpo.

Ma che cazzo?

Prima che possa alzarmi per uccidere questo stronzo, Wilder appare di fronte a me, piegato in due dalle risate.

"Buongiorno, testa di cazzo. La prossima volta, datti una svegliata".

Lo ammazzo.

Guardando per terra, vedo che cosa mi ha lanciato addosso: *un cazzo di secchio.* Sto per scaricare la frustrazione e la rabbia represse su di lui. "Ti conviene correre, cazzo".

Indietreggia, sollevando le braccia. "Non è colpa mia se non l'hai visto arrivare da un milione di chilometri di distanza. Se non avessi la testa tra le nuvole, avresti avuto una marea di tempo per schivarlo".

Alzandomi in piedi, uso i guanti per pulire i jeans. "Non stavo guardando nella tua direzione, stronzo".

"Accidenti, che umore di merda che hai! Pensavo saresti diventato più gentile, adesso che scopi regolarmente".

"La mia vita sessuale non è affar tuo. Vai a finire i box, così posso iniziare a far esercitare i cavalli".

Essendo un giorno festivo e mezza giornata di lavoro, avrò meno tempo per farlo; quindi devo riuscire a portare a termine più compiti possibili prima di pranzo.

Wilder si avvicina, raddrizza la carriola e poi mi dice che ci pensa lui. Un lampo di compassione gli attraversa il viso, e detesto che riesca a leggermi come un libro aperto.

Landen non ha più messo piede nella scuderia di famiglia dalla morte di Sydney; quindi Wilder e Waylon mi stanno aiutando con le faccende mattutine. Di solito i gemelli si concentrano sulla scuderia dell'agriturismo, ma per il momento si sono scambiati i compiti.

Porto Rocky fuori per primo e ci lavoro per venti minuti prima di riportarlo dentro e prendere Denver. Di solito è un quarter tranquillo, però la mia mente è talmente distratta e consumata dal pensiero che Magnolia è incinta che non noto un coniglio balzare nel paddock finché non è troppo tardi.

Denver smette di galoppare, indietreggia verso di me e ignora i miei comandi.

"Che stai facendo, bello? Andiamo".

Lo esorto a rimettersi in posizione, ma, più il coniglio si avvicina, più lui si agita.

Denver rilascia un forte nitrito, sbattendo lo zoccolo anteriore.

Lo spingo di nuovo al centro alzando gli occhi al cielo perché Denver, un cavallo di quattrocentocinquanta chili, ha paura di un animaletto che ne pesa uno.

"Non ti farà del male".

Quando il coniglio si avvicina di nuovo, Denver indietreggia ancora verso di me finché non finisco contro il recinto.

"Così mi spappoli, bello. Dai, muoviti!" Quando non lo fa, aggiungo: "Dovresti vergognarti".

Wilder salta sul palo alle mie spalle, scompisciandosi dalle risate. "Come va?"

Mi giro a guardarlo in cagnesco. "Secondo te?"

Wilder emette un fischio assordante, che attira l'attenzione del coniglio e lo scaccia via. Denver lo guarda allontanarsi e poi nitrisce, come per mandarlo a quel paese per averlo disturbato.

"Che stronzetto!" mormoro.

"Non c'è di che", dice Wilder mentre torno in posizione.

Ignorandolo, ricomincio a lavorare e continuo a far esercitare i cavalli, a rotazione.

Alle undici e mezza, vado a casa a lavarmi e prepararmi per il resto della giornata. L'unica cosa che mi impedisce di bombardare il telefono di Magnolia è la consapevolezza che la vedrò presto al Lodge.

Quando arrivo, mi guardo attorno nel parcheggio per cercare il suo SUV, però non è ancora arrivata. Sono tutti nella grande sala conferenze che usiamo per le feste, e si vede che mamma e nonna Grace hanno passato diverso tempo a decorarla in tema autunnale.

Mi stampo un sorriso in faccia per mia madre e la saluto con un abbraccio.

"Felice Ringraziamento, tesoro".

"Anche a te, mà. Ha tutto un aspetto e un profumo delizioso".

"Aspetta di vedere le nuove barrette di crostata di mele con caramello che ha preparato nonna Grace".

Mi brontola lo stomaco. "Mi conviene servirmi per primo, altrimenti gli altri le rubano tutte".

Quando nonna Grace si avvicina, la saluto con un bacio sulla guancia e poi le dico che non vedo l'ora di assaggiare il suo nuovo dolce.

"Dov'è Magnolia?"

All'inizio, la sua domanda mi prende alla sprovvista. Di solito, l'andrebbe chiesto a Noah; il che mi fa capire che sospetta qualcosa.

"Non lo so", rispondo con esitazione.

"Oh, pensavo solo che sarebbe venuta con te".

"Perché?" chiedo; poi scocco un'occhiata a mia madre, che sorride. Incrociando le braccia, butto fuori un respiro. "Che cosa sapete?"

"Che finalmente avete messo fine alle nostre sofferenze con i vostri *sì o no*".

"Nonna Grace!" rido per la prima volta in due giorni.

Alza gli occhi al cielo come se il mio shock fosse ridicolo.

"Beh, chi è la talpa?" chiedo. Qualcuno deve averlo raccontato alle due.

"Oh, sciocchino! Non mi servono spie per scoprire quello che succede da queste parti", dice nonna Grace con un livello di impertinenza che di solito mi riserva Mallory.

"D'accordo". Rido. "Allora come hai fatto a saperlo?"

"Era una detective nella sua vita precedente", ironizza mamma.

"Vedere qui la macchina di Magnolia mentre Noah non c'era è stato il mio primo indizio. Stavi usando il cellulare durante la cena di famiglia. Il modo in cui continui a sorridere come se avessi una gruccia bloccata in bocca".

"Oh, e vi abbiamo visti ballare al matrimonio di Noah e Fisher. Non siete stati così discreti come pensavate", aggiunge mamma.

Maledizione!

Ovvio che le regine del gossip l'hanno scoperto prima che lo annunciassimo ufficialmente. Peccato che adesso sono praticamente in ginocchio per supplicarla di non lasciarmi.

"Beh, non ha senso negarlo". Faccio spallucce, anche se non l'avrei fatto comunque. "Però non so dove sia. Stavo giusto per chiederlo a Noah".

"Chiedermi cosa?" Come se fosse spuntata dal soffitto, mia sorella appare tra di noi.

"Se sapevi dov'è Magnolia", dico. "Viene, giusto?"

"Non lo sai?" Un'espressione confusa le attraversa il volto. Sposta lo sguardo su mamma e nonna Grace, incerta su quanto dovrebbe dire di fronte a loro.

Assottiglio lo sguardo, chiedendomi che cosa sa.

"Qualcuno me lo dice?" chiede all'improvviso nonna Grace quando restiamo in silenzio.

Noah si gratta la testa come se fosse combattuta, però risponde comunque: "Il suo appartamento è uno di quelli che sono stati presi di mira ieri sera. Mi ha chiamata da casa dei suoi dicendomi che sarebbe rimasta con loro".

"*Cosa?*" Mi sprofonda il petto e il cuore minaccia di smettere di battere, dopo aver sentito la notizia inaspettata. Mi era giunta voce che qualcuno aveva fatto irruzione in alcune case ieri sera, ma non mi sarei mai aspettato che non mi avrebbe chiamato o scritto, se fosse successo a lei.

Cazzo, avrei dovuto mandarle un messaggio per assicurarmi che fosse arrivata a casa sana e salva!

"Non ti ha chiamato?" chiede Noah.

Ferito e frustrato, serro la mascella. "No".

"Oh, è terribile!" esclama mamma, però sono troppo incazzato per distogliere lo sguardo da Noah.

"Lo acciufferanno", ci assicura nonna Grace.

"Sì, ci devono essere delle telecamere", aggiunge mamma.

"Mandami l'indirizzo dei suoi genitori", dico a Noah. Se non fosse un giorno festivo e così speciale per i miei genitori, me ne andrei subito.

"Non puoi chiederglielo tu?"

"Sì, ma ho il presentimento che non me lo direbbe", ribatto impassibile.

Senza mettersi a discutere, Noah tira fuori il telefono e me lo invia. Poi mi manda un altro messaggio.

NOAH

Cos'è successo tra di voi? Ti ha detto…

Dopo esserci seduti a tavola e aver recitato la preghiera, le rispondo velocemente.

TRIPP

Sì, è poi ha provato a scaricarmi.

NOAH

Cosa?! Quella parte non me l'ha raccontata. Che cos'ha detto?

I vassoi stanno passando di mano in mano; quindi lascio il telefono vicino al mio piatto e rispondo mentre mi servo.

TRIPP

Che dovremmo tornare a essere soltanto amici. Però le ho detto di no.

NOAH

Le hai detto di no? Ahah!

La sento ridacchiare dall'altra parte del tavolo.

TRIPP

Sì. Non le permetterò di lasciarmi.

NOAH

Mamma mia, mi chiedo perché non ti abbia chiamato, considerando il tuo atteggiamento da cavernicolo.

TRIPP

Ha semplicemente paura e pensa che non la voglia più. Però io non vado da nessuna parte.

NOAH

Un comportamento galante. Però devi lasciarle spazio per metabolizzare il tutto. Non puoi mica andare a bussare alla sua porta ed esigere che si trasferisca da te o chissà cosa.

TRIPP

Beh, adesso che mi hai dato l'idea…

NOAH

Non ti azzardare!

TRIPP

Non può stare dai suoi genitori. Ce l'hanno almeno una stanza per lei?

NOAH

Non proprio. Stanotte ha dormito sul divano.

TRIPP

Col cazzo! Ho una camera degli ospiti che può usare.

NOAH

TRIPP! Non. Oltrepassare. Il. Limite.

TRIPP

Sei stata tu a darmi quest'idea, ed è buona.

Mi manda la sua famigerata emoji con gli occhi al cielo.

NOAH

Va bene, come vuoi. Ci vediamo al suo appartamento domani pomeriggio. La aiuto a pulire dopo che lo sceriffo ci dà l'autorizzazione. Dovrà denunciare tutto quello che manca alla sua compagnia assicurativa.

Resta con me

TRIPP

Vengo anche io. Poi può preparare qualche bagaglio e portare tutto il necessario da me.

NOAH

Non lo accetterà.

TRIPP

Allora aiutami a convincerla. Lo sai che non dovrebbe restare lì da sola, con quel criminale a piede libero. E se il tizio si rifacesse vivo e la trovasse a casa? Se resta da me, posso tenerla al sicuro e assisterla quando si sente male o posso portarle qualunque cosa le serva.

NOAH

Non pensi che sarebbe troppo imbarazzante per lei?

TRIPP

Non se io non rendo le cose imbarazzanti, e non lo farò. Parli come se volessi soltanto saltarle addosso. Sono stato sempre rispettoso e ho aspettato anni anche solo per dirle che mi piace. Aspetterò tutto il tempo che serve perché si renda conto che non sono come il suo ex e che non vado da nessuna parte.

Noah mi lancia un'occhiata sdolcinata e colma di pietà; al che sbuffo. Per fortuna, tutti gli altri stanno chiacchierando senza prestare attenzione alla nostra conversazione segreta.

NOAH

Sei un bravo ragazzo, Tripp. Credo davvero che ti ami e che stia soltanto facendo quello che crede giusto liberandoti da una situazione complicata. Gli ormoni non aiutano e nemmeno il fatto che affronterà molti cambiamenti. Ti ha detto di me?

Sollevando lo sguardo dal telefono, la guardo aggrottando le sopracciglia.

TRIPP

No. Mi dispiace dirtelo, ma il tuo nome non è venuto fuori mentre mi stava spezzando il cuore.

Sollevo la testa appena in tempo per vederla alzare gli occhi al cielo.

NOAH

Non lo abbiamo ancora annunciato, però anche io ho appena scoperto di essere incinta.

Sbarro gli occhi perché è l'ultima cosa che mi aspettavo. Poi guardo Fisher accanto a lei, che la fissa come se fosse tutto il suo mondo.

TRIPP

Wow! Congratulazioni?

NOAH

Sì, scemo. Siamo sposati e ne siamo felici. Non volevo dirlo a tutti prima di fare la prima ecografia, ma probabilmente lo rivelerò a mamma e papà stasera.

TRIPP

Non sorprenderti se nonna Grace lo sa già.

NOAH

Buffo, perché è così! Dopo che ho parlato con Magnolia, sono andata a casa di mamma e papà per realizzare uno scrapbook con cui dare la notizia a Fisher, e nonna Grace ha detto tipo: "Sarai una mamma fantastica!" Ed ero tipo COME? L'ho appena scoperto io stessa.

Sorrido perché ci siamo passati tutti con nonna Grace che sapeva le cose prima di chiunque altro.

TRIPP

Giuro, è una sensitiva.

Resta con me

Ridacchia.

"Di cosa state parlando?" chiede Fisher, sporgendosi sul telefono di Noah, che lei gli avvicina perché possa leggere.

Dopo aver passato qualche minuto a leggere i nostri messaggi, si gira verso di me inarcando un sopracciglio.

"Non guardarmi così. Tu hai dormito dentro il tuo pick-up sotto casa di Noah dopo che ti ha scaricato, quando stava male", gli ricordo. "Quindi ti conviene stare dalla mia parte".

Fisher annuisce, poi scrolla le spalle verso Noah quando lei rimane a bocca aperta, incredula che lui sia d'accordo con me.

"Beh, è *incinta*…" sussurra Fisher, ma ovviamente la mia famiglia ficcanaso lo sente.

"Chi è incinta?" chiede Mallory da quattro posti più in là, e cala il silenzio.

Noah rimane paralizzata, e pure io. In realtà non spetta a noi raccontare a tutti che Magnolia è incinta, ma, considerando che quasi tutti sanno che stiamo insieme, penserebbero sia mio. Dato che non vuole che si facciano questa idea, annunciarlo diventa un tantino complicato.

"Ehm…" Noah deglutisce con forza, e vedo le rotelle che si muovono rapide nella sua mente.

Poi scocca un'occhiata a Fisher, che le rivolge un sorriso di approvazione.

"Beh… io. L'abbiamo appena scoperto".

"Oh, santo cielo!" Mamma per poco non schizza via dalla sedia, correndo verso di loro.

Dopodiché, il resto della famiglia fa a turno per abbracciarli.

"Meno male che mi sono già prenotato come padrino, eh?" Landen fa un sorrisetto quando tutti ritornano ai loro posti.

"Bel tentativo", dice Noah.

"Oh, ma dai! Sono molto triste ultimamente, e questo riporterebbe felicità nella mia vita". Landen sporge in fuori il labbro inferiore, andandoci giù pesante.

"Sei patetico!" urla Waylon.

"Non puoi usare la scusa del cavallo morto!" ribatte Wilder.

Passo un braccio dietro Waylon per dare una sberla sulla testa a Wilder. "Ehi, sta' zitto".

Il filtro cervello-bocca di Wilder è difettoso di natura, ma Cristo santo, non ha il minimo senso della decenza!

"Solo per questo, *dovrei* esserlo io". Landen scocca un ghigno presuntuoso in direzione di Wilder.

I gemelli bisticciano con lui finché papà non si schiarisce la gola.

"Ragazzi", sbotta, attirando la nostra attenzione. "Ricominciate a mangiare".

Noah ridacchia perché ci ha rimproverati, e Waylon le dà un calcio sotto il tavolo prima di beccarsi altre urla.

Se si comportano così per l'annuncio della gravidanza di Noah, daranno di sicuro di matto quando scopriranno di Magnolia. Ma non me ne frega un cazzo di quello che pensano o dicono. Fermerò ogni loro commento inappropriato, se dovesse essercene bisogno.

Capitolo Trentadue
Magnolia

Dopo aver ingoiato a forza il tacchino e il dolce, ho dormito per dodici ore di fila. L'impatto emotivo dell'aver detto a Tripp che sono incinta e dell'aver poi scoperto che mi erano entrati in casa mi ha presto sopraffatta. Ho preferito non andare dagli Hollis per il Ringraziamento, dato che non me la sentivo di socializzare nemmeno per poche ore.

Inoltre, ho raccontato a papà del bambino dopo che mi ha trovata piegata sul gabinetto.

Gli brillavano gli occhi finché non gli ho rivelato chi è il padre. Un lampo di disappunto gli ha attraversato il volto, ma, anche se Travis non gli va a genio, ha detto di essere emozionato per me.

Poi ha chiesto come ha preso la notizia Tripp, e ho dovuto spiegargli che l'ho lasciato e perché. Nonostante non l'abbia espresso a parole, ho capito che non era d'accordo con la mia decisione.

Quando l'ho detto a mia madre, mi ha abbracciata per la prima volta in un anno, e io ho pianto per mezz'ora buona.

Adesso è venerdì, e devo darmi una cazzo di regolata per prepararmi psicologicamente a riordinare il mio appartamento. Non potrei mai viverci nelle condizioni attuali, ma perlomeno ci sarà Noah ad aiutarmi. Lo sceriffo Wagner mi ha detto di documentare tutto e capire cosa è stato portato via. Da quello che ho visto quando ho acceso la luce, mi è sembrato che non fosse sparito nulla di importante, giusto buttato in giro per la stanza. Il televisore, il portatile, l'iPad e perfino la macchinetta del caffè c'erano ancora.

Dato che papà ha il weekend libero dal lavoro, si è offerto di venire ad aiutarmi con le pulizie. Quando arriviamo, il nastro della scena del crimine è scomparso, però è comunque strano entrare. Gli agenti hanno rilevato le impronte, ma, da quello che hanno detto sulle precedenti irruzioni, non ne stavano trovando nessuna che non appartenesse ai proprietari delle case. Molto probabilmente il colpevole ha indossato i guanti.

Il passo successivo è ottenere i filmati di sicurezza dai condomini e dagli altri residenti che hanno le telecamere sul portone. Ma anche in questo caso, se si tratta dello stesso responsabile, è vestito tutto di nero e tiene la testa bassa.

"Ehi!" Noah mi corre incontro prima che possiamo entrare.

La attiro in un abbraccio. "Grazie mille per essere venuta. Non sai quanto lo apprezzo".

"Figurati, Mags. Sono qui per qualunque cosa tu abbia bisogno. Sempre". Sorride, e sono tentata di piangere di nuovo. Cristo, questi ormoni dovrebbero essere vietati!

"Sembra strano che abbiano scelto il tuo appartamento, che è così vicino al parcheggio", commenta papà mentre ci avviciniamo alla porta. "Direi che quelli sul retro sono più appartati e c'è meno rischio che qualcuno ti colga con le mani nel sacco".

Noah si guarda intorno e annuisce. "Già, a meno che non abbia colpito il primo che sembrava vuoto, ma d'altra parte, se si tratta del responsabile delle rapine, non è molto furbo".

"Abbastanza furbo da non farsi beccare", ribatto, inserendo la chiave e girando il pomello.

"Lo beccheranno", dice papà in tono rassicurante. "Oppure lo farà la Glock carica di qualcuno".

Mentre mi volto verso di lui, apre il cappotto e rivela la sua fondina. "Mamma mia, papà!"

Risponde soltanto con un occhiolino.

"Ecco, siamo al sicuro con il signor Sutherland armato fino ai denti". Noah fa una risatina quando entriamo.

Papà conferma con un deciso cenno del capo. "Devo proteggere la mia bambina e mio nipote".

Non riesco a frenare l'ondata di emozioni che mi scorre dentro sapendo quanto è eccitato all'idea di diventare nonno. Pur essendo una madre single, la consapevolezza di avere il supporto di mio padre mi dà il coraggio per affrontare tutto questo da sola.

"Gliel'hai detto?" chiede Noah, con un largo sorriso.

"Sono stata costretta quando ho vomitato. Aveva paura che il tacchino fosse andato a male".

Noah fa una risata nasale. "Anche io l'ho detto a tutta la famiglia al pranzo del Ringraziamento".

"Oh, mio Dio! Davvero? Scommetto che hanno dato di matto!"

"Già, pianti a dirotto e tutto il resto".

Accendo la luce e vengo riportata all'altra notte, quando sono entrata per la prima volta.

"Merda, Mags! Mi dispiace tantissimo". Noah mi passa un braccio attorno al corpo. "Ma non temere, faremo brillare di nuovo tutta la casa".

Butto fuori un respiro profondo mentre ci addentriamo nella stanza. "Papà ha chiamato per far configurare un sistema d'allarme, ma non possono venire prima di lunedì".

Noah abbassa lo sguardo come se stesse nascondendo qualcosa. "Forse dovrei dirtelo…"

Prima che qualcuno possa aggiungere un'altra parola, bussano debolmente alla porta.

Sobbalzo, girandomi di scatto. Poso gli occhi su Tripp e li assottiglio per la confusione.

"Che ci fai qui?" chiedo sottovoce. È bello come al solito, però le ombre scure sotto i suoi occhi sono uguali alle mie, come se non avesse dormito neanche lui.

"Ehi, Sole! Anche io sono contento di vederti". Fa un sorrisetto, entrando in casa. "Lei dev'essere il signor Sutherland, giusto?" Tripp gli tende la mano e il cuore mi batte a mille mentre aspetto la reazione di mio padre.

"Sono io". Papà gliela stringe. "Tu sei Tripp Hollis".

Chiaro che l'ha riconosciuto.

"Sì, signore. Il suo ragazzo".

Ma che cazzo? So che non ha preso bene la rottura, però non pensavo che fosse ancora in uno stato delirante.

"È un piacere conoscerla ufficialmente, signore. Sono venuto ad aiutare Magnolia a trasferirsi da me".

"Come, scusa?" chiedo di botto, mettendomi fra i due. "Di cosa stai parlando?"

Tripp guarda oltre la mia testa e, quando mi giro verso Noah, vedo che stanno avendo una conversazione segreta.

"Quando ieri non sei venuta a pranzo, ho raccontato a Tripp dell'irruzione e mi ha detto cos'è successo tra di voi…" Noah inarca un sopracciglio, rimproverandomi per non averglielo raccontato; però avevo intenzione di farlo oggi. "Pensa che saresti più al sicuro nella sua camera degli ospiti".

"Assolutamente no", ribatto all'istante. "Ci sono pochissime probabilità che il criminale ritorni. Non credo nemmeno che abbia portato via qualcosa. Farò installare un sistema d'allarme e la telecamera sulla porta. La casa sarà più sicura che mai".

"Però ti *sentirai* davvero al sicuro?" mi sfida Noah, e mi acciglio.

Da che parte sta?

"Sole, ascoltami". Tripp si avvicina. "Voglio proteggerti e non posso farlo se ti trovi a quindici minuti da me. In questo modo, non devi preoccuparti. Sono entrati anche in case sorvegliate da cani da guardia giganteschi. Non si fermeranno, se vogliono davvero entrare".

"E poi, molti dei tuoi mobili sono stati rovinati. In questo modo, non devi preoccuparti di sostituire tutto insieme e puoi risparmiare per una casa nuova", aggiunge Noah.

"Quindi pensi che dovrei traslocare completamente nella camera degli ospiti di Tripp? E che farò dopo il parto? Infilo il bambino nell'armadio?"

Tripp fa una risata nasale, come se lo trovasse esilarante.

"Sono seria. Vivo qui da quattro anni e dovrei permettere così a uno stronzo disgustoso di cacciarmi via? Non sarà grande, ma perlomeno ci sarebbe lo spazio per una culla".

"Farò spazio per te e il bambino, Sole. Diamine, per quanto mi riguarda, puoi prenderti pure la mia stanza e trasformarla in una cameretta. Finché sei al sicuro, è tutto ciò che conta per me".

Incrocio le braccia perché sta dicendo sciocchezze. "E tu dove dormirai?"

Fa spallucce. "Sul divano. Su un materasso gonfiabile. Nel mio pick-up. Chi se ne frega. Finché sei al sicuro, non ha importanza".

Il suo sguardo ardente mi pietrifica sul posto. Come posso rifiutare, quando mi sta offrendo protezione dandomi anche l'opportunità di risparmiare soldi? Ma, se fosse uno stratagemma per farci rimettere insieme, non funzionerà".

"Se lo facciamo davvero, ho delle regole".

Un largo sorriso gli appare in volto. "Tutto quello che vuoi, Sole".

"Non pagherò l'affitto", dico con decisione.

Imita la mia posa. "Non lo avrei accettato nemmeno se ci avessi provato".

"Non aspettarti che cucini per te".

"Considerando che mai in vita mia ti ho vista cucinare, sarò io a farlo".

"Non dormirò nel tuo letto".

"Non ti ho chiesto di farlo".

"Non significa che stiamo insieme".

Questa volta dissente visibilmente. "*Stiamo* insieme".

Scuotendo la testa, indietreggio. "È per questo che non funzionerà. Non rispetti i miei limiti. Ti dico che è finita e tu rispondi *no* come se fosse una domanda a scelta multipla".

Elimina lo spazio tra di noi e mi solleva il mento. "D'accordo, lascia che riformuli quello che ho detto: sono *tuo*. Sarò per sempre tuo. Che tu lo accetti o meno, non vado da nessuna parte. Sarò qui a sostenerti in qualunque modo tu me lo permetta. Se vuoi che torniamo a essere soltanto amici, allora va bene, ma, se parliamo di stato civile, io sono impegnato". Mi prende teneramente la mano e ne preme il palmo sul petto, là dove ci sono i tatuaggi di Billy e del girasole. "Apparterrò per sempre a te".

È davvero determinato a non rendermi le cose facili. Il mio cervello e il cuore stanno già lottando tra loro.

"Come possiamo vivere insieme, quando tu vuoi *più* di quello che posso darti?" chiedo piano, sforzandomi di non cedere all'emozione.

"Mi sa che ti stai dimenticando che ho trascorso gli ultimi sette anni ad aspettarti mentre tu frequentavi Travis e mio fratello, e sono sopravvissuto, o no?"

"Ok, non ho *frequentato* tuo fratello", ribatto. Poi mi giro verso mio padre per spiegarmi, perché so che sta sentendo tutto: "È stato soltanto un appuntamento.

Papà rimane in silenzio, ma il sorrisetto sulle sue labbra mi dice che si sta godendo lo spettacolo.

"In ogni caso, rispetterò la tua volontà, Sole. Non ti costringerò a fare niente. Saremo coinquilini e ti aiuterò per qualunque cosa possa servirti. *Ti prego*. Resta con me".

Butto fuori un sospiro, sconfortata al pensiero del disastro che sto per fare, però vivere qui da sola mi terrorizzerebbe. Ma questo non c'è bisogno che lo sappiano.

Mi giro verso Noah e aggrotto la fronte. "È solo una soluzione temporanea", dico a entrambi. "Quando il criminale verrà arrestato, troverò un nuovo appartamento. Tanto dovrei prenderne comunque uno con due camere".

"E, quando quel momento arriverà, ti aiuteremo di nuovo a traslocare. Vero, Tripp?" Noah gli scocca un'occhiata.

Tripp si stringe nelle spalle. "Certo".

Faccio un sorriso forzato. "Perfetto".

Dovrò informare il proprietario e probabilmente perderò la cauzione, ma vabbè. Sarà bello non dover pagare l'affitto per qualche mese.

"Prendo delle buste della spazzatura e comincio dalla cucina e il soggiorno. Tu e Tripp pensate alla tua camera da letto e al bagno. Se noto che manca qualcosa, te lo faccio sapere", dice Noah.

"Io porto fuori i mobili rotti e li metto nel cassonetto", si offre papà.

"Ok, prima fate delle foto, per favore", ricordo a tutti.

"D'accordo!" risponde Noah in tono cantilenante. Se non fosse la mia migliore amica, l'avrei rinnegata per avermi pugnalata alle spalle.

Quando Tripp e Noah si allontanano, papà si avvicina e sussurra: "Tripp mi piace".

Sbuffo. "Ma certo che sì".

"Promette di proteggere mia figlia senza aspettarsi nulla in cambio? Ha il mio voto".

Capitolo Trentatré
Tripp

Ho passato le prime ore della mattina a pulire la camera degli ospiti e il bagno prima di andare a casa di Magnolia. Avrà spazio a sufficienza per le sue cose, dato che questi bungalow sono stati progettati per due membri del personale, e ogni piano ha la sua suite padronale. Le uniche stanze che condivideremo sono la cucina e il soggiorno, però spero che per lei non sia un problema, considerando che viveva da sola. Essendo cresciuto in una casa grande con quattro fratelli, sono abituato a condividere tutto e quindi, quando mi sono trasferito qui all'inizio dell'anno, è stato strano avere così tanto spazio in più.

È solo questione di tempo prima che i miei fratelli scoprano che sta vivendo qui; dunque ho intenzione di dirlo ai miei genitori questo fine settimana, prima che vengano a scoprirlo da voci di corridoio. E non mancherò di metterli al corrente del fatto che è incinta del figlio di Travis.

Per l'ora di cena, Magnolia ha lasciato del tutto il suo appartamento e si è trasferita da me. Dopo aver esaminato ciò che ormai era irrecuperabile, non è rimasto molto. Ha preso i vestiti, gli articoli da bagno e il resto che può servirle nel prossimo futuro.

Ho fatto spazio in cucina per la sua macchinetta del caffè e tutto il necessario. Dato che di solito il frigorifero è soltanto mezzo pieno, può aggiungerci tutto quello che vuole. L'armadio della biancheria ha due scaffali vuoti per asciugamani, lenzuola o qualunque altra cosa.

C'è spazio a sufficienza per lei e il bambino, se dovesse decidere di restare più a lungo.

Cosa che io spero.

Pur sapendo che si sarebbe opposta all'idea, volevo che si mettesse il più a suo agio possibile, senza sentirsi un'intrusa.

"Hai fame?" chiedo quando si appallottola sul divano con una delle mie coperte pelose.

"Non lo so".

"Sete?"

"Non lo so".

"Sei stanca?"

"Sì", mormora.

"Posso prepararti un caffè… o almeno provarci, che dici?" Inclino la testa mentre guardo la sua macchinetta e tutti i pulsanti. Ci saranno di sicuro le istruzioni su internet.

"Non dovrei bere caffeina. È per questo che non riesco a fare quasi niente".

Sollevo le sopracciglia. "Nemmeno un goccio?"

"Credo ci sia un limite giornaliero consigliato, però, quando si tratta di caffè, non riesco a fermarmi; quindi è meglio se opto per il decaffeinato".

Per lei sarà una tortura lavorare tutto il giorno con il caffè.

"Ok, ne hai?"

"Non qui".

Tiro fuori il telefono e clicco sull'applicazione delle note; poi scrivo sul blocco Magnolia che ho creato prima, quando mi ha detto che le serviva un detersivo specifico che non ho.

Non può bere caffeina – compra decaffeinato.

"D'accordo; quindi niente caffè. Magari del tè?"

"Mi piace solo quello alla lavanda. Ne hai?"

Aprendo la credenza, guardo le varie scatole di tè: verde, nero e bianco. *Merda!*

"No".

Riapro le note.

Tè alla lavanda – il suo preferito.

"Domani ti porto al supermercato, così avrai tutto ciò che ti serve".

"Devo tornare al lavoro; quindi domattina vado al mercato agricolo".

"D'accordo. Possiamo andarci dopo. Oppure, se non ti va, ti basta mandarmi la lista e faccio io".

"Non c'è davvero bisogno che tu sia così gentile con me. Sono perfettamente in grado di nutrirmi da sola".

Sorrido tra me e me. "Sei talmente abituata agli stronzi da non capire neanche quando qualcuno si sta semplicemente comportando da persona perbene. Non sono mai stato cattivo con te, perché dovrei cominciare ora?"

"Perché dovresti odiarmi. Il perché non lo stai facendo mi fa dubitare del tuo stato mentale".

"Mi dispiace deluderti, Sole, però non potrei mai odiarti".

Rimane in silenzio, e non la costringo a parlare. So che ha avuto una giornata molto intensa tra l'aver buttato via così tanti effetti personali e l'essersi trasferita in un posto nuovo che non sente davvero suo. Sono determinato a farla sentire il più a casa possibile.

Invece di chiederle cosa potrebbe aver voglia di mangiare, decido di cucinare qualcosa che spero le piaccia.

Frugando nei mobili, trovo una confezione di farfalle e un barattolo di salsa Alfredo. Mamma mi ucciderebbe per non averla preparata da zero, ma tanto non sarei mai capace di farla buona come la sua. Però, per fortuna, ho gli ingredienti giusti per addensarla e aggiungere una bella spolverata di parmigiano.

"Il pollo puoi mangiarlo, vero?" chiedo prima di prendere la carne dal frigorifero.

"Certo".

"Ok, volevo solo assicurarmene".

Non conosco tutte le regole per il cibo in gravidanza, ma, se voglio prendermi cura di lei, devo assimilare più informazioni possibili. Quindi segno un altro appunto.

Resta con me

Ordina libri sulla gravidanza.

Cerca i cibi da evitare e delle linee guida sull'alimentazione.

Quando il pane all'aglio è pronto, lo aggiungo ai nostri piatti con la pasta e poi li porto al tavolino. Preparo due bicchieri di acqua ghiacciata e mi siedo accanto a lei sul divano.

"Che buon profumo!" Si mette seduta e controlla meglio. "Wow, l'hai preparata tu?"

"Sì. È piuttosto semplice ed è la scelta numero uno quando non ho molto altro. Nulla di sofisticato".

Mi scocca un'occhiata mentre conficca la forchetta nel cibo. "Il tuo *nulla di sofisticato* è la mia idea di cenetta speciale". Poi dà il primo morso e geme. "Oh, mio Dio! È deliziosa. Se non lo fossi già, mi avrebbe messa incinta la pasta".

Ridacchio, immergendo il pane tostato nella salsa. "Devi alzare i tuoi standard, Sole".

Non solo adoro che apprezzi la mia cucina, ma è anche meglio che mangiare da solo.

"Già, beh, sono stati all'inferno per così tanto tempo che non sono sicura esistano davvero".

C'è della tristezza nel suo tono, però non le faccio pressione per parlarne quando la vedo concentrata sullo schermo del televisore.

"Che guardi?"

"*Hart of Dixie*. Lo guardo quando ho bisogno di conforto. Posso mettere qualcos'altro, se vuoi".

Sorrido per la proposta, ma guardo la TV talmente di rado che non mi importa poi così tanto. "Ma no. Va bene così".

Mentre mangiamo, noto che mima le battute con la bocca.

"Quante volte l'hai visto?" chiedo, sinceramente curioso.

"Mmh… il limite non esiste".

Ridacchio alla sua schietta onestà. "Quindi molte".

"Io e Noah lo guardavamo religiosamente e litigavamo sul tipo con cui doveva mettersi Zoe". Poi ridacchia. "Lo facciamo ancora".

"Basandomi sui venti minuti che ho visto finora, potrei essermi fatto un'idea su chi hai scelto tu".

È impossibile che faccia il tifo per l'avvocato amato da tutti. Wade è il tizio non privilegiato che si porta a letto metà della città.

"Cosa significa?" chiede, quasi offesa dal fatto che la conosco così bene.

"Significa che hai un tipo, tesoro".

"Sembra offensivo".

"Mi stai dicendo che non preferisci Wade?"

"Vedi, è qui che ti sbagli". Si ficca un boccone in bocca.

"Su cosa? Illuminami, allora".

"Il fatto che mi piaccia di più Wade non significa che io sceglierei lui. È perché è più compatibile con Zoe rispetto a George. Solo che lei non lo sa, visto che è accecata dal lavoro importante e dai bei capelli di lui".

Faccio una risata nasale. "Sarebbe questa la priorità, quando si sceglie un compagno di vita?"

"Sono sicura che male non faccia, però no. George è il tipico bravo ragazzo. Il bravo uomo di famiglia. Viene da una famiglia ricca e rinomata; quindi tutti lo adorano".

"Sembra un partito decente", commento.

"Se non fosse che è *infedele*. Trova Zoe sul ciglio della strada e le offre un passaggio in città. Non sa molto di lei; sa soltanto che è bella e chiaramente non della zona. Il che andrebbe benissimo se non fosse per il fatto che si dimentica opportunamente di menzionare la sua *fidanzata*, con cui sta dalle superiori, e si mette a flirtare con Zoe. Le fa credere di essere disponibile e interessato. Il che vuol dire che più tardi Zoe scopre che lui sta per sposarsi con la malvagia strega del sud. Una donna che la tratta male semplicemente perché non è del luogo ed è una donna colta".

"Quand'è che tradisce la fidanzata?" chiedo, avendo l'impressione di essermi perso un capitolo.

"Si tratta di tradimento *emotivo*. Invece di essere sincero con lei e mettere in chiaro che è impegnato, inizia a provare dei sentimenti. Però anche Zoe ha le sue colpe. Perfino dopo aver scoperto la verità, non smette comunque di provarci con lui. Tuttavia, avrebbe dovuto essere responsabilità di George fermare tutto sin dall'inizio".

Annuisco, trovandomi d'accordo con lei perché, se una donna mi approcciasse, le farei capire chiaramente che non sono disponibile né interessato.

"Nel frattempo, Wade non ha mai finto di essere qualcosa che non è. Quello che vedi è quello che ricevi. Nessuna sorpresa. È un puttaniere, ma lo sai sin dall'inizio. Cavolo, vive nella Vecchia Piantagione, dove lei vede donne che vanno e vengono, perché sono vicini. All'inizio c'è quasi soltanto attrazione sessuale tra i due, ma più li vedi insieme, più ti rendi conto che sono molto più compatibili".

Assimilo ogni singola parola che dice, anche se sto ancora cercando di comprendere la trama. Dovrò guardarlo dall'inizio per poter capire i personaggi come si deve.

"Che analisi dettagliata della serie!" ironizzo, giusto un poco.

"Beh… gli uomini che ci sono non sono brutti da guardare. Aspetta di vedere il sindaco Hayes. Ex linerback nella NFL. Ha vinto due Super Bowl. Ha il fisico di un albero da cui cadrei col culo a terra, se provassi ad arrampicarmi".

Questo mi fa scoppiare a ridere. "Mi stai dicendo che un giocatore della NFL che ha vinto due Super Bowl ha deciso di ritirarsi e diventare il sindaco di una cittadina a caso dell'Alabama?"

"Sì, perché?"

"Beh, certo. Molto realistico".

Alza gli occhi al cielo. "Ok, Mister Criticone. Uno non guarda queste serie per la *trama*".

Aggrotto la fronte. "Allora per cosa guardi questa?"

Proprio in quel momento, appare Wade senza maglietta con goccioline di sudore che gli rigano la tartaruga scolpita, e Magnolia indica lo schermo con un largo sorriso.

"Ooh, quindi è tipo un porno per donne, camuffato da serie TV".

Sogghigna, stringendosi nelle spalle. "Adesso sì che capisci".

Guardiamo altri due episodi prima che lei crolli, con i piedi sul mio grembo. Immagino che non le farebbe piacere se la trasportassi a letto, anche se sono tentato di farlo per non svegliarla; invece le sfioro delicatamente la guancia con il pollice e sussurro il suo nome.

"Mmh?" mormora con gli occhi chiusi.

"Ti accompagno a letto. Lì sarai più comoda", le dico, spostandomi per aiutarla ad alzarsi.

"Sto bene qui". Si rannicchia ulteriormente nel divano.

Quanto cavolo è testarda!

"Dai, altrimenti ti carico sulla spalla e ti metto a letto io stesso".

Apre un occhio per fulminarmi con lo sguardo. "Non ti azzarderesti".

"Mettimi alla prova, *coinqui*". Poi fletto il braccio e agito le sopracciglia.

"Uffa, sei insopportabile".

Prende la mia mano, e la tiro su finché non siamo entrambi in piedi.

"Io mi sveglio alle sei, ma farò poco rumore per non svegliarti", le dico mentre camminiamo verso il corridoio.

"Io alle sei e mezza; quindi non è comunque un problema se lo fai".

"Ok, beh, buonanotte". La bacio sulla fronte e poi mi giro per andare in camera mia.

"Aspetta!" Mi avvolge le braccia attorno alla vita, premendo la guancia sulla mia schiena, e mi manca il fiato per il contatto così intimo.

"Grazie per avermi dato un posto sicuro in cui restare. So che mi sono opposta, e probabilmente continuerò a farlo, però lo apprezzo comunque". La sua voce sommessa è carica di rimorso, e devo lottare contro l'impulso di girarmi e reclamare la sua bocca.

Invece, poso i palmi sul dorso delle sue mani e la stringo a me per un momento.

"Non c'è di che, Sole". Poi le do una pacca sulle nocche. "Sogni d'oro".

"Buonanotte". Mi lascia andare, e i miei piedi si muovono soltanto quando sento la porta chiudersi.

Steso sul mio letto, sento che c'è qualcosa di sbagliato.

È sbagliato che lei sia dall'altra parte del corridoio e non qui accanto a me.

Ma, se voglio rimanere fedele alla parola data e rispettare i suoi limiti e desideri, non la rapirò dal suo letto per metterla nel mio.

Per quanto disperatamente vorrei farlo.

Capitolo Trentaquattro
Magnolia

DECIMA SETTIMANA DI GRAVIDANZA

Non ho mai fatto così tanta pipì in tutta la mia vita, maledizione! Proprio appena mi metto comoda a letto, devo alzarmi e tornare in bagno. Dato che sto evitando la caffeina e il caffè in generale, non faccio che tracannare acqua di continuo. Quando sono a casa, non è chissà quale problema, però al lavoro è un'enorme seccatura non avere un bagno vicino. Essendo il periodo delle festività natalizie, il centro è gremito di persone che fanno shopping e hanno bisogno della loro dose di caffeina. Mi tocca appendere il cartello "Torno tra dieci minuti" ogni mezz'ora per correre nella libreria sull'altro lato della strada e, se non acquisto presto un libro, la signora Weis mi bandirà dal negozio.

Maledizione, mi dovrò portare un secchio su cui sedermi, perché a questo punto la situazione sta diventando ridicola. A quanto pare, succede a causa del mio utero, che sta cominciando a spingere sulla vescica, e la situazione non farà altro che peggiorare con la crescita del bambino.

Resta con me

Mi muovo tra cinque minuti. Devo portarti
qualcosa prima di passare a prenderti?

Oggi chiudo in anticipo, visto che ho la mia prima ecografia per confermare ufficialmente la gravidanza e stabilire la data prevista del parto. Ovviamente, non appena ho fissato l'appuntamento, Tripp è stato irremovibile sul voler venire con me perché non fossi sola. Noah si è offerta di accompagnarmi, ma aveva deciso di organizzare un festival natalizio al ranch con poche settimane di anticipo; quindi non volevo rubarle qualche ora del suo tempo prezioso. E poi, Tripp sarebbe venuto comunque. Se non mi sembrasse impossibile, direi quasi che è più emozionato lui di me per il bambino. Da quando siamo diventati coinquilini, mi informa tutte le settimane sulle dimensioni di quale frutto ha raggiunto il bambino.

A dieci settimane, è grande quanto un kumquat, ovvero due centimetri e mezzo di diametro.

Già, ho dovuto cercare anche quello, perché che cosa diavolo sarebbe un kumquat?

No, credo di essere a posto. Però passo
velocemente al supermercato per una confezione
di salatini Goldfish. Quindi puoi venire a
recuperarmi lì.

Ne ho appena comprate quattro stamattina
quando sono andato a fare la spesa. Me ne porto
una dietro.

Davvero? Quelli "Più gusto"?

Sì. Ho visto le tue impronte formaggiose sui
mobili e poi ho notato che li stavi finendo. Così
ne ho presi degli altri.

Mi si surriscaldano le guance all'idea che noti dettagli così insignificanti, ma che si sia comunque preso la briga di comprarmene altri. Sa che sono il mio snack preferito perché riesco a tenerli facilmente nello stomaco e, nonostante non siano i più salutari, soddisfano le mie voglie nel cuore della notte, quando mi serve qualcosa al formaggio e croccante.

MAGNOLIA

Beh, grazie. Allora ti aspetto al chioschetto.

Non è nemmeno la prima volta che rifornisce le mie riserve di snack. Dopo che mi sono trasferita, siamo andati al supermercato e ho fatto scorta del mio yogurt greco preferito. Purtroppo per me, alcuni gusti mi hanno fatta stare male; quindi sto mangiando soltanto quello che mi va a genio. Quando ha notato che avevo finito quello alla banana, si è fatto in quattro per comprarne degli altri, però il supermercato li aveva terminati. Così, invece di lasciar perdere, ha percorso ottanta chilometri per raggiungere un altro negozio e ne ha comprato tre casse, così che non li finissi.

Purtroppo, adesso il gusto banana mi dà la nausea, probabilmente perché l'ho mangiato tre volte al giorno per tre settimane. Mi è dispiaciuto tantissimo dirglielo, però lui si è semplicemente stretto nelle spalle dicendo che non era un problema, che ne avrebbe mangiato qualcuno, per poi condividere gli altri con i suoi fratelli. Sono stati più che felici di portarceli via.

Mentre me ne sto seduta in attesa sul marciapiede, ammiro le decorazioni natalizie che inondano la Main Street. Tutte le piccole attività sono ricoperte di rosso, verde e bianco. Io ho aggiunto qualche ghirlanda all'esterno del chioschetto e, quando ho introdotto sul menù i miei nuovi drink festivi, finalmente ho cominciato a sentire che è Natale. È stato un mese strano, però sono emozionata all'idea di trascorrere domani la Vigilia con i miei genitori e di andare dagli Hollis per il giorno di Natale.

"Ehi, perché non sei dentro il rimorchio, dove fa caldo?" mi chiede Tripp, balzando giù dal suo pick-up dopo aver parcheggiato.

"Perché l'ho già chiuso e stavi arrivando", ribatto, prendendogli la mano quando me la porge per tirarmi su.

"Ti ammalerai, qua fuori", mi rimprovera, avvolgendo i palmi attorno alle mie dita fredde e soffiandoci sopra aria calda. "Dai, andiamo! La macchina è bella calduccia per te".

Le temperature si sono abbassate fino ai dieci gradi, però si comporta come se fossero andate sotto zero. Sono già imbacuccata fino al punto che riesco a tollerare, però non mi metto a discutere.

"Sei nervosa?" chiede quando si immette di nuovo sulla strada.

"Un po', suppongo. L'ecografia renderà tutto più *reale*, però sarà interessante vedere com'è sullo schermo, sai?"

"Sarà proprio forte. Come se ci fosse un pesciolino che ti nuota nella pancia".

Rimango a bocca aperta, e lui ride per la mia reazione. "Non dare del pesce a mio figlio!"

"Ho cercato su YouTube delle ecografie dalle dieci alle dodici settimane, ed è proprio quello che sembra!" Schiaccia insieme le labbra e fa un'espressione da pesce. "Possiamo usarlo come soprannome: Pesciolino".

Lo guardo in cagnesco. "Non ti piace?"

"Beh, è meglio di Kumquattino".

"Soltanto fino alla settimana prossima, quando diventerà grande come un baccello di pisello. Poi lo chiameremo Pisellino".

Inclinando la testa, lo studio. "Per caso hai memorizzato la tabella delle misure dei feti?"

"Ho un'app per la gravidanza sul telefono per tenere traccia dei progressi".

"*Davvero*? Perché?"

"È bello vederlo, e mi piace leggere gli aggiornamenti. A dieci settimane, il bambino ha tutti gli organi. Oh, e questa settimana è stato promosso ufficialmente da embrione a feto". Si sporge verso di me e dà un pugnetto al mio ventre, che non è più piatto e mi fa sembrare piuttosto gonfia. "Congratulazioni per i risultati conseguiti, Pesciolino!"

Lo fisso con shock e ammirazione per il fatto che non stia

soltanto tenendo traccia dei progressi, ma si stia anche informando.

"Oh, e dice che potresti iniziare ad avere più problemi di stitichezza; quindi magari aggiungi più fibre alla dieta".

"Ok, smettila di informarti", dico impassibile.

Parlare dei miei movimenti intestinali è davvero troppo. Sto ancora cercando di capire come un bambino grande quanto un'anguria potrà lanciarsi fuori dalla mia vagina senza spaccarmi in due. Probabilmente non farò mai più sesso.

"È comune, nel primo trimestre!" Agita una mano come se fosse risaputo. "Parlava anche di sbalzi d'umore, quindi…" Mi guarda con la coda dell'occhio come se si aspettasse che lo aggredisca verbalmente da un momento all'altro. "Potresti diventare più irritabile o piagnucolosa del solito; il che è assolutamente normale per il primo trimestre. Riposo, cibo sano ed evitare lo stress sono la chiave per aiutarti a bilanciare gli ormoni".

"Tu, uomo, mi stai seriamente spiegando i cambiamenti ormonali?"

"No. Sto solo condividendo i dati. Ma c'era anche una sezione informativa sulle perdite vaginali, se vuoi…"

"Sta' zitto, ti prego".

Si tappa la bocca e rimane in silenzio per il resto del viaggio.

È già abbastanza dura dover vivere questi cambiamenti. Non ho bisogno che anche l'uomo che mi portavo a letto ne sia a conoscenza.

Sebbene abbia rispettato il mio desiderio di tornare amici, continua a fare cose dolci per me e a rendere difficile resistere alla tentazione di ricadere nelle vecchie abitudini. Anche se non ha superato alcun limite, si comporta ancora come un fidanzato premuroso, e questo mi incasina la testa. Devo ricordare a me stessa che questa è la soluzione migliore.

Arriviamo all'ospedale e, dopo che Tripp mi aiuta a scendere dal pick-up, prende la mia borsa e la tiene mentre camminiamo fianco a fianco. La receptionist sorride quando ci vede avvicinarci, e so che è solo questione di tempo prima che qualcuno chieda se lui è il padre. Non ho ancora pensato bene a come rispondere alla domanda senza rendere la conversazione imbarazzante.

No, è il mio ex, con cui ho rotto dopo aver scoperto di essere incinta di un altro uomo e, anche se non ci frequentiamo, viviamo insieme.

Normalissimo.

"Può sedersi, e il tecnico uscirà presto a recuperare lei e il suo ragazzo".

Eccolo lì.

"Grazie, signora". Tripp fa un largo sorriso, poi mi prende la mano e intreccia le nostre dita. "Andiamo, *amore*".

C'è l'accenno di un sorrisetto sul suo volto, e so che gli è piaciuto fin troppo.

Lo seguo nella sala d'attesa e mi siedo vicino a lui su un'altra sedia.

"Sai, è solo questione di tempo prima che la gente scopra che sono incinta".

"Ok, e quindi? Hai intenzione di negarlo e dire che stai soltanto mettendo su peso?"

Gli do una pacca sulla coscia per il commento da simpaticone. "E se tu lasci che le persone ti credano il mio ragazzo, allora ipotizzeranno che il bambino è tuo. Quindi dovresti correggerle prima che si diffondano voci".

"E dire cosa? Che sono il tuo migliore amico gay e che sono venuto per offrirti supporto morale?"

Alzo gli occhi al cielo per la sua drammaticità. "Che siamo *amici*. O perfino coinquilini".

Si sporge più vicino. "Mmh… Non mi sembra appropriato per definire qualcuno che ha avuto tutta la faccia nella tua passerina".

"Tripp!" sussurro aspramente, guardandomi attorno per assicurarmi che nessun altro l'abbia sentito.

Mi scocca un sorrisetto, poi posa la mano sulla mia gamba tremante. "Rilassati. A chi importa quello che pensano?"

Deglutisco con forza, abbassando lo sguardo. "Beh, immaginavo che a te sarebbe importato. Non ti aiuterà a rimorchiare, se le tipe pensano che tu abbia un bimbo in arrivo".

"No? Perché ho sentito che a molte donne piacciono i padri single". Agita le sopracciglia, e so che mi sta prendendo in giro.

"Giuro su Dio: sei insopportabile. Stai diventando peggio di Landen".

La sua espressione perplessa si incupisce. "Ehi, non c'è mica bisogno di insultarmi".

"Magnolia Sutherland?"

Balzo in piedi e mi giro verso l'ecografista. Mi accoglie con un sorriso e Tripp ci segue.

"Salve", dico nervosa.

"Salve! Sono Ginny, e oggi sarò io a svolgere l'ecografia". Indica in fondo al corridoio. "La stanza è laggiù".

Camminiamo dietro di lei, e l'ansia comincia ad avere la meglio su di me. Anche se sono emozionata, ho letto storie dell'orrore su gravidanze andate male e aborti spontanei.

"Questo è il vostro primo bambino?" chiede quando entriamo nella stanza.

"Ehm… sì. Il primo".

"Beh, congratulazioni! Non preoccuparti, ti guiderò passo per passo". È allegra e dolce, cosa che apprezzo, ma dentro di me ho lo stomaco che fa le capriole.

"Dov'è che finisce quella cosa lunga?" Sbatto le palpebre mentre spiega come funziona un'ecografia transvaginale.

Ribadisce che è troppo presto per un'ecografia normale; dunque ne fanno una vaginale per controllare meglio, ma è impossibile che quel mammuth ci stia lì dentro.

"È più spaventoso di quanto sembri", afferma.

"Le ho detto la stessa cosa quando ha reagito così per la prima volta alle mie dimensioni", sputa fuori Tripp.

Oh, mio Dio! Lo ammazzo.

Prima che possa farlo, Ginny scoppia a ridere. "Molto divertente. Inizia già a fare le battute da papà".

"Oh, lui non è…"

"Ho ancora sette mesi per inventarne di più", Tripp mi interrompe, e gli scocco un'occhiata omicida.

"Le faccio indossare il camice e torno tra qualche minuto per cominciare. Non usi il bagno finché non abbiamo finito, perché la vescica piena ci aiuta a vedere meglio all'interno dell'utero".

"Un attimo, quindi dovrà ficcarmi quello tra le gambe mentre mi scappa la pipì?"

A proposito, sto già lottando contro la forza di gravità per non farmela addosso.

"Già, mi dispiace. Lo so che è spiacevole, ma non appena avrò preso le misure del bambino, se proprio deve andarci, può farne un po', prima che faccia qualche fotografia".

Un po'? Una volta che inizio, non la fermo più.

"Ok, grazie".

"Torno tra poco".

Non appena la porta si chiude, butto fuori un respiro.

"Sole, stai bene?"

"Devo fare la pipì", dico con urgenza, precipitandomi verso il bagno.

"No! Non puoi". Blocca rapidamente la porta. "Devi trattenerla".

"Non ce la faccio! Tra poco me la faccio addosso".

"Sì che ce la fai. Sei più forte di quanto tu creda. Non pensarci e basta".

"Facile per te dirlo". Incrocio le gambe.

"Ricordi quella volta che tu e Noah siete uscite di nascosto per andare a una festa in campagna?"

Annuisco, ma è una cosa che non c'entra proprio niente.

"Avete bevuto per tipo tre ore di fila prima che Noah mi chiamasse e mi chiedesse di darvi un passaggio. Ero incazzato nero, ma sapevate che non avrei potuto rifiutare. Quando sono arrivato, stavi stringendo fortissimo le gambe perché dovevi farla da morire".

"Sì, e tu mi hai detto di accovacciarmi vicino a un albero". Faccio un'espressione disgustata perché mai e poi mai avrei messo il sedere e la vagina là dove vivono degli insetti.

"E, dato che sei cocciuta come un mulo, non l'hai fatto, e io ti ho avvisata che avresti dovuto tenerla finché non fossimo arrivati a casa".

"Ovvero dopo trenta minuti".

"E tu mi hai pregato di distrarti, così che non ci pensassi".

"Oh, già". Sorrido ricordando quando mi ha dato la sua completa attenzione per una mezz'ora buona. "Hai parlato con me di *Twilight* per tutto il viaggio fino a casa e, quando siamo arrivati, non dovevo nemmeno più fare la pipì".

Scuote la testa e ridacchia. "Quei cazzo di vampiri! Però sì. Quindi sai già che possiedi l'autocontrollo per farcela. Io sarò proprio accanto a te per distrarti. Ok?"

Annuisco. "Ok".

Solleva il camice e me lo apre. "Via pantaloni e mutande".

Facendo roteare il dito, gli faccio cenno di non guardare. Invece, chiude gli occhi e resta dov'è. Dopo aver infilato le braccia nel camice, mi giro tenendolo chiuso il più possibile, così che non veda il mio sedere nudo, e lui me lo allaccia.

Mi posiziono sul tavolo e, quando Ginny ritorna pochi minuti dopo, spegne le luci e spiega ancora il procedimento e ciò che cercherà sullo schermo.

Mette il lubrificante sull'enorme bacchetta e la fa scivolare lentamente tra le mie gambe. La sensazione non è terribile come mi aspettavo, visto che non ce la sta ficcando dentro tutta. È giusto un po' fastidiosa.

"D'accordo, vedete questa cosa qui?" Indica una bolla a forma di avocado. "È la sacca amniotica e all'interno c'è il bambino. Si vedono le due gambette e le braccine".

"E un testone", scherza Tripp, afferrandomi la mano con entrambe le sue.

"Già. E si sta muovendo tanto. Molto attivo. È un buon segno", mi rassicura.

Il mio cuore è pronto a esplodermi fuori dal petto mentre fisso lo schermo e assimilo tutto quello che l'ecografista mi sta dicendo. Non riesco a credere che quello è *dentro* di me.

"Te l'avevo detto che è un pesciolino". Tripp ridacchia, e io faccio un largo sorriso.

"Vedete quelle piccole palpitazioni al centro? È il cuore che batte".

Un suono pulsante rapido e forte riempie la stanza, e mi vengono gli occhi lucidi perché, per la prima volta da quando ho fatto quei test di gravidanza, è tutto più *reale* che mai. Poter vedere e sentire il bambino fa un'enorme differenza, quando si parla di comprendere tutti i cambiamenti che il mio corpo sta vivendo.

Mi rendo conto che diventerò *madre* tra sette mesi. Un'ondata di panico mi travolge insieme all'emozione. Pensavo che sarei stata molto più grande quando avrei avuto dei figli, però adesso che mi sta succedendo a ventitré anni, non posso dire che la cosa mi dispiaccia. A prescindere da come è successo e dalla paura di ciò che mi riserva il futuro, amo già questo bambino più di ogni altra cosa al mondo.

"Il battito cardiaco è a centocinquantacinque battiti al minuto; il che è perfetto", dice Ginny. "Adesso misurerò dalla parte superiore della testa fino ai piedi e farò qualche altro test per vedere di quante settimane è, per dare una data indicativa del parto".

Annuisco, e Tripp mi stringe la mano.

Ginny sposta lo sguardo su di noi. "Papà, se vuole registrare lo schermo, si senta libero di farlo. Alla fine stamperò le ecografie da darvi".

Tripp mi guarda, in attesa o che la corregga o che gli dia l'autorizzazione per fare un video. Non saprei quale delle due. Però gli dico di cominciare pure a filmare.

"Dalla misurazione, il bambino è esattamente a dieci settimane".

"Già, come pensavo. Tengo traccia del mio ciclo e sapevo esattamente quando è arrivato l'ultima volta".

"Perfetto. Significa che la data prevista del parto è a metà luglio", dice.

"La mia app dice il quattordici luglio. La mia migliore amica è due settimane indietro rispetto a me; quindi spero che i nostri figli nascano lo stesso mese".

"Oh, santo cielo, che emozione! L'avete programmato?" chiede.

"Ehm, no!" Rido. "Nessuna delle due lo stava cercando".

"Beh, allora era destino. Migliori amiche per la vita".

Sorrido calorosamente, al pensiero. "Ci spero".

Tripp continua a registrare senza mai spostare la sua mano dalla mia.

"Bene, ho scattato qualche fotografia fantastica".

Dopo averle stampate, Ginny me le porge, e non riesco a trattenere un ampio sorriso.

La prima ecografia del bimbo.

Se fossi minimamente brava nello *scrapbooking* come Noah, farei un album per tutte le fotografie e i traguardi, ma per il momento dovrò accontentarmi di incorniciarla per la mia camera da letto.

"Possiamo andare?" chiede Tripp quando mi sono vestita e ho usato il bagno.

"Sì. Almeno finché non mi scapperà di nuovo la pipì, tra un quarto d'ora".

Mi prende la mano, intrecciando insieme le dita, e mi porta verso il pick-up. "Dovremmo festeggiare".

"Festeggiare?" ripeto quando mi apre lo sportello del passeggero.

"La prima ecografia. Le prime fotografie. La prima volta che vediamo il bambino o la bambina. È un momento importante!" Sfodera un sorriso raggiante, porgendomi il rotolo di immagini. "Dato che ci siamo, andiamo a fare shopping in un negozio per bambini".

"Vuoi cercare cose per bambini?" chiedo conferma, balzando in auto.

Si lecca le labbra come se si stesse trattenendo. "Cazzo se mi piacerebbe, Sole!"

Poi mi fa l'occhiolino e fa il giro per raggiungere il posto del conducente.

"E possiamo prendere qualcosa da mangiare, finché siamo in giro".

"Ok. Facciamo così".

Probabilmente non riuscirò a mangiare molto, dato che ogni cosa mi dà la nausea oppure mi sembra poco appetitoso, però mi piacerà comunque uscire con Tripp a prescindere dalla nostra situazione. Non ha fatto altro che sostenermi, e insieme ci divertiamo; quindi perché no?

Non può mica far male.

Beh… forse potrebbe.

Capitolo Trentacinque
Tripp

Dopo aver comprato le tutine più adorabili di sempre con stampati sopra dei cavalli e dei cappelli da cowboy, essere stato scambiato per il padre del bambino da tre commesse del negozio e aver portato Magnolia da Texas Roadhouse, dove ha divorato quattro panini dolci e una bistecca, torniamo in paese che è già buio.

Quando arriviamo a casa, Magnolia è già crollata e, stavolta, non voglio svegliarla. Porto dentro le sue borse della spesa e i contenitori da asporto con il dolce che non siamo riusciti a finire, poi la sollevo tra le braccia e la trasporto all'interno.

Le luci dell'albero di Natale mi guidano lungo il corridoio e, quando l'ho posata sul letto, le tolgo giacca e scarpe.

"Tripp?" mormora con gli occhi ancora chiusi.

"Va tutto bene, amore. Ti sto solo mettendo a letto".

"Sono così assonnata".

"Lo so. Vuoi infilarti sotto le lenzuola oppure ti porto un'altra coperta?"

"Sì".

Ridacchio e, per non doverla muovere, decido di prenderne una dall'armadio.

Resta con me

Si accoccola contro il cuscino mentre le rimbocco le coperte, e un lieve gemito adorabile le sfugge dalla gola.

"'Notte, Sole". Le sposto i capelli dalla fronte, poi mi piego per stamparci sopra un bacio. "Sogni d'oro".

Rimane in silenzio mentre esco in punta di piedi dalla stanza e chiudo la porta.

Dato che domani è la Vigilia, lei non lavora e può dormire fino a tardi, se ne ha bisogno. Ha avuto un mese impegnativo, e so che un po' di riposo in più le farebbe bene.

Dopo aver messo il cibo in frigorifero, mi prendo qualche minuto per riordinare il resto della casa. Guardando intorno a me le decorazioni che abbiamo aggiunto qualche settimana fa, una parte di me è triste all'idea che dovremo toglierle presto. Quel giorno è un bel ricordo, considerando che si era trasferita da me soltanto una settimana prima e dovevamo ancora superare il disagio iniziale. Tirare fuori tutti i contenitori di addobbi e montare l'albero mentre guardavamo uno dei suoi film natalizi preferiti è stato un ottimo modo per rompere il ghiaccio e ricreare un'atmosfera amichevole.

Ogni volta che le sono vicino, sono tentato di attirarla tra le braccia e baciarla fino a farle perdere i sensi. È più forte di me: voglio toccarla in qualche modo, anche solo tenendola per mano o carezzandole la schiena. Dimenticare cosa si prova a stare con lei non è un qualcosa che posso fare, e a volte non riesco a trattenermi.

Due settimane fa, lo sceriffo ha annunciato che Travis è un sospettato nel caso delle rapine e delle irruzioni, e sembra che, da quel momento, sia più determinata di prima a tenermi a distanza, se non come amico. Crede che venire associato a lei metterebbe in cattiva luce la mia famiglia a causa della pessima reputazione di Travis. Dati i loro trascorsi, Magnolia sta un po' distorcendo le cose affermando che il suo comportamento criminale potrebbe avere qualche impatto su di me, ma sto comunque provando a rispettare la sua decisione.

Nessuno, a parte la mia famiglia e suo padre, sa che il bambino è di Travis e, se fosse per me, preferirei che fosse sempre così.

Non è stato chissà quale grande shock scoprire che Travis era coinvolto in affari loschi, ma il fatto che si sia intrufolato in casa di Magnolia mi confonde, dato che non ha nemmeno preso nulla. L'unica cosa che potrebbe aver senso è che l'abbia fatto pensando che l'irruzione potesse sconvolgerla a tal punto da indurla a precipitarsi da lui in cerca di protezione.

Beh, ottimo lavoro, coglione. Invece l'ha condotta da *me*.

Anche se non ci stiamo propriamente "frequentando", è qui a casa mia e nella mia vita.

È questo è tutto ciò che conta.

Però lui è soltanto un sospettato, e adesso è scomparso.

Hanno diffuso i filmati che hanno ottenuto sulle irruzioni dove si vede la targa della macchina verso cui corre dopo il misfatto. Quel cretino non è sa nemmeno che bisogna coprirla perché ormai ci sono telecamere dappertutto.

Spero che non torni più e che Magnolia non debba mai dirgli la verità.

Mentre fisso l'ecografia, percepisco un caloroso senso di orgoglio e speranza. Voglio far parte della vita del bambino fino a dove Magnolia me lo permetterà e, se me lo concederà, sarò presente per ogni passo e traguardo.

Scatto una fotografia all'immagine e poi la mando insieme al video che ho fatto prima a Noah, i miei fratelli e i miei genitori. Guardandola, mi viene un'idea per lo *scrapbook* che ho cominciato settimane fa. Anche se potrò essere soltanto lo zio Tripp, voglio comunque documentare tutto.

WILDER

Sei sicuro che il bambino non è tuo? Ha un testone proprio come te.

WAYLON

E pure un pisellino piccolo come il tuo.

TRIPP

Coglioni, è la gamba. E poi voi che ne sapete?

Resta con me

LANDEN

È un maschio o una femmina?

TRIPP

Ancora non lo sappiamo. Non prima delle venti settimane.

NOAH

Ooooh, è adorabile!

TRIPP

Oggi cinque persone diverse hanno pensato che fossi il padre.

LANDEN

Ahia! Com'è andata?

TRIPP

Beh, non li abbiamo corretti.

WILDER

Lo so che ti rompo i coglioni il 99% del tempo, però devi stare attento. Ti affezionerai all'idea di un bambino che non è tuo, e lei potrebbe andarsene in ogni momento.

LANDEN

Magnolia non lo farebbe.

WILDER

Magari no, però Tripp così rischia di soffrire.

TRIPP

Sei davvero preoccupato per me? È amore quello che sento?

WILDER

Vaffanculo! Non farci l'abitudine.

Mi scappa una risata, perché questo è un lato di Wilder che non vedevo da un casino di tempo.

TRIPP

Apprezzo che ti preoccupi. Ma fidati, lo so. E sono disposto a rischiare.

WAYLON

Sei ancora convinto del fatto che cambierà idea e vorrà rimettersi con te, vero?

TRIPP

Ci spero, sì. Stavamo bene insieme.

E sono follemente, profondamente e stupidamente innamorato di lei.

NOAH

Sta ancora metabolizzando tutti i cambiamenti che sta vivendo, oltre alla storia di Travis. Quindi è possibile che prima o poi capisca che non vuole perderti e ammetterà che anche lei vuole stare con te. Però non puoi metterle pressione. Questa cosa deve deciderla da sola.

Lo so fin troppo bene e non le darei mai un ultimatum per farla restare nella mia vita.

TRIPP

Mmh, secondo voi l'anello con diamante che le ho preso per Natale è eccessivo?

Li sto solo prendendo in giro, ma la loro ondata uniforme di messaggi in cui mi maledicono è un vero spasso.

TRIPP

Cristo, siete tutti dei creduloni!

NOAH

Non farmi queste cose, stronzo! Anche io sono incinta, in caso te ne fossi dimenticato. Non farmi venire un colpo.

WILDER

Aspetta, significa che tecnicamente Magnolia è single?

Resta con me

Significa che, se non la pianti di mangiartela con gli occhi come ti vedo sempre fare, assumo qualcuno che ti cavi le orbite, così non potrai mai più guardarla.

Non credo tu possa farlo.

Non può, vero?

Quando nessuno risponde, continua.

PUÒ FARLO??

Scoppio a ridere, perché una rapida ricerca su Google gli rivelerebbe quanto è idiota.

Anche se scherzo con i miei fratelli, ho preso davvero qualcosa di speciale a Magnolia per Natale, e sì, probabilmente si tratta di un regalo che grida più di *solo amici*, però dicevo sul serio: non saremo mai soltanto quello.

Le ho comprato un braccialetto d'oro rosa con dei ciondoli che hanno un significato affettivo: un girasole, un cappello da cowboy, una tutina da neonato, del caffè freddo, una piccola ascia, un dinosauro, un pick-up e poi, al centro, la lettera M con uno smeraldo, la sua pietra natale.

Potrebbe detestarlo, dato che le ricorderà la nostra breve relazione, ma, anche se quei ricordi dovessero solo restare tali e niente di più, voglio che non dimentichi mai ciò che c'è stato tra noi.

Capitolo Trentasei

Magnolia

"Ehi, ma che stai guardando?"

Quando Tripp torna a casa dal lavoro, sono rannicchiata sul divano con una coperta, una grande ciotola di popcorn con burro extra e una Sprite. Ha gli occhi sbarrati, e il suo tono è severo come se mi avesse beccata a vedere un porno.

"Un film. Vuoi unirti a me?"

"*My Girl*? Non l'hai mai visto?"

"No, non ne avevo mai sentito parlare prima di mezz'ora fa. Però ho visto che c'era quel bambino di *Mamma, ho perso l'aereo*, e il trailer sembrava bello. È uno di quei classici degli anni Novanta. Per ora è carino".

Si siede con cautela accanto a me, con un'espressione preoccupata sul volto. Il film parla di una bambina di nome Vera e del suo migliore amico, Thomas J, ed è ambientato negli anni Settanta. Il padre di lei è titolare di un'impresa di pompe funebri, e la sua nuova truccatrice, Shelly, sta parlando in bagno con Vera di trucchi e ragazzi.

Come ho detto, è carino.

Mi ficco dei popcorn in bocca e alcuni mi cadono sul petto e sulla pista da sci, come chiamo il pancione. Sta crescendo così in fretta che non riesco a starle dietro con i vestiti nuovi; quindi ho iniziato a rubare le magliette di Tripp. Dato che non si è lamentato, immagino che non gli dispiaccia.

"N-Non credo che dovresti guardarlo, Sole. Ha una scena triste".

"Di che stai parlando? Dal trailer sembrava un film dolce e allegro".

Considerando che piango per un nonnulla, capisco la sua preoccupazione, ma forse l'avrà scambiato con un film diverso. Parla di una bambina di undici anni che sta affrontando alcuni nuovi cambiamenti nella sua vita – cosa in cui posso identificarmi a un livello più adulto – e vede suo padre frequentare una donna per la prima volta dopo anni.

"Fidati… Non ti piacerà".

"Solo perché sono sensibile e incinta non significa che non possa sopportare la visione di un film un po' triste. E poi, la scena al Bingo era alquanto simpatica. Secondo me, non sai di cosa stai parlando".

Si gratta la testa, rinunciando probabilmente a convincermi a spegnere. Ho avuto una settimana impegnativa al lavoro, sono stanca e mi sento grassa; quindi mi sto viziando con una serata film.

"Com'è andata al lavoro?" Mi giro e lui mi sta guardando.

"È stata una giornata intensa, in realtà. Ho ricevuto cinque nuove prenotazioni, e per ognuna hanno richiesto Wilder come guida per le escursioni a cavallo; quindi ho il vago sospetto che stia postando di nuovo foto e video provocanti sui social".

Scoppio a ridere all'idea di cosa potrebbero rappresentare delle immagini provocanti a cavallo, ma adesso devo vederle. "È esilarante. Beh, adesso non puoi dire che Wilder non aiuta a far entrare soldi".

"Sì, beh, non ti ho detto che erano tutte donne tra i quaranta e i cinquant'anni".

Adesso sto ridendo talmente tanto che mi fa male un fianco.

"Devo andare più spesso all'agriturismo e guardare i gemelli all'opera".

"Non pensarci neanche!" dice in tono di avvertimento, costringendomi a trattenere un sorriso.

Riporto l'attenzione sul film, e la famiglia ha organizzato una festa per il quattro luglio. È evidente che Vera non vede di buon occhio la confidenza che c'è tra Shelly e suo padre e che sta cercando di sabotarli in qualunque modo possibile. Ma poi si presenta l'ex marito di Shelly con il fratello e la minacciano di prendersi il camper in cui lei sta vivendo, attirando ovviamente l'ira del signor Sultenfuss.

"Porca troia, il tipo ha davvero dato un pugno allo stomaco al suo ex?" Rimango a bocca aperta e mi avvicino al bordo del divano per guardare la scena.

Poi il signor Sultenfuss recita la battuta migliore che abbia mai sentito: *"Allora probabilmente ci rivedremo. Verrà a trovarci molto spesso"*. E quando poi il fratello chiede: *"Perché?"* il signor Sultenfuss risponde: *"Perché se Danny cerca di riprendersi il camper di Shelly l'ammazzo e lo seppellisco in giardino"*.

"Oh, mio Dio! Dimmi che non è qualcosa che direbbe un fidanzato dei romanzi". Esagero l'affermazione sventolandomi con la mano. "Porca troia, che cosa sexy per un vecchio!"

Tripp mi scocca un'occhiata come se fossi pazza.

"Che c'è? Ha difeso la sua donna!" Tendo una mano verso il televisore.

Incrocia le braccia. "Oh, ma quando io picchio Travis, devo evitare le accuse di aggressione".

Faccio una risata nasale, dandogli una pacca sulla gamba. "Questi sono gli anni Settanta, tesoro. Un'epoca diversa".

Alza gli occhi al cielo, e ci poggiamo allo schienale del divano per metterci comodi mentre continuiamo a guardare Vera, che ha deciso di fuggire a Hollywood.

E poi le arrivano le temute mestruazioni e vorrebbe vietare il sesso.

Ti capisco, amica. Il ciclo e il sesso *dovrebbero* essere banditi.

"Oh, santo cielo, Vera è innamorata del suo maestro di inglese!
È adorabile".

Tossisce. "È reato".

Lo guardo di traverso per aver provato a rovinarmi l'umore.

Il modo in cui recitano il Giuramento di Fedeltà dopo essersi
scambiati il primo bacio mi strappa una risatina.

"Non so di cosa diavolo stai parlando. Questo film è
adorabile".

Si tappa la bocca, mi scocca un'occhiata e rimane in silenzio.

"Ooh, è tornato indietro a cercare l'anello di Vera".

Il corpo di Tripp si irrigidisce accanto a me.

"Oh, no, sono tornate le api".

Mi guarda di nuovo.

"Perché non sta scappando?"

Ok, che cosa strana...

La scena finisce soltanto con Thomas J circondato dagli
insetti, e adesso siamo di nuovo a casa di Vera.

"Aspetta... Cos'è successo?" Do una pacca sul braccio di
Tripp, che è silenzioso in modo inquietante.

Adesso lo sceriffo è arrivato a casa loro e suo padre sta salendo
in camera di Vera.

Il padre sembra sul punto di piangere... e non mi piace la
piega che il film sta prendendo.

"Cosa significa che era allergico? No... *non* è possibile".

Mi si stringe il petto mentre trattengo le lacrime quando mi
rendo conto che Thomas J è morto per le troppe punture di ape.

E poi la diga si rompe quando Vera corre dal dottore e dice
che non riesce a respirare. La poverina sta avendo un attacco di
panico.

È così che Tripp si è sentito quando è morto Billy?

Appena mostrano la barella che entra nella camera ardente,
giuro che sto andando in iperventilazione.

"Perché non mi hai avvisata?" dico tra le lacrime quando mi passa
un braccio sulle spalle. "Un *bambino*? Dovrebbe essere un crimine".

"Ci ho *provato*..." sussurra, attirandomi contro il suo petto.

"Era il suo unico amico…" dico tra i singhiozzi mentre mi stringe a sé.

Quando vedo Vera piangere per lui e gridare che Thomas j non vede senza gli occhiali al suo funerale non riesco più a vedere lo schermo attraverso tutte le mie lacrime. E, appena scappa dal suo maestro, il signor Bixler, e scopre che lui sta per sposarsi, per me è finita.

Sono a pezzi.

Questa bambina sta provando così tanto dolore, e la cosa mi sta distruggendo.

Tripp passa il palmo della mano sui miei capelli, cercando di calmarmi, ma è inutile. Ho il cuore in frantumi.

Quando mi asciugo le lacrime, mi si schiarisce un po' la vista e posso continuare a guardare. Tanto vale finire questo film orribile e vedere come va.

Ma il finale mi annienta quasi quanto il resto.

Quando Vera incontra la madre del bambino, lei le dice che la sua mamma, morta dopo il parto, è in paradiso a vegliare su Thomas J.

Poi Vera torna in classe per l'ultimo giorno e legge la sua poesia scritta chiaramente per Thomas J. È allo stesso tempo dolce e straziante.

Infine parte la canzone *My Girl* mentre pedala in bicicletta con la sua nuova amica, Judy.

"Vedi? Ha un lieto fine", dice Tripp.

Mi metto seduta e gli lancio un'occhiata incredula.

"Sei serio? Perde il suo migliore amico".

"Fa parte della vita, Sole. Adesso sta imparando a convivere col dolore e ad andare avanti".

Mi separo da lui, alzando gli occhi al cielo e rifiutandomi di accettare che questo film sia qualcosa di diverso da una tragedia.

Questo mi porta a domandarmi quanto pensi a Billy quando guarda questo genere di film. Non credo che riuscirei mai a guardarne uno triste, se dovesse succedere qualcosa a Noah.

"Odio questo film. Zero su dieci. Sconsigliato". Prendo il telecomando e spengo il televisore.

"Quindi immagino che non vuoi vedere *Il mio primo bacio*, il seguito?"

"C'è un *seguito*?" strillo. "In quello cosa succede? Adesso muore suo padre? Prende un cucciolo e poi per sbaglio qualcuno lo investe?"

Incurva l'angolo del labbro come se stesse trattenendo un sorriso. "No, va a trovare lo zio per scoprire di più su sua madre e alla fine bacia il suo cugino acquisito".

"*Cosa*? Stai mentendo".

Ride a crepapelle per la mia reazione. "Lo giuro. Vera ha solo tredici anni, e non c'è alcuna relazione".

"Non mi fido comunque". Incrocio le braccia. "Adesso devo guardare qualcos'altro per purificarmi il cervello e rimuovere il ricordo delle ultime due ore".

Si alza, spazzolando via lo sporco dai jeans, e poi mi guarda. "Mentre faccio una doccia veloce, trovane un altro da guardare. Poi preparo qualcosa per cena. Di cosa hai voglia?"

"Mmh… Te lo faccio sapere quando hai finito".

Fa un sorrisetto. "Ok".

Prima di allontanarsi, si china per incrociare il mio sguardo. "Stai bene? Non te ne starai qui a piangere mentre non ci sono, vero?"

"No". Tiro su col naso.

Mi prende un lato del viso e fa scorrere il pollice sulla guancia. Il modo in cui mi guarda mi toglie il fiato e mi paralizza: quasi come se stesse cercando di scrutarmi l'anima.

"Torno tra quindici minuti". Si china, mi bacia la fronte e cammina verso la sua camera.

Verrebbe da pensare che, dopo aver vissuto insieme per più di tre mesi, non continueremmo ad avere questa tacita connessione, che è ancora presente dopo un mese di rapporto. A volte sogno ad occhi aperti come sarebbe dirgli che voglio tornare con lui e quanto sarebbe bello cedere a questi sentimenti. Sentimenti che mi colpiscono con così tanta forza che a volte dimentico che non posso avvicinarmi a lui quando voglio e baciarlo, perché sono stata io a tracciare un confine tra di noi.

Dopo aver cercato per dieci minuti, finalmente trovo un altro film che voglio vedere: *The Last Song* con Miley Cyrus e Liam Hemsworth. Scommetto che un film dove c'è lei non può essere triste. Sembra parlare di un'adolescente che riallaccia i rapporti con il padre dopo la separazione dei suoi genitori.

Sempre che non muoia qualcun altro, me la caverò.

Il trailer ha una musica allegra e una canzone di Miley Cyrus, e ci piace.

Inoltre, un bel bocconcino non ha mai fatto male a nessuno.

Bingo.

Lo faccio partire e aspetto Tripp. Ultimamente, le nostre serate film sono state poche e distanti l'una dall'altra, perché lavora fino a tardi. A volte mi chiedo se non stia lavorando di più di proposito, perché starmi vicino è troppo difficile. Sto invadendo casa sua e il suo spazio e, nonostante mi abbia detto che potevo stare qui, forse sto abusando della sua ospitalità.

Ma poi abbasso lo sguardo sul polso e sul braccialetto con ciondoli che mi ha dato a Natale, un regalo decisamente eccessivo per qualcuno che non vorresti vivesse a casa tua. Quando l'ho aperto, è stato uno shock scoprire che aveva fatto un qualcosa di così romantico e dolce. Anche se avrei dovuto aspettarmelo, dato che stiamo parlando di Tripp. Lui è fin troppo premuroso. Il suo regalo ha senz'altro superato quelli che gli ho preso io, però lui non mi ha fatto sentire in colpa. Lo indosso tutti i giorni e non vedo l'ora di aggiungere l'iniziale del bambino, dopo aver scelto il nome. Tra qualche giorno ho la prossima ecografia, e lì scoprirò il sesso.

Ho preso in considerazione l'idea di cercare una casa nuova, dato che sono riuscita a risparmiare non dovendo pagare l'affitto, però mi servirebbero abbastanza soldi per un deposito cauzionale e per arredare tale appartamento e poi per comprare tutte le cose per il bambino. Soltanto il mio letto e la cassettiera sono sopravvissuti alla furia di Travis, quando ha distrutto tutto.

Mentre scrollo sui social, mi squilla il telefono con un numero sconosciuto. La curiosità ha la meglio; quindi rispondo.

"Pronto?"

Un operatore che mi chiede se voglio accettare una telefonata dalla prigione di Sugarland Creek è l'ultima cosa che mi aspettavo.

Il mio primo pensiero è che uno dei fratelli Hollis sia stato arrestato e, non riuscendo a contattare Tripp, ha chiamato me. Ma poi una voce totalmente inaspettata riecheggia nel mio orecchio.

Travis.

Non ci credo, cazzo!

"Maggie, ci sei?"

"Dipende. Che cosa vuoi?"

"Avevo bisogno di sentire la tua voce e assicurarmi che stessi bene. Ero preoccupatissimo per te".

"Ti sei preoccupato prima o dopo essere entrato in casa mia e averla distrutta?"

"Piccola, no. Non sono stato io. Qualcuno ce l'ha con me. Devi credermi".

Aggrotto la fronte perché è ovvio che non ammetterebbe mai di averlo fatto.

"Mmh-mmh, e chi sarebbe, esattamente?"

"Si chiama Emilio, ed è pericoloso, piccola. Gli devo dei soldi, e se l'è presa con te per mandarmi un messaggio".

"Piantala di chiamarmi *piccola*. Di che accidenti stai parlando? Perché dovrebbe prendersela con me?"

"Perché mi ha seguito per un paio di mesi e si è reso conto che sei una persona importante per me, ed è per questo che ti sto dicendo di fare attenzione. Adesso che sei finita nel suo radar, sei un bersaglio".

Quindi mi sta usando per arrivare a Travis? Oppure per stanarlo?

E, un attimo...

"Quando sei stato arrestato?"

Da quel che sapevo, era ancora sulla lista dei ricercati del paese.

"Ieri notte, però mi hanno permesso di fare una chiamata soltanto adesso".

"E sei stato tu a fare le rapine?"

"Stavo cercando di racimolare i soldi che devo a Emilio, così che non se la prendesse con te. Ti stavo proteggendo".

Sbuffo, incredula.

"Quanto, Travis? Quanto gli devi?"

Questa non sarebbe la prima volta in cui Travis si caccia nei guai per denaro. Gli piace piazzare scommesse che non dovrebbe piazzare.

"Non è chissà quanto".

Alzo gli occhi al cielo, sempre più frustrata. "Non è quello che ti ho chiesto".

"Cento".

"*Cento* dollari?" chiedo, confusa.

"Centomila, piccola. Gliene ho già dato la metà con i soldi che ho rubato; quindi gliene serve soltanto l'altra, e poi ci lascerà in pace".

"*Ci*? Perché sono coinvolta in questa storia?"

"Te l'ho già detto: sa che sei la mia ragazza e, per convincermi a restituirgli gli altri cinquanta, sta minacciando la tua vita. Allora ho pensato che, se potessi prenderli in prestito da te, ci lascerebbe in pace".

"Prima di tutto, non sono né la tua ragazza né la tua piccola; quindi piantala. E, secondo, sei più delirante di quanto io credessi, se pensi che abbia quella somma. Ho perso quasi tutte le mie cose nell'appartamento e sono una piccola imprenditrice. Non navigo nell'oro".

"Non puoi chiedere un prestito per la roba del caffè?"

"Non penso proprio. Anche se potessi o avessi i mezzi, non ti darei i soldi".

"Maggie, è una cosa seria. La prossima volta non si limiterà a metterti a soqquadro la casa. Potrebbe distruggere la tua macchina o il chiosco. Oppure, maledizione, potrebbe prendersela con *te*".

Il cuore mi batte così forte nel petto che riesco a malapena a sentire Travis sopra il martellio.

"Perché dovrebbe prendersela con me all'improvviso, dopo mesi in cui non ha fatto nulla?" chiedo, cercando di rimettere insieme tutti i pezzi.

"Perché ero scomparso, ma adesso che mi sono fatto arrestare e sa che non sono morto, comincerà a perseguitare sia me che te finché non verrà pagato".

"Chi è questo tizio?"

"Un allibratore, uno che non scherza".

"È il tipo che potrebbe indossare un completo tutto nero e guidare un Denali?" Mi vengono subito in mente dei flashback di quello sconosciuto che è passato al chioschetto mesi fa.

"Sì, è lui. Mi ha inviato delle fotografie di te mentre lavoravi, ed è per questo che ho dovuto continuare a rubare soldi. Dopo avergli restituito la prima metà, l'ho tenuto a bada per un po', ma ora è impaziente di ricevere il resto".

"Beh, se dovesse tornare, mi basterà dirgli che non ho nulla a che fare con te".

Ridacchia cupamente. "Non funziona così. Sa già che sei una risorsa preziosa per me e ti userà per ottenere ciò che vuole".

Butto fuori un respiro frustrato perché non riesco a dare un senso a questa storia. "Beh, non ho nulla da offrirgli".

"Non è questo il punto. Tu gli offri un vantaggio perché ottenga ciò che vuole da *me*. Se non mi avessero beccato, non ho dubbi che ti avrebbe fatto qualcosa per farmi uscire allo scoperto.

Beh, non è affatto rassicurante.

"A proposito, dove ti trovi, visto che non stai vivendo a casa tua?"

"Non sono affari tuoi".

"Maggie, voglio solo sapere se sei in un luogo sicuro".

"Lo sono".

"Se vedi qualcosa di sospetto, scappa e chiama il 911".

La rabbia mi ribolle dentro quando la concretezza delle sue parole mi colpisce con forza. "Perché devi trascinarmi nella tua merda, Travis? Digli semplicemente che non stiamo insieme, che non ti importa più di me. Sei un esperto a mentire e manipolare le persone. Sono sicura che riuscirai a convincerlo".

"Sì, vedi, è un tantino difficile farlo, quando te ne vai in giro col pancione. È un tipo intelligente che sa fare due più due".

Mi si blocca il fiato, e il mio cuore implode. Devo aver sentito male.

"Quando avevi intenzione di dirmelo?" chiede quando non parlo.

Sospirando, butto fuori un respiro sconfitto. "Prima o poi".

"Quindi è mio". Non me lo sta chiedendo.

Faccio crollare la testa contro il divano, desiderando di poter tornare indietro a cinque minuti fa, prima che rispondessi al telefono.

"Sì. Ma non cambia nulla. Non ci rimetteremo insieme, e non voglio avere niente a che fare con le stronzate in cui ti sei andato a cacciare. Come hai fatto a scoprirlo, se ti stavi nascondendo?"

"Emilio mi ha mandato per email delle foto in cui passeggi per la città e sei un pochino in carne. Ha scritto: 'A quanto pare, hai due risorse preziose che posso prendermi'".

Faccio una smorfia per la scelta delle parole. "Mi sta seguendo?"

"Te lo sto dicendo… E adesso, sa che sei incinta. Quindi, se hai i soldi, servirebbero a tenerlo a distanza sia da noi *che* dal bambino".

Mi si serra la gola mentre ricaccio dentro le lacrime di rabbia quando menziona mio figlio.

"Ti ho già detto che non ho una somma del genere", sibilo tra i denti.

"Aveva anche una foto di te con Tripp Hollis".

"Quindi?"

"State insieme?"

"Ripeto: non sono affari tuoi".

"Beh, so che il tuo fidanzatino ha più che soldi a sufficienza per restituire cinquantamila dollari".

"Tu cosa ne sai?"

"Tutti sanno che gli Hollis sono ricchi sfondati. Guarda il loro ranch e la loro proprietà. È il maneggio più quotato del sud. Ogni cosa che possiedono è il meglio del meglio".

"Ok, anche se i suoi genitori sono ricchi, non significa che lui lo sia".

"È solo questione di tempo prima che Emilio metta insieme i pezzi e se la prenda con Tripp e la sua famiglia. Pagherebbero per la loro sicurezza e per proteggere la loro attività senza intaccare il portafoglio. Dunque renderebbe tutto molto più facile chiedere a loro di darmi quei soldi, così potrò ripagarlo subito e nessun altro sarà più in pericolo".

Merda! È esattamente questo il motivo per cui ho rotto con Tripp.

"Loro non c'entrano nulla con te".

"Se lui è collegato a *te*, allora è un bersaglio", conferma. "Emilio sarebbe capace di fare tutto il necessario per ottenere i soldi".

Il telefono emette un segnale acustico, e Travis sospira. "Il mio tempo sta scadendo. Ti chiamo tra qualche giorno, e mi servirà la tua risposta. Io qui sono più al sicuro; quindi non proverò nemmeno a uscire su cauzione".

"Aspetta, *cosa*? Mi stai scaricando addosso tutta la responsabilità e ti nascondi lì dentro? Codardo di merda!"

"Non ho i soldi, Maggie!"

"Nemmeno io ce…"

La linea si interrompe prima che possa finire la frase, e inizio a fremere di rabbia ancora prima di mettere giù il telefono.

Non può star succedendo davvero.

Capitolo Trentasette

Tripp

Dopo essermi lavato e cambiato, entro in soggiorno per chiedere a Magnolia quale film ha scelto. Quando la raggiungo sul divano, respira a malapena ed è pallida come un fantasma.

"Ehi, stai bene?"

Non si muove né parla per diversi secondi.

"Sole?" Mi siedo sul bordo del tavolino e la intrappolo tra le gambe. "Cosa c'è che non va?"

Finalmente, sbatte le palpebre e mi guarda. "Travis mi ha appena chiamata e ha detto che è in prigione".

Le mie sopracciglia schizzano in aria e la schiena si raddrizza. "Di cosa stai parlando?"

Mi spiega quello che le ha detto, menzionando un certo Emilio e il fatto che gli servono cinquantamila dollari per saldare il suo debito. Racconta che sa che è incinta e che praticamente siamo tutti in pericolo, se non troviamo un modo per restituire a quel tipo i suoi soldi.

"Travis non è stato arrestato", le dico quando finisce.

Dopo che è diventato un sospettato, ho chiesto agli agenti di informarmi non appena lo avessero trovato, visto che l'appartamento di Magnolia è stato uno degli obiettivi. Si sta nascondendo da mesi, e immaginavo fosse già bello lontano o, *speravo*, fosse morto.

Inclina la testa, assottigliando lo sguardo, confusa. "Che intendi dire? Ho ricevuto una telefonata dalla prigione della contea. È quello che ha detto l'operatore. Ho sentito il segnale acustico dopo circa cinque minuti e la chiamata è terminata trenta secondi dopo".

"Intendo dire che è ancora latitante. Non lo hanno arrestato".

"Come puoi esserne così sicuro? Ha detto che lo hanno portato dentro ieri notte".

Estraggo il telefono dalla tasca e chiamo l'ufficio dello sceriffo. La centralinista mi mette subito in contatto con lo sceriffo Wagner.

"Cosa posso fare per te, Tripp?"

Metto il vivavoce perché Magnolia possa sentire.

"Per caso ieri notte avete arrestato Travis Boone?"

"No, figliolo. Ti ho detto che ti avrei informato, se lo avessi fermato".

Lancio uno sguardo penetrante a Magnolia.

"Travis ha chiamato Magnolia giusto pochi minuti fa affermando il contrario, e l'operatore ha detto che la chiamata proveniva dalla prigione di Sugarland Creek".

Ridacchia, e il mio livello di irritazione sale.

"Wendy, per caso stasera hai trasferito una chiamata a Magnolia Sutherland?" chiede alla sua centralinista.

"No, signore".

"Sembra che abbia inscenato la cosa. Probabilmente ha chiesto a qualcuno di fingersi l'operatore oppure ha scaricato una di quelle app vocali che voi giovani usate sui telefoni. Comunque sia, è ancora sulla lista dei ricercati. Se lo avessimo preso, la notizia si sarebbe già diffusa in tutto il paese".

"Proprio come pensavo. Grazie per la conferma".

"Che cosa voleva?" chiede.

Gli spiego tutto ciò che Magnolia mi ha raccontato e, quando ho finito, lo sceriffo sta imprecando come non ci fosse un domani.

"Sta fingendo di essere in prigione perché lei gli dia i soldi per pagare il suo allibratore?" chiede conferma.

"È la mia ipotesi. Qualche mese fa, un tipo che corrisponde alla sua descrizione si è presentato al chioschetto di caffè di Magnolia in un Denali dai vetri oscurati, ed era ovvio che non fosse della zona. Travis sostiene anche che sia stato questo tizio a fare irruzione nell'appartamento di Magnolia e non lui, per dargli un qualche *avvertimento* che se la sarebbe presa con lei, se lui non avesse pagato. Però ha confessato di aver compiuto le altre rapine".

"Dammi informazioni sul suo conto e lo aggiungo alla lista dei sospettati da tenere d'occhio".

Magnolia le condivide con lui, e io devo fermarmi fisicamente dall'affondare le unghie nei palmi per quanto sono furioso con Travis e per il possibile pericolo in cui l'ha messa.

"D'accordo, fatto. Da quale numero ti ha chiamata?"

Magnolia trova il contatto e glielo detta.

"È un prefisso della Florida", ci dice lo sceriffo Wagner.

"Probabilmente sta usando un telefono usa e getta", affermo.

"Decisamente, però mi dà una posizione da cui posso partire per inviare il suo profilo di ricercato. Se si sta nascondendo e ha fondi limitati, significa che probabilmente lo sta ospitando qualcuno o che, come minimo, si trova in un posto economico. Qualcuno da quelle parti potrebbe riconoscerlo. Quando sento il loro dipartimento, posso anche fare un controllo incrociato con crimini simili avvenuti in quella zona. Mi sorprenderebbe se fosse ancora da queste parti, con tutti che lo cercano".

"In un certo senso è un sollievo pensare che non si trova nemmeno in questo stato", dice Magnolia, e poi aggiunge: "Come posso ottenere un ordine restrittivo contro di lui, così che, se dovesse avvicinarsi, possa farlo arrestare anche per quello?"

"Dovrai venire in ufficio e compilare alcuni documenti per un ordine temporaneo, però non dovrebbe risultare difficile presentare la richiesta", le spiega. "Ma, se lo trovassero, verrebbe arrestato comunque, tesoro".

"Lo so. Voglio solo una tutela legale, nel caso pensi che possa aiutarlo o che sarà al sicuro venendo da me".

"Passeremo domattina", gli dico.

Neanche morto che perderò più di vista Magnolia.

"Io starei comunque in allerta, se dovesse presentarsi qui o se questo Emilio dovesse rifarsi vivo. Non abbassare la guardia", le raccomanda.

"Non si preoccupi, la tengo d'occhio io".

"D'accordo, ragazzi. Ci vediamo domattina".

Ci salutiamo, e poi la avvolgo tra le braccia perché sta visibilmente tremando.

"Sole, andrà tutto bene. Lo sai che non permetterò a quel coglione di toccarti nemmeno con un dito".

"E tu, invece? Potrebbero prendersela anche con la tua famiglia".

Trattengo a stento una risata. "Voglio proprio vedere se ci provano".

"Sono così incazzata per aver creduto alle sue stronzate così facilmente. Che cazzo di problema ho? Dopo tutti questi anni, dovrei ben sapere che è un dannatissimo bugiardo".

"Non avresti potuto saperlo, visto che ha fatto apparire tutto reale". Le faccio scorrere una mano lungo la schiena mentre piange, arrabbiata.

"Come farò a lavorare, se dovrò guardarmi costantemente le spalle? Non posso *non* lavorare. Il mio taser e lo spray al peperoncino non mi saranno di grande aiuto, se quel tipo ha una pistola".

"Verrò con te tutti i giorni".

Si ritrae, asciugandosi le guance. "Come farai, visto che hai un lavoro?"

"Lavori soltanto fino alle tre, giusto? Chiederò a Landen o Waylon di coprirmi la mattina, e poi mi assicurerò che sarai con qualcuno in ogni momento mentre mi occupo delle escursioni e recupero la sera. Puoi stare con Landen o Noah".

"Non puoi rimanere con me al mio chioschetto per sette ore e poi andare a lavorare per chissà quante altre. Quando dormirai?"

"Lavoro fino alle nove o le dieci e poi vado a letto".

Getta indietro la testa sul divano con un grugnito. "È tutta colpa mia. Se non gli avessi fatto credere che c'era una chance che tornassimo insieme, non sarei nemmeno finita nel radar di Emilio".

"Sempre se Emilio è realmente coinvolto nella faccenda. Travis potrebbe usarlo come scusa per estorcere soldi a te o a me".

"Non saprei… Mi ha messo i brividi quando si è presentato. Ha pronunciato il mio nome in modo provocante, e l'intero incontro è stato molto singolare. Credo che Travis potrebbe aver esagerato sul fatto che Emilio possa prendersela con te per spaventarmi e convincermi a dargli i soldi. Ma ci sono così tante cose che non tornano…" Si massaggia le tempie. "Per quanto ne sappiamo, Emilio potrebbe essere dietro a questa truffa e aver costretto Travis a raccontarmi questa storia o a gettarmi in pasto ai lupi. Cazzo, non lo so. Ci sono un milione di scenari che mi vorticano nel cervello, e non riesco a tenere il passo".

Le afferro il mento e lo sollevo finché lei non incrocia il mio sguardo. "Qualunque sia la situazione, se si dovesse arrivare a tanto – proteggere te e il bambino o dare cinquantamila dollari a questo tizio – li pagherei senza pensarci due volte".

Si ritrae di colpo. "Non puoi. Sono davvero troppi".

"Non quando c'è di mezzo la tua vita, Sole".

"E se fosse soltanto un espediente di Travis per estorcerti soldi e in realtà non deve nulla a quel tipo? Oppure ha già saldato il debito e vuole denaro per fuggire una volta per tutte?"

Faccio spallucce. "È comunque più sicuro dargli quello che vuole. Pagherei il doppio, se così se ne andasse per sempre".

L'espressione che ha sul volto mi fa desiderare di poter scacciare la sua tristezza con un bacio, liberamente.

Fa una smorfia rabbiosa. "Lo odio tantissimo. E so che non dovrei augurare del male o la morte a nessuno, ma, se è davvero in Florida, spero che un alligatore se lo mangi".

Faccio una risata nasale. "Tra tutti i modi per morire, scegli proprio questo?"

"Perché no? Sembra terribile".

"Vero".

Dopo un momento di silenzio, si mette seduta. "Credi che dovrei preoccuparmi per mio padre? Non l'ha menzionato, ma non mi stupirebbe se la prossima volta minacciasse lui".

"Sì, probabilmente dovresti dirglielo, così ne è al corrente. Più persone lo sanno, meglio è; almeno non vengono prese alla sprovvista".

Annuisce.

Dopo che saremo andati all'ufficio dello sceriffo, informerò i miei genitori di quello che sta succedendo e prenderò la mia pistola dalla loro cassaforte finché sono a casa.

"Beh, cos'hai voglia di mangiare?" chiedo, nella speranza di concludere la serata in termini migliori.

"Non ridere". Mi guarda da sotto le ciglia, con un leggero rossore sulle guance.

"Ok?"

"Ho una voglia matta di maccheroni al formaggio e due hot dog. Quelli della Kraft". Stringe le labbra, poi aggiunge: "Beh, è il *bambino* che li vuole".

È così adorabile, nervosa per della pasta confezionata, che mi strappa un sorrisetto. Considerando che in dispensa ne ho a volontà, non ha nulla di cui vergognarsi.

"Il tuo segreto è al sicuro con me". Faccio l'occhiolino. "Però non dirlo a nonna Grace, altrimenti verrà qui a insegnarti la ricetta di famiglia".

"Potrebbe mettersi accanto a me, passarmi tutti gli ingredienti già pesati, non togliermi mai gli occhi di dosso, e io riuscirei comunque a fare casino. È un miracolo che riesca a cucinare il preparato per muffin".

Rido per l'esagerazione e, ogni volta che dice qualcosa di così specifico come questo, mi innamoro di lei addirittura più profondamente.

"Hai scelto il film?" le chiedo quando sono in cucina.

"*The Last Song*. Sembra uno di quei film romantici carini da ragazzini".

Torno subito in soggiorno e prendo il telecomando. "Ma da

piccola ti tenevano in una campana di vetro? Non puoi guardarlo".

"Perché cavolo non potrei?" Aggrotta le sopracciglia, tendendo la mano per riprenderselo. "Mi piace Miley".

"È basato su un romanzo di Nicholas Sparks. Hai presente? L'autore de *Le pagine della nostra vita*, *I passi dell'amore*, *Il meglio di me*". Inarco un sopracciglio, sperando che capisca cosa sto insinuando.

Non c'è il lieto fine.

"Oh". La sua espressione si incupisce. "C'è qualcuno che muore in questo?"

"Sì". Mi giro verso il televisore. "D'accordo, scelgo qualcosa io".

"Disney Plus?" Sbuffa quando scrollo tra le opzioni per famiglie.

"Ecco qui. Un classico".

Fa una risata nasale. *"Genitori in trappola?"*

Mi stringo nelle spalle. "Cos'ha che non va? Almeno ha un lieto fine".

Si avvicina al bordo del divano. "In quale mondo due genitori si lasciano e pensano: 'Sì, prendiamo ciascuno una figlia e separiamo le gemelle, viviamo in continenti diversi e non parliamo né vediamo mai più l'altra. Né diciamo loro che hanno una sorella'". Accavalla le gambe e incrocia le braccia mentre appoggia la schiena al divano, scoccandomi un'occhiata di disapprovazione.

Proprio quando penso che abbia finito e premo play, continua: "E per undici anni, per giunta! Il personale sapeva tutto; il che peggiora le cose. Quindi mi stai dicendo che, per farli rimettere insieme, basta una cena in barca? *Odiavi* il tuo ex così tanto da aver abbandonato una delle tue figlie presumibilmente per il resto della sua vita, e tutto ciò che serviva per riunire la tua famiglia era una singola conversazione!"

Ormai sta avendo un vero e proprio crollo, e non so se dovrei ridere o aver paura della passione che ci sta mettendo.

"Sei consapevole del fatto che stai analizzando un film della Disney, quando tu leggi racconti erotici con alieni e mostri?"

"Quelli non li leggi per la trama… o la logica. Sono fatti per essere divertenti!"

Ridacchio, cliccando di nuovo sol telecomando. "Di questo passo, non troveremo mai un film".

Dopo un tira e molla di dieci minuti, finalmente ci troviamo d'accordo su qualcosa di sicuro: un film che non la farà piangere per la disperazione o sfogare contro lo sceneggiatore. Poi, quando il cibo è pronto, mescolo gli hot dog tagliuzzati nella pasta e la servo in una scodella, come ha richiesto lei, e ci sediamo uno accanto all'altra sul divano.

Ogni volta che siamo così vicini, l'impulso di attirarla a me e baciarla è talmente forte che devo ricordare costantemente a me stesso di non superare il limite. Per poter tornare a stare insieme, dev'essere lei a fare la prima mossa. La palla è nella sua metà campo, e io rimarrò inerte finché non si renderà conto che siamo fatti per stare insieme.

Aspetterò per tutto il tempo necessario. Finché non abbasserà la guardia e mi accetterà di nuovo.

Soltanto negli ultimi dieci minuti di *Erin Brockovich - Forte come la verità* Magnolia perde la sua battaglia contro il pianto. Ma questa volta sono lacrime di gioia.

"Oh, santo cielo…" Mi afferra il braccio e ci si appoggia sopra mentre guardiamo una delle scene finali. "Immagina che la tua esistenza cambi drasticamente da un giorno all'altro e questo faccia un'enorme differenza per la vita di centinaia di famiglie".

"Mi ero dimenticato quanto fosse bello questo film", ammetto quando il capo di Erin le lascia un assegno da due milioni sulla scrivania. "Non lo vedevo da anni".

"Adoro quanto è indipendente e forte per i suoi tre figli. Ha commesso degli errori lungo il percorso, ma non ha permesso che questo la frenasse. Esigeva rispetto, e questo ha dato i suoi frutti".

"E dopodiché ha avuto una carriera vera e propria", commento.

"Secondo te, lei e George sono rimasti insieme?" Solleva lo sguardo su di me con gli occhi castani pieni di speranza.

So già che non è successo, basandomi su ciò che ricordo di

aver visto anni fa, però non posso spezzarle il cuore quando mi guarda in quel modo.

"Senz'altro". Faccio un largo sorriso.

Sorride anche lei, poi sbadiglia. "Mi sa che provo a dormire".

Dopo la serata che abbiamo avuto, non la biasimo. "Anche io".

Prendo i nostri piatti e li porto al lavello. Quando mi volto leggermente per aprire la lavastoviglie, sbatto contro il suo ventre e le avvolgo subito un braccio attorno alla vita per tenerla ferma. "Merda, scusami!"

"È colpa mia. Non sapevo che ti saresti girato". Si lecca le labbra mentre studia le mie. "Volevo chiederti se ti serviva una mano qui".

"No, non ti preoccupare. Finisco di sciacquare questi, poi pulisco i banconi e ho finito. Vai pure a prepararti per andare a letto. Domani abbiamo una giornata impegnativa", le ricordo.

Annuisce e poi mi abbraccia da un lato. "Ok, 'notte. A domattina".

Prima che se ne vada, le premo un bacio sulla fronte e continuo a stringerla per mezzo secondo in più del dovuto. "Sogni d'oro, Sole".

Steso sul letto a fissare il soffitto, nella mia mente sfreccia tutta una serie di pensieri negativi su Travis e sul fatto che è capace di fare del male a Magnolia. Non so cosa stia tramando o quale sia la verità della situazione, però prenderei un migliaio di coltellate al petto prima di permettergli di avvicinarsi di nuovo a lei.

Dopo essermi girato e rigirato per un'ora, un delicato bussare alla porta della stanza attira la mia attenzione.

"Entra pure", dico, spingendomi verso l'alto per appoggiarmi alla testiera.

"Ehi, sei sveglio?" chiede piano Magnolia.

"Sì. Non riesco a dormire".

"Nemmeno io". Entra e fissa il girasole tatuato sul mio petto. "Sono troppo in ansia".

Idem. "Vuoi stenderti con me per un po'?"

Giocherella con l'orlo della mia maglietta che indossa tutte le sere. La fa scivolare verso l'alto sulle sue gambe nude, scoprendo le mutandine bianche e il ventre gonfio. Non credo si stia nemmeno rendendo conto di quello che sta facendo, ma ho notato che è uno dei suoi tic quando è nervosa.

"Lo troveresti troppo strano?" chiede.

Mi sposto, spingendo via le coperte. "No, vieni qui".

Sorride e striscia accanto a me, mettendosi su un fianco e lontana. Quando si è sistemata, ci copriamo e mi metto comodo accanto a lei.

"Vuoi parlarne?" chiedo. "Magari ti aiuterà a stare meglio".

"Non proprio".

"Ok. Fammi sapere se cambi idea". Rimango supino, ma siamo abbastanza vicini da condividere il calore corporeo l'una dell'altro.

Quindici minuti di silenzio trascorrono tra di noi prima che le si blocchi il fiato e sussulti. "Oh, cielo, mi ha tirato un calcio fortissimo. Dammi la mano".

Rotolando verso di lei, le passo un braccio attorno alla vita, e lei se la posa sul ventre. "Aspetta. La sera è super attiva".

"*Attiva?*" chiedo.

Solleva la spalla. "Ho l'impressione che sia una femmina".

Sorrido. Un momento dopo, una spintarella preme contro il mio palmo.

"L'hai…"

"Sì. Wow, è incredibile! Hai una piccola pugile nella pancia".

Si fa una risatina. "Sul serio. Sento dei colpetti da tutta la settimana, ma questo è il primo forte".

Invece di lasciarla andare, mi sollevo su un gomito e resto fermo.

Nemmeno lei allontana la mano da sopra la mia.

"Ricordi quel nome da bambina che avevi suggerito tempo fa,

ancora prima che sapessi di essere incinta?" chiede dopo qualche minuto di silenzio.

"*Belladonna*?" ironizzo.

Mi dà una gomitata al petto con una risata. "Willow. Se è una femmina, credo che la chiamerò così".

"È un nome bellissimo".

"E se è un maschio, Finn".

Abbasso la bocca sulla sua spalla, e ci premo istintivamente un bacio sopra. "Come tuo padre. Ne sarà molto onorato".

"Sì, lo penso anche io".

"Però adesso sai cosa significa? Se è davvero una femmina, dovrai riprovarci per avere un maschietto e usare quel nome".

"Secondo te, ne sfornerò più di uno? La mia vagina è già stata violata da quella bacchetta gigante e, una volta che la bambina uscirà, non sarà mai più la stessa".

"Non credo sia vero", ribatto. "Vuoi che controlli?"

"Tripp!" Scoppia a ridere, e lo faccio anche io.

"Da amico ad amica, sai? Giusto un piccolo favore *amichevole*".

"Oh, certo. In quel caso, potrei chiedere a Landen".

Stringo la presa, avvicinandomi al suo orecchio. "Landen ti ha già sentita gridare il mio nome attraverso il soffitto e sa che, se dovesse anche solo avvicinarsi alla tua fighetta, è un uomo morto. Vuoi essere responsabile del suo omicidio?"

"Mi pare piuttosto estremo per un esame medico *amichevole*", ribatte.

"Quindi non tirerei troppo la corda, Sole".

La immagino alzare gli occhi al cielo, ma, quando non mi spinge via, rimango rannicchiato dietro di lei con una mano sul suo ventre e chiudo gli occhi.

Sognando il giorno in cui potrò di nuovo reclamarla apertamente come mia.

Capitolo Trentotto
Magnolia

"Ciao, benvenuto! Come posso caffeinarti oggi?" Accolgo un nuovo cliente.

"Ciao, ehm… Non saprei. Cosa mi suggerisci?"

Mi sporgo sul bancone e indico il menù con tutte le bevande che offro e ne illustro qualcuna nel dettaglio.

"Se ti piace il dolce, ti suggerisco il Pazzi per l'Acero, ma, se invece hai un palato che preferisce qualcosa di più amaro e speziato, opterei per lo Strega Banale".

Annuisce mentre legge gli ingredienti di ciascuno. "In realtà, provo il Caffelatte Bel Pasticcio. Sembra buono".

"Ottima scelta. È il mio preferito". Faccio l'occhiolino. "Ti do un muffin insieme al caffè?"

"Certo, va bene quello che hai".

Prende il portafoglio mentre faccio lo scontrino. Quando lancio un'occhiata alla mia sinistra, Tripp mi sta gelando con lo sguardo, a braccia conserte.

"Sono sette e cinquanta", dico al cliente, sporgendomi di nuovo sul bancone.

Mi porge una banconota da dieci e mi dice di tenere il resto.

"Oh, sei troppo gentile! Ti ringrazio". Gli sorrido, poi inizio a preparare il caffelatte.

Invece di sedersi sul secchio come gli avevo chiesto, Tripp si è alzato e sta rendendo nota la sua presenza al tipo.

"Non ti ho visto da queste parti. Sei della zona?" gli chiede.

Sbuffo per l'asprezza del suo tono.

"Mi sono appena trasferito. Lavoro alla libreria di mia zia sull'altro lato della strada".

"La signora Weis è tua zia? Oh, cielo, la *adoro*!" Parlo con enfasi, ma sto mentendo spudoratamente. È quella che si segna sul taccuino tutte le volte che entro per usare il suo bagno. Non ho idea di intenda fare con i suoi appunti, ma, se non vuole che mi accovacci sul marciapiede di fronte al suo negozio, dovrà farsene una ragione.

"È solo una soluzione temporanea finché non vado all'università, però sì, non è un brutto lavoro", dice.

Mi giro e lascio la sua bevanda sul bancone, poi metto il muffin in un sacchetto. "Direi che significa che ci vedremo spesso".

"Già, non ci sono molte caffetterie qui".

Cosa che mi avvantaggia incredibilmente.

"Ti auguro una magnifica giornata. Ci vediamo presto…"

"Grant", completa.

Gli porgo la mano, e lui la stringe. "Magnolia. Benvenuto a Sugarland Creek".

Prima che possiamo separarci, la mano di Tripp si infila tra di noi. "E io sono il suo ragazzo".

Digrigno i denti per evitare di fare una scenata.

"È stato un piacere conoscervi". Grant annuisce, prendendo le sue cose. "A presto".

"Ciao". Lo saluto con la mano prima che attraversi la strada.

"Mi prendi in giro?" Mi volto verso Tripp, sussurrando, ma scandendo bene le parole.

"Devi proprio flirtare con ogni singolo ragazzo, quando ci sono io?"

"Sto cercando di essere *gentile*, Tripp! È così che ricevo le mance. Lo so che tu non hai mai lavorato a contatto con i clienti, ma questo fa letteralmente parte del lavoro".

È la terza volta in tre giorni che bisticciamo per questa cosa.

"Non stai solo cercando di essere *gentile*".

"Invece sì. Non ho mai dato il mio numero a nessuno di loro né mi hanno chiesto di uscire insieme. E anche se lo avessero fatto, non avrei accettato".

"Quindi ti sporgi sul bancone con le tette in bella mostra per le mance?"

Abbasso lo sguardo e mi prendo un momento per ammirare quanto sono belle le mie due signore in questa maglietta. Anche se indosso una giacca in pile, non ho chiuso la zip perché, con due persone in questo spazio così piccolo, ho caldo.

"Mi sorprende che tu non l'abbia letto in una delle tue app sui bambini, ma il seno può raddoppiare le sue dimensioni durante la gravidanza. Non posso farci niente. Prenditela con gli ormoni".

Alza gli occhi al cielo e incrocia le braccia sul petto.

"Mi stai dicendo che tu non flirti con le clienti quando ti occupi di organizzare le escursioni? Giusto un amichevole: 'Buongiorno, tesoro. Come te la passi oggi? Hai bisogno che ti porti quelle valigie così grosse e pesanti con i miei muscoli massicci?'" Imito il suo tono con un marcato accento del sud.

Solleva un sopracciglio. "Pensi che abbia dei muscoli massicci?"

"Oh, mio Dio!" Gli do una pacca sul petto e, prima che possa ritrarre la mano, mi afferra il polso e mi attira più vicino.

"Sole..." Il suo tono minaccioso mi provoca brividi lungo la schiena. "Non flirto con altre donne. Maledizione, non ne ho nemmeno mai guardata una fino al momento in cui sei diventata mia. Lo so che siamo *solo amici* e coinquilini, ma non mi interessa nessun'altra che non sia tu. E, prima che tu lo dica, non potrò mai voltare pagina". Fa spallucce, indifeso. "Non ho mai potuto farlo".

Maledetto! Ma non lo sa che sono emotiva e in preda agli ormoni, in questo periodo? È già abbastanza terribile che ieri sia scoppiata a piangere come una fontana durante l'ecografia, quando abbiamo avuto la conferma che è una bambina.

E il giorno prima, quando ci siamo recati all'ufficio dello sceriffo, ho dovuto rilasciare una dichiarazione completa riguardo la mia telefonata con Travis, e pensare a tutto il casino in cui sto trascinando Tripp mi ha portata di nuovo alle lacrime.

Poi ancora quando l'ho raccontato a mio padre.

Dunque posso dire che sono stanca di piangere.

Le nausee mattutine non sono più così terribili, nel secondo trimestre. Questa è una benedizione, ma il bruciore di stomaco la notte mi sta uccidendo. Spero proprio che venga fuori con la testa piena di capelli, dopo quello che sto passando.

Il suono di qualcuno che si schiarisce la gola attira la nostra attenzione prima che possa rispondere a Tripp, e trovo Landen che ci fissa con un sorrisetto del cazzo.

"Uno cosa deve fare per essere servito, da queste parti?" ironizza.

"Mostrarmi addominali e cazzo", rispondo senza filtri, pienamente cosciente di stare versando benzina sul fuoco, rischiando così di far perdere la pazienza a Tripp.

Landen inarca un sopracciglio, con una maschera ilare sul suo bel faccino. "È uno di quei giochi tipo *io ti faccio vedere il mio e tu mi fai vedere il tuo?*"

"Giuro su Dio, voi due!" Tripp scuote la testa, chiaramente seccato. "Se pensassi che stessi davvero cercando di infilarti nelle sue mutande, non la lascerei mai da sola con te".

Inclinando la testa verso di lui, lo guardo duramente. "Non sono una cagnolina. Posso essere lasciata sola senza che mi metta a mordere i mobili".

"Allora comportati bene, Sole". Mi bacia sulla fronte prima di uscire dal rimorchio. "Anche tu", avverte Landen, e i due condividono un momento prima che Tripp si allontani sul suo pick-up.

Dato che hanno bisogno di lui per le escursioni alle tre, e io non chiudo prima, Landen rimane con me per mezz'ora per non lasciarmi sola. Poi torniamo insieme al ranch, e io rimango insieme a lui o con Noah al centro di addestramento finché Tripp non ha finito di lavorare.

"Come fai a passare tutta la giornata con lui?" chiede Landen quando Tripp se n'è andato. "Sembra lunatico".

"Perché non è il tipo da starsene seduto a oziare. Ha bisogno di fare attività e lavorare all'esterno. Come un animale selvatico".

Landen cammina nello spazio ristretto mentre io pulisco i ripiani, e rido tra me e me perché lui è esattamente uguale al fratello.

"Mags".

Sono carponi mentre cerco una scatola di cannucce quando chiama il mio nome. "Che c'è?"

"Resta lì sotto".

"Per cosa? Per farti un pompino? Ah-ah, molto divertente".

"Sono serissimo. Non. Ti. Alzare".

Il panico nella sua voce fa entrare nel panico *me*.

Pochi istanti dopo, sento una voce profonda e riconoscibile che risponde al caloroso saluto di Landen.

"Non sei Magnolia", commenta l'altro. Il tono, che vorrebbe sembrare scanzonato, è in contrasto con la serietà che traspare dal suo viso.

"No, mi hai beccato", ironizza Landen e, quando gli scocco un'occhiata, vedo la sua posa decisa con le braccia conserte. "La sto aiutando mentre non c'è. È nel New Jersey. È andata a trovare la sua famiglia italiana. Hanno organizzato un grande raduno".

Ma che cazzo?

È stato stranamente specifico.

"Ah, interessante. Sutherland è un cognome scozzese".

"È italiana da parte di madre". La risposta di Landen è immediata.

"Questo spiega i capelli e la carnagione scuri".

"Suppongo di sì. Posso darti un drink o un muffin?" lo sollecita Landen.

"Soltanto un caffè nero".

"Arriva subito". Quando Landen si volta a prendere una tazza, sento il suono riconoscibile di un grilletto che viene sollevato. Non riesco a vedere oltre il bancone, però noto che la schiena di Landen è diventata rigida come un palo.

"Dimmi dov'è davvero!" gli ordina Emilio. "Adesso".

Mi copro la bocca con il palmo, cercando di nascondere il respiro affannato mentre il mio cuore batte all'impazzata.

"Te l'ho già detto", ribadisce Landen, voltandosi verso di lui. "Non è qui".

"E io so che stai mentendo. Quindi, o me lo dici oppure crivello questo rimorchio e poi accendo un fiammifero lasciandoti all'interno".

Oh, porca puttana!

Non so come Landen faccia a mantenere la calma, ma fa scorrere la lingua sul labbro inferiore e sogghigna. "No, non lo farai".

Che cazzo sta facendo? Perché si sta mettendo a discutere con un uomo che gli ha puntato una pistola vera in faccia?

Il mio telefono è nella tasca posteriore, ma ho troppa paura per prenderlo. Non voglio fare qualche movimento improvviso e avvisare Emilio che sono qui dentro. Però, se non dovessi farlo, potrebbe uccidere Landen.

"Sei piuttosto sicuro di te, per essere uno che sta guardando la morte in faccia. Dimmi dov'è Magnolia e non ti accadrà nulla".

Landen si passa una mano sul mento, con l'espressione più divertita che altro.

"È questo il problema di voi damerini di città armati di pistola: volete farvi notare e la sventolate in giro. Non la estraete e premete il grilletto come i veri uomini".

Landen Michael! Giuro su Dio: se sopravvive, lo ammazzo!

"Come…"

Succede così in fretta che ho a malapena tempo di notare la mano di Landen che si allunga dietro la schiena e sotto la maglietta. Pochi secondi dopo, impugna una pistola, la punta contro Emilio e poi spara entro tre secondi.

Il mio corpo intero sobbalza per il forte suono che rimbomba nel rimorchio.

"Porca puttana!" urlo, senza riuscire a trattenermi.

"Visto? È così che spariamo qui al sud. Non la sventoliamo come fosse una bandiera. Se ce l'hai in mano, va usata".

Landen gli sta parlando; il che deve voler dire che non è morto. Poi sento un lieve grugnito.

"Mags, chiama lo sceriffo. Digli che è richiesta una pulizia al reparto sette".

"C-Cosa?" *Non è minimamente divertente.*

"Non è morto. Non ancora", mi rassicura. "Ma morirà dissanguato, se non facciamo arrivare un'ambulanza".

"Dove gli hai sparato?" Barcollo, alzandomi in piedi, ma Landen mi prende per mano e mi aiuta.

Il suo sorrisetto diabolico non allevia il panico che provo. "All'inguine".

Cristo!

Landen esce dal rimorchio, calcia via la pistola di Emilio perché lui non possa raggiungerla e poi abbassa lo sguardo su di lui. "Dunque, su una scala da uno a dieci, quanto valuti la nostra ospitalità del sud?"

Finalmente riesco a tirare fuori il telefono con una mano tremante e chiamo il 911. Quando Wendy risponde, le riassumo brevemente la situazione e poi lei mi informa che i paramedici stanno arrivando.

"Puoi dire anche allo sceriffo di venire, per favore?" la supplico.

"Verrà, tesoro. Tieni duro".

Dopo aver chiuso la chiamata, mi metto accanto a Landen.

"Dove hai preso quella pistola?"

"Da Tripp. Me la lascia sempre, prima di andarsene".

"Aspetta…" Deglutisco con forza. "Se la stava sempre portando dietro?"

Il Tennessee è uno stato in cui è permessa la libera circolazione delle armi, ma questo non significa che voglia averne una accanto tutto il giorno mentre lavoro. Ma suppongo che, se non l'avesse avuta, Landen sarebbe stato ucciso.

"Già. Per caso pensavi che il tuo ragazzo non fosse squilibrato, quando si tratta di te?"

Oddio! Tripp andrà su tutte le furie quando scoprirà che cosa è successo, e lui non c'era.

Alcune persone iniziano ad avvicinarsi dagli altri negozi e si forma una piccola folla. Stanno guardando me e Landen, in attesa di una spiegazione; però sono troppo traumatizzata per parlare.

"Bello, non puoi lamentarti come una mammoletta, altrimenti ti rovini tutta la reputazione che ti sei fatto per esserti preso una pallottola".

Emilio spalanca gli occhi. "Vaffanculo". La parola è a malapena udibile mentre giace mezzo raggomitolato su se stesso. Poi il suo sguardo incrocia il mio, ed è letale.

"Magnolia, stai bene?" Grant ci raggiunge dalla libreria. Abbassa lo sguardo su Emilio, che ha quasi perso i sensi a causa della perdita di sangue o forse del dolore. "Quello chi è?"

"Si chiama Emilio. Ha minacciato Landen con una pistola, però Landen gli ha sparato per primo".

Grant inclina la testa e studia il volto di Emilio. "È passato ieri in libreria e ha chiesto di te".

"Davvero?"

"Sì, voleva sapere quando avresti parcheggiato di nuovo qua fuori. Gli ho detto che vieni tutti i lunedì, mercoledì e giovedì. Mi dispiace tanto".

"Non è colpa tua. Non potevi saperlo".

Il rumore delle sirene interrompe il chiacchiericcio della folla bisbigliante, e presto i paramedici arrivano in tutta fretta con una barella.

"È lui?" chiede Davis, come se Emilio non fosse l'unico a sanguinare a terra, grugnendo e gemendo in agonia.

Landen annuisce. "Sì. L'ho beccato dritto al cazzo. Sarà un bel pasticcio. Mi dispiace".

Davis fa un sorrisetto. "Riferirò le tue più sentite scuse alle infermiere".

Landen e Davis si sono diplomati insieme; quindi nessuno dei due sta prendendo seriamente la situazione come dovrebbe.

Davis e un altro paramedico fanno indossare a Emilio una maschera di ossigeno, applicano delle fasciature sulla ferita e poi lo caricano sulla barella.

"Aspettate…" dico di punto in bianco.

Mi metto vicino a Emilio, che ha gli occhi socchiusi. "Dov'è Travis?"

Apre la bocca, ma non esce niente.

"Io non ho nulla a che fare con lui; quindi ti suggerisco di non tornare, dopo questa storia. Se pensi che Landen sia pazzo, aspetta di conoscere i suoi tre fratelli".

Landen ridacchia al mio fianco. "Ti farò legare da Tripp al mio manichino da monta e porterò Rocky a spassarsela con te. È uno stalloncino arrapato".

"Oh, mio Dio, Landen!" lo rimprovero. L'immagine che mi è appena entrata nel cervello mi perseguiterà nei miei incubi.

"Che c'è? È vero".

Alzo gli occhi al cielo per la sua incapacità di prendere qualunque cosa seriamente.

"Dobbiamo andare", dice Davis.

"Buona fortuna, Emilio! Ti servirà". Landen gli dà una pacca sulla gamba, quella vicina alla ferita.

Arrivano lo sceriffo e i suoi agenti, e Landen si allontana subito da me e alza le braccia.

"Getta l'arma!" ordina lo sceriffo Wagner, puntando la pistola contro Landen.

Un attimo… Che sta succedendo? Rimango paralizzata, osservando ogni sua mossa.

Landen la estrae dalla cintura e la fa cadere a terra.

"Qualcun altro è armato?"

"Solo io", risponde Landen quando tutte le persone che abbiamo attorno restano in silenzio.

"D'accordo, non ti metto le manette". Lo sceriffo ripone la pistola nella fondina. "Però devo portarti nel mio ufficio. Anche te, Magnolia. Dobbiamo raccogliere le testimonianze".

Lo sceriffo ordina a uno dei suoi agenti di recuperare la pistola come prova, e poi un altro inizia a delimitare l'area attorno al mio chioschetto con del nastro. Considerando che ci troviamo in centro, dovrebbero esserci telecamere a volontà per dimostrare che Landen ha agito per legittima difesa.

Il mio cuore non si è placato da quando è cominciato tutto, e sento il battito rapido che si riverbera in tutto il corpo, come se la realtà di ciò che è appena successo mi avesse appena travolta.

"D-Devo chiamare mio padre. E Tripp. Anche Noah", dico allo sceriffo.

"Puoi farlo, tesoro. Ma il protocollo prevede che prima raccogliamo le vostre testimonianze, e poi verrete rilasciati".

"Andiamo, Mags". Landen mi passa un braccio sulle spalle. "Nell'ufficio dello sceriffo ci si diverte. Hanno una macchinetta per i popcorn".

"Ci sei stato qualche dozzina di volte, vero?"

"Ma no, soltanto una o due". Fa l'occhiolino.

"Come fai a essere così calmo?"

Mi prende tra le braccia e preme il viso tra i miei capelli mentre mi sforzo di riprendere fiato. "È l'adrenalina. Beh, quella o la paura che Tripp mi facesse una vasectomia, se avessi permesso che ti accadesse qualcosa. E io tengo particolarmente alle mie palle".

"È per questo che ti sei preso quelle di Emilio?" Faccio una risata strozzata.

"Ho soltanto lasciato tutto al caso. Ed è stato un colpo fortunato".

Io e Landen ci sediamo sul retro dell'auto dello sceriffo Wagner e subito scrivo a Tripp e poi a Noah. Dev'essere che stanno lavorando entrambi, perché quando arriviamo all'ufficio nessuno dei due ha risposto. Non ho dubbi che mio padre l'abbia già saputo dalla sua radio, però gli mando comunque un breve messaggio per rassicurarlo che sto bene.

"D'accordo, ragazzi. Cominciate dall'inizio". Lo sceriffo si siede dietro la sua larga scrivania in legno, e Landen è il primo a prendere la parola.

Il fatto che Wagner conosca già la storia di Travis e del suo allibratore aiuta; almeno non dobbiamo ripetere tutto.

Sono nel bel mezzo della spiegazione di ciò che ho visto e sentito, quando un forte tonfo rieccheggia nella reception. Poi qualcuno sbatte una porta.

"Ah, merda!" Landen sogghigna come se sapesse già cosa sta per succedere.

"Signor Hollis", dice Wendy.

"Lei dov'è?"

"La stanno interrogando. La prego, si sieda e…"

"Lei. Dov'è?" La sua voce tonante mi provoca un brivido lungo la schiena.

"Non può entrare. Questa è un'indagine in corso e…"

"Non sto chiedendo il permesso".

"Porca puttana!" impreca lo sceriffo Wagner, poi preme il pulsante dell'interfono sul telefono. "Wendy, lascialo entrare. Va tutto bene".

Mi alzo di scatto dalla sedia e aspetto il suo imminente arrivo.

Sto ancora tremando tutta. Maledizione, non ho smesso di farlo da quando ho sentito la voce agghiacciante di Emilio!

Quando la porta si spalanca, lo sguardo di Tripp trova immediatamente il mio, e lui si precipita verso di me. Mi prende tra le braccia così rapidamente che per poco non perdo l'equilibrio.

"Sole". Un sospiro di sollievo lascia le sue labbra mentre una grande mano preme contro la base della mia schiena e l'altra si posa dietro la mia testa, fondendoci insieme. Gli avvolgo le braccia attorno alla vita, stringendolo più forte che posso.

Dopo un momento, mi prende il viso tra le mani e mi scruta la faccia. "Stai bene?"

Annuisco con le lacrime agli occhi. "Benissimo. Beh, fisicamente".

"Non sono mai stato così terrorizzato in tutta la mia vita, cazzo! Guidavo così in fretta che le ruote quasi non toccavano l'asfalto".

Sapevo che avrebbe dato di matto, ma questo suo lato sta mandando in sovraccarico le mie emozioni. Voglio tantissimo baciarlo, ma, dopo tre mesi di relazione platonica, non è il caso di fare la prima mossa di fronte a Landen e allo sceriffo.

"Sto bene anche io, comunque. Grazie per avermelo chiesto", afferma Landen con tono un po' risentito.

Tripp gli posa una mano sulla spalla, incontra i suoi occhi e scambia con lui una conversazione tacita tramite uno sguardo di riconoscenza e affetto.

"Non so come ringraziarti a dovere per averla protetta, ma te ne sarò eternamente grato".

Landen gli dà una pacca sulla mano con un cenno del capo. "Che ne dici di farmi fare da padrino ai tuoi figli?"

Tripp lo guarda in cagnesco, e io trattengo una risata.

Le labbra di Landen si arricciano in un sorriso genuino. "Lo sai che mi prenderei una pallottola per lei. Farebbe un male cane, ma mi comporterei da uomo e la terrei al sicuro fino al mio ultimo respiro".

"Landen". Mi trema il labbro inferiore. "Che cosa dolce! Però ti prego, basta parlare di prendersi pallottole al posto mio".

"Rimane la situazione con Travis", ci interrompe lo sceriffo Wagner. "Ho allertato gli altri dipartimenti dello stato. Lo troveremo".

Alla sola menzione di Travis, le mie viscere minacciano di ingarbugliarsi. Per quanto lo detesti per il modo in cui mi ha trattata, voglio soltanto che tutto finisca. Voglio che sparisca per sempre dalla mia vita e che non torni mai più.

"C'è il detective James sulla linea due", afferma Wendy dall'interfono. "Dice che è urgente".

Lo sceriffo risponde e, dopo aver sentito per dieci secondi quello che il detective sta dicendo, sembra impallidire. È snervante vedere la sua espressione cambiare così in fretta. Poi il suo sguardo incrocia il mio per mezzo secondo.

"D'accordo, le chiedo se vuole identificarlo, altrimenti mando un agente dalla madre", gli dice lo sceriffo Wagner, e resto pietrificata.

Chiude la telefonata e si passa una mano sulla barba. "Hanno trovato un corpo nel bagagliaio del Denali di Emilio. L'hanno mandato all'obitorio, però hanno bisogno che qualcuno confermi se si tratta di Travis o no. Non abbiamo informato la sua famiglia, ma posso mandare qualcuno".

Mi cedono le ginocchia, e Tripp mi riporta subito alla mia sedia. Mi stringe le spalle mentre si china fino al mio orecchio.

"Respira, Sole".

Come faccio? Speravo soltanto che andasse via per sempre, e adesso potrebbe essere morto.

"Sua madre non dovrebbe vederlo in quelle condizioni", gli dico. "Lo faccio io".

"Posso accompagnarvi, se volete", propone lo sceriffo.

"La portiamo noi", risponde Tripp.

La mia mente va fuori controllo quando mi prende per mano e mi conduce al suo pick-up. Travis era una persona di merda che ha fatto tante brutte cose, ma ciò non significa che volessi vederlo morto.

Quando arriviamo, Landen prende l'iniziativa e parla con il detective che ci sta aspettando.

"Non è ancora stato pulito; quindi preparatevi", ci dice.

"Ho cambiato idea. Non credo di potercela fare. Forse dovresti controllare tu", dico a Tripp. Sa com'è fatto Travis tanto quanto me e io, se dovessi vedere il suo cadavere, potrei avere un collasso.

"Certo, amore. Resta qui". Mi bacia la tempia.

Rimango accanto a Landen e osservo il detective James che lo conduce a un tavolo sul lato opposto della stanza.

Sposta il lenzuolo e Tripp raddrizza la schiena. Rivolge un breve cenno del capo all'altro uomo, e poi il cadavere viene coperto di nuovo.

Quando Tripp ritorna, china la testa. "Mi dispiace, Sole. È lui".

Mi si riempiono gli occhi di lacrime, ma mi rifiuto di lasciarle cadere.

Non piangerò per quell'uomo.

Mi ha già portato via abbastanza, e mi rifiuto di offrirgli la mia compassione per le scelte che ha fatto.

Ricacciando indietro le emozioni, deglutisco con forza e mi schiarisco la gola. "Adesso possiamo andare?"

"Sì, piccola. Andiamo".

Mi prende per mano e usciamo all'aria fresca. C'è troppo

silenzio qua fuori. Mi si stringe il petto, e mi dimentico come respirare.

"Sole?" Tripp mi prende il viso tra le mani, però ho gli occhi vitrei.

L'attacco d'ansia mi assale e, a ogni secondo che passa, diventa sempre più difficile respirare. Delle macchie mi invadono la vista, e mi piego in due mentre mi sforzo di riprendere il controllo di me stessa.

Tripp si inginocchia accanto a me, stringendomi la mano mentre lotto per superare il dolore.

"È morto", dico, sentendo il bisogno di confermare quelle parole a voce alta. "È… *morto*".

Mi passa una mano sulla schiena. "Fa' un respiro profondo e concentrati sulla mia voce".

"Non…" Scuoto la testa, premendomi un palmo sul petto. Le lacrime minacciano di sgorgare, però le fermo. "N-Non…"

Finalmente, l'aria bloccata nella cassa toracica fuoriesce e allevia il senso di pressione.

"Così, Sole. Respiri lenti e profondi. Passerà".

Qualche momento dopo, incrocio i suoi occhi, colmi di angoscia.

"Non è quello che volevo". Scuotendo la testa, cerco di scacciare i pensieri che stanno prendendo il sopravvento. "Volevo solo che mi lasciasse in pace".

Tripp mi scosta i capelli dietro l'orecchio, sollevandomi il mento. "Non è colpa tua, amore. È stato lui a prendere la decisione di immischiarsi con un uomo malvagio e ne ha pagato il prezzo più alto. Lo so che voi due avete dei trascorsi, ma questo non ha nulla a che fare con le scelte che hai fatto tu".

Annuisco mentre mi asciuga le guance con i pollici.

Landen mi raggiunge dall'altro lato e incrocia il mio sguardo. Non l'ho mai visto restare senza parole; fa solo scattare le labbra, come se stesse cercando quelle giuste per consolarmi. Al che lo prendo tra le braccia e lo stringo.

Irrigidisce il corpo per un istante come se non se lo aspettasse, ma poi mi avvolge la vita come meglio può, dato il pancione, e si rilassa contro di me.

"Grazie", dico piangendo sul suo petto. Senza di lui, potremmo essere morti entrambi. "Lo so che scherziamo spesso, ma ciò che hai fatto è stato molto coraggioso. Le cose potevano andare in modo totalmente diverso, senza la tua prontezza".

Le lacrime si riversano sul mio viso.

Perché siamo arrivati così vicini alla morte.

Perché Travis è stato maledettamente stupido e ha costretto nostra figlia a non poter mai conoscere il proprio padre biologico.

Perché Landen è finito in una situazione in cui ha dovuto sparare a un uomo per proteggerci.

Perché Tripp è così possessivo e mi ha tenuta al sicuro perfino se la cosa ci faceva litigare.

Il corso degli eventi sarebbe stato molto diverso se non fosse stato per questi due uomini che tengono così tanto a me. È difficile metabolizzarlo, dopo essermi sentita così superflua nella mia relazione con Travis.

"Non c'è di che, Mags. Lo rifarei senza pensarci due volte, se dovessi".

Mi sciolgo dall'abbraccio e vedo il suo largo sorriso.

"E poi, pensa alla reputazione da cazzuto che mi sono fatto". Agita le sopracciglia, e faccio una risata strozzata.

"Ellie farà i salti mortali per accaparrarsi un pezzetto di te", ironizzo.

"Ne dubito fortemente, dopo aver trovato un coltello nella gomma lasciato da lei".

Non riesco nemmeno a fingere di essere dispiaciuta per lui. Ellie gli darà del bel filo da torcere.

"Andiamo a casa, Sole". Tripp mi attira al suo fianco, baciandomi la fronte. "Noah sta dando di matto e vuole aggiornamenti".

Annuisco, perché la parola *casa* non è mai stata così perfetta.

Capitolo Trentanove
Tripp

C'è voluto un mese perché le cose tornassero alla normalità. Nonostante i due uomini che minacciavano Magnolia siano usciti di scena, è stato difficile lasciarla tornare al lavoro da sola e senza protezione. Ha provato a rassicurarmi dicendo che Grant è giusto dall'altro lato della strada, se mai dovesse servirle qualcosa, però ha sortito l'effetto opposto: sono andato nella sua libreria e gli ho detto chiaramente cosa succederebbe se la toccasse o dicesse qualcosa di inappropriato.

Quando me ne sono andato, quel poveraccio era ormai pronto a farsela addosso.

Dopo che Emilio ha superato l'intervento, è stato arrestato e accusato di aggressione e omicidio. Hanno analizzato e testato la sua pistola per cercare riscontri con la pallottola trovata nel cranio di Travis e hanno determinato che è stato lui a sparargli.

Non avevo mai visto un cadavere, ma non ho provato nulla nel vedere il suo. Quello stronzo ha avuto ciò che si meritava per aver causato tanto dolore a Magnolia, e non sarò mai dispiaciuto per lui.

Quella sera, ho messo Magnolia nel suo letto e, quando mi sono alzato per andarmene, mi ha chiesto di rimanere con lei. L'ho fatto e da allora tutte le notti ci coccoliamo nel suo letto oppure lei viene nel mio.

Però mi sono ripromesso che non l'avrei né baciata né toccata in modo intimo finché non mi avesse dato il permesso; dunque continuerò con i baci sulla fronte e gli abbracci affettuosi finché non sarà pronta a qualcosa di più.

Landen è addirittura più insopportabile, ora che è diventato l'eroe del paese.

Mentre mangiamo e chiacchieriamo durante la cena della domenica, non fa che parlare della sua intervista che hanno appena pubblicato sul quotidiano statale. Poi continua dicendo che ha collezionato talmente tanti numeri di ragazze al bar che non riesce quasi a tenere il passo.

Solo che l'unica ragazza su cui vuole fare colpo continua a comportarsi come se lui non esistesse.

Magnolia gli dà sempre nuove idee, però lui ci prova e fallisce ogni volta. Trovo esilarante che mio fratello stia venendo ripagato con la sua stessa moneta, dato che si comporta sempre come se ogni ragazza dovesse fare i salti mortali per stare con lui.

Dopo il dolce, rimango per la serata di *scrapbooking*, così posso continuare a lavorare sull'album che sto creando per Magnolia. Stasera è dai suoi genitori, e questa è l'unica occasione che ho per finirlo prima che lei lo veda.

"Lo adorerà, Tripp", commenta Noah, sbirciando dentro. "Adoro che tu faccia una polaroid dei progressi del pancione ogni settimana".

Sulla pagina attacco con del nastro adesivo quella più recente e sotto ci scrivo "24 settimane".

Magnolia non sa per cosa le sto usando, ma, quando sarà il momento giusto, gliele regalerò. Sotto ciascuna fotografia scrivo un elenco di tutte le nuove voglie, i traguardi o i sintomi che sta manifestando. Ogni settimana è diversa; quindi un giorno le farà piacere guardarsi indietro.

C'è una pagina con tutte le ecografie dalla decima alla ventesima settimana. Ha prenotato per farne un'altra alla trentesima, che poi aggiungerò.

"Lo spero", dico, ammirando quanto è bella. In questo scatto è raggiante, con una mano sul pancione e la testa gettata all'indietro mentre ride. Avevo fatto una battuta sulla probabilità che nasca una bambina aliena, perché la notte è talmente attiva che sembrano esserci sei arti che le calciano la pancia. Ha riso finché non le ha fatto male il fianco, però è venuta fuori una fotografia davvero perfetta.

Nonna Grace è seduta di fronte a me, però stasera non sta facendo *scrapbooking*. Invece, sta lavorando all'uncinetto delle copertine per Noah e Magnolia. Quando saranno finite, ha intenzione di aggiungerci sopra i nomi. Poi le regalerà alle ragazze durante il *baby shower* congiunto, fra qualche settimana.

So già che sarà una festa esagerata per decorazioni e cibo, però la adoreranno. Ne abbiamo parlato durante la cena, e ognuno sta dando il suo contributo per assicurarsi che Magnolia abbia tutto ciò che le serve per Willow. Non ha più parlato di lasciare casa mia, adesso che non correrebbe più pericoli pur vivendo da sola, e spero davvero che resterà comunque.

Dopo un'ora, cominciamo a mettere via tutto per andare a letto. Sono esausto e pronto a coccolare Magnolia.

"'Notte, mà. Grazie per la cena". La bacio sulla guancia.

"Beh, quando glielo farai vedere?" Indica il mio petto con un cenno del capo.

"Quando sarà il momento appropriato". Faccio spallucce perché lo sto nascondendo a Magnolia. Non voglio che influenzi la sua decisione sul nostro rapporto e, quindi, le mostrerà il mio nuovo tatuaggio a tempo debito. Indosso di proposito una camicia quando c'è lei, perfino a letto, così che non lo veda.

Mamma mi scocca un'occhiata, facendomi così intendere che non è d'accordo con la mia decisione. Crede che dovrei essere io a fare la prima mossa, specialmente dopo tutto quello che è successo, ma l'ultima cosa di cui Magnolia ha bisogno è un ragazzo che non sappia rispettare i suoi limiti. Alcuni li hanno superati così tante volte in passato, e non voglio essere paragonato a loro.

"Tu la ami", afferma con tono deciso.

"Più di ogni altra cosa", concordo. "Abbastanza da aspettarla".

"Voglio soltanto che siate felici. Siete fatti per stare insieme. Me lo sento". Si posa una mano sul cuore, e annuisco perché me lo sento anche io.

A Magnolia serve tempo per metabolizzare tutto, nelle sue condizioni, e non ho intenzione di spingerla in una relazione ora che sta lottando contro il senso di colpa per quello che è successo. Soprattutto quando l'ho vista avere un attacco d'ansia, ho capito che non era pronta.

Anche se è stata una vittima nell'intera faccenda, prova comunque rimorso verso la famiglia di Travis. La madre di lui la adora, e avevano un rapporto decente quando loro due stavano insieme.

Quindi, il giorno dopo il suo funerale, ho portato Magnolia a comprare dei fiori e l'ho accompagnata dalla madre di Travis, visto che non aveva partecipato. La signora Boone ha pianto quando ha visto le ecografie e ha scoperto che diventerà nonna. A quanto pare, lei e Travis avevano un rapporto difficile, e lui si faceva vivo solo quando gli servivano soldi o un posto dove passare la notte. Jade ha amato suo figlio meglio che ha potuto, ma sapeva che sarebbe stata solo questione di tempo prima che le sue pessime decisioni gli si ritorcessero contro. È chiaramente sconvolta per la sua morte, ed è comprensibile, però adesso può trovare conforto sapendo che una parte di lui rimarrà.

E, se devo essere onesto, anche io sono felice che lei potrà averla.

Magnolia era preoccupata dalla reazione delle persone alla notizia che è incinta di suo figlio, dato che lui ha fatto irruzione nelle loro attività e case. Per mesi hanno immaginato che il padre fossi io e, dato che non abbiamo mai corretto nessuno, è stato uno shock scoprire che non lo sono. Ma sono stati tutti rispettosi e gentili, e addirittura c'è chi si è presentato al suo chioschetto e le ha portato dei regali per la bambina.

Dopo aver salutato il resto della famiglia, vado a casa. Mi sento sollevato nel vedere il SUV di Magnolia parcheggiato nel vialetto, perché mi è mancata tutta la sera. Stare in sua compagnia placa l'ansia che sempre provo quando lei è lontana.

Appena entro, percepisco che c'è qualcosa di diverso. Le luci sono spente, tranne quella sul tavolino. Immaginando che l'abbia lasciata accesa per me e sia già andata a letto, percorro il corridoio in punta di piedi per controllare.

Apro la porta facendo più silenzio possibile, ma c'è buio pesto e non si sente volare una mosca. Di solito accende una macchinetta per il rumore bianco, con le luci che si riflettono sul soffitto.

"Sole?" Tiro fuori il cellulare e attivo la torcia.

La stanza è vuota.

Il letto, il comodino, la cassettiera. Tutti i vestiti che erano sparsi sul pavimento.

Non c'è più nulla.

Ma che cazzo?

Se n'è andata?

La macchina è qui; quindi dove diavolo è?

Quando vado verso camera mia, sento l'acqua della doccia; il che è strano, visto che ha il suo bagno personale.

In camera mia è tutto uguale, solo che adesso la sua cassettiera è vicina alla mia e lo specchio a figura intera che aveva in un angolo è qui dentro.

La porta del bagno è socchiusa; quindi la apro del tutto e trovo Magnolia che canticchia nella mia doccia.

"Sole".

La tenda si sposta quel tanto perché le veda il viso, e sbarra gli occhi per la sorpresa. "Sei tornato prima del previsto".

"Sono le nove e mezza", le dico. In realtà sono tornato più tardi di quanto non faccia di solito la domenica sera.

"Sì? Merda, ho perso la cognizione del tempo e mi sono fatta

una bella sudata; quindi volevo lavarmi prima che tornassi. Mi ci
vorrà solo un minuto".

Chiude la tenda e continua la doccia.

Mi avvicino fino ad appoggiarmi alla toletta, che adesso è
ricoperta delle sue cose, e guardo la sua siluette muoversi al di là
della tenda.

"Che sta succedendo? Te ne vai?"

"Ehm… non esattamente. Doveva essere una sorpresa".

"Che cosa?"

Rimane in silenzio, ma non ce la faccio a non saperlo. Senza
pensarci, apro con un colpo secco la tenda. Soltanto quando vedo
il suo corpo bagnato mi rendo conto dell'errore che ho commesso.

Non la vedevo nuda da mesi e, cazzo, è ancora mozzafiato
come prima! Il ventre gonfio è adorabile. La tentazione di
prenderla tra le braccia e baciare ogni centimetro del suo corpo è
talmente forte che per poco non lo faccio davvero.

"Merda, mi hai spaventata!" Sobbalza un poco, passandosi le
braccia sul petto, come se non avessi già visto e leccato le sue tette
perfette.

"Dimmi cosa sta succedendo".

Rilassa le spalle e butta fuori un respiro. "D'accordo, ma se
proprio vuoi saperlo in questo preciso istante, perlomeno entra e
chiudi la tenda. Fa freddo".

Le mie sopracciglia schizzano in aria, perché non mi aspettavo
quella risposta.

"Con i vestiti addosso?" chiedo, incerto se intendesse che devo
spogliarmi o entrare così come sono.

"Di solito ti fai la doccia tenendoteli addosso?" chiede, ironica.
"No?"

Tolgo le scarpe e i vestiti finché non sono completamente
nudo, ma, quando entro, lei si gira dall'altra parte, verso l'acqua.

"Ok, beh…" Si torce le mani. "Sappi solo che avevo pianificato
qualcosa di più romantico". Butta fuori un respiro profondo, come
se dire le parole ad alta voce la rendesse nervosa. "Però non voglio
più avere camere separate".

Mi batte forte il cuore sentendo la sua voce incerta.

Sta dicendo quello che penso?

"Girati!" le ordino. "Non voglio avere questa conversazione con la tua nuca".

Quando lo fa, i suoi occhi castani trovano i miei, e sorrido pensando a tutte le volte in cui mi ci sono perso.

"Così va meglio". Le poso una mano su un lato del viso, sfregando il pollice sul suo labbro inferiore. "Il tuo letto dov'è?"

"Noah ha detto che potevo metterlo in uno dei vostri granai; quindi mio padre mi ha aiutata a portarlo fuori. Pensavo ci servisse spazio per i mobili della cameretta".

Mi fanno già male le guance per quanto sto sorridendo.

"Ti prego, dimmi che adesso non mi dici che ti stai appropriando della mia camera e che a me toccherà il divano".

Ridacchia, adagiando il viso sul mio tocco. "No, sto per chiederti se vuoi fidanzarti ufficialmente con me".

Sogghigno quando usa parole simili a quelle che mi ha rivolto durante le nozze di Noah, quando le ho confermato che lei era mia e io suo. Avvolgendole la vita con l'altra mano, mi avvicino il più possibile senza premere sul pancione. "Pensavo che spettasse a me".

"Te la stavi prendendo fin troppo comoda, e ho perso la pazienza".

"Stavo aspettando che mi dicessi di essere pronta".

"Sono pronta", dice con sicurezza. "Voglio che stiamo insieme".

Grazie a Dio!

"Ok, allora permettimi di fare le cose per bene". Le prendo la mano e mi metto in ginocchio. "Sei mia, Sole. E io sono tuo. Hai capito?"

Annuisce e, anche se il getto d'acqua le colpisce la schiena, ha il viso bagnato. "Sì. Decisamente *sì*".

Premo le labbra sul suo anulare, che un giorno ho intenzione di reclamare una volta per tutte, e poi mi alzo per poterla baciare in modo adeguato.

Ma lei sbarra gli occhi mentre mi fissa il petto, e rimango paralizzato.

"Quello cos'è?" Preme un dito sul salice, *willow*, tatuato sopra il nome di Billy sul pettorale sinistro e si sporge in avanti per guardare meglio.

Abbasso lo sguardo sul punto che sta toccando. "Le due persone più importanti nella mia vita sono sempre vicine al mio cuore; quindi era giusto aggiungere anche la nostra bambina".

"Tripp…" Altre lacrime le rigano le guance. "La consideri *nostra*?"

Le prendo la mano e me la premo sul cuore, che batte all'impazzata. "Willow è una parte di te; il che significa che sarà sempre anche una parte di me. Ero presente alla prima ecografia. C'ero quando l'hai sentita scalciare per la prima volta. E spero di vivere molte altre prime volte con te e con lei".

"Sei irreale", dice con voce strozzata, poi sposta il corpo di lato perché l'acqua colpisca entrambi. "Quando l'hai fatto?"

"Quando abbiamo scoperto che è una femmina e hai deciso il nome. Mi dispiace dirtelo, ma ormai non puoi più cambiare idea".

Ridacchia tra i singhiozzi mentre si copre la bocca con una mano. "Non ti merito, Tripp. Sei sicuro di volerlo? È un impegno e una responsabilità per tutta la vita".

"Mi sa che sottovaluti la mia lealtà nei tuoi confronti". Premo le labbra sulla punta del suo naso. "Sei l'amore della mia vita, Magnolia". Dopo la bacio su un angolo della bocca. "Sei sempre stata tu e sarai *sempre* solo tu". E poi le mie labbra sfiorano l'altro lato.

"Ti amo così tanto!" sussurra quando la mia bocca si ferma a un soffio dalla sua. "Baciami. *Ti prego*".

Sollevando un sopracciglio, faccio un sorrisetto. "Visto che mi stai implorando in modo così gentile…"

Le do esattamente ciò di cui ha bisogno, facendo scorrere la lingua sul suo labbro inferiore prima di fondere insieme le nostre bocche. Un senso di calore e urgenza alimenta il nostro bisogno disperato di gustarci a vicenda.

Si scioglie sul mio tocco mentre le stringo i fianchi e la tengo premuta contro la parete.

"Mi è mancato così tanto", mormora quando le passo una

mano dietro il collo. "Vorrei che ci fosse un modo per riscrivere la storia, così che fossi tu ad avermi messa incinta. In quel modo non avremmo perso tutto quel tempo insieme".

Le sollevo il mento e la guardo negli occhi colmi di sofferenza. "Non abbiamo perso niente, piccola. Non considero nulla di quello che ho con te uno spreco".

Annuisce, però vedo il rimpianto sul suo volto.

"Se può esserti di consolazione, adesso possiamo divertirci con il tuo fetish per la gravidanza senza riserve e allenarci per la prossima volta". Faccio l'occhiolino.

Il più largo sorriso che abbia mai visto compare sul suo volto, e poi lei ride. "Intendi il *tuo* fetish".

"Beh…" Faccio scorrere le mani sui lati del suo corpo. "Cosa vuoi che ti faccia?"

"Lo sai già". Ha colto l'allusione nelle mie parole e mi dà corda: "Mettimi incinta, cowboy".

"Con estremo piacere, Sole".

Capitolo Quaranta
Magnolia

Steso sopra di me come una coperta, Tripp mi penetra facendo attenzione a non schiacciarmi la pancia, e io gli stringo le gambe attorno alla vita. La sua lingua si tuffa nella mia bocca, con lui che geme e sussurra parole dolci mentre ci uniamo di nuovo dopo mesi di relazione platonica.

Siamo ancora bagnati, ma a nessuno dei due importa. Non appena mi ha trasportata fuori dalla doccia, l'ho implorato di riempirmi col suo seme, e lui non è riuscito ad aspettare oltre.

Ma nemmeno io.

Le sue mani sul mio corpo, i baci teneri e i versi nell'orecchio mi stanno facendo impazzire. Il sesso in gravidanza è un'esperienza completamente diversa, però in senso positivo. È tutto più sensibile e i miei ormoni sono da tempo fuori controllo, però non riesco a smettere di toccare ogni centimetro del suo corpo.

"Cazzo, Sole! È bellissimo!" mormora.

"Prendimi da dietro", lo imploro. "Puoi andare addirittura più in profondità".

"Non voglio farti male".

"Fidati, non lo farai".

Si siede sui talloni, mi aiuta a girarmi e poi riposiziona il membro davanti al mio sesso mentre inarco la schiena. Quando fa scorrere la punta sulla mia carne bagnata, sto quasi per perdere di nuovo il senno.

"Tripp, *ti prego*".

"Ti prego cosa, Sole?" Cala una mano sulla mia natica. "Supplicami!"

"Ti prego, riversa il tuo sperma dentro di me. Ne ho bisogno", ansimo tra una parola e l'altra.

"Cristo santo!" Scivola in me, all'inizio piano, ma poi mi stringe i fianchi e si spinge in profondità e con forza.

"Sì, proprio lì. Oh, mio Dio, mi manca pochissimo!"

Tripp mi dà tutto ciò che gli chiedo; poi fa scorrere una mano tra le mie cosce e massaggia il clitoride finché non esplodo attorno a lui.

"Che brava bambolina che sei, Sole! Cazzo, sei strettissima! Sto…" Mi pizzica i fianchi con le dita quando gli mancano le parole e si irrigidisce, venendo con un grugnito.

Sto ancora riprendendo fiato quando lo sento ritrarsi e abbassarsi tra le mie gambe, per poi separarmi le natiche.

"Che stai…"

"Voglio che il mio sperma rimanga dentro di te tutta la notte, amore".

Me la lecca e ficca dentro la lingua, spingendo di nuovo dentro il suo seme. La sensazione manda i miei nervi in sovraccarico e, quando affonda tutta la faccia nel mio sedere, lancio un urlo per quanto è bello.

"Hai un sapore buonissimo, piccola. Soprattutto se mescolato con il mio sperma. Vuoi assaggiare?"

Annuisco e sono quasi senza fiato quando mi aiuta a mettermi supina. Non appena porta la bocca alla mia, mi crogiolo in ogni tocco e bacio.

Mi posa una mano sulla guancia e mi guarda con così tanta tenerezza che mi vengono le lacrime agli occhi. "Ti amo tantissimo, Sole".

Appoggio una mano sul ventre. "Ti amiamo anche noi".

Resta con me

"Un pochino più a sinistra", guido Tripp e Landen perché spostino la culla per l'ennesima volta. Non riesco a decidere contro quale parete la voglio; quindi mi stanno mostrando ogni angolazione possibile.

"Che ne dici di questo muro, ma tipo inserita nell'angolo? Così avrete accesso diretto dalla camera da letto senza dover attraversare tutta la stanza e inciampare su qualcosa nel cuore della notte", suggerisce Noah, in piedi accanto a me.

"Oh, ottima osservazione! Ok, proviamoci!"

Landen sbuffa e la sposta di nuovo insieme a Tripp.

"Ma non è la prima opzione che ti abbiamo mostrato?" si lamenta Landen.

"Forse, però, adesso che Noah me l'ha fatto notare, mi piace l'idea che sia più vicina alla porta. Conoscendomi, inciamperei sopra un giocattolo e mi romperei il naso".

Tripp fa un sorrisetto mentre Landen impreca sottovoce.

Un istante dopo, sorrido raggiante perché la posizione è perfetta. "Sì! Adesso possiamo portare dentro il fasciatoio, la sedia a dondolo e la cassettiera.

"Ripetetemelo: com'è che mi sono fatto incastrare in questa faccenda?" chiede Landen, camminando verso la porta.

"Volevi essere il padrino", rispondo ironica, e questo gli stampa un sorriso sul volto.

"Ok, mi pare giusto". Dà un pugnetto al mio pancione prima di andare in soggiorno. È lì che hanno passato la prima metà della giornata a montare i mobili.

Tripp si china e mi bacia la tempia, per poi andare ad aiutare Landen.

Adesso che sono alla trentottesima settimana, non riesco nemmeno a vedermi i piedi; quindi non posso trasportare niente. Non che Tripp me lo permetterebbe comunque. Sono servita e riverita come se fossi sul letto di morte, però non mi dispiace. Lui adora fare cose per me, e io adoro renderlo felice.

"Non ci credo che ti mancano solo un paio di settimane", commenta Noah, sedendosi all'isola della cucina. "Io mi sento pronta a scoppiare anche ora".

"A livello fisico, sono pronta a farla uscire e a prendere un respiro profondo senza avere l'impressione che mi si stia incrinando una costola, ma, a quello mentale, sono ancora terrorizzata a morte".

"Perché?"

Mi siedo accanto a lei e sollevo i piedi gonfi.

"Ho paura che non sarò brava, sai, come madre. Non ho un ottimo rapporto con la mia; quindi come faccio a sapere come comportarmi da mamma?"

Noah mi rivolge uno sguardo di compassione e mi prende la mano. "Imparerai col tempo. Proprio come fanno tutte le mamme che come noi sono alla prima gravidanza, ma, in ogni caso, non lo farai da sola. Tripp ha letto tutti i libri sui neonati, ha tipo dodici app scaricate sul telefono e ha perfino seguito un corso su Zoom per imparare a nutrirli correttamente e cambiare i pannolini. Sei in buone mani".

Rido perché sembra tutto folle, quando lo dice a voce alta.

"E poi, hai me, i miei genitori e Landen. Pare che anche la signora Boone voglia essere coinvolta il più possibile. Hai un grande sistema di supporto e puoi contare su ciascuno di noi, ok?"

La prendo tra le braccia e cerco di non piangere.

"E anche a me rende nervosa l'idea di diventare madre. Fisher non pensava che avrebbe mai avuto altri figli dopo la morte di Lyla, e adesso ha paura di far cadere il nostro. Sai, colpa della sindrome post-traumatica e tutto il resto. Però, insieme, capiremo come fare e saremo una squadra. Proprio come te e Tripp".

"Sono davvero fortunata ad averlo. Non sarei nemmeno qui, se non fosse per lui. In realtà, ho una sorpresa in serbo per lui…"

Allungo la mano sul bancone per raggiungere la pila di fogli e prendo un quadro che ho fatto realizzare per lui da un artista locale che ha un negozio vicino al mio chioschetto. Rappresenta una bambina che dorme con indosso una tutina bianca su cui è scritto: *Vuoi essere il mio papà?* Sotto il testo c'è la firma Willow Jade Hollis.

Inizialmente avevo intenzione di darle il mio cognome, però voglio che porti quello dell'uomo che non mi ha mai abbandonata. Che si è fatto un tatuaggio per lei sul petto. Che già la ama incondizionatamente, anche se non è ancora arrivata tra noi. So che un giorno ci sposeremo, e allora anche io prenderò il suo cognome, ma per il momento voglio che sappia quanto è amato e apprezzato.

"Oh, santo cielo, Mags! Gli piacerà da morire! Che cosa dolce che stai facendo per lui! Spero che pianga, altrimenti…" Ridacchia, e lo faccio anche io.

Io e Noah siamo state super emotive in questo terzo trimestre; invece Tripp si è sempre dato un contegno. So che è in parte dovuto al fatto che negli anni ha imparato a controllarsi, dopo la morte di Billy; però adoro che non mi faccia mai sentire in colpa per questo. A volte sono lacrime di gioia e a volte sono tristi, ma, in ogni caso, lui le asciuga via e mi bacia sulla fronte.

"Devo soltanto incorniciarlo e poi decidere come regalarglielo".

"Dovresti metterlo da qualche parte nella cameretta e vedere quanto tempo ci mette a notarlo".

Rido. "Stavo pensando a qualcosa di più romantico". Considerando che, l'ultima volta che ho provato a fare qualcosa di dolce, ha rovinato tutto tornando a casa troppo presto.

"Sole, vieni a vedere", mi chiama Tripp dalla cameretta.

Riesco a scivolare giù dallo sgabello senza stirarmi qualche muscolo, e Noah ondeggia alle mie spalle mentre camminiamo lungo il corridoio. Gli altri mobili sono al loro posto, ed è tutto così bello che sorrido raggiante. La stanza ha ancora bisogno di parecchie decorazioni, e devo organizzare tutti i vestiti e i prodotti che ho ricevuto al *baby shower*, però mi piace già tantissimo.

"Che ne pensi?" mi chiede.

Gli passo un braccio attorno alla vita e gli poso la testa sul petto. "È perfetta".

Porta la mano sul mio ventre e lo massaggia col palmo. "Molto presto sarà qui".

Inclinando la testa verso l'alto, gli prendo il viso e lo attiro verso il basso per un bacio. "Potrebbe arrivare prima, se facciamo sesso e mi fai entrare in travaglio".

"Cristo! Potete almeno aspettare che ce ne andiamo?" brontola Landen, coprendosi gli occhi come se stessimo per spogliarci adesso.

"Perché fai tutto il timido? Pensavo ti piacesse *guardare…*" ironizzo.

Abbassa subito le braccia e guarda in cagnesco Tripp, che solleva la mano in finto segno di resa. "Non ho detto una parola".

"Ho curiosato nel suo telefono e ho letto i vostri messaggi", ammetto sfacciatamente.

Landen aggrotta le sopracciglia e incrocia le braccia.

"Che c'è? Mi stavo annoiando, e a Tripp non dà fastidio". Mi stringo nelle spalle.

"Grandioso! Adesso non posso più mandarti foto del mio cazzo".

"Oh, no, che tragedia!" dice Tripp con sarcasmo. "Ma, onestamente, puoi smettere di farlo in generale. Non ho bisogno di vederlo da otto angolazioni diverse con varie luci".

"Te ne ho mandate *due*, vaffanculo!"

"Aspettate un dannatissimo minuto…" Alla fine Noah interviene, guardando i fratelli incredula. "Vi scambiate foto del cazzo?"

Sia Landen che Tripp fanno spallucce.

"*Perché?*" chiede Noah.

"Avevo una domanda sulla depilazione, ok? Non a tutti piace avercelo completamente liscio, però non sapevo quanto lasciare".

Noah finge di vomitare, e scoppio a ridere per quanto è pallida in volto.

"Personalmente, mi è piaciuta la terza foto che hai mandato. Ben rifinito, senza togliere niente dall'attrazione principale. Così, alla tipa non viene un'irritazione al pube perché ce l'hai troppo ruvido, soprattutto se lei non ha un pelo", dico a Landen.

"Visto? Avresti dovuto chiederlo a Magnolia sin da subito", afferma Tripp.

"Beh, perdonami se non volevo che mi ammazzassi per averle mandato foto del mio uccello. Non sapevo che fosse un'opzione".

Il sorriso di Tripp si spegne, e lo guarda assottigliando gli occhi. "Non lo è. *Mai*".

Landen alza gli occhi al cielo, e Noah ha la faccia di una che si sta pentendo di alcune scelte di vita.

"Quindi, aspettate. Facciamo un passo indietro. Chi è che Landen sta guardando?" chiede Noah.

Landen si gira verso di me scuotendo la testa, e io ridacchio.

"Gli piace il voyeurismo. Hai presente? Quando guardi gli altri partecipare a determinate *attività*".

Noah storce il naso. "E non è semplice porno?"

Ridacchio. "Di persona, cara. O su un sito di live cam".

Noah rimane a bocca aperta mentre fissa Landen.

"Dovevi davvero svelarlo di fronte a mia sorella?" Landen sospira. "È già terribile che lo sappia tu".

"Dove… li guardi?" Noah inarca un sopracciglio, e la sua bocca si contrae come se stesse cercando di trattenere una risata.

"Non avrò questa conversazione con te". Landen scuote la testa, incamminandosi verso la porta per andarsene.

"Perché diavolo non dovresti? Puoi parlarne con Tripp ma non con me?" chiede Noah, offesa.

"Esatto". La voce di Landen riecheggia in corridoio.

"Beh, è stato divertente". Noah incrocia le braccia. "Solo che voi due condividete un po' troppe cose", dice Noah a Tripp.

"Oh, mentre tu e Magnolia no?"

"Non siamo sorelle!" si difende lei. "Chiederle di aiutarmi a depilare le parti intime non è strano, visto che è la mia migliore amica".

Tripp sbatte le palpebre, poi mi guarda. "Cosa?"

Faccio spallucce. "Lei ha aiutato me; quindi io dovevo aiutare lei".

"Già, non c'è di che", Noah dice con finta arroganza a Tripp.

Lui scuote la testa. "Voi due non avete limiti l'una con l'altra. È un tantino strano".

"Dice quello che ha ammesso di condividere foto del cazzo col fratello", ribatto.

"È stato contro il mio volere", si difende. "Io non gliene ho mai mandata una".

Entriamo in soggiorno, e abbraccio Noah prima che se ne vada. Domani abbiamo entrambe una visita dalla ginecologa; quindi ci andremo insieme, ma sono sicura che ci sentiremo prima.

"Salutami Fisher e digli di fare la sua parte per aiutarti a entrare in travaglio", le urlo dietro mentre cammina verso la macchina.

"Vale lo stesso per te, Tripp!"

"Hai sentito?" lo provoco quando lo raggiungo sul divano e mi stendo.

Si porta i miei piedi sul grembo e inizia a massaggiarli. "Mmm-mmh. Però adesso ho paura di non essere ben depilato".

Getto indietro la testa sul cuscino e scoppio in una sonora risata. "Vuoi che mandi una foto a Landen da parte tua?"

Mi guarda male quando prendo il telefono e fingo di scattarne una. "Che simpatica".

"Oh, ho una cosa per te. Resta qui".

Vado in camera nostra, dove ho nascosto la cornice, e poi in cucina per inserirci dentro il quadro.

"Ok, volevo rendere il momento un po' più speciale, però non riesco ad aspettare ancora". Mi siedo accanto a lui e gli appoggio la cornice sulle gambe a faccia in giù. "Pensavo potesse essere una cosa carina da appendere nella cameretta".

Ho il cuore a mille quando lo gira. Rimane in silenzio mentre continua a fissare il quadro e, più tempo passa senza che dica niente, più divento ansiosa.

Alla fine, la sua gola si muove come se avesse ingoiato un groppo enorme. Quando solleva lo sguardo e incrocia il mio, le vedo.

Le lacrime.

"Non posso nemmeno esprimere quanto questo significhi per me, Sole". Scuote la testa mentre si asciuga la faccia.

Gli prendo la mano e ci premo sopra le labbra. "Meriti di essere il suo papà e di darle il tuo cognome".

Mi prende il viso tra le mani e preme con forza la sua bocca sulla mia. Gemo mentre mi passa una mano tra i capelli, mi porta indietro la testa e mi bacia con più trasporto.

"Vi amo tantissimo", mormora. "Anche io ho una cosa per te. Ma dobbiamo aspettare che nasca".

Spingendo fuori il labbro, metto il broncio. "Non è giusto. Non puoi dirmelo e poi non mostrarmela".

Sorride e mi bacia la punta del naso. "Vale la pena aspettare. Giuro".

Prendo la cornice e la lascio sul tavolino; poi mi metto a cavalcioni su di lui per quanto possibile con un pancione grosso quanto un'anguria tra di noi. Prendendolo tra le braccia, lo bacio.

"Allora ti conviene aiutarmi a farla uscire, così posso ricevere prima il mio regalo".

Ridacchia contro le mie labbra e mi stringe i fianchi. "Io ti ho aspettata per sette anni; quindi credo che tu possa aspettare altre due settimane".

Divarico un po' di più le cosce e mi strofino sul suo pacco, che sta crescendo. "Però non credo che *tu* possa farlo…"

Con un gemito gutturale profondo, mi afferra il sedere e mi muove sopra l'erezione. "Togliti i vestiti. Prendi il mio cappello. E poi cavalca il mio cazzo".

Il mio sesso pulsa, alle sue parole.

Non c'è bisogno che me lo dica due volte.

Epilogo
Tripp

"Assomigli tantissimo alla tua mamma".

Mentre la stringo tra le braccia, guardo meravigliato questo angioletto perfetto di quasi tre chili e mezzo. È nata nemmeno da ventiquattr'ore, però so già che farei qualunque cosa per lei.

È successo tutto così in fretta. Quando sono arrivato all'ospedale con Magnolia, era già dilatata di otto centimetri, ed era troppo tardi per l'epidurale. Ovviamente pensa di aver avuto un parto semplice per merito di tutto il sesso che abbiamo fatto nelle ultime due settimane.

Io le ho detto che è stato grazie a Willow, che non vedeva l'ora di conoscere il suo papà.

Ogni notte, da quando io e Magnolia ci siamo rimessi ufficialmente insieme, a letto parlavo con il pancione, così che la piccola riconoscesse la mia voce. I suoi calcetti adorabili mi hanno sempre strappato un sorriso.

Sono stati un po' come i nostri primi momenti di connessione tra padre e figlia.

Comunque sia, sono davvero orgoglioso di Magnolia per come ha saputo gestire il tutto. Mi ha quasi frantumato la mano stringendola fortissimo e mi ha urlato nell'orecchio per trenta minuti buoni, ma non si è mai arresa. Ha usato ogni briciolo di forza che aveva in corpo per spingere, nonostante il dolore.

Sono anche soddisfatto di me stesso perché me la sono cavata molto bene e non ho permesso alle mie emozioni di prendere il sopravvento, dato che volevo essere forte per Magnolia.

Ma poi mi hanno chiesto se volessi tagliare il cordone ombelicale, e lì ho perso il contegno. Magnolia ha pianto non appena ha visto Willow, e a quel punto per me è stato impossibile continuare a tener duro.

Dopo che l'hanno pulita e avvolta in una coperta, Magnolia ha potuto tenerla in braccio per la prima volta. Vedere l'amore della mia vita diventare madre è stato un momento che non dimenticherò mai.

Quando Fisher e Noah sono passati a trovarci, qualche ora dopo, a mia sorella si sono rotte le acque e l'hanno trasportata in un'altra sala parto. Quattro ore dopo, è nata Poppy Underwood.

Adesso le nostre bambine condividono lo stesso compleanno.

La mia famiglia, il padre di Magnolia e la signora Boone sono venuti a trovarci prima della fine dell'orario di visita.

Jade ha pianto quando ha scoperto che il secondo nome di Willow è il suo.

Il signor Sutherland si è commosso mentre teneva in braccio la piccola. Lui e Magnolia hanno condiviso un dolce momento speciale tra padre e figlia.

Landen è entrato indossando una maglietta con scritto sopra "Il Padrino" e poi mi ha chiesto di scattargli una fotografia con la bimba, per usarla come nuova foto per il profilo dell'app di incontri.

Waylon aveva troppa paura per tenerla in braccio.

Due secondi dopo che l'ho messa tra le braccia di Wilder, Willow gli ha rigurgitato addosso il latte.

Inutile dire che è stato il giorno più bello della mia vita.

Dopo che i miei genitori sono passati a trovarci, sono potuti entrare nella stanza accanto per incontrare l'altra nipotina.

Due in un giorno.

Sono i nonni più fortunati del mondo.

"D'accordo, Willow. Ti va di aiutarmi a fare una sorpresa alla mamma? Dobbiamo farti una foto".

Dopo che Magnolia si è addormentata, le ho infilato la tutina che avevo portato in segreto. Il quadro con cui mi ha sorpreso e che adesso è appeso nella cameretta di Willow ha ispirato questa idea per lo *scrapbook*. Questa fotografia è il tocco finale, e poi posso darglielo.

Con cautela, lascio Willow nella culla e prego che non si svegli mentre scatto la foto. Per fortuna, ci riesco. *Vince papà.*

Quando Noah è passata a trovarci, mi ha portato la mia borsa segreta con tutto ciò che poteva servirmi, inclusa la polaroid, lo *scrapbook* e lo scotch biadesivo.

"Perfetto", le dico quando l'immagine appare. "Quanto sei carina!"

Non posso fare a meno di inondarla di complimenti, perché è adorabile. Magnolia ha davvero usato il copia-incolla.

Dopo aver avvolto di nuovo Willow nella copertina, prendo l'album e attacco la sua fotografia sull'ultima pagina.

Sotto la polaroid, scrivo tutti i dati: data e ora di nascita, peso e lunghezza.

Però ho l'impressione che sarà quello che c'è scritto sulla tutina a far strillare o piangere Magnolia.

Probabilmente entrambe le cose.

Willow si sveglia per mangiare mezz'ora dopo, e Magnolia la allatta come una professionista. Beh, una professionista per essere agli inizi. Da quello che mi ha detto, fa un male cane ed è come se Willow avesse i denti.

Sposta la bambina sull'altro lato, e chiacchieriamo finché non ha finito; poi mi offro volontario per il ruttino.

"Ricordi quel regalo che ho menzionato un paio di settimane fa?" chiedo a Magnolia, che annuisce. "L'ho portato con me".

"Davvero?" Le si illuminano gli occhi. "Posso vederlo, ora?"

"Sì".

Lascio Willow nella culla, ancora avvolta nella coperta, e lo prendo dalla borsa.

"Ti ho fatto una cosa". Glielo lascio sul grembo, poi mi siedo accanto a lei sul letto.

"Oh, santo cielo! Uno *scrapbook*?"

"Della tua gravidanza", confermo. "Ho trovato quest'immagine bellissima del ranch, e il tramonto rosa mi ha ricordato te".

"Sì?"

"Ogni volta che mi trovavo davanti quella foto durante le serate di *scrapbooking*, mi strappava un sorriso. È che aveva un qualcosa di particolare: il contrasto tra i verdi e i rosa e la bellezza che contiene mi rendevano felice ogni volta che la vedevo. Quindi, alla fine, l'ho presa e ho deciso di utilizzarla come copertina finché non avessimo scattato una foto di famiglia per sostituirla. Però sì, mi fa provare quello che sento quando ti guardo".

"Tripp Chattanooga Hollis", dice tra le lacrime, tendendo una mano per toccarmi la guancia. "Oggi ho pianto abbastanza. Ma è sul serio una cosa dolcissima. Lo adoro".

Poi con le dita giocherella con le piccole spighe decorative che circondano l'immagine, e sorride quando vede il fiore.

"Un piccolo *girasole*". Con gli occhi lucidi, tira fuori il labbro inferiore. "Hai pensato a ogni minimo dettaglio, vero?"

"Potrebbe avermi aiutato un pochino Noah, però mi prendo il merito per il novantotto per cento".

Non appena apre la prima pagina, sbarra gli occhi e si copre la bocca. "Guarda che pancino piccolo!" sussurra.

"Soltanto dieci settimane".

Tocca l'immagine e poi legge ciò che ci ho scritto sotto.

"Tripp, è tremendamente dolce".

Cambia pagina e legge di nuovo.

"Undici settimane".

Sfoglia ancora.

"Dodici settimane". Poi mi guarda. "L'hai fatto per ciascuna settimana?"

"Certamente. Fino alla sua nascita, in realtà".

"Stai scherzando".

Continua a sfogliare le pagine, ridendo e piangendo quando legge le note e ripensa alle dimensioni del pancione.

"Oh, la fase del gelato al cioccolato con pretzel!" Ridacchia quando ricorda alcune delle sue voglie. "Non si può mai sbagliare con una combinazione di dolce e salato".

"A meno che non siano le due di notte e abbiamo finito il gelato…"

"Ops". Fa un sorrisetto. "Ma tu sei stato gentilissimo a comprarmelo".

Quando arriva alla fotografia della trentottesima settimana, c'è lei nella cameretta per la prima volta. Ci siamo fatti in quattro nelle ultime due settimane per finirla. Abbiamo fatto lavatrici, organizzato l'armadio e la cassettiera, tirato fuori tutti i pannolini e l'abbiamo decorata esattamente come voleva: con tinte rosa chiaro, giallo e bianche. Desiderava che fosse luminosa e accogliente.

Il battito del mio cuore aumenta un pochino quando passa alla successiva. *Trentanove settimane.*

La settimana delle contrazioni di Braxton Hicks e dei dolori alla base della schiena.

"Non ci credo che è stato soltanto sette giorni fa". Scuote la testa.

La pagina successiva ha due fotografie.

Sul lato sinistro, il pancione a quaranta settimane, prima che entrasse in travaglio, e sulla destra Willow con indosso la sua tutina speciale.

Gira pagina, e il suo sorriso si allarga mentre gli occhi danzano sulle due pagine. Finché non si posano su Willow e leggono la scritta sulla tutina.

Rimane a bocca aperta e sposta subito il suo sguardo sul mio. "Questa quando l'hai scattata?"

"Poco fa, mentre dormivi".

La guarda di nuovo e sbatte le palpebre. "Vuoi sposare il mio papà?" Sta leggendo a voce alta. "C'è davvero scritto questo?"

Un sorriso mi illumina il volto nel vederla così sbalordita.

Tiro fuori l'anello dalla tasca e glielo mostro. "Willow vuole proprio tanto che la sua mamma e il suo papà si sposino. Me l'ha detto lei".

Rilascia un singhiozzo strozzato. "Davvero? L'ha detto la nostra bambina, che ha un giorno di vita?"

"Oh, me l'ha detto settimane fa. Tu stavi dormendo, ma noi siamo rimasti svegli fino a tardi a chiacchierare e lei mi ha chiesto se potevo sposarti; quindi ho acconsentito e le ho detto che sarei andato a comprare un anello. Poi abbiamo elaborato un piano per la proposta, ed eccoci qui".

Stringe con forza gli occhi per trattenere le lacrime.

"È stata proprio incredibile".

"È una bambina intelligente", ironizzo, e prendo una delle sue mani.

"Ok, adesso ti faccio la proposta per davvero". Poso un bacio sulle sue nocche e le faccio l'occhiolino. "Sole, spero che ormai tu sappia quanto ti amo. Ma, nel caso tu possa mai dimenticartelo, passerò una vita intera a ricordartelo, perché mi hai cambiato la vita. Ci hai portato dentro luce e le hai ridato un senso. Hai preso i miei demoni e li hai resi tuoi. Mi fai ridere come nessun altro è mai stato in grado di fare. Sei davvero la mia migliore amica. Mi hai concesso il dono più prezioso che potessi mai darmi: il tuo amore. Mi hai reso padre. Mi hai dato la nostra piccola famiglia. E non voglio trascorrere un altro giorno senza averti come futura moglie. Dunque, ti prego… dimmi che mi sposerai".

Quando ho terminato il discorso, sta piangendo come una disperata. Sollevo le mani e le asciugo le lacrime, poi le prendo il viso.

"Sì". Annuisce freneticamente mentre ripete la parola ancora e ancora. "Ti sposerei in questo istante, se potessi".

Ridacchio e le nostre bocche si trovano in un bacio disperato e ardente.

"Ti amo tantissimo", sussurra contro le mie labbra. "Ma come osi farmi la proposta quando ho un camice da ospedale addosso? Sembro una nonnina con un muumuu".

Mi ritraggo e sposto lo sguardo sul suo corpo. "Beh, allora sei una nonnina sexy, perché sei stupenda".

Abbassa la testa e non sembra affatto divertita. "Sei fortunato che ti amo così tanto".

Le infilo l'anello al dito, lo bacio, e poi la bacio di nuovo sulle labbra. "Fidati, lo so".

Epilogo Bonus
Magnolia

Con il pick-up di Tripp pieno fino all'orlo di borsoni e cose per la bambina sembrerebbe che stiamo per partire per una vacanza di tre mesi.

No, passiamo soltanto una notte fuori per il rodeo.

Con una bimba di dieci mesi.

È la prima volta per Willow al rodeo di Franklin, e raggiungeremo Noah e la sua famiglia per guardare Ellie competere. Gli Hollis ci vanno tutti gli anni e restano per la durata intera dell'evento, però io non sono così coraggiosa da trascorrere tre notti in un camper con una neonata.

Trovarmi qui fa riaffiorare tantissimi ricordi. Non solo è il posto dove venivo tutte le estati con la famiglia di Noah, ma è anche quello dove lei ha conosciuto Fisher. Beh, tecnicamente è dove io ho trovato Fisher e gliel'ho fatto notare. È solo grazie a me che si sono incontrati, e mi prenderò il merito del loro amore fino alla morte.

Noah ed Ellie si sono allenate tantissimo in questi ultimi mesi. Ellie è al massimo della forma e ha fatto faville a ogni evento a cui ha partecipato nell'ultimo anno.

"Pa!" Willow indica Tripp mentre la tengo in braccio. "Pa!"

"Sì, tesoro, sta arrivando".

Cazzo, ovviamente la porto io in grembo per nove mesi, e la sua prima parola è questa!

Ma non posso nemmeno prendermela, perché Tripp è un padre incredibile. Per i primi sei mesi dopo la sua nascita, si svegliava con me per ogni poppata e cambio di pannolino. Per fortuna, adesso Willow dorme per tutta la notte, però lui continua a cucinare tutti i pasti. Cavolo, fa perfino la lavatrice quasi ogni settimana, perché io me ne dimentico! Non si lamenta mai, perfino dopo aver lavorato per dieci ore.

Il giorno in cui Willow è nata e quello in cui ho sposato l'uomo dei miei sogni sono stati i migliori della mia vita.

Non appena Tripp arriva abbastanza vicino, Willow solleva le braccia e strilla perché la prenda in braccio.

"Ehi, tesoro". La bacia sulla guancia.

Lascio che la prenda dalle mie braccia, però metto il broncio.

"Non preoccuparti, ti rallegro più tardi". Mi fa l'occhiolino.

La battutina scadente mi strappa una risata nasale, però non riesco a contenere il sorriso che mi appare sul volto. *Maledetto.*

Perfino dopo tutto ciò che abbiamo passato – diventare genitori per la prima volta, destreggiarci tra una neonata e il lavoro, rubare qualche momento segreto – riesce ancora a farmi ridere.

Resteremo in una delle roulotte degli Hollis, così dovremo portare nell'arena soltanto la carrozzina e il borsone della bambina. Quando arriviamo e troviamo Noah, l'evento di *barrel racing* è già cominciato.

Io e Noah ci mettiamo davanti, vicino alla ringhiera, pronte a urlare per Ellie come facciamo sempre. Mi giro e rido vedendo Tripp con in braccio Willow e Fisher che tiene Poppy. Sembra un club per padri sexy.

"Ti saresti mai immaginata che queste sarebbero state le nostre vite? Tre anni fa ti stavo convincendo ad andare a parlare con un uomo che ha il doppio dei tuoi anni, mentre io andavo dietro a Tripp come una cagnolina malata d'amore".

"Comincio a chiedermi se Tripp non sia una vittima della sindrome dello stalker… Hai presente, tipo la sindrome di Stoccolma? Non riuscendo a liberarsi di te, non ha avuto altra scelta che innamorarsi", ironizza Noah.

"Chiamalo come ti pare, ma ha funzionato". Faccio spallucce, con un sorrisetto.

Landen si avvicina e si mette accanto a noi. "Adesso tocca alla sua divisione?"

"Sì, sarà la seconda cavallerizza", risponde Noah. "Preparati a urlare fino a spappolarti le viscere".

"Più tardi vostro fratello spappolerà le mie; quindi non posso farlo adesso".

"Che schifo!" Noah ride".

"Non dirlo a me. Vivo sopra di loro". Landen sbuffa, restando dietro di me come un bodyguard.

Gli do una pacca sul braccio. "Oh, povero piccolo!"

Il presentatore annuncia il nome di Ellie con il suo cavallo Ranger, e la folla è in delirio. Quando vola nell'arena, la incoraggiamo a pieni polmoni.

"Sì, Ellie!" Noah si mette in piedi sulla ringhiera, gridando più forte: "Vai, vai, vai!"

Ellie gira con facilità attorno al primo barile e corre rapida verso il prossimo.

Supera il secondo, ma poi noto qualcosa di strano nella sua postura mentre si precipita verso il terzo.

Proprio quando Ranger gira di scatto attorno all'ultimo barile, Ellie cade e ci sbatte la testa contro. Grida ed esclamazioni si levano dalla folla, e Landen mi stringe la spalla. Ellie cade al suolo, rotola un paio di volte e poi finisce con il viso nel terreno.

"Oh, mio Dio!" Noah scatta verso l'uscita per raggiungerla, e subito Landen la segue.

"Porca puttana!" Sussulto, sentendomi impotente mentre altre persone cominciano ad avviarsi verso di lei.

Tripp arriva al mio fianco con Willow e mi passa un braccio attorno al corpo. "Cristo! Spero stia bene".

"Non ho mai visto una cosa del genere". Sono rimasta traumatizzata. "Ho notato che c'era qualcosa di strano dopo il secondo barile".

"Mi chiedo cosa sia successo", afferma mentre vediamo l'equipe medica avvicinarsi.

Ci vogliono dieci minuti buoni prima che la carichino sulla barella e la portino fuori dall'arena. Tripp mette Willow nella carrozzina, e usciamo insieme a Fisher e Poppy per cercare Noah e Landen.

"Sta bene?" chiedo quando li vediamo fuori, vicino all'ambulanza.

Noah scuote la testa, e le leggo l'ansia sul volto. "Non lo so. Aveva perso i sensi. Credono sia possibile abbia avuto una qualche crisi".

"Per caso è affetta da qualche patologia?" chiedo.

"Non che io sappia, altrimenti cavalcare sarebbe troppo rischioso".

"Poverina!"

"Io e Landen li raggiungiamo all'ospedale", dice a Fisher; poi solleva lo sguardo su di me. "Ti scrivo appena so qualcosa".

La abbraccio e la stringo forte come portafortuna. "Sì, per favore. Sarò preoccupata per lei".

Noah bacia Fisher e Poppy, e poi se ne va con Landen.

Invece di tornare all'arena, decidiamo di far giocare le bambine nelle roulotte finché non tornano.

Solo che non rientrano prima di mezzanotte.

Le bambine si sono addormentate da tempo, però li sento entrare e mi metto subito seduta.

"Ehi", sussurro. "Landen dov'è?"

"È ancora lì. Finalmente si è svegliata, ma non crederai mai a quello che sto per dirti".

Aggrotto la fronte. "Cosa?"

"Tra la crisi e la forte botta alla testa, ha perso parzialmente la memoria".

Con le mani copro il suono strozzato che mi sta sfuggendo dalle labbra. "Oh, mio Dio!"

Noah ridacchia, e il fatto che possa trovarlo divertente mi prende alla sprovvista. "Non si ricorda di Landen".

Proprio quando pensavo che non avrei potuto essere più scioccata, vengo contraddetta. "Aspetta, cosa?"

Sembra che Noah si stia sforzando di mantenere la calma, ma poi ride di nuovo. "So che non è divertente, però ora lei non ricorda che lo disprezza. Dopo essersi svegliata, ha riconosciuto me, ma, quando ha visto Landen, si è agitata tutta come se avesse una super cotta per lui".

"Non dire stronzate!" esclamo a bassa voce. Rimango a bocca aperta, incredula.

"Sono serissima. Landen era così scioccato che non sapeva cosa fare. Ellie gli ha chiesto di restare; quindi l'ha fatto".

"È assurdo, Noah! E se si ricordasse di odiarlo tra tipo una settimana? Landen soffrirebbe ancora di più, dopo che gli ha dato false speranze".

"Ho chiesto al dottore cosa fare, e lui ha risposto *niente*. Dicendole troppo non faremmo altro che confonderla; quindi è meglio aspettare e lasciare che la memoria le torni in modo naturale".

Sbatto gli occhi con forza, cercando di farmene una ragione.

"Non ci credo che Landen ha accettato di restare, pur sapendo che normalmente lei non vuole avere niente a che vedere con lui".

"Non voleva ferire i suoi sentimenti o lasciarla sola", spiega Noah. "I suoi genitori non erano ancora arrivati, quando me ne sono andata".

"È solo che non voglio che Landen soffra", dico.

"Nemmeno io, però la decisione è sua".

Chiacchieriamo per qualche altro minuto, poi mi dà la buonanotte e va nella sua roulotte. Scivolo di nuovo a letto accanto a Tripp, che mi passa un braccio attorno al corpo quando mi accoccolo contro di lui.

"Se perdessi la memoria e mi dimenticassi che ti amo, lotteresti per me?"

Ha gli occhi chiusi, però arriccia le labbra all'insù, divertito. "Sole, farei tutto ciò che è in mio potere per farti innamorare di nuovo di me, anche se ci impiegassi il resto della vita. Non ti lascerò andare né in questa vita né in nessun'altra".

Poso la testa sul suo petto e sorrido. "Ed è per questo che ti ho sposato".

Si china e mi preme un bacio tra i capelli. "Pensavo mi avessi sposato per le mie doti culinarie".

"Beh, certo. E per le tue doti con la bocca".

"Lo sapevo", dice impassibile.

Faccio scivolare la mano sul suo torso nudo ed esploro sotto i boxer. Gli viene duro in meno di cinque secondi, e sorrido al pensiero di quanto riesco a farlo eccitare in fretta.

"Dimmi un po', cowboy…"

"Mmh?"

"Che ne pensi se cerchiamo di avere il secondo bambino?"

Spalanca gli occhi. "Non prendermi in giro, Sole".

Mi morsico il labbro inferiore e gli massaggio l'asta. "Quindi non vuoi mettermi incinta?"

Geme e mi cattura il polso, mi fa rotolare sotto di sé e poi mi blocca contro il suo letto. "Stai molto attenta a ciò che mi chiedi, amore. Se mi dici di nuovo quelle due parole, ti riempio di sperma e poi ti tengo le gambe per aria ancora e ancora finché non sei incinta. E non è il fetish a parlare".

Cristo santo, potrei rimanere incinta soltanto grazie alle sue parole sconce!

Ma nel caso non funzioni…

"Mettimi. Incinta. Cowboy". Pronuncio lentamente ogni singola parola mentre si preme contro di me, spingendo il membro duro e pulsante sul ventre.

I suoi occhi bui sono famelici, e quando abbassa la bocca a un soffio dalla mia, sussurra: "Supplicami, Sole. Supplica per avere il mio sperma".

Non riesco a trattenere il sorriso che mi riempie il volto, consapevole del fatto che sto per ottenere esattamente quello che voglio e che lui è fin troppo ansioso di darmelo.

"Riempimi con il tuo sperma. *Ti prego*".

427

**Siete curiosi di sapere come andrà tra Landen e Ellie?
Scoprite la loro storia in *Buttati con me***

Circa L'autore

Brooke ha cominciato il suo percorso nel 2013, sotto gli pseudonimi di autore bestseller di *USA Today*: Brooke Cumberland e Kennedy Fox, e al momento **Brooke Montgomery** e **Brooke Fox**. Ama scrivere romanzi d'amore che catapultano il lettore in piccoli borghi unici, con famiglie numerose e storie che si concludono con un lieto fine. Brooke non può vivere senza il caffè freddo, i leggings e i pisolini. Ha scoperto la sua passione per la scrittura durante un inverno universitario… e nessuno è più riuscito a fermarla.

www.brookewritesromance.com
Seguimi sui social:

facebook.com/brookemontgomeryauthor

instagram.com/brookewritesromance

amazon.com/author/brookemontgomery

tiktok.com/@brookewritesromance

goodreads.com/brookemontgomery

bookbub.com/authors/brooke-montgomery

9 781961 287549